The Urbana Free Library

To renew materials call
217-367-4057

El Príncipe Cuervo

ELIZABETH HOYT

EL PRÍNCIPE CUERVO

Titania Editores

ARGENTINA - CHILE - COLOMBIA - ESPAÑA
ESTADOS UNIDOS - MÉXICO - URUGUAY - VENEZUELA

Título original: *The Raven Prince*
Editor original: Warner Books, Nueva York
Traducción de Claudia Viñas Donoso

ISBN: 978-84-96711-39-6
Depósito legal: B-21.994-2008

Fotocomposición: Ediciones Urano, S.A.
Impreso por Romanyà Valls, S.A. - Verdaguer, 1 - 08786 Capellades (Barcelona)

Impreso en España - *Printed in Spain*

Para mi marido Fred,
mi tartaleta de arándanos silvestres, dulce, ácida
y siempre reconfortante

Agradecimientos

*A*gradezco a mi agente, Susannah Taylor, por su buen humor y su apoyo incondicional; a mi editora, Devi Pillai, por su maravilloso entusiasmo y excelente gusto, y a mi socia crítica, Jade Lee, que me ofrecía chocolates en los momentos difíciles y no paraba de repetirme: «¡Cree!»

Capítulo *1*

Érase una vez, en un país muy lejano, un duque empobreci-
do que vivía con sus tres hijas.

De *El príncipe Cuervo*

Little Battleford, Inglaterra
Marzo de 1760

J amás es buena la combinación de un caballo galopando a excesiva velocidad, un camino embarrado justo en un recodo y una señora caminando por él. Incluso en las mejores circunstancias, las posibilidades de que la cosa acabe bien son deprimentemente pocas. Si a eso añadimos un perro muy grande, reflexionó Anna Wren en ese mismo momento, el desastre se hace inevitable.

Al ver a Anna en su camino, el susodicho caballo dio un repentino salto hacia un lado; el mastín, que iba corriendo a su lado, reaccionó metiéndose debajo de su nariz, con lo cual el caballo se encabritó. Volaron por el aire los cascos del tamaño de un plato. Lógicamente, el enorme jinete salió despedido de la silla y fue a aterrizar a los pies de ella, como un halcón que ha bajado en picado del cielo, aunque con menos gracia; con las largas extremidades extendidas, perdidos su fusta y su tricornio, el hombre aterrizó con un espectacular chapoteo en un charco de barro, haciendo saltar una muralla de agua sucia sobre ella, empapándola.

Todos se quedaron inmóviles, incluso el perro.

Idiota, pensó Anna, aunque no fue eso lo que dijo. Las viudas respetables, de una cierta edad, treinta y un años dentro de dos meses, no arrojan insultos, por pertinentes que sean, a los caballeros. No, de ninguna manera.

—Espero que no haya sufrido ningún daño con la caída —dijo. Sonrió entre dientes al empapado hombre—. ¿Me permite que le ayude a levantarse?

Él no correspondió a su amabilidad.

—¿Qué diablos hacía en medio del camino, so tonta?

Diciendo eso el hombre se levantó del charco y se plantó ante ella muy erguido, de esa manera irritante que adoptan los caballeros con el fin de parecer importantes cuando acaban de hacer el ridículo. Las gotas de agua sucia que le bajaban por la cara blanca y marcada por las señales de la viruela le daban un aspecto horroroso. Las mojadas pestañas largas y tupidas que enmarcaban sus ojos negros y brillantes como la obsidiana no compensaban la nariz ni el mentón grandes ni los labios delgados y pálidos.

—Lo siento —dijo Anna, manteniendo la sonrisa—. Iba caminando a casa. Naturalmente, si hubiera sabido que usted necesitaría todo el ancho del camino real...

Al parecer la pregunta de él había sido retórica, porque se alejó pisando fuerte, haciendo caso omiso de ella y de su explicación. Sin recoger su fusta ni su sombrero, caminó hacia el caballo, soltando maldiciones en voz baja, en un tono monótono curiosamente tranquilizador.

El perro se había sentado y estaba contemplando el espectáculo.

El caballo, que era un bayo flaco, tenía unas raras manchas blancas en el pelaje que le daba la desafortunada apariencia de un pío. Puso los ojos en blanco al ver acercarse al hombre y se alejó unos pasos hacia un lado.

—Muy bien, pega brincos como una virgen cuando le aprietan por primera vez una teta, asqueroso pedazo de pellejo comido de gusanos —le dijo el hombre al caballo en un tono de arrullo—.

Cuando te coja, horrible cruce de camello enfermo y burra de ancas caídas, te retorceré ese pescuezo de cretino, ya verás.

El caballo levantó las orejas mal hermanadas para oír mejor la arrulladora voz de barítono del hombre y avanzó un paso hacia él, indeciso. Anna comprendió muy bien al animal. La voz de ese hombre feo era como el roce de una pluma en la planta del pie: irritante y seductor al mismo tiempo. ¿Hablaría con una voz igual cuando le hacía el amor a una mujer? Sólo cabía esperar que las palabras no fueran las mismas.

El hombre se acercó al confundido caballo lo suficiente para coger las riendas. Y ahí estuvo un minuto susurrando obscenas palabrotas; después montó con un solo y ágil movimiento. Sus musculosos muslos, revelados indecorosamente por los pantalones de ante mojados, se apretaron alrededor del lomo del caballo al tiempo que lo hacía girar la cabeza.

Inclinó la cabeza sin sombrero hacia Anna.

—Señora, buen día.

Acto seguido, puso al caballo al trote y, sin mirar ni una sola vez atrás, se alejó por el camino, con el perro corriendo a un lado. En un momento se perdió de vista; en otro momento se apagó el sonido de los cascos del caballo.

Entonces Anna miró al suelo.

Su cesta estaba en el charco, y su contenido, la compra de la mañana, desparramado por el camino. Debió dejarla caer cuando saltó hacia un lado para evitar el choque con el caballo. Y bueno, ahí estaba la media docena de huevos rotos, con las yemas amarillas medio flotando en el agua lodosa, y junto a ellas un arenque la miraba con ojos siniestros, como si ella tuviera la culpa de su aterrizaje tan poco digno. Recogió el pescado y lo limpió; eso, por lo menos, se podía salvar. Su vestido gris, en cambio, le colgaba lastimosamente, aun cuando su verdadero color no era muy diferente del barro que lo ensuciaba. Se tironeó la falda para despegársela de las piernas y, suspirando, la dejó caer. Miró hacia ambos lados del camino. Arriba, las ramas desnudas de los árboles se agitaban con el viento. No se veía a nadie.

Hizo una inspiración profunda y dijo en voz alta la palabra prohibida, delante de Dios y de su alma eterna:

—¡Cabrón!

Retuvo el aliento, esperando que la partiera un rayo o, tal vez más probable, que la pinchara una punzada de culpabilidad. No ocurrió ni lo uno ni lo otro, lo cual debería inquietarla. Al fin y al cabo, las damas no insultan con palabrotas a los caballeros, sea cual sea la provocación.

Y ella era, por encima de todo, una dama respetable, ¿no?

Cuando llegó, medio cojeando, al corto camino de entrada a su casa, la falda y las enaguas ya se habían secado, y estaban tiesas por el barro. En verano, las exuberantes flores que llenaban el pequeño jardín daban alegría a la casa, pero en esa época del año sólo había barro. Antes de llegar a la puerta esta se abrió y asomó la cabeza una mujer bajita con tirabuzones de pelo gris paloma agitándose sobre sus sienes.

—Ah, has llegado —le dijo, moviendo una cuchara de palo mojada con salsa, echándose sin darse cuenta unas gotas en la mejilla—. Con Fanny hemos estado preparando un estofado de cordero, y creo que ha mejorado su salsa. Vamos, casi no se ven los grumos. —Se le acercó más a susurrarle—: Pero seguimos trabajando en las bolas de masa. Me parece que tienen una textura rara.

Anna le sonrió cansinamente a su suegra.

—Seguro que el estofado va a quedar exquisito.

Entró en el estrecho recibidor y dejó la cesta en el suelo. La mujer mayor sonrió de oreja a oreja, y luego arrugó la nariz.

—Querida, siento un olor raro que viene de... —se interrumpió y le miró la cabeza—. ¿Por qué llevas hojas mojadas en el sombrero?

Anna hizo un mal gesto y se tocó el sombrero.

—Tuve un pequeño percance en el camino.

Madre Wren dejó caer al suelo la cuchara, por los nervios.

—¿Un percance? ¿Te has hecho daño? Vamos, por tu vestido da la impresión de que te hayas revolcado en una porqueriza.

—Estoy muy bien, sólo un poco mojada.

—Bueno, tenemos que ponerte ropa seca inmediatamente, querida. Y tu pelo... —Madre Wren se interrumpió para gritar en dirección a la cocina—: ¡Fanny! Tendremos que lavarlo. Tu pelo, quiero decir. Venga, sube y deja que te ayude. ¡Fanny!

Una chica, toda codos y manos enrojecidas, y coronada por una mata de pelo color zanahoria, apareció por un lado del recibidor.

—¿Qué?

Madre Wren se detuvo en la escalera detrás de Anna y se inclinó por encima de la baranda.

—¿Cuántas veces te he dicho que digas «Sí, señora»? Nunca llegarás a servir en una casa grande si no hablas correctamente.

Fanny miró pestañeando a las dos mujeres, con la boca ligeramente abierta.

La madre Wren exhaló un suspiro.

—Ve a poner a calentar agua en una olla. La señorita Anna se va a lavar el pelo.

La chica entró corriendo en la cocina y luego se volvió para asomar la cabeza.

—Sí, señora.

La empinada escalera terminaba en un diminuto rellano. A la izquierda estaba la habitación de la mujer mayor; a la derecha, la de Anna. Anna entró en su pequeña habitación y fue directamente a mirarse en el espejo que colgaba encima de la cómoda.

—No sé adónde va a ir a parar la ciudad —resolló su suegra detrás de ella—. ¿Fue un coche el que te salpicó de barro? Algunos de esos cocheros de las diligencias correo son sencillamente unos irresponsables. Se creen que el camino les pertenece a ellos solos.

—No podría estar más de acuerdo —dijo Anna, mirándose en el espejo. Sobre el borde del espejo colgaba una guirnalda de flores de manzano ya secas y marchitas, recuerdo de su boda. El pelo parecía un nido de ratas, y tenía manchas de barro incluso en la frente—. Pero en este caso fue un solo jinete.

—Peor aun, esos caballeros a caballo —masculló madre Wren—. Vamos, no creo que sean capaces de controlar a sus animales, algunos de ellos. Son terriblemente peligrosos. Son un peligro para las mujeres y los niños.

—Mmm —convino Anna.

Se quitó el chal y al girarse se golpeó la espinilla con una silla. Paseó la vista por la pequeña habitación. Ahí había pasado con Peter los cuatro años de su matrimonio. Colgó el chal y el sombrero en el gancho donde antes colgaba la chaqueta de Peter. La silla donde él apilaba sus pesados libros de leyes ahora le servía de mesilla de noche. Incluso su cepillo para el pelo, con unos cuantos pelos rojos cogidos en las púas, ya estaba guardado por ahí desde hacía mucho tiempo.

—Por lo menos salvaste el arenque —le dijo madre Wren, todavía nerviosa—. Aunque no creo que un remojón en el barro le mejore el sabor.

—Claro que no —contestó Anna, distraída.

Sus ojos volvieron a la guirnalda. Se estaba deshaciendo; eso no era de extrañar, puesto que ya hacía seis años que se había quedado viuda. Horrible cosa. Estaría mejor en el montón de basura para humus de la huerta. Tomó nota mental de ocuparse de eso después.

—A ver, querida, deja que te ayude —dijo madre Wren, comenzando a desabrocharle el vestido desde abajo—. Tendremos que limpiar esto con la esponja inmediatamente. Tiene bastante barro en la orilla. Tal vez si le aplicara otro adorno... —Se le apagó la voz al inclinarse—. Ah, eso me recuerda, ¿le vendiste mi encaje a la sombrerera?

Anna se bajó el vestido y sacó los pies.

—Sí, le gustó mucho. Dijo que era el encaje más fino que había visto desde hace tiempo.

—Bueno, llevo casi cuarenta años haciendo encaje —dijo madre Wren, tratando de parecer modesta. Se aclaró la garganta—. ¿Cuánto te dio por él?

Haciendo un gesto de pena, Anna cogió su raída bata.

—Un chelín y seis peniques.

—Pero si trabajé cinco meses en él —exclamó madre Wren.

—Lo sé —suspiró Anna, soltándose el pelo—. Y, como he dicho, lo consideró de la mejor calidad. Lo que pasa es que el encaje no se vende mucho.

—Sí que se vende: cuando está puesto de adorno en una papalina o un vestido —masculló madre Wren.

Anna hizo un gesto compasivo. Cogió una toalla de baño de un gancho bajo el alero y las dos mujeres bajaron la escalera en silencio.

En la cocina, Fanny estaba muy quieta vigilando un cazo con agua puesto al fuego. De las negras vigas colgaban atados de hierbas secas, que perfumaban el aire. El viejo fogón de ladrillos ocupaba casi toda una pared. En la pared opuesta había una ventana enmarcada por cortinas que daba a la huerta de atrás. Allí las lechugas formaban fila, adornando como volantes de encaje la melga de la pequeña huerta, y los rábanos y nabos estaban listos para cogerlos desde hacía una semana.

Madre Wren colocó una desconchada jofaina en la mesa de la cocina. De superficie lisa y desgastada por muchos años de limpieza, la mesa ocupaba el lugar de honor en el centro de la estancia. Por la noche la retiraban junto a la pared para que la joven Fanny pudiera desenrollar su jergón delante del fogón.

Fanny llevó el cazo con agua. Anna se inclinó sobre la jofaina y madre Wren le echó el agua en la cabeza. Estaba tibia.

Mientras se enjabonaba el pelo, Anna hizo una profunda inspiración.

—Creo que tendremos que hacer algo respecto a nuestra situación económica.

—Uy, no digas que hay que hacer más recortes, querida —gimió madre Wren—. Ya hemos renunciado a la carne fresca, aparte del cordero los martes y los jueves. Y hace siglos que ninguna de nosotras estrena un vestido nuevo.

Anna observó que su suegra no mencionaba el mantenimiento de Fanny. Aunque supuestamente la chica era al mismo tiempo criada y cocinera, en realidad estaba ahí por un impulso caritativo de las dos. Cuando murió su único pariente, su abuelo, Fanny tenía diez años; entonces en el pueblo se habló de enviarla al asilo de los pobres y ella se sintió obligada a intervenir. Desde entonces vivía con ellas. Madre Wren tenía la esperanza de formarla para que pudiera trabajar en una casa importante, pero hasta el momento su progreso era lento.

—Usted se ha portado muy bien con los ajustes que hemos hecho —dijo, frotándose el cuero cabelludo con la poca espuma—. Pero las inversiones que nos dejó Peter ya no nos dan tanto como antes. Nuestros ingresos han ido disminuyendo de modo parejo desde que él murió.

—Es una pena que nos haya dejado tan poco para vivir —dijo madre Wren.

Anna exhaló un suspiro.

—No era su intención dejarnos una suma tan pequeña. Era muy joven cuando la fiebre se lo llevó. No me cabe duda de que si hubiera vivido habría hecho rendir muy bien los ahorros.

En realidad, Peter había mejorado la situación económica desde la muerte de su padre poco después de la boda. El anciano tenía buenos ingresos como abogado, pero varias inversiones imprudentes lo habían dejado tremendamente endeudado. Después de casarse, Peter vendió la casa en que se crió para pagar esas deudas y trasladó a su flamante esposa y a su madre a una casa mucho más pequeña. Estaba trabajando como abogado cuando enfermó y murió a las dos semanas.

Dejándola a ella a cargo de la casa, la familia, y sola.

—Agua para aclararme, por favor.

Un chorro de agua fría le cayó sobre la nuca y la cabeza. Se aclaró bien, asegurándose de que no le quedara nada de jabón y se estrujó el pelo para escurrir el máximo de agua. Después se envolvió la cabeza con la toalla y se enderezó.

—Creo que debería buscarme un trabajo.

—Ay, querida, eso no —exclamó madre Wren, dejándose caer en una silla—. Las damas no trabajan.

A Anna se le curvaron solos los labios.

—¿Prefiere que siga siendo una dama y las dos nos muramos de hambre?

Madre Wren titubeó, incluso pareció que se lo pensaba.

—No me conteste a eso —dijo Anna—. No llegaremos a tanto. De todos modos, necesito encontrar una manera de traer algún ingreso a casa.

—Tal vez si yo hiciera más encaje. O… o yo podría renunciar totalmente a la carne —dijo su suegra, algo desesperada.

—No deseo que haga eso. Además, mi padre se ocupó de darme una buena educación.

A Madre Wren se le iluminó la cara.

—Tu padre fue el mejor párroco que ha tenido Little Battleford, Dios tenga su alma en paz. Y sí que daba a conocer a todo el mundo sus opiniones sobre la educación de los hijos.

—Mmm. —Anna se quitó la toalla de la cabeza y comenzó a peinarse el pelo mojado—. Se encargó de que yo aprendiera a leer, a escribir y a sumar y restar. Incluso sé un poco de latín y de griego. Mañana mismo podría empezar a buscar un puesto como institutriz o dama de compañía.

—La vieja señora Lester está casi ciega. Supongo que su yerno te contrataría para que le leyeras… —se interrumpió.

Al mismo tiempo Anna sintió un olor acre en el aire.

—¡Fanny!

La jovencísima criada, que había estado mirándolas mientras conversaban, lanzó un grito y corrió a ver la olla con el estofado que estaba sobre el fuego.

Anna emitió un gemido. Otra cena quemada.

Felix Hopple se detuvo ante la puerta de la biblioteca del conde de Swartingham para comprobar su apariencia. Su peluca, con dos apretados bucles como salchichas a cada lado, estaba recién empolvada en un favorecedor tono lavanda. Su chaleco castaño rojizo, ribeteado por hojas de parra amarillas bordadas, destacaban su figura, bastante esbelta para ser un hombre de sus años. Y sus medias a rayas verdes y naranjas eran hermosas sin ser ostentosas. Su pulcritud y vestimenta eran la perfección misma; en realidad no tenía ningún motivo para titubear ahí fuera.

Exhaló un suspiro. El conde tenía la desconcertante tendencia a gruñir, y en su calidad de administrador de Ravenhill Abbey,* había oído muchísimas veces ese inquietante gruñido esas dos últimas semanas. Lo hacía sentirse como esos desgraciados caballeros indígenas de los que se lee en los libros sobre viajes, que viven a la sombra de enormes y ominosos volcanes; el tipo de volcán que puede hacer erupción en cualquier momento. No podía entender, por qué lord Swartingham decidió tomar residencia en Ravenhill después de años de dichosa ausencia, pero tenía la deprimente impresión de que el conde seguiría viviendo ahí mucho, muchísimo tiempo.

Se pasó la mano por la pechera del chaleco. Se dijo que si bien el asunto de que iba a hablarle al conde no era en absoluto agradable, de ninguna manera podía considerarse culpa suya. Así preparado, inclinó la cabeza, en gesto de asentimiento, y golpeó la puerta de la biblioteca.

Pasado un momento de silencio, se oyó un voz profunda y segura:

—Adelante.

La biblioteca estaba en el ala occidental de la mansión señorial, y por las ventanas que ocupaban casi toda la pared del lado de la fachada entraba el sol de última hora de la tarde. Cualquiera podría pensar que eso convertiría la estancia en un lugar soleado, luminoso y acogedor, pero por algún motivo desconocido, una vez dentro, la luz del sol parecía apagarse en ese enorme y cavernoso espacio, y

*Raven: cuervo. Ravenhill Abbey: Abadía Colina del Cuervo. Aunque se seguía llamando abadías a estas casas señoriales, desde que Enrique VIII instaurara la Iglesia Anglicana, dejaron de serlo. (N. de la T.)

la sala quedaba envuelta en tinieblas. El cielo raso, a una altura de dos plantas, estaba bañado en sombras.

El conde se encontraba sentado tras un enorme escritorio barroco que haría parecer pequeño a un hombre más bajo. Cerca, el fuego del hogar pretendía dar alegría al lugar y fracasaba lastimosamente. Un gigantesco perro moteado descansaba delante del hogar como si estuviera muerto. Felix arrugó la nariz. El perro era un chucho de raza indefinida, tal vez mezcla de mastín con algo de perro lobo. El resultado era un animal feo, de aspecto fiero, al que él trataba de evitar por todos los medios.

Se aclaró la garganta.

—¿Si pudiera concederme un momento, milord?

Lord Swartingham levantó la vista del papel que tenía en las manos.

—¿Qué pasa ahora, Hopple? Entra, entra, hombre. Siéntate ahí mientras termino de leer esto. Dentro de un momento tendrás toda mi atención.

Felix avanzó hasta uno de los sillones situados delante del escritorio de caoba y se sentó, con un ojo puesto en el perro. Aprovechó el momento para mirar atentamente a su empleador, con el fin de hacerse una idea de su humor. El conde estaba mirando ceñudo el papel que tenía en las manos; las marcas de la viruela le daban una expresión particularmente poco atractiva. Claro que este no era el problema, ya que el conde solía estar ceñudo casi siempre.

Lord Swartingham dejó a un lado el papel, se quitó los quevedos de media luna y apoyó su considerable peso en el respaldo del sillón, haciéndolo crujir. Felix se encogió, compasivo.

—¿Bien, Hopple?

Felix sonrió tímidamente.

—Milord, tengo una noticia desagradable que espero no se tome muy a mal.

El conde lo miró fijamente por encima de su enorme nariz, sin hacer ningún comentario.

Felix se tironeó los puños de la camisa.

—El nuevo secretario, el señor Tootleham, tuvo noticia de una urgencia familiar que lo obligó a presentar inmediatamente su dimisión.

En la cara del conde no hubo ningún cambio de expresión, aunque comenzó a tamborilear con los dedos en el brazo de su sillón.

Felix se apresuró a continuar, hablando rápido:

—Al parecer, los padres del señor Tootleham, que viven en Londres, han caído enfermos de una fiebre y necesitan su presencia. Es una enfermedad muy virulenta, con sudores, diarreas y... es muy contagiosa.

El conde arqueó una negra ceja.

—Esto..., eeh..., en realidad, los dos hermanos del señor Tootleham, sus tres hermanas, su anciana abuela, una tía y el gato de la familia se han contagiado y son absolutamente incapaces de arreglárselas solos.

Se interrumpió y miró al conde.

Silencio.

Felix se las arregló valientemente para no seguir balbuceando.

—¿El gato? —preguntó el conde con un suave gruñido.

Felix comenzó a farfullar una respuesta, pero lo interrumpió una obscena y sonora palabrota. Alcanzó a agacharse con su recién adquirida práctica al ver que el conde cogía un jarro de porcelana para arrojarlo hacia la puerta, y consiguió que este le pasara volando por encima de la cabeza. El jarro golpeó la puerta con un terrible estruendo, complementado por el tintineo de los trozos al caer al suelo. El perro, que al parecer estaba acostumbrado a los extraños modos en que el conde aireaba su esplín, simplemente suspiró.

Lord Swartingham resolló unas cuantas veces y clavó en Felix sus ojos negros como el carbón.

—Supongo que me has encontrado un sustituto.

De repente Felix sintió muy apretada la corbata. Se pasó un dedo por la parte superior.

—Esto..., en realidad, milord, si bien, claro, he buscado con mucha diligencia, y... eh..., esto, de verdad, he buscado en todos los pueblos cercanos, todavía no he... —Tragó saliva y miró valientemente a los ojos a su empleador—. Me temo que aún no he encontrado un nuevo secretario.

Lord Swartingham no se conmovió.

—Pues necesito un secretario para que copie mi manuscrito para la serie de charlas de la Sociedad Agraria dentro de cuatro semanas —le espetó, en un tono terrible—. De preferencia uno que dure más de dos días. Encuéntrame uno.

Dicho eso cogió otra hoja de papel y reanudó su lectura.

La audiencia había terminado.

—Sí, milord —dijo Felix, levantándose del sillón y caminando hacia la puerta—. Comenzaré a buscar inmediatamente, milord.

Lord Swartingham esperó hasta que Felix estuvo casi en la puerta para bramar:

—Hopple.

Ya a punto de escapar, Felix retiró la mano del pomo, sintiéndose culpable.

—¿Milord?

—Tienes hasta pasado mañana a primera hora.

Felix miró la cabeza agachada de su empleador, sintiéndose como debió sentirse Hércules cuando vio por primera vez los establos de Augias.

—Sí, milord.

Edward de Raaf, quinto conde de Swartingham, terminó de leer el informe sobre su propiedad del norte de Yorkshire y lo dejó sobre la pila de papeles, junto con sus anteojos. La luz que entraba por la ventana se iba desvaneciendo rápido y muy pronto desaparecería. Se levantó del sillón y fue a asomarse a la ventana a mirar afuera. El perro también se levantó, se desperezó y fue a ponerse a su lado, golpeándole la mano con el hocico. Edward le acarició distraídamente las orejas.

Ese era el segundo secretario que se largaba en la oscuridad de la noche en dos meses. Cualquiera diría que él era un dragón. Los dos secretarios eran más ratones que hombres. Huían sigilosos ante un poco de mal genio o una elevación de la voz. Si alguno de sus secretarios hubiera tenido las agallas de la mujer a la que estuvo a punto de atropellar esa tarde... Se le curvaron los labios. No se le había pasado por alto la sarcástica réplica de ella a su pregunta de por qué estaba en medio del camino. No, esa señora se mantuvo firme cuando él le arrojó su ira encima. Lástima que sus secretarios no fueran capaces de hacer lo mismo.

Miró furioso la oscura ventana. Estaba también esa otra perturbación que lo roía. El hogar de su niñez no era como lo recordaba.

Cierto, ya era un hombre. La última vez que vio Ravenhill Abbey era un joven imberbe todavía de duelo por la muerte de sus familiares. Y aunque en los veinte años que habían transcurrido desde entonces había viajado de ida y vuelta desde su propiedad del norte a su casa de ciudad en Londres, no sabía por qué, pero, jamás se había sentido en su hogar en ninguna de esas dos casas. Se había mantenido alejado justamente porque Ravenhill Abbey no sería jamás igual a como era cuando su familia vivía ahí. Había esperado que hubiera cambiado algo, pero no estaba preparado para esa tristeza y monotonía; ni para esa horrible sensación de soledad. Las habitaciones desiertas lo abatían, lo derrotaban, burlándose de él con las risas y la alegría que recordaba.

De la familia que recordaba.

El único motivo que lo impulsó a reabrir la mansión era que esperaba llevar allí a su futura esposa, si iban bien las negociaciones para un contrato de matrimonio. No quería repetir el error que cometió en su primer y corto matrimonio intentando establecerse en otra parte.

Aquella vez intentó hacer feliz a su joven esposa quedándose en Yorkshire, de donde era ella por nacimiento y crianza. Eso no resultó. En los años transcurridos desde la prematura muerte de su mujer había llegado a la conclusión de que ella no habría sido feliz en ninguna parte que hubieran elegido para formar un hogar.

Se apartó de la ventana y se dirigió a la puerta. Comenzaría como había decidido; continuaría viviendo en Ravenhill Abbey; la convertiría nuevamente en un hogar. Era la sede de su condado y el lugar donde debía replantar su árbol familiar. Y cuando el matrimonio diera sus frutos, cuando en la casa resonaran nuevamente las risas de niños, Ravenhill Abbey volvería a sentirse viva.

Capítulo 2

Ahora bien, las tres hijas del duque eran igualmente hermosas. La mayor tenía el pelo oscurísimo, tanto que brillaba con visos negros y azules; la mediana tenía unos rizos de color fiero como el fuego, que enmarcaban una cara de piel blanca como la leche, y la menor era dorada, toda ella, pelo, cara y figura, por lo que parecía bañada por la luz del sol. Sin embargo, de estas tres doncellas, sólo la menor poseía la bondad de su padre. Se llamaba Aurea.

De *El príncipe Cuervo*

¿Quién se habría imaginado que hubiera tan poco trabajo para una dama gentil en Little Battleford? Anna ya sabía que no sería fácil encontrar un empleo cuando salió de casa esa mañana, pero había comenzado la búsqueda con un cierto optimismo, una cierta esperanza. Lo único que necesitaba era una familia con hijos iletrados que necesitaran de una institutriz o una dama anciana que precisara una devanadora de lana. Eso no era demasiado esperar, ¿verdad?

Pues sí, lo era; estaba clarísimo.

Ya era media tarde. Le dolían los pies de tanto ir de allá para acá por las lodosas calles, y todavía no había encontrado nada. La anciana señora Lester no sentía ningún amor por la literatura; en todo caso, su yerno era tan parsimonioso que no le iba a contratar una dama de compañía. Había visitado a varias otras damas, dándoles a entender que estaba dispuesta a ocupar un puesto, pero lo único que descubrió es que ninguna se podía permitir el lujo de tener una dama de compañía o sencillamente no deseaba tenerla.

Entonces llegó a la casa de Felicity Clearwater.

Felicity era la tercera esposa del señor terrateniente Clearwater, a la que éste superaba en unos treinta años. Era el principal terrateniente del condado, aparte del conde de Swartingham, y Felicity, al ser su mujer, se consideraba la figura social preeminente de Little Battleford, bastante por encima de la humilde familia Wren. Pero Felicity tenía dos hijas en edad de tener una institutriz y por eso fue a visitarla. Allí pasó una atroz media hora tanteando sus posibilidades como un gato caminando por encima de piedras puntiagudas. Y cuando Felicity captó su motivo para visitarla, se pasó la muy cuidada mano por el peinado inmaculado, y entonces le preguntó acerca de sus conocimientos de música.

En la casa parroquial no había habido jamás un clavicordio cuando su familia vivía allí, hecho que Felicity conocía muy bien puesto que había estado de visita en varias ocasiones cuando era niña.

Ella hizo una inspiración profunda.

«Me temo que no tengo ninguna habilidad musical, pero sí sé un poco de latín y de griego».

Entonces Felicity abrió su abanico y se lo puso delante de la boca para ocultar la risa.

«Ah, mis disculpas —dijo, cuando se recuperó—, pero mis hijas no querrán aprender algo tan masculino como latín y griego. Eso es bastante indecoroso en una dama, ¿no le parece?»

Ella apretó los dientes, pero logró esbozar una sonrisa. La sonrisa le duró hasta que Felicity le sugirió que fuera a la cocina, a ver si la cocinera necesitaba otra pinche o una fregona, y a partir de ahí las cosas fueron cuesta abajo.

Recordando la conversación, Anna exhaló un suspiro. Bien podría acabar trabajando de fregona o de algo peor, pero no en la casa de Felicity. Era hora de volver a casa.

Al dar la vuelta a la esquina, en la ferretería, estuvo a punto de chocar con el señor Felix Hopple, que venía a toda prisa en sentido contrario. Alcanzó a hacerse a un lado y por menos de un palmo casi se estrelló en el pecho del administrador de Ravenhill. De su cesta cayeron al suelo un paquete de agujas, unas madejas de hilo amarillo para bordar y una pequeña bolsa de té para madre Wren.

—Uy, perdone, señora Wren —dijo el hombrecillo agachándose a recoger los paquetes—. Al parecer venía distraído, sin fijarme adónde me llevaban los pies.

—No pasa nada —dijo Anna. Miró el chaleco a rayas violeta y carmesí del hombre y pestañeó; ¡buen Dios!—. He sabido que el conde está por fin residiendo en Ravenhill. Me imagino que usted estará muy ocupado.

En el pueblo circulaban numerosos cotilleos sobre la misteriosa reaparición del conde en el vecindario, y ella sentía tanta curiosidad como cualquier hijo de vecino. En realidad, estaba comenzando a pensar quién sería ese feo caballero que estuvo a punto de atropellarla el día anterior.

El señor Hopple exhaló un suspiro.

—Pues, sí. —Sacó un pañuelo y se lo pasó por la frente—. Ando buscando un nuevo secretario para su señoría. No es una búsqueda fácil. El último hombre que entrevisté hacía montones de borrones en el papel, y me dio la impresión de que su ortografía no era muy buena.

—Eso es un problema en un secretario —musitó Anna.

—Desde luego.

—Si no encuentra a nadie hoy, recuerde que habrá muchos caballeros en la iglesia la mañana del domingo. Tal vez ahí encuentre a alguien.

—Eso no me servirá de nada. Su señoría declaró que debe tener un nuevo secretario mañana por la mañana.

—¿Tan pronto? Eso es muy poco tiempo.

Entonces se le ocurrió la idea.

El administrador estaba intentando quitarle el barro al paquete de agujas, sin éxito.

—Señor Hopple —dijo, pasado un momento—, ¿el conde dijo que debía ser un hombre?

—Bueno, no —contestó el señor Hopple, distraído, con la atención todavía puesta en el paquete de agujas—. Simplemente me ordenó contratar a otro secretario, pero, ¿qué otra pers...? —se interrumpió bruscamente.

Anna se enderezó la pamela de paja y lo miró esbozando una significativa sonrisa.

—Por cierto, últimamente he estado pensando que me sobra mucho tiempo. Puede que usted no lo sepa, pero mi letra es muy clara y pareja. Y tengo buena ortografía.

El señor Hopple parecía pasmado, como una platija enganchada en el anzuelo, con esa peluca color lavanda.

—¿No querrá decir...?

—Sí, eso quiero decir, exactamente —dijo Anna, asintiendo—. Creo que será lo ideal. ¿Me presento mañana en Ravenhill a las nueve o a las diez en punto?

—Esto... a las nueve en punto. El conde se levanta temprano. Pe-pero, pero, de verdad, señora Wren...

—Sí, de verdad, señor Hopple. Ya está. Todo arreglado. Hasta mañana a las nueve en punto, entonces. —Le dio una palmadita al pobre hombre en la manga; no tenía muy buen aspecto. Se giró para reanudar la marcha, y repentinamente se detuvo, al recordar un punto importante—. Una cosa más. ¿Qué salario ofrece el conde?

El señor Hopple pestañeó.

—¿El salario? Bueno, eh, esto... a su último secretario le pagaba tres libras al mes. ¿Estará bien eso?

—Tres libras. —Anna movió los labios repitiendo en silencio las palabras. De repente el día le pareció glorioso en Little Battleford—. Eso irá muy bien.

—Y sin duda va a ser necesario airear muchas de las habitaciones de arriba, y tal vez pintarlas también. ¿Lo has anotado, Hopple?

De un salto Edward bajó los últimos tres peldaños de la escalinata de Ravenhill Abbey y echó a caminar en dirección al establo, sintiendo en la espalda el calor del sol de última hora de la tarde. El perro, como siempre, lo seguía pegado a sus talones.

No oyó respuesta.

—¿Hopple? ¡Hopple!

Se giró a mirar, haciendo crujir la gravilla con las botas.

El administrador estaba comenzando a bajar la escalinata.

—Un momento, milord —resolló; parecía estar sin aliento—. Estaré ahí... en un momento.

Edward esperó, golpeando el suelo con el pie, y cuando Hopple llegó a su lado, continuó caminando hacia la parte de atrás de la casa. Ahí acababa la gravilla y comenzaban los desgastados adoquines del patio del establo.

—¿Has anotado lo de las habitaciones de arriba?

—Esto..., ¿lo de las habitaciones de arriba, milord? —resolló el hombrecillo, mirando la libreta que tenía en la mano.

—Dile al ama de llaves que las haga airear —repitió Edward pausadamente—. Que compruebe si necesitan una mano de pintura. Procura estar a la altura, hombre.

—Sí, milord —masculló Hopple, escribiendo.

—Supongo que me has encontrado un secretario.

—Esto... bueno —masculló el administrador mirando atentamente sus notas.

—Te dije que necesito uno mañana por la mañana.

—Sí, desde luego, milord y de hecho tengo... esto..., una persona que podría muy bien...

Edward se detuvo ante las macizas puertas del establo.

—Hopple, ¿has encontrado un secretario o no?

El administrador pareció alarmado.

—Sí, milord. Creo que se puede decir que he encontrado un secretario.

—Entonces, ¿por qué no lo me lo has dicho? —Frunció el ceño—. ¿Tiene algo mal o raro ese hombre?

—N-no, milord —dijo Hopple, alisándose el horrible chaleco púrpura—. Creo que el secretario será muy satisfactorio como..., bueno, como secretario.

El hombre tenía los ojos fijos en la veleta con la figura de un caballo del techo del establo. Edward se sorprendió mirándola también. Crujía y giraba lentamente. Desvió la vista y miró hacia el suelo. El perro estaba sentado a su lado, con la cabeza ladeada, mirando a su vez la veleta.

Movió la cabeza de un lado a otro.

—Estupendo. Yo estaré ausente mañana cuando llegue. —Dejaron atrás el sol de la tarde y entraron en la penumbra del establo; el perro se les adelantó y comenzó a oliscar los rincones—. Así que tendrás que encargarte de enseñarle mi manuscrito y explicarle lo que debe hacer.

Se giró a mirar. ¿Era imaginación suya o Hopple parecía aliviado?

—Muy bien, milord.

—Mañana a primera hora saldré para Londres y estaré ausente el resto de la semana. Cuando vuelva, él debería haber copiado los papeles que he dejado.

—Desde luego, milord.

Sí, decididamente, el administrador estaba sonriendo de oreja a oreja.

Lo miró atentamente y emitió un bufido.

—Cuando vuelva me hará ilusión conocer a mi nuevo secretario.

La sonrisa de Hopple se desvaneció un tanto.

Ravenhill Abbey era un lugar bastante amedrentador, iba pensando Anna al día siguiente, mientras avanzaba pesadamente por el camino hacia la casa señorial; la caminata desde el pueblo a la propiedad era larga, de casi tres millas, y ya comenzaban a dolerle las pantorrillas. Por suerte, el sol brillaba alegre en el cielo. Antiquísimos robles bordeaban el camino, una vista diferente a la de los campos abiertos que rodeaban la carretera desde Little Battleford. Los árboles eran tan viejos que dos jinetes podían pasar juntos por los huecos que había en algunos.

Al dar la vuelta a un recodo, se detuvo ahogando una embelesada exclamación. La hierba tierna y verde bajo los árboles de un bosquecillo estaba salpicada de narcisos. Las ramas de los árboles sólo tenían brotes de hojas nuevas, por lo que el sol pasaba por entre ellas sin ningún impedimento. Cada narciso amarillo brillaba translúcido y perfecto, creando el ambiente de un etéreo paraje de hadas.

¿Qué tipo de hombre se ausentaría de esa maravilla durante casi veinte años?

Ella recordaba las historias de la terrible epidemia de viruela que diezmó la población de Little Battleford unos años antes de que sus padres se vinieran a vivir a la casa parroquial. Sabía que toda la familia del actual conde había muerto de esa enfermedad. De todos modos, ¿no podría por lo menos haber visitado de tanto en tanto su propiedad en todos esos años?

Moviendo la cabeza reanudó la marcha. Un poco más allá del campo de narcisos se abría el bosquecillo y pudo ver claramente la casa señorial Ravenhill: era de cuatro plantas, y estaba construida con piedra gris, al estilo clásico. Una sola puerta grande en el centro de la planta principal dominaba la fachada. De ahí bajaban dos escalinatas trazando una curva hasta el suelo. En medio de un mar de campos abiertos, la casa Ravenhill era una isla, sola y arrogante.

Echó a andar por el largo camino de entrada y a medida que se acercaba le fue disminuyendo la confianza en sí misma. Esa entrada era sencillamente demasiado imponente. Cuando estuvo cerca de las escalinatas titubeó un momento y luego viró en dirección a la esquina. Un poco más allá vio la entrada de servicio. Esa puerta también era alta y de dos hojas, pero por lo menos no tendría que subir peldaños de granito para llegar a ella. Haciendo una inspiración profunda, tiró del inmenso pomo de bronce, entró y se encontró en una inmensa cocina.

Una mujer corpulenta, de pelo rubio canoso, estaba junto a la maciza mesa central, amasando algo, con los brazos metidos hasta los codos en un bol del tamaño de una olla. Del moño alto se le habían desprendido mechones de pelo que se le pegaban al sudor de sus rojas mejillas. Las otras dos personas eran una fregona y un chico limpiabotas. Los tres se giraron a mirarla.

La mujer rubia, ¿la cocinera, tal vez?, levantó los brazos blancos de harina.

—¿Sí?

Anna alzó el mentón.

—Buenos días. Soy la nueva secretaria del conde, la señora Wren. ¿Sabe dónde podría encontrar al señor Hopple?

Sin apartar los ojos de ella, la cocinera le gritó al niño:

—Eh, Danny, ve a buscar al señor Hopple y dile que la señora Wren está aquí en la cocina. Date prisa, venga.

Danny salió corriendo y la cocinera volvió la atención a su masa.

Anna se quedó en su lugar esperando.

La fregona, que estaba delante del inmenso fogón la miraba fijamente, rascándose el brazo distraída. Anna le sonrió. La chica se apresuró a desviar la vista.

—Nunca había oído hablar de un secretario mujer —comentó la cocinera, sin apartar la vista de sus manos, amasando rápidamente. Con destreza sacó la masa, la puso en la mesa, la extendió y volvió a unirla en una bola, flexionando los antebrazos—. ¿Conoce a su señoría, pues?

—Nunca nos han presentado —contestó Anna—. Hablé del puesto con el señor Hopple, y él no puso ningún reparo a que yo fuera la secretaria del conde.

Bueno, al menos el señor Hopple no expresó en voz alta ningún reparo, añadió para sus adentros.

La cocinera emitió un gruñido, sin levantar la vista.

—Eso está bien. —Rápidamente separó trocitos de masa del tamaño de una nuez y los fue convirtiendo en bolitas. Muy pronto tuvo una pila—. Bertha, tráeme esa bandeja.

La chica llevó a la mesa una bandeja de hierro forjado y empezó a colocar las bolitas en hileras.

—Me dan hasta escalofríos cuando grita de esa manera, de verdad —musitó.

La cocinera la miró con expresión avinagrada.

—El chillido de un búho te da escalofríos. El conde es un caballero bueno. Nos paga salarios decentes y siempre nos da los días libres que nos corresponden.

Bertha se mordió el labio inferior y continuó colocando con sumo cuidado las bolas de masa.

—Tiene una lengua afilada, terrible. Tal vez por eso se marchó el señor Tootleham...

Cerró bruscamente la boca, tal vez al darse cuenta de que la cocinera la estaba mirando indignada.

La entrada del señor Hopple rompió el incómodo silencio. Llevaba un alarmante chaleco color violeta, todo bordado con cerezas rojas.

—Buenos días, buenos días, señora Wren. —Miró de reojo a la cocinera y la fregona, que estaban atentas, y bajó la voz—. ¿Está totalmente segura de... eh... de esto?

—Por supuesto, señor Hopple —contestó Anna, sonriéndole de una manera que, esperaba, indicara seguridad—. Me hace mucha ilusión conocer al conde.

Oyó un bufido de la cocinera a su espalda.

—Ah —tosió el señor Hopple—. En cuanto a eso, el conde ha viajado a Londres, por su trabajo. Suele pasar bastante tiempo en la ciudad, ¿sabe? —añadió en tono confidencial—. En reuniones con otros caballeros doctos. El conde es toda una autoridad en asuntos de agricultura.

Ella sintió un ramalazo de decepción.

—¿Tendré que esperar a que vuelva?

—No, no, eso no es necesario. Su señoría dejó unos papeles para que los copiara en la biblioteca. Simplemente yo la acompañaré hasta allí, ¿le parece bien?

Anna asintió y salió de la cocina detrás de él y luego lo siguió por la escalera de servicio hasta el corredor principal.

El suelo era de losas pequeñas de mármol rosa y negro, hermosamente combinadas, aunque costaba verlas con esa luz tenue. Salieron al vestíbulo de entrada y allí vio la escalera principal. Buen Dios, era enorme. Y llevaba a un rellano del tamaño de su cocina, donde se dividía en dos escaleras curvas que subían a las oscuras plantas superiores. ¿Cómo diablos se mueve un hombre por una mansión como esa aun cuando tenga un ejército de criados?

Cayó en la cuenta de que el señor Hopple le estaba hablando.

—El último secretario y, claro, el anterior a él, trabajaban en su propio despacho debajo de la escalera —estaba diciendo el hombrecillo—. Pero ese despacho es bastante lúgubre, en absoluto adecuado para una dama. Así que me ha parecido mejor que se instale en la biblioteca, donde trabaja el conde. ¿A no ser que prefiera tener un despacho para usted sola? —añadió, en un resuello.

El administrador abrió la puerta de la biblioteca y la sostuvo para que entrara ella. Así lo hizo, y se detuvo repentinamente, obligando al señor Hopple a pasar por un lado.

—No, no. Aquí estaré muy bien.

La sorprendió la tranquilidad con que le sonó la voz. ¡Tantos libros! Los libros cubrían tres paredes de la sala, sólo dejando el hueco del hogar, y subían hasta el cielo raso abovedado. Tenía que haber más de mil libros ahí. En un rincón había una escalera algo raquítica, cuya única finalidad, al parecer, era poner los libros al alcance. No lograba ni imaginarse cómo sería poseer todos esos libros y tener el tiempo para leerlos siempre que le apeteciera a uno.

El señor Hopple la llevó hasta un rincón de la cavernosa sala, donde se alzaba un impresionante escritorio de caoba. Enfrentado a este, y separado por bastantes palmos, había otro más pequeño de palisandro.

—Ya hemos llegado, señora Wren —dijo, entusiasmado—. Le he dejado todo lo que creo que podría necesitar: papel, plumas, tinta, paños para limpiar, papel secante, arenilla. —Indicó una desordenada pila de papeles de alrededor de medio palmo de grosor—. Este es el manuscrito que el conde quiere que copie. En ese rincón hay un cordón para llamar, y estoy seguro de que la cocinera estará encantada de servirle un té o cualquier refrigerio que quiera tomar. ¿Hay alguna otra cosa que desee?

—Oh, no. Todo esto está muy bien —contestó ella, con las manos cogidas delante, tratando de no parecer abrumada por la impresión.

—¿No? Muy bien, entonces; no vacile en hacerme llamar si necesita más papel o cualquier otra cosa.

Diciendo eso, el señor Hopple le sonrió y salió, cerrando la puerta.

Anna se sentó tras el pequeño y elegante escritorio y pasó reverente un dedo por la brillante madera taraceada. Qué mueble más bonito. Suspirando, cogió la primera página del manuscrito del conde. Una letra osada, muy inclinada a la derecha, llenaba la página. Aquí y allá una frase estaba tachada y otras aparecían escritas en los márgenes, con muchas flechas indicando dónde debían ir.

Comenzó a copiar. Escribía rápido, con letra pequeña y clara. De tanto en tanto, tenía que interrumpir la escritura para descifrar una palabra. La letra del conde era francamente atroz. Pero pasado un rato comenzó a acostumbrarse a los bucles de las ies griegas y a las precipitadas erres.

Pasado ya el mediodía, dejó a un lado la pluma y se limpió la tinta de las yemas de los dedos. Después se levantó y fue a tirar tímidamente del cordón del rincón. No escuchó ningún sonido, por lo que supuso que en algún lugar sonó una campanilla, y pronto vendría alguien a quien podría pedirle una taza de té. Miró la hilera de libros que había cerca del cordón. Eran gruesos, con los títulos en latín estampados en los lomos. Curiosa, sacó uno y al sacarlo cayó un libro delgado al suelo, haciendo ruido. Se apresuró a recogerlo y miró hacia la puerta, sintiéndose culpable. Aun no había venido nadie en respuesta a su llamada.

Giró el libro que acababa de recoger. Estaba encuadernado en tafilete rojo, blando y suave al tacto, y no tenía título. El único adorno era una hoja dorada estampada en la esquina inferior derecha de la cubierta. Frunciendo el ceño, devolvió a su lugar el libro grueso que había sacado y con sumo cuidado abrió el libro de tafilete rojo. En la hoja de guarda estaba escrito con letra infantil: «Elizabeth Jane de Raaf, su libro».

—¿Sí, señora?

Casi se le cayó el libro rojo al oír la voz de la joven criada. Se apresuró a colocarlo en su lugar en el estante y le sonrió.

—¿Tendría la bondad de traerme una taza de té?

—Sí, señora.

La criada le hizo su venia de rutina y se marchó sin hacer ningún comentario.

Anna volvió a mirar el libro de Elizabeth, pero decidió que la circunspección es la mejor parte del valor y volvió a su escritorio a esperar el té.

A las cinco en punto irrumpió el señor Hopple en la biblioteca.

—¿Qué tal le ha ido en su primer día? ¿No habrá sido demasiado agotador, espero? —Cogió la pila de páginas terminadas y miró varias de las primeras—. Se ven muy bien. Al conde le agradará poderlas llevar directamente a los impresores.

Parecía aliviado.

Anna pensó que tal vez el hombre se había pasado todo el día preocupado por las capacidades de ella. Recogió sus cosas y echó una última mirada a la superficie del escritorio para comprobar que todo estuviera en orden. Luego se despidió del señor Hopple, dándole las buenas noches y se marchó a su casa.

Madre Wren se levantó de un salto en el instante en que ella entró en la pequeña casa, y la bombardeó con angustiadas preguntas. Incluso Fanny la miraba como si trabajar para el conde fuera una proeza que hiciera necesaria una tremenda valentía.

—Pero si ni siquiera lo ha conocido —protestó ella, pero en vano.

Los días siguientes transcurrieron rápido, y la pila de páginas copiadas fue aumentando uniformemente. Llegó el domingo, que fue un bienvenido día de descanso.

Cuando volvió el lunes, Anna notó una atmósfera de nerviosismo. El conde había regresado de Londres, por fin. La cocinera ni siquiera levantó la vista de la olla con la sopa que estaba removiendo, y el señor Hopple no estaba ahí para saludarla, como había sido su costumbre diaria. Se dirigió sola a la biblioteca, suponiendo que por fin iba a conocer a su empleador.

Pero, en la sala no había nadie.

Ah, muy bien. Soltó el aliento en un soplido de decepción y dejó su cesta con el almuerzo sobre el escritorio de palisandro. Comenzó su trabajo y el tiempo fue pasando, sólo marcado por el sonido de la pluma al rascar el papel. Pasado un buen rato, percibió otra presencia y levantó la vista. Ahogó una exclamación.

A una distancia de un brazo, a un lado de su escritorio, había un perro enorme. El animal había entrado sin hacer el menor ruido.

Se quedó muy quieta, tratando de pensar. No le tenía miedo a los perros; de niña había tenido un encantador terrier pequeño. Pero ese perro era el más grande que había visto en su vida. Y, por desgracia, también le resultaba conocido. Lo había visto no hacía una semana, corriendo al lado del jinete feo que se cayó de su caballo en el camino. Y si el animal estaba ahí... ay, Dios. Se levantó y el perro dio un paso hacia ella, por lo que se lo pensó mejor; no le convenía escapar de la biblioteca. Soltando el aliento retenido, volvió a sentarse, lentamente. Durante un momento se miraron, ella y el perro. Finalmente, ella alargó la mano, con la palma hacia abajo, para que el perro se la oliera. El animal siguió el movimiento de su mano con la mirada, pero no hizo caso del gesto.

—Bueno —le dijo Anna en voz baja—, si no quieres moverte, señor, al menos yo continuaré con mi trabajo.

Cogió la pluma y trató de desentenderse del enorme animal. Pasado un rato, el perro se sentó, pero continuó observándola. Cuando el reloj de la repisa del hogar dio las doce campanadas del mediodía, volvió a dejar la pluma y se friccionó la mano. Cautelosa, estiró los brazos por encima de la cabeza, para desperezarse, pero teniendo buen cuidado de hacerlo con lentitud.

—¿Tal vez te apetecería comer algo? —le dijo al animal.

Quitó el paño que cubría la pequeña cesta que traía cada mañana. Por la mente le pasó la idea de tirar del cordón para pedir té, para beber algo con la comida, pero no sabía si el perro la dejaría alejarse del escritorio.

—Y si no viene alguien a ver cómo estoy —le gruñó—, estaré toda la tarde pegada a este escritorio por tu culpa.

En la cesta tenía pan con mantequilla, una manzana y una cuña de queso envuelto en un paño. Le ofreció un trozo de pan al perro, pero este ni siquiera lo oliscó.

Se lo comió ella.

—Eres delicado, ¿eh? Supongo que estás acostumbrado a comer faisán con champán.

El perro continuó inmutable.

Cuando terminó de comerse el pan, siguió con la manzana; bajo los ojos vigilantes del animal. Si fuera peligroso seguro que no lo dejarían vagar libremente por la casa, se dijo. Se había reservado el queso para el final. Abrió el paño y aspiró y saboreó su fuerte fragancia. El queso era para ella un lujo en esos momentos. Se lamió los labios.

El perro eligió ese preciso momento para alargar el cuello y oliscar.

Anna detuvo el movimiento de la mano con el trozo de queso a medio camino hacia la boca. Miró el queso y luego miró al perro. Tenía los ojos castaños acuosos. Entonces el animal le colocó una enorme pata en la falda.

Ella exhaló un suspiro.

—¿Un poco de queso, milord?

Sacó un trocito y se lo ofreció sobre la palma.

El queso desapareció de un lametón y en la palma le quedó una estela de saliva perruna. A continuación el animal empezó a barrer la alfombra con la gruesa cola, mirándola expectante.

Anna arqueó las cejas, severa.

—Eres un grandísimo farsante, señor.

Le dio el resto del queso. Sólo entonces él se dignó a permitirle que le acariciara las orejas. Le estaba acariciando la ancha cabeza, y diciéndole lo guapo y orgulloso que era cuando oyó el sonido de pisadas de botas en el vestíbulo.

Levantó la vista y vio al conde de Swartingham en la puerta, sus ojos color obsidiana clavados en ella.

Capítulo 3

*La tierra colindante al este de la del duque estaba goberna-
da por un poderoso príncipe, un hombre que no temía ni a
Dios ni a ningún mortal. Este príncipe era cruel, además de
codicioso. Le envidiaba al duque la munificencia de su tierra
y la felicidad de su gente. Un día, el príncipe formó un gran
ejército e invadió el ducado, asolando la tierra y saqueando
las casas, hasta que su ejército quedó rodeando las murallas
del castillo ducal. El anciano duque subió a las almenas y contempló el mar de guerreros que se extendía desde el pie del
castillo hasta el horizonte. ¿Cómo podría derrotar a un ejército tan poderoso? Lloró por su gente y por sus hijas, a las que
sin duda violarían y matarían. Cuando estaba así atenazado
por la desesperación, oyó una voz rasposa:*

—No llores, duque. Aún no está todo perdido.

De *El príncipe Cuervo*

*E*n el instante mismo de abrir la puerta de la biblioteca, Edward se
detuvo en seco y pestañeó, sorprendido. Una mujer estaba sentada
tras el escritorio de su secretario.

Resistió el impulso de retroceder un paso y mirar nuevamente
la puerta, por si se había equivocado. En lugar de retroceder, entrecerró los ojos y examinó a la intrusa. Era todo un bocadito, cubier-

ta por un vestido marrón y con el pelo oculto por una horrible cofia con volantes. Tenía la espalda tan derecha que no tocaba el respaldo de la silla. Se veía como cualquier dama de alcurnia, aunque de pocos recursos, sólo que estaba acariciando, «acariciando» por el amor de Dios, a su enorme y bruto perro. El animal tenía la cabeza ladeada y la lengua le colgaba por un lado del hocico, como un idiota enamorado, con los ojos medio cerrados, en éxtasis.

Miró al perro enfurruñado.

—¿Quién es usted? —le preguntó a ella, y notó que la voz le salió más bronca de lo que habría querido.

La mujer apretó recatadamente los labios, atrayendo su mirada hacia ellos. Tenía la boca más erótica que había visto nunca; ancha, el labio superior más lleno que el inferior, y una comisura algo sesgada.

—Soy Anna Wren, milord. ¿Cómo se llama su perro?

—No lo sé —dijo, al entrar, cuidando de no moverse con brusquedad.

—¿Acaso no es su perro? —preguntó ella, con el entrecejo fruncido.

Él miró al perro y de pronto se quedó como atontado; ella tenía los elegantes dedos introducidos en el pelaje del animal, acariciándolo.

—Me sigue y duerme junto a mi cama —dijo, encogiéndose de hombros—. Pero no tiene ningún nombre que yo sepa.

Se detuvo delante del escritorio de palisandro. Ella tendría que pasar junto a él si quería escapar de la biblioteca.

Anna Wren bajó las cejas con expresión desaprobadora.

—Debería tener un nombre. ¿Cómo lo llama?

—No lo llamo.

Esa mujer era fea. Tenía una nariz larga y delgada, ojos castaños, pelo también castaño, es decir, el poco que se le veía. Nada en ella salía de lo común. Aparte de esa boca.

Ella se mojó la comisura sesgada con la punta de la lengua.

Él sintió saltar su miembro ya endurecido; demonios, esperaba que ella no lo notara y su mente virginal se asustara de muerte. Lo había excitado un adefesio de mujer a la que ni siquiera conocía.

El perro debió cansarse de la conversación, porque se apartó de la mano de Anna y suspirando fue a echarse delante del hogar.

—Póngale un nombre usted si lo considera necesario —dijo Edward.

Volvió a encogerse de hombros y apoyó las yemas de los dedos de la mano derecha en el escritorio.

La mirada evaluadora que ella le dirigió le trajo un recuerdo. Entrecerró los ojos.

—Usted es la mujer que asustó a mi caballo en la carretera el otro día.

—Sí. —Lo miró con sospechosa dulzura—. Siento mucho que se cayera de su caballo.

Impertinente.

—No me caí. Me desarzonaron.

—¿Sí?

Estaba a punto de replicar cuando ella le acercó un montón de papeles.

—¿Querría ver lo que he copiado hoy?

—Mmm —masculló, en tono indeciso.

Sacó los quevedos del bolsillo y se los plantó sobre la nariz. Le llevó un momento concentrarse en lo escrito, pero cuando lo logró, reconoció la letra de su nuevo secretario. La noche anterior había leído las páginas copiadas y si bien aprobó la claridad de la letra, le extrañó que fuera tan afeminada.

Miró a la menuda Anna Wren por encima de los quevedos y soltó un bufido. No afeminada, ¡femenina! Lo cual explicaba las evasivas de Hopple para contestar.

Leyó unas cuantas frases más y de pronto lo asaltó otra idea. Le miró de reojo la mano a la mujer y vio que no llevaba anillo. Ja. Seguro que todos los hombres de los alrededores tenían miedo de cortejarla.

—¿Es soltera?

Ella pareció sobresaltada.

—Soy viuda, milord.

—Ah.

O sea, que la habían cortejado y había estado casada, pero ya no. Ahora ningún hombre la protegía ni vigilaba.

A continuación de ese pensamiento le vino la sensación deque estaba haciendo el ridículo por tener ideas predadoras hacia esa mujer tan fea. Aparte de esa boca... Se movió incómodo y obligó a su mente a dejar de lado esas divagaciones y volver la atención a la página que tenía en las manos. No había borrones ni faltas de ortografía que pudiera ver. Exactamente lo que se esperaría de una viuda marrón. Hizo una mueca para sus adentros.

Ja. Un error. Miró a la viuda por encima de los anteojos.

—Esta palabra tiene que ser «compost», no «compos». ¿No entiende mi letra?

La señora Wren hizo una inspiración profunda, como para armarse de paciencia, con lo que se le ensanchó el tórax, destacando sus pródigos pechos.

—En realidad, milord, no. No siempre la entiendo.

—Jum —gruñó él, algo decepcionado porque ella no le discutió.

Tal vez hiciera muchas más respiraciones profundas cuando se enfurecía.

Terminó de leer las páginas y las dejó caer sobre el escritorio, donde se esparcieron hacia los lados. Ella frunció el ceño mirando la pila de papeles desperdigados y se agachó a recoger uno que se había caído al suelo.

—Se ven bastante bien —dijo él, colocándose detrás de ella—. Trabajaré aquí esta tarde mientras usted termina de copiar lo que queda del manuscrito.

Pasó el brazo por un lado de ella para sacar de un capirotazo una pequeña hilacha de la superficie del escritorio. Sintió el calor de su cuerpo y notó que de ese calor emanaba una tenue fragancia a rosas. También notó que ella se ponía rígida.

Se enderezó.

—Mañana la necesitaré para trabajar en asuntos relativos a la propiedad. ¿Le parece bien?

—Sí, por supuesto, milord.

Percibió que ella se giraba a mirarlo, pero él ya iba caminando hacia la puerta.

—Muy bien. Ahora tengo que ir a ocuparme de un asunto antes de comenzar mi trabajo aquí. —Se detuvo ante la puerta—. Ah, ¿señora Wren?

Ella arqueó las cejas.

—¿Sí, milord?

—No se marche antes de que yo vuelva.

Acto seguido echó a andar por el vestíbulo, resuelto a buscar a su administrador para interrogarlo.

Anna miró con los ojos entrecerrados la espalda del conde mientras éste abandonaba la estancia. Qué hombre más despótico. Incluso por atrás se veía arrogante; hombros anchos, muy derechos, y la cabeza en esa postura imperiosa.

Pensó en sus últimas palabras y miró con expresión perpleja y ceñuda al perro que estaba echado junto al hogar.

—¿Por qué habrá pensado que yo me marcharía?

El mastín abrió un ojo, pareció entender que esa era una pregunta retórica y volvió a cerrarlo. Ella suspiró, movió la cabeza y cogió un papel limpio de la pila. Ella era su secretaria después de todo; simplemente tendría que aprender a soportar al despótico conde. Y, claro, guardarse para sí sus pensamientos en todo momento.

Tres horas después, casi había terminado de copiar las páginas y ya empezaba a sentir un dolor de tortícolis en el hombro, debido al trabajo. El conde no había vuelto, a pesar de su amenaza. Suspirando, flexionó la mano derecha y se levantó. Tal vez le iría bien caminar un poco por la sala. El perro la miró y se levantó para seguirla. Empezó a caminar pasando ociosamente los dedos por los lomos de los libros de un estante. Eran volúmenes grandes, libros de geografía, a juzgar por los títulos. Mucho más grandes que el encuadernado en tafilete rojo que tuvo en sus manos el primer día. Se detuvo. No había tenido el valor de volver a mirar ese librito desde que la interrumpió la criada, pero en ese momento la curiosidad la llevó a la estantería cercana al cordón para llamar.

Ahí estaba, metido entre sus compañeros más altos, tal como ella lo dejara. El delgado libro rojo parecía llamarla. Lo sacó y lo abrió por la página del título. El tipo de letra era muy ornamentada y escasamente legible: *El príncipe Cuervo*. No aparecía el nombre del autor. Arqueando las cejas pasó varias páginas hasta que llegó a una ilustración que representaba a un gigantesco cuervo negro, mucho más grande que un pájaro normal; estaba posado sobre un muro de piedra al lado de un hombre de luenga barba blanca cuya cara tenía una expresión de tristeza o cansancio. Frunció el ceño; el cuervo tenía la cabeza ladeada, como si supiera algo que el anciano no sabía, y tenía el pico abierto, como si pudiera...

—¿Qué tiene ahí?

La voz grave y profunda del conde la sobresaltó tanto que soltó el libro y esta vez sí que cayó al suelo. ¿Cómo podía caminar tan sigiloso un hombre tan grande? Él ya venía atravesado la alfombra, indiferente a las huellas de barro que iba dejando. Al llegar hasta ella se agachó a recoger el libro. Cuando miró la cubierta, su cara quedó sin expresión; ella no logró discernir lo que estaba pensando.

Entonces él levantó la vista.

—Iba a pedir el té —dijo, prosaicamente, y tiró del cordón.

El enorme perro puso el hocico bajo la mano libre de su amo. Lord Swartingham le rascó la cabeza y luego fue a meter el libro en un cajón de su escritorio.

Anna se aclaró la garganta.

—Sólo estaba mirando. Espero que no le importe...

El conde le indicó con un gesto que se callara, porque en ese momento apareció una doncella en la puerta.

—Bitsy —le dijo él entonces a la criada—, dile a la cocinera que prepare una bandeja con pan, té y cualquier otra cosa que tenga.

—Miró hacia Anna y añadió, como si acabara de ocurrírsele—. Y pregúntale también si tiene pasteles o galletas, ¿eh?

Él no le preguntó si prefería dulces, por lo que era estupendo que sí los prefiriera, pensó Anna.

La criada hizo su venia y salió a toda prisa.

Anna frunció los labios.

—De verdad no era mi intención...

—No importa —interrumpió él; estaba ante su escritorio sacando el tintero y plumas y dejándolo todo de cualquier manera—. Mire todo lo que quiera. Alguien tiene que utilizar todos estos libros, aunque no sé si le interesarán mucho. La mayoría son historias aburridas, si mal no recuerdo, y es probable que estén todos mohosos también.

Se interrumpió para leer un papel que estaba sobre el escritorio. Ella abrió la boca para volver a intentarlo, pero se distrajo al verlo acariciar la pluma mientras leía. Tenía las manos grandes y bronceadas, mucho más de lo que correspondería a las manos de un caballero. En el dorso tenía vello negro. Entonces se le pasó por la cabeza la idea de que tal vez también tuviera vello en el pecho. Se irguió bien y se aclaró la garganta.

El conde levantó la vista.

—¿Cree que Duque es un buen nombre?

Él la miró un instante sin comprender y luego se le iluminó la cara. Miró al perro, pensándoselo.

—Creo que no. Tendría un rango superior al mío.

La entrada de tres criadas salvó a Anna de contestar. Estas dejaron el servicio de té en una mesa cercana a la ventana y se retiraron. El conde le hizo un gesto hacia el sofá de un lado y él fue a sentarse en un sillón al otro lado.

—¿Sirvo? —le preguntó ella.

—Por favor —dijo él, asintiendo.

Anna sirvió el té. Sintió la mirada del conde observándola mientras realizaba ese ritual, pero cuando levantó la vista, él estaba mirando su taza. La cantidad de comida era para amilanar. Había pan, mantequilla, tres mermeladas diferentes, lonchas de jamón en fiambre, empanada de paloma, queso, dos tipos de pudín, pastelillos espolvoreados con azúcar glasé y frutas pasas. Llenó un plato para él, con un poco de cada cosa, recordando el hambre que puede tener un hombre después de hacer ejercicio, y después eligió unas cuantas piezas de fruta y un pastelillo para ella.

Al parecer al conde no le hacía falta conversación mientras comía. Fue comiendo metódicamente todo lo que tenía en el plato.

Anna lo observaba mordisqueando el pastelillo de limón.

Él estaba reclinado en el sillón, con una pierna doblada y la otra estirada, con la mitad debajo de la mesa. Subió la mirada por sus botas de montar salpicadas de barro, continuó por sus musculosos muslos, luego por las estrechas caderas con el vientre plano, el pecho que se iba ensanchando hasta los hombros, muy anchos para un hombre tan delgado. Su mirada llegó a su cara. Los brillantes ojos negros de él la estaban mirando.

Se ruborizó y se aclaró la garganta.

—Su perro es muy... —miró hacia el manso animal— insólito. Creo que nunca había visto uno así. ¿Dónde lo adquirió?

Él emitió un bufido.

—La pregunta debería ser dónde me adquirió él a mí.

—¿Perdón?

Él suspiró y cambió de posición en el sillón.

—Lo encontré una noche fuera de mi propiedad en el norte de Yorkshire, hace más o menos un año. En el camino. Estaba flaco, demacrado, lleno de pulgas, y tenía enredada una cuerda por el cuello y las patas delanteras. Corté la cuerda y el condenado me siguió hasta la casa. —Miró enfurruñado al animal, que estaba echado a un lado de su sillón; el perro lo miró y movió la cola encantado. Él le tiró un trozo de la masa crujiente de la empanada y él lo cogió al vuelo—. Desde entonces no he podido librarme de su compañía.

Anna frunció los labios para reprimir una sonrisa. Cuando lo miró le pareció que el conde le estaba mirando la boca. Ay, Dios. ¿Le habría quedado azúcar en la cara? Se apresuró a limpiarse los labios con un dedo.

—Debe de serle muy leal, puesto que lo rescató.

—A mí me parece que es más leal a las buenas sobras de la cocina que recibe aquí —gruñó él.

Repentinamente se levantó y, seguido por el perro, fue a tirar del cordón para que vinieran a retirar las cosas de la mesa. Al parecer, había terminado el té.

El resto de la tarde transcurrió agradablemente, en mutua compañía.

El conde no era un escritor silencioso. Hablaba solo, mascullando, y se pasaba la mano por el pelo, con lo que se le iban soltando mechones de la coleta y le caían desordenados alrededor de las mejillas. De repente se levantaba de un salto, se paseaba por la sala un rato y luego volvía a sentarse a escribir a toda prisa. Al parecer el perro estaba acostumbrado al estilo de componer de su amo y roncaba junto al hogar, imperturbable.

Cuando el reloj del corredor dio las cinco, Anna comenzó a recoger sus cosas y a ponerlas en su cesta.

El conde frunció el ceño.

—¿Ya se marcha?

Anna detuvo sus movimientos.

—El reloj ha dado las cinco, milord.

Él pareció sorprendido, miró por la ventana y vio que ya estaba oscureciendo.

—Pues, sí.

Se levantó, esperó a que ella terminara y la acompañó hasta la puerta. Mientras caminaba por el vestíbulo Anna era muy consciente de la presencia de él a su lado. Vio que la cabeza no le llegaba ni al hombro de él, lo que le recordó lo alto que era.

El conde frunció el ceño al ver el camino de entrada desierto.

—¿Dónde está su coche?

—No tengo coche —contestó ella, algo sarcástica—. Vengo a pie desde el pueblo.

—Ah, claro. Espere aquí. Haré traer mi coche.

Ella abrió la boca para protestar, pero él ya había bajado corriendo la escalinata e iba a largas zancadas en dirección al establo, dejándola en compañía del perro. El animal gimió y se sentó. Esperaron en silencio, oyendo crujir las copas de los árboles agitadas por el viento. De pronto el perro alzó las orejas y se levantó.

El coche dio la vuelta a la esquina y fue a detenerse ante la escalinata. El conde bajó y dejó abierta la puerta para que subiera ella. Impaciente, el mastín se adelantó y subió antes que ella los peldaños.

—Tú no —dijo lord Swartingham, mirándolo ceñudo.

El perro bajó la cabeza y fue a colocarse a su lado. Anna colocó la mano enguantada en la que él le ofrecía para ayudarla a subir. Los fuertes dedos masculinos le apretaron la mano un momento; luego se la soltó y ella quedó libre para sentarse en el asiento tapizado en piel roja.

Entonces él se inclinó y metió la cabeza en el coche.

—No es necesario que traiga almuerzo mañana. Comerá conmigo.

Antes de que ella pudiera darle las gracias, él le hizo una seña al cochero y el coche emprendió la marcha. Alargó el cuello para mirar hacia atrás. El conde seguía junto a la escalinata con el enorme perro. Sin saber por qué, verlo así le produjo una melancólica sensación de soledad. Agitó la cabeza y se giró a mirar hacia el frente. Ese hombre no tenía ninguna necesidad de su lástima.

Edward se quedó observando el coche hasta que dio la vuelta al recodo. Tenía la inquietante sensación de que no debía dejar fuera de su vista a la viudita. Su presencia junto a él en la biblioteca esa tarde le había resultado curiosamente calmante. Hizo una mueca para sus adentros. Anna Wren no era para él. Pertenecía a una clase distinta a la suya y, además, era una viuda respetable del pueblo. No era una dama sofisticada de la sociedad que pudiera considerar la posibilidad de un romance fuera del matrimonio.

—Vamos —dijo, dándose una palmada en el muslo.

El perro lo siguió de vuelta a la biblioteca. El lugar se sentía más cálido y acogedor cuando la señora Wren estaba sentada ahí. Caminó hasta el escritorio de palisandro y vio un pañuelo en el suelo. Lo recogió. Era blanco, con flores bordadas en una esquina. ¿Violetas, tal vez? Difícil saberlo, pues estaban algo oblicuas. Se lo acercó a la cara y aspiró. Olía a rosas.

Manoseando el pañuelo fue hasta una ventana ya oscurecida. Su viaje a Londres había ido bien. Sir Richard Gerard había aceptado su petición de la mano de su hija. Gerard sólo era un baronet, pero la familia era antigua y formal. La madre había parido siete hijos, cinco de los cuales habían sobrevivido hasta la edad adulta. Además, Gerard poseía una pequeña propiedad, no vinculada al título, colindante con la suya en el norte de Yorkshire. El hombre se resistió a añadir esa propiedad a la dote de su hija mayor, pero él estaba seguro de que con el tiempo lo aceptaría. Al fin y al cabo, Gerard ganaría a un conde como yerno. Todo un triunfo para él. En cuanto a la chica...

Se le quedó la mente en blanco y durante un horroroso momento no logró recordar su nombre. Entonces le vino a la memoria. Sylvia. Claro, Sylvia, cómo no. No había pasado mucho tiempo a solas con ella, pero sí había procurado asegurarse de que ella estaba conforme con el matrimonio; le preguntó francamente si le repelían las marcas de viruela, y ella contestó que no. ¿Le habría dicho la verdad?, pensó cerrando la mano en un puño. Otras le habían mentido antes acerca de sus cicatrices, y él se había engañado. Era muy posible que esta chica le hubiera dicho lo que él deseaba oír y sólo después descubriría que lo odiaba. Pero claro, ¿qué otra alternativa tenía? ¿Continuar soltero y sin hijos el resto de su vida por miedo a una mentira? Ese destino era inviable.

Se pasó un dedo por la mejilla y sintió en la piel el suave roce del lino. Todavía tenía el pañuelo en la mano. Lo miró un momento, frotándolo con el pulgar; después lo dobló cuidadosamente y lo dejó sobre el escritorio.

Acto seguido, salió de la biblioteca, con el perro tras él.

La llegada de Anna en un magnífico coche causó revuelo en la casa Wren. Cuando el cochero detuvo a los caballos delante de la puerta, vio la blanca cara de Fanny entre las cortinas de la sala de estar. Esperó a que el lacayo bajara los peldaños y bajó, sintiéndose cohibida.

—Gracias —le dijo al lacayo sonriéndole—. Y a usted también John Coachman.* Lamento haberle causado esta molestia.

—No ha sido ninguna molestia, señora —dijo el cochero, tocándose el ala de su redondo sombrero—. Nos alegra poder dejarla sana y salva en su casa.

El lacayo saltó a la parte de atrás del coche y John Coachman, haciendo una venia hacia Anna, azuzó a los caballos. El coche acababa de ponerse en marcha cuando madre Wren y Fanny salieron por la puerta a bombardearla a preguntas.

—El conde me envió a casa en su vehículo —explicó, entrando delante de ellas.

—Caramba, que hombre tan amable —exclamó su suegra.

Anna recordó la forma como el conde le ordenó que cogiera el coche. Se quitó el chal y la papalina.

—Sí —dijo.

—¿Conoció al conde en persona, entonces, señora? —le preguntó Fanny.

Anna le sonrió, asintiendo.

—Nunca he visto a un conde, señora. ¿Cómo es?

—Un hombre como cualquier otro —contestó Anna.

Aunque no estaba muy segura de que eso fuera cierto. Si el conde era un hombre como cualquier otro, ¿por qué ella sentía el ex-

* Coachman: cochero. (*N. de la T.*)

traño deseo de provocarlo para hacerlo discutir? Ninguno de los otros hombres que conocía la hacían desear desafiarlos.

—Dicen que tiene unas horribles cicatrices en la cara, de la viruela.

—Fanny, querida —exclamó madre Wren—, nuestro interior es mucho más importante que nuestra cáscara externa.

Las tres se quedaron en silencio un momento considerando ese noble pensamiento; Fanny frunció el entrecejo, pensándolo.

Entonces madre Wren se aclaró la garganta.

—Me han dicho que las marcas de la viruela las tiene en la mitad superior de la cara.

Anna reprimió una sonrisa.

—Tiene marcas en la cara, pero no se le notan mucho en realidad. Además, tiene unos magníficos y abundantes cabellos negros, unos ojos bonitos y su voz es muy atractiva, hermosa incluso, sobre todo cuando habla en voz baja. Y es muy alto, con unos hombros muy anchos y musculosos...

Se interrumpió bruscamente; madre Wren la estaba mirando de una manera rara.

Se quitó los guantes.

—¿Está lista la cena?

—¿La cena? Ah, sí, la cena debería estar lista —dijo madre Wren, empujando a Fanny hacia la cocina—. Tenemos un pudín y un pollo asado muy guapo que Fanny consiguió comprarle a buen precio al granjero Brown. Ha estado practicando su habilidad para regatear, ¿sabes? Pensamos que iría muy bien para celebrar tu empleo.

—Estupendo —dijo Anna, empezando a subir la escalera—. Iré a lavarme un poco.

Madre Wren le puso la mano en un brazo.

—¿Estás segura de que sabes lo que haces, querida mía? —le preguntó en voz baja—. A veces las damas de una cierta edad, bueno, se hacen ideas con los caballeros. —Guardó silencio un momento y continuó a toda prisa—: No es de nuestra clase, ¿sabes? Eso sólo te reportaría sufrimiento.

Anna miró la frágil y vieja mano en su brazo, se obligó a esbozar una sonrisa y levantó la vista.

—Sé muy bien que cualquier cosa de naturaleza personal entre lord Swartingham y yo sería incorrecto. No hay ninguna necesidad de preocuparse.

La anciana le escrutó los ojos un momento más largo y luego le dio una palmadita en el brazo.

—No tardes mucho, querida. Esta noche aún no hemos quemado la cena.

Capítulo 4

El duque se giró hacia la voz y vio un inmenso cuervo posado sobre el parapeto. El pájaro se le acercó de un salto y ladeó la cabeza.

—Te ayudaré a derrotar al príncipe si me das en matrimonio a una de tus hijas.

El duque se estremeció de indignación.

—¿Cómo te atreves? Me insultas al insinuar que yo llegaría a pensar siquiera en casar a una de mis hijas con un polvoriento pájaro.

—Bonitas palabras, amigo mío —dijo el cuervo, riendo—. Pero no te des tanta prisa. Dentro de un momento vas a perder a tus hijas y tu vida.

El duque contempló al cuervo y vio que no era de ninguna manera un pájaro corriente. Llevaba al cuello una cadena de oro de la que colgaba un rubí con la forma de una pequeña y perfecta corona. Miró nuevamente hacia el ejército que amenazaba a sus puertas y, comprendiendo lo poco que tenía que perder, aceptó el impío convenio.

De *El príncipe Cuervo*

*E*staban sentados en un extremo de la enorme mesa de caoba del comedor. Por la fina capa de polvo que se veía en el otro extremo,

Anna supuso que esa sala no se usaba mucho. ¿Alguna vez cenaría ahí el conde? De todos modos, toda esa semana habían abierto el comedor para que ellos almorzaran, y, también en esa semana se había enterado de que el conde no era conversador. Después de muchos días de oír gruñidos y monosílabos por respuestas, había convertido en un juego lo de provocarlo para que respondiera.

—¿Ha pensado en el nombre Caramelo? —preguntó, levantando hacia la boca la cuchara con compota de manzanas.

Lord Swartingham detuvo el movimiento de cortar un trozo de pastel de carne y riñones.

—¿Caramelo?

Le estaba mirando la boca, y ella cayó en la cuenta de que se había pasado la lengua por los labios.

—Sí, ¿no encuentra simpático el nombre de Caramelo?

Los dos miraron al perro, que estaba echado a un lado de la silla de él, royendo un hueso de la sopa, con los colmillos brillantes.

—Creo que Caramelo no encaja en absoluto con su personalidad —dijo lord Swartingham, poniendo en su plato el trozo de pastel.

—Mmm. Tal vez tenga razón —dijo Anna, masticando pensativa—. Sin embargo usted no ha ofrecido ninguna alternativa.

Lord Swartingham cortó vigorosamente un trozo de carne.

—Porque estoy contento con que siga sin nombre.

—¿No tuvo perros cuando era niño?

—¿Yo? —preguntó él, mirándola como si le hubiera preguntado si de pequeño había tenido dos cabezas—. No.

—¿Ningún animal doméstico?

Él miró ceñudo su plato con el pastel.

—Bueno, estaba el perro faldero de mi madre.

—Ah, ¿lo ve? —exclamó ella en tono triunfal.

—Pero ese animal era un pequinés, pequeñajo y muy irritable además.

—Aun así...

—Le gruñía y trataba de morder a todo el mundo, menos a mi

madre —musitó él, como hablando consigo mismo—. Nadie lo quería. Una vez mordió a un lacayo. Padre tuvo que darle un chelín al pobre hombre.

—¿Y tenía nombre el pequinés?

—Fiddles. —El conde asintió y tomó un bocado del pastel—. Pero Sammy lo llamaba Piddles. También le daba gomas de fruta, sólo para ver cómo se le pegaban en el paladar.

Anna sonrió.

—¿Sammy era su hermano?

Lord Swartingham había levantado la copa de vino para beber; la detuvo a medio camino un segundo, y luego bebió.

—Sí. —Colocó la copa exactamente al lado de su plato—. Tengo que ocuparme de diversos asuntos de la propiedad esta tarde.

A Anna se le desvaneció la sonrisa. Al parecer el juego había terminado.

—Mañana voy a necesitar que salga conmigo a caballo —continuó él—. Hopple quiere enseñarme unos campos que tienen problemas de drenaje y querría que usted tomara notas mientras hablamos de las posibles soluciones. —Levantó la vista para mirarla—. Tiene traje de montar, ¿verdad?

Anna tamborileó con los dedos en su taza de té.

—La verdad, nunca he cabalgado.

Él arqueó las cejas, sorprendido.

—¿Nunca?

—No tenemos caballo.

—No, supongo que no. —Miró ceñudo el pastel que tenía en el plato, como si este tuviera la culpa de que ella no contara con el traje apropiado—. ¿Tiene algún vestido que pueda hacer servir como traje de montar?

Anna hizo revisión mental de su escaso guardarropa.

—Podría arreglar uno viejo.

—Excelente. Póngaselo mañana y yo le enseñaré los rudimentos de la equitación. No debería ser muy difícil. No vamos a ir muy lejos.

—Ah, pero, milord —protestó ella—, no deseo causarle ningún problema. Puedo pedirle a uno de los mozos que me enseñe.

Él la miró fijamente.

—No. Yo le enseñaré a cabalgar.

Menudo déspota, pensó ella. Frunció los labios y, para refrenarse de replicar, bebió un trago de té.

El conde terminó en dos bocados su pastel y echó atrás su silla.

—Será hasta esta tarde, entonces, señora Wren. Volveré antes que se marche.

Mascullando un «Vamos», se dirigió a la puerta y el perro que continuaba sin nombre lo siguió.

Anna se los quedó mirando. ¿Estaba fastidiada porque el conde le daba órdenes de modo muy parecido a como se las daba al perro? ¿O estaba conmovida porque insistió en enseñarle él a cabalgar? Se encogió de hombros y bebió lo que le quedaba de té.

Cuando entró en la biblioteca fue inmediatamente hasta su escritorio y comenzó a escribir. Pasado un rato alargó la mano para coger una hoja en blanco y descubrió que no quedaba ninguna. Porras. Se levantó a tirar del cordón para pedir más papel y entonces recordó que el conde lo guardaba en el cajón lateral de su escritorio. Fue a ponerse tras el escritorio y abrió el cajón. Encima del rimero de papel estaba el libro de tafilete rojo. Lo hizo a un lado, cogió unas cuantas hojas y al moverlas para sacarlas un papel escrito cayó al suelo. Lo recogió y vio que era una carta o una factura. En la esquina superior tenía estampado un curioso membrete; le pareció que era el dibujo de dos hombres y una mujer, diminutos, pero no logró distinguir qué estaban haciendo. Giró el papel hacia uno y otro lado, examinando las figuras.

El fuego del hogar iluminó la esquina.

Al instante lo comprendió y casi soltó el papel. Una ninfa y dos sátiros estaban ocupados en un acto que parecía físicamente imposible. Ladeó la cabeza y volvió a mirar. Sí que era posible. Debajo de la grosera ilustración aparecían impresas las palabras «Aphrodite's

Grotto».* El papel era una factura por dos noches de alojamiento en una casa, y por esa escandalosa imagen no era difícil adivinar qué tipo de casa era. ¿Quién se iba a imaginar que un prostíbulo enviaba facturas mensuales igual que un sastre?

Sintió una horrible sensación de náuseas. Lord Swartingham tenía que frecuentar ese lugar si tenía esa factura en su escritorio. Se dejó caer en el sillón y se cubrió la boca con una mano. ¿Por qué la molestaba tanto haber descubierto sus bajas pasiones? El conde era un hombre maduro cuya esposa había muerto hacía años. Ninguna persona que tuviera algún conocimiento mundano esperaría que se abstuviera de mantener relaciones sexuales el resto de su vida. Alisó el odioso papel en la falda. En todo caso, el hecho de pensar en él entregado a ese tipo de actividad con una mujer hermosa le producía una extraña opresión en el pecho.

Rabia. Era rabia lo que sentía. Bien podía la sociedad no esperar abstinencia sexual del conde, pero de ella sí la esperaba. Él, como hombre, podía ir tranquilamente a esas casas de prostitución y retozar toda la noche con mujeres atractivas y sofisticadas, mientras que ella, como mujer, debía mantenerse casta y no pensar siquiera en unos ojos oscuros ni en un pecho velludo. Eso sencillamente no era justo, no era justo en absoluto.

Pensativa, contempló un momento más el papel, que era la prueba palpable, irrecusable, de todo eso, y luego lo puso con sumo cuidado en el cajón, debajo del rimero de papel limpio. Cuando estaba a punto de cerrarlo, se detuvo a mirar otra vez el libro del cuervo. Apretó los labios e impulsivamente lo cogió, fue a ponerlo en el cajón central de su escritorio y reanudó su trabajo.

Así transcurrieron las horas de la tarde y el conde no volvió de visitar los campos como había prometido.

De vuelta a casa en el carruaje, fue mirando por la ventanilla, gol-

---

* Aphrodite's Grotto: Gruta de Afrodita. En este caso he puesto el nombre en inglés por tratarse del membrete. En adelante aparecerá en castellano. *(N. de la T.)*

peteando de tanto en tanto el cristal con el dorso de la uña, hasta que cesó la campiña y se internó en las lodosas calles del pueblo. Los cojines tapizados en piel olían a moho por la humedad. Cuando el coche dio la vuelta a una esquina vio que estaba en una calle muy conocida; se levantó y golpeó el techo. John Coachman tiró de las riendas y el coche se detuvo con unas sacudidas. Anna se apresuró a bajar y le dio las gracias al cochero.

Estaba en una zona de casas más nuevas y algo más grandes y elegantes que la suya. La tercera casa de esa manzana era de ladrillo rojo con adornos blancos. Golpeó la puerta.

Al cabo de un momento se asomó una criada joven de pelo negro. Anna le sonrió.

—Hola, Meg. ¿Está en casa la señora Fairchild?

—Buenas tardes, señora Wren —saludó Meg, sonriendo alegremente—. La señora se alegrará de verla. Puede esperar en la sala de estar mientras voy a decirle que está aquí.

Diciendo eso la llevó hasta una pequeña sala de estar de paredes pintadas en amarillo vivo. Un gato melado estaba echado en la alfombra tomando los últimos rayos de sol que entraban por las ventanas. Sobre un sofá había una cesta de costura, de la que colgaban hilos de cualquier manera. Mientras esperaba, Anna se agachó a saludar al gato.

Se oyeron pasos bajando la escalera y apareció Rebecca Fairchild en la puerta.

—¡Qué vergüenza! Hace tanto tiempo que no vienes a verme que empezaba a pensar que me habías abandonado en mi hora de necesidad.

Contradiciendo sus palabras, la mujer corrió a abrazarla. Su vientre hizo difícil el abrazo, porque estaba abultado y pesado, hinchado ante Anna como la vela de un barco.

Anna le correspondió el abrazo con cariño.

—Lo siento. Tienes razón. He pecado de negligencia al no venir a verte. ¿Cómo estás?

—Gorda. No, es cierto —continuó Rebecca, ahogando la protesta de Anna—. Incluso James, que es tan amable, ha dejado de ofrecerse a llevarme en brazos por la escalera. —Se sentó con cierta brusquedad en el sofá, y por poco no lo hizo encima del costurero—. La caballerosidad ha muerto. Pero tienes que contármelo todo sobre ese empleo tuyo en Ravenhill.

—¿Lo sabes? —preguntó Anna, sentándose en uno de los sillones, enfrente de su amiga.

—¿Que si lo sé? Prácticamente no he oído hablar de otra cosa. —Bajó la voz con un gesto teatral—. El moreno y misterioso conde de Swartingham ha empleado a la joven viuda Wren por motivos desconocidos y diariamente se encierra con ella para sus nefandos fines.

Anna hizo un mal gesto.

—Lo único que hago es copiarle papeles.

Rebecca agitó la mano desechando esa vulgar explicación, en el momento en que entraba Meg con la bandeja del té.

—No me digas eso. ¿Te das cuenta de que eres una de las pocas personas que conoce a ese hombre? Según los cotilleos que se oyen en el pueblo, se esconde en su siniestra mansión simplemente para privarnos de la oportunidad de examinarlo. ¿Es tan desagradable como dicen los rumores?

—¡No, no! —exclamó Anna sintiendo una punzada de rabia. ¿Lo consideraban desagradable sólo por unas pocas cicatrices?—. No es guapo, por supuesto, pero no carece de atractivo.

Ella lo encontraba bastante atractivo en realidad, le susurró una vocecita interior. Frunciendo el ceño se miró las manos. ¿En qué momento había dejado de fijarse en las señales de la viruela y comenzado a prestar atención al hombre que había debajo?

—Una lástima —dijo Rebecca, al parecer decepcionada porque el conde no fuera un horrible ogro —. Quiero oír sus tenebrosos secretos y sus intentos de seducirte.

Meg salió silenciosamente de la sala.

Anna se echó a reír.

—Puede que tenga una gran cantidad de secretos tenebrosos, pero es muy improbable que intente seducirme.

—Claro que no, mientras lleves esa horrible cofia —dijo Rebecca, haciendo un gesto con la tetera hacia la ofensiva prenda—. No sé por qué la usas. No eres tan vieja.

Anna se tocó la cofia de muselina, algo cohibida.

—Las viudas deben usar cofias. Además, no deseo que me seduzca.

—Pero ¿por qué no?

—Porque...

Horrorizada, comprobó que la mente se le había quedado en blanco y no se le ocurría ni un solo motivo para no desear que el conde la sedujera. Se echó una galleta a la boca y la masticó lentamente. Por suerte, Rebecca no había reparado en su repentino silencio y estaba parloteando sobre los tipos de peinado que le sentarían mejor a ella.

—Rebecca —la interrumpió—, ¿crees que todos los hombres tienen necesidad de más de una mujer?

Rebecca, que estaba sirviendo una segunda taza de té, levantó la vista y la miró de un modo excesivamente compasivo.

Anna sintió subir el rubor a las mejillas.

—Quiero decir...

—No, cariño, sé qué quieres decir. —Bajó lentamente la tetera y la dejó en la bandeja—. No puedo hablar por todos los hombres, pero estoy bastante segura de que James me ha sido fiel. Y, la verdad, si se fuera a extraviar —se dio unas palmaditas en el vientre y cogió otra galleta—, creo que lo haría ahora.

Anna no se pudo quedar quieta. Se levantó de un salto y se puso a mirar las chucherías de la repisa del hogar.

—Lo siento. Sé que James no haría nunca...

—Me alegra que tú lo sepas —dijo Rebecca, emitiendo un delicado bufido—. Deberías haber oído las advertencias que me hizo Felicity Clearwater sobre lo que hay que esperar de un marido cuando una está embarazada. Según ella, todos los maridos están simplemente esperando... —Se interrumpió bruscamente.

Anna cogió una pastora de porcelana y pasó el dedo por su papalina dorada. No veía bien; tenía los ojos empañados.

—Ahora soy yo la que lo siente —dijo Rebecca.

Anna no la miró. Siempre había pensado si Rebecca lo sabría. Ahora sabía que sí. Cerró los ojos.

—Creo que cualquier hombre que se toma a la ligera los votos del matrimonio —le oyó decir a Rebecca— se deshonra de modo imperdonable.

Anna dejó la pastora sobre la repisa.

—¿Y la mujer? ¿No tiene ella parte de culpa si él busca la satisfacción fuera del matrimonio?

—No, cariño. Creo que la mujer no tiene nunca la culpa.

Repentinamente Anna se sintió menos triste. Intentó sonreír, aun cuando temía que la sonrisa le saliera algo llorosa.

—Eres la mejor de las amigas, Rebecca.

—Bueno, por supuesto —dijo esta, sonriendo como una gata satisfecha y muy embarazada—. Y para demostrarlo, llamaré a Meg para que nos traiga pasteles con nata. Placer; hay que ser hedonista, querida mía.

A la mañana siguiente Anna llegó a Ravenhill ataviada con un viejo vestido azul de estambre. Había estado en pie hasta bien pasada la medianoche ensanchando la falda, y tenía la esperanza de poder montar un caballo recatadamente. El conde ya se estaba paseando delante de la entrada, al parecer esperándola. Llevaba pantalones de ante ceñidos y botas de montar marrones de media caña; estas se veían opacas y llenas de rozaduras. Una vez más, Anna pensó en qué estaría pensando su ayuda de cámara.

—Ah, señora Wren —dijo él, y le miró la falda—. Sí, eso le servirá.

Sin esperar respuesta, echó a andar a largas zancadas hacia la parte de atrás de la casa, en dirección al establo.

Ella tuvo que trotar para ir a su paso.

El bayo castrado de él ya estaba ensillado y ocupado en enseñarle los dientes a un mozo joven. El chico sostenía las riendas a la distancia del brazo, y se veía receloso. En contraste con el caballo, una rolliza yegua castaña se encontraba plácidamente situada junto al bloque para montar. De la parte de atrás del establo salió el perro y al verla se le acercó saltando; se detuvo ante ella con un patinazo y trató de recuperar en parte su dignidad.

—Te he pillado, ¿sabes? —le susurró ella, rascándole las orejas.

—Si ha terminado de jugar con ese animal, señora Wren... —dijo lord Swartingham, mirando al perro ceñudo.

Anna se enderezó.

—Estoy lista.

Él le indicó el bloque para montar y ella subió vacilante. Sabía, en teoría, cómo debía montar una mujer, pero la realidad era algo más complicada. Logró poner un pie en el estribo, pero tuvo dificultades para darse el impulso y poner la pierna flexionada enganchada en el arzón.

—¿Si me lo permite?

El conde estaba detrás de ella. Cuando se inclinó sintió en la mejilla su cálido aliento, con un tenue olor a café.

Asintió, muda.

Él le rodeó la cintura con sus grandes manos y la levantó, sin dar señales de que eso le costara el más mínimo esfuerzo. Suavemente la sentó en la silla y levantó el estribo para que ella metiera el pie. Sintiendo arder las mejillas, miró su cabeza inclinada. Él no llevaba sombrero, pues se lo había entregado al mozo, y vio unos pocos hilos de plata en su coleta. ¿Tendría el pelo suave o cerdoso? Se le levantó la mano enguantada como por voluntad propia y se lo tocó ligeramente. Al instante retiró la mano, pero al parecer él sintió algo. Levantó la vista y la miró a los ojos un momento que a ella le pareció eterno. Vio que entornaba los párpados y un leve rubor le teñía los pómulos.

Entonces él se irguió y cogió las bridas de la yegua.

—Es una yegua muy mansa —dijo—. Creo que no tendrá ningún problema con ella, mientras no haya ratas por ahí.

Ella lo miró sin entender.

—¿Ratas?

Él asintió.

—Le tiene miedo a las ratas.

—La comprendo muy bien —musitó Anna.

Titubeante le pasó la mano por el cuello a la yegua, notando la dureza de las crines.

—Se llama Daisy —dijo lord Swartingham—. ¿La llevo a dar unas vueltas por el patio para que se acostumbre a ella?

Ella asintió.

El conde hizo chasquear la lengua y la yegua echó a andar. Anna se cogió fuertemente de las crines. Se le puso rígido todo el cuerpo por la novedosa sensación de moverse a esa distancia del suelo. La yegua agitó la cabeza.

Lord Swartingham le miró las manos.

—Percibe su miedo. ¿Verdad, mi dulce muchacha?

Cogida por sorpresa por esas últimas palabras, Anna soltó la crin.

—Eso está mejor —dijo él—. Relaje el cuerpo.

Ella sintió que su voz la rodeaba, la envolvía en su calidez.

—Responde mejor a una caricia suave —continuó él—. Desea que la acaricien y la quieran. ¿Verdad, mi preciosa?

Dieron varias vueltas por el patio del establo, la voz profunda del conde hechizando a la yegua. Escuchándolo, Anna sintió que algo se iba calentando y derritiendo en su interior, como si también estuviera hechizada. Él le dio unas pocas y sencillas explicaciones sobre cómo sostener las riendas y moverse en el asiento. Al cabo de media hora, ya se sentía mucho más confiada y segura en la silla.

Lord Swartingham montó su bayo e impuso una marcha al paso por el camino de entrada. El perro iba trotando a un lado y de tanto en tanto desaparecía por la hierba alta y a los pocos minutos reaparecía. Cuando llegaron a la carretera, el conde dio rienda suelta a su bayo, dejándolo galopar una corta distancia y luego volver al galope, para que gastara algo de su energía. La pequeña yegua observaba las travesuras del macho sin dar ninguna señal de que deseara dejar de ir al paso. Anna levantó la cara hacia el sol. Había echado muchísimo de menos su calor durante el largo invierno. De pronto vio unos colores azafrán claro bajo los setos que bordeaban el camino.

—Mire, prímulas. Creo que esas son las primeras de este año, ¿verdad?

El conde miró hacia donde ella apuntaba.

—¿Esas flores amarillas? Nunca las había visto.

—He tratado de cultivarlas en mi jardín, pero no les gusta que las trasplanten. Pero tengo unos cuantos tulipanes. He visto los hermosos narcisos en el bosquecillo de la casa. ¿Tiene tulipanes también, milord?

Él pareció sorprendido por la pregunta.

—Puede que todavía haya tulipanes en los jardines. Recuerdo que mi madre los recogía, pero hace tanto tiempo que no paseo por ellos...

Anna esperó, pero él no dijo más.

—No a todo el mundo le gusta cuidar el jardín —dijo, para ser cortés.

—A mi madre le encantaba. —Miró hacia lo lejos—. Ella plantó los narcisos que usted ha visto, y renovó los jardines amurallados de detrás de la casa. Cuando murió... —hizo un mal gesto—. Cuando todos murieron, había que ocuparse de otras cosas más importantes. Y ahora que los jardines llevan tanto tiempo descuidados, debería echarlo todo abajo.

—¡Oh, eso no! —Al ver que él arqueaba las cejas, continuó en voz más baja—. Quiero decir, que un buen jardín siempre se puede restaurar.

Él frunció el ceño.

—¿Hasta que punto?

Anna no se amilanó.

—Un jardín siempre tiene arreglo.

Él enarcó una ceja, escéptico.

—Mi madre tenía uno muy bonito cuando yo era niña y vivíamos en la casa parroquial —continuó ella—. Había crocus, narcisos y tulipanes en primavera, y luego claveles, dedaleras, petunias y pensamientos por todas partes. —Notó que mientras hablaba lord Swartingham le miraba atentamente la cara—. Ahora en mi casa tengo malva loca, claro, y muchas de las otras flores que cultivaba mi madre. Ojalá tuviera más espacio para poder plantar unos pocos rosales. Pero las rosas son caras y ocupan mucho espacio. No puedo justificar el gasto cuando tengo que primar la huerta.

—Tal vez podría darme consejos para los jardines de Ravenhill más avanzada la primavera —dijo el conde, e hizo girar la cabeza del caballo para entrar en un sendero de tierra más estrecho.

Anna centró la atención en el asunto de hacer virar a la yegua. Cuando levantó la vista, vio el campo inundado. El señor Hopple ya estaba ahí, conversando con un granjero, que llevaba un guardapolvo de lana y un sombrero de paja. Se veía que el hombre tenía dificultades para mirar al señor Hopple a la cara; su mirada no paraba de bajar al increíble chaleco rosa que llevaba. El chaleco estaba ribeteado por unas figuras bordadas en negro. Cuando llegó más cerca, Anna vio que las figuras bordadas eran cerditos.

—Buenos días, Hopple, señor Grundle —los saludó el conde, inclinando la cabeza hacia cada uno. Pasó la mirada al chaleco y comentó en tono serio—. Esa es una prenda muy interesante, Hopple. Creo que no había visto nunca algo así.

El señor Hopple sonrió encantado y se pasó la mano por el chaleco.

—Vaya, gracias, milord. Me lo mandé a hacer en una pequeña sastrería la última vez que estuve en Londres.

El conde levantó su larga pierna y desmontó. Le entregó las riendas al señor Hopple y se acercó al caballo de Anna; cogiéndola por la cintura, la levantó y la bajó suavemente. Al bajar, los pechos de ella rozaron brevemente la delantera de la chaqueta de él, y sintió una mayor presión de sus largos dedos. Entonces él la soltó y al instante se giró hacia el administrador y el granjero.

Se pasaron la mañana caminando por el campo, inspeccionando el terreno para descubrir la causa del problema con el agua y la inundación. En un momento el conde se vio hundido hasta las rodillas en agua lodosa.

Anna tomaba notas en una pequeña libreta que le había dado él. La alegraba haberse puesto ese vestido viejo, porque muy pronto toda la orilla estaría totalmente sucia .

Mientras iban cabalgando de vuelta a la casa, le preguntó:

—¿Cómo piensa drenar el campo?

—Tendremos que cavar una zanja por el lado norte —contestó lord Swartingham, y entrecerró los ojos, pensativo—. Podría presentarse un problema, porque ahí el terreno colinda con la propiedad de Clearwater, y por cortesía tendré que enviar a Hopple a pedirle permiso. El granjero ya perdió su cultivo de guisantes, y si no se drena el campo pronto perderá el de trigo... —Se interrumpió y la miró algo irónico—. Lo siento. Qué pueden interesarle a usted estas cosas.

—Ah, pues sí que me interesan, milord —dijo ella. Se enderezó en la silla y tuvo que cogerse de la crin de Daisy porque esta dio unos pasos hacia un lado—. He encontrado interesantísimos sus escritos sobre cultivos y cuidado de la tierra. Si he entendido bien su teoría, después de un cultivo de trigo el granjero debería plantar legumbres o guisantes y a continuación remolacha forrajera. Si es así, ¿no debería este granjero plantar remolacha forrajera en lugar de trigo?

—En la mayoría de los casos, eso sería lo correcto, pero en este caso...

Escuchando la profunda voz del conde hablando de verduras, legumbres y cereales, Anna pensó si siempre habría sido tan fascinante la agricultura y ella nunca se había enterado. No sabía por qué, pero creía que no.

Una hora después, durante el almuerzo, Edward se sintió algo desconcertado conversando con la señora Wren sobre las diversas maneras de drenar un campo. Claro que el tema era interesante, pero nunca antes había tenido la ocasión de hablar con una mujer sobre temas tan masculinos. En realidad, apenas había tenido ocasión de hablar con mujeres, al menos desde la muerte de su madre y su hermana. De joven había coqueteado, naturalmente, y sabía hacer amena una conversación social; pero intercambiar ideas con una mujer, como se hace con un hombre, era una experiencia nueva. Y le gustaba hablar con la menuda señora Wren. Ella lo escuchaba con la cabeza ladeada, iluminada la curva de su mejilla por el sol que entraba por la ventana del comedor. Esa total atención que le prestaba era seductora.

A veces ella sonreía en reacción a lo que él decía. Lo fascinaba esa sonrisa sesgada. Siempre se le levantaba más una de las comisuras de sus labios rosados.

De pronto tomó conciencia de que le estaba mirando la boca, con la esperanza de volver a ver esa sonrisa, fantaseando, imaginándose cómo sería su sabor. Desvió la vista, giró la cabeza y cerró los ojos. Su miembro excitado le presionaba la bragueta de los pantalones, lo que lo hacía sentirlos desagradablemente ceñidos. Últimamente había descubierto que ese problema lo tenía casi siempre que cuando estaba en compañía de su secretaria.

Pardiez. Era un hombre de más de treinta años, ya no era un muchacho para extasiarse ante la sonrisa de una mujer. La situación podría ser risible si no le doliera tanto la polla.

De repente cayó en la cuenta de que la señora Wren le había hecho una pregunta.

—¿Qué?

—Le he preguntado si se siente mal, milord —dijo ella, algo preocupada.

—Estoy bien. Estoy bien.

Hizo una inspiración profunda, deseando, irritado, que ella lo llamara por su nombre de pila. Ansiaba oírle decir «Edward». Pero no; sería muy incorrecto que ella lo tuteara llamándolo por su nombre de pila.

Con un esfuerzo, dejó de divagar.

—Deberíamos volver al trabajo.

Se levantó y salió del comedor, sintiéndose como si fuera huyendo de un monstruo que escupiera fuego por la boca y no de una fea viudita.

Cuando el reloj dio las cinco, Anna ordenó la pequeña pila de copias que había terminado esa tarde y miró al conde. Él estaba sentado a su escritorio mirando ceñudo el papel que tenía delante. Ella se aclaró la garganta.

Él levantó la cabeza.

—¿Ya es la hora?

Ella asintió.

Él se levantó y esperó a que ella recogiera sus cosas. El perro los siguió hasta que salieron por la puerta principal. Una vez ahí, bajó saltando la escalinata y al llegar al camino de entrada comenzó a oliscar algo que había en el suelo; entonces se revolcó feliz, frotando la cabeza y el cuello en lo que fuera que había encontrado.

Lord Swartingham exhaló un suspiro.

—Tendré que pedirle a los chicos del establo que lo laven antes de que vuelva a entrar en la casa.

—Mmm —musitó Anna, pensativa—. ¿Qué le parece el nombre de Adonis?

Él la miró con tal expresión de horror e incredulidad que a ella le costó reprimir la risa.

—No, supongo que no —dijo.

El perro se levantó de su baño y se sacudió, con lo que una oreja le quedó doblada hacia atrás. Volvió hacia ellos trotando e intentó parecer solemne, con la oreja todavía doblada.

—Autodominio, muchacho —dijo el conde, enderezándole la oreja.

Entonces Anna sí que se rió. Él la miró de reojo y a ella le pareció que se le curvaba su ancha boca.

En ese momento llegó el coche traqueteando y ella subió sin ayuda de él. El perro ya sabía que no se le permitía entrar en el coche, así que simplemente la observó con actitud triste.

Anna se acomodó en el asiento y comenzó su contemplación del conocido paisaje. Cuando el coche estava a punto de llegar a las afueras del pueblo, vio un bulto de ropa en la cuneta. Curiosa, sacó la cabeza por la ventanilla para ver mejor qué era. El bulto se movió, y una cabeza de bonito pelo castaño claro se levantó y se giró hacia el ruido del coche.

—¡Para! ¡John Coachman, para inmediatamente! —gritó, golpeando el techo con el puño.

El coche se detuvo, ella abrió la puerta y bajó.

—¿Qué pasa, señorita?

Vio la cara sorprendida de Tom, el lacayo, cuando pasó corriendo junto a la parte trasera del coche, sosteniendo la falda recogida con una mano. Llegó al lugar donde había visto el bulto de ropa y miró.

En la cuneta había acurrucada una joven.

Capítulo 5

En el instante en que el duque aceptó su proposición, el cuervo se elevó en el aire con un potente movimiento de las alas. Al mismo tiempo, como por arte de magia, por la puerta de la torre del homenaje salió un ejército. En primer lugar lo hizo un batallón de diez mil hombres armados con espadas y escudos. A estos los siguieron diez mil arqueros, con largos y letales arcos y las aljabas llenas de flechas. Por último, salieron diez mil jinetes, con sus caballos haciendo rechinar los dientes, listos para la batalla.

El cuervo voló para colocarse a la cabeza del ejército, que se lanzó contra los soldados del príncipe y el choque sonó como un trueno. Nubes de polvo cubrieron a los dos ejércitos, por lo que era imposible ver algo. Solamente se oían los espantosos gritos de los hombres luchando.

Y cuando finalmente se disipó la polvareda, no quedó ni rastro del ejército del príncipe, aparte de unas cuantas herraduras de hierro sobre la tierra.

De *El príncipe Cuervo*

*L*a mujer estaba echada de lado en la cuneta, con las dos piernas dobladas, como para abrigarse. Con las manos sostenía el sucio chal que le cubría los hombros lastimosamente delgados. Bajo el chal se veía un vestido que parecía ser de color rosa vivo, pero que estaba todo manchado. Tenía los ojos cerrados y su cara amarillenta parecía la de una enferma.

Sujetándose la falda con una mano, Anna se afirmó con la otra en el borde de la cuneta para bajar hasta ella. Al acercarse notó el mal olor.

Le tocó la pálida cara.

—¿Está herida, señora?

La mujer gimió y abrió sus grandes ojos, sorprendiéndola. Detrás de ella sintió el ruido que hacían el cochero y el lacayo al bajar resbalándose por la ligera pendiente.

John Coachman emitió un sonido gutural de repugnancia.

—Vamos, señora Wren. Este no es un lugar para una dama como usted.

Anna lo miró atónita. Él desvió la cara y se puso a mirar a los caballos. Entonces se volvió hacia Tom; éste bajó la vista para mirar las piedras que tenía a los pies.

—La dama está herida o enferma, John —dijo, frunciendo el ceño—. Tenemos que pedir ayuda para ella.

—Sí, señora, enviaremos a alguien que se encargue de ella —dijo John—. Usted debería volver al coche e irse a su casa.

—Pero no puedo dejar aquí a esta dama.

—No es una dama, si entiende lo que quiero decir —dijo John y escupió hacia un lado—. No es correcto que usted se moleste por ella.

Anna miró a la mujer, a la que sostenía en los brazos. Entonces vio lo que no había visto antes: la indecente cantidad de piel que dejaba a la vista el escote de su vestido y la chillona naturaleza de la tela. Frunció el ceño, pensando. ¿Había visto a una prostituta alguna vez? Creía que no. Esas personas vivían en un mundo diferente al de las viudas pobres de campo; un mundo con el que su comunidad le prohibía explícitamente mezclarse. Debería hacer lo que recomendaba John y dejarla ahí. Al fin y al cabo eso era lo que todos esperaban de ella.

John Coachman le tendió la mano para ayudarla a levantarse. Ella lo miró. ¿Siempre había sido así de restringida su vida, con unos límites tan estrechos que era como caminar por una cuerda floja? ¿Ella sólo ocupaba una posición en la sociedad?

No. Afirmó.

—De todos modos, John, me voy a molestar por esta mujer. Por favor, métela en el coche con la ayuda de Tom. Tenemos que llevarla a mi casa y llamar al doctor Billings.

Los dos hombres no parecieron felices con la situación, pero ante su mirada resuelta, levantaron a la liviana mujer entre los dos y la llevaron al coche. Anna subió primero y una vez ahí se giró a ayudarlos a instalarla. Durante todo el trayecto la llevó sujeta con los dos brazos para que no se cayera del asiento. Cuando el coche se detuvo, la recostó con sumo cuidado y bajó. John seguía sentado en el alto pescante del coche mirando enfurruñado hacia el frente.

Anna se puso en jarras.

—John, baja y ayuda a Tom a entrarla en la casa.

John masculló algo pero bajó.

—¿Qué pasa, Anna? —preguntó su suegra, que ya había abierto la puerta.

—Una pobre señora que encontré a un lado del camino —contestó Anna, observando las maniobras de los hombres para sacar a la joven del coche—. Entradla en la casa, por favor.

Madre Wren retrocedió y se hizo a un lado para dejar pasar por la puerta a los dos hombres con la mujer inconsciente.

—¿Dónde la ponemos, señora? —preguntó Tom, jadeante.

—Creo que en mi habitación, ahí arriba.

Eso le ganó una mirada desaprobadora de John, pero no le hizo caso. Los hombres subieron a la mujer.

—¿Qué le pasa a la señora? —le preguntó madre Wren.

—No lo sé. Creo que está enferma. Me pareció que lo mejor era traerla aquí.

Los hombres bajaron la escalera y salieron.

—No te olvides de pasar a llamar al doctor Billings —gritó Anna.

John Coachman agitó una mano, irritado, por encima del hombro, para señalar que la había oído. Un instante después, el coche emprendió la marcha. Fanny ya estaba en el vestíbulo con los ojos agrandados.

—¿Podrías poner a calentar agua para el té? —le pidió Anna. Tan pronto como Fanny entró en la cocina, llevó a su suegra hacia un lado—. John y Tom dicen que esta pobre mujer no es del todo respetable. —La miró angustiada—. La enviaré a otra parte si usted me lo pide.

Madre Wren arqueó las cejas.

—¿Quieres decir que es una puta? —Al ver la mirada sorprendida de Anna, sonrió y le dio una palmadita en la mano—. Es muy difícil llegar a mi edad sin haber oído esa palabra por lo menos una vez, querida.

—Claro, me lo imagino. Sí, John y Tom dieron a entender que es una puta.

—Sabes que sería mejor enviarla a otra parte —suspiró madre Wren.

—Sí, sin duda —dijo Anna, alzando el mentón.

Madre Wren levantó las dos manos.

—Pero si es tu deseo cuidar de ella aquí, yo no me opondré.

Aliviada, Anna soltó el aliento en un resoplido y subió corriendo a ver a su paciente.

Un cuarto de hora después, sonó un fuerte golpe en la puerta. Anna bajó a tiempo para ver a su suegra alisarse la falda y abrir la puerta.

El doctor Billings, con una peluca blanca corta, estaba fuera.

—Buen día tengan, señora Wren, señora Wren.

—Y buen día tenga usted, doctor Billings —saludó madre Wren por las dos.

Anna llevó al médico a su habitación.

El doctor Billings tuvo que agacharse para entrar en el dormitorio. Era un caballero alto, flaco, adusto y encorvado. Siempre tenía rosada la punta de la nariz, incluso en verano.

—Bueno, ¿qué tenemos aquí?

—Una mujer que encontré en un apuro, doctor Billings. ¿Sería tan amable de ver si está enferma o herida?

Él carraspeó.

—Si me deja solo con esta persona, señora Wren, procederé a examinarla.

Estaba claro que John le había dicho al doctor la clase de mujer que habían encontrado.

—Creo que me quedaré, si no le importa, doctor Billings.

Era evidente que a él le importaba, pero no se le ocurrió ningún motivo para ordenarle que saliera de la habitación. Pese a su opinión sobre la paciente, le hizo un examen completo y con suavidad. Le miró la garganta y le pidió a Anna que le diera la vuelta para poder examinarle el pecho.

Después la cubrió con las mantas y suspiró.

—Creo que será mejor hablar de esto abajo.

—Por supuesto.

Salió del dormitorio delante de él, bajó la escalera y en la puerta de la cocina se detuvo a pedirle a Fanny que llevara el té a la sala de estar. Hizo pasar al médico a la salita, le indicó el único sillón que había, y se sentó frente a él en el pequeño sofá juntando las manos en la falda. ¿Se estaría muriendo la mujer?

—Está muy enferma —dijo él.

Ella se inclinó hacia él.

—¿Sí?

El médico evitó mirarla a los ojos.

—Tiene una fiebre, tal vez una infección pulmonar. Para recuperarse va a necesitar hacer reposo en cama. —Titubeó y al parecer vio alarma en la cara de ella—. Ah, no es nada grave, se lo aseguro, señora Wren. Se recuperará. Sólo necesita tiempo para recuperarse.

—Qué alivio —dijo Anna sonriendo—. Por su actitud pensé que la enfermedad era fatal.

—No, no.

—Gracias a Dios.

El doctor Billings se frotó con un dedo un lado de la delgada nariz.

—Cuando llegue a casa enviaré inmediatamente a unos hombres aquí. Habrá que llevarla al asilo de los pobres para que la cuiden.

Anna frunció el ceño.

—Pensé que lo había entendido, doctor Billings. Queremos cuidarla aquí, en casa.

Por la cara del doctor subió una mancha roja.

—Tonterías. Es absolutamente incorrecto que usted y la anciana señora Wren cuiden de una mujer de esa clase.

Anna apretó las mandíbulas.

—Lo hablé con mi suegra y las dos estamos de acuerdo en que vamos a cuidar a la dama en nuestra casa.

La cara del doctor Billings ya estaba totalmente roja.

—De ninguna manera.

—Doctor...

—¡Es una prostituta! —le interrumpió él.

Anna se olvidó de lo que iba a decir y cerró la boca. Miró al médico y vio la verdad en su cara: así era como reaccionarían la mayoría de las personas de Little Battleford.

Hizo una inspiración profunda.

—Hemos decidido cuidar a esta mujer. Su profesión no cambia en nada eso.

—Debe entrar en razón y ser sensata, señora Wren —gruñó él—. Es imposible que ustedes cuiden de esa criatura.

—Su enfermedad no es contagiosa, ¿verdad?

—No, no, ahora ya no.

—Bueno, entonces no hay ningún motivo para que no la cuidemos nosotras —dijo Anna, y sonrió tristemente.

Fanny eligió ese momento para entrar con el té. Anna sirvió una taza para él y otra para ella, tratando de mantenerse lo más serena posible. No estaba acostumbrada a discutir con caballeros, y descubrió que era muy difícil continuar resuelta y no pedir disculpas. Le producía una sensación bastante inquietante saber que el médico no estaba de acuerdo con lo que ella quería hacer, que en realidad lo desaprobaba. Al mismo tiempo, no podía reprimir una secreta satisfacción. Qué estimulante hablar con total franqueza, sin preocuparse por la opinión de un hombre. En realidad debería avergonzarla ese pensamiento, pero no lograba lamentarlo. No, en absoluto.

Bebieron el té en un tenso silencio; al parecer el buen médico había comprendido que no lograría hacerla cambiar de opinión.

Cuando terminó de beber el té, el doctor Billings sacó un pequeño frasco marrón de su maletín, se lo entregó y le explicó cómo debía administrarle el medicamento. Después se caló el sombrero y se enrolló con varias vueltas una bufanda lavanda en el cuello.

Anna lo acompañó hasta la puerta, y ahí él se detuvo.

—Si cambia de opinión, señora Wren, llámeme, por favor. Yo le encontraré un lugar apropiado a esa joven.

—Gracias —musitó ella.

Después que él salió, cerró la puerta y apoyó la espalda en ella, con los hombros hundidos.

Madre Wren entró en el recibidor y la miró atentamente.

—¿Qué tiene, querida mía?

—Una fiebre y una infección pulmonar. —La miró cansinamente—. Tal vez sería mejor que usted y Fanny se alojaran en casa de unas amigas hasta que esto haya acabado.

Madre Wren arqueó las cejas.

—¿Y quién va a cuidar de ella durante el día, mientras tú estés en Ravenhill?

Al caer en la cuenta de eso, Anna la miró afligida.

—Lo había olvidado.

Madre Wren movió la cabeza de un lado a otro.

—¿De verdad es necesario armar todo este lio, querida mía?

Anna se miró y vio una mancha de hierba en la falda. No saldría, las manchas de hierba nunca salían.

—Lo siento —dijo—. No quiero meterla a usted en esto.

—Entonces, ¿por qué no aceptas la ayuda del doctor? Es mucho más fácil hacer sencillamente lo que se espera de uno, Anna.

—Puede que sea más fácil, pero no es necesariamente lo correcto, madre. Supongo que lo entiende, ¿verdad? —Miró suplicante a su suegra, tratando de encontrar las palabras para explicárselo. Había visto claramente la lógica de lo que iba a hacer cuando estaba mirando la cara enferma de la mujer en la cuneta. En ese momento, estando madre Wren ahí esperando con tanta paciencia, le resultaba difícil expresar con palabras esa lógica—. Siempre he hecho lo que se esperaba de mí, ¿verdad? Fuera o no fuera lo correcto.

La anciana frunció el ceño.

—Pero nunca has hecho nada malo...

—Pero no se trata de eso, ¿verdad? —Se mordió el labio y comprobó, horrorizada, que estaba a punto de echarse a llorar—. Si nunca me he salido del papel que se me asignó desde el momento en que nací, nunca me he puesto a prueba. He tenido miedo de la opinión de los demás, creo. He sido cobarde. Si esa mujer me necesita, ¿por qué no ayudarla, por ella y por mí?

Madre Wren volvió a mover la cabeza y suspiró.

—Lo único que sé es que hacerlo te causará muchísima aflicción —dijo.

Anna entró en la cocina, seguida por su suegra, y entre las dos prepararon un caldo de carne suave. Después Anna subió a su habitación con la taza de caldo y el pequeño frasco del remedio. Abrió silenciosamente la puerta y se asomó. La mujer se movió débilmente intentando sentarse.

Dejando en el suelo las cosas, Anna corrió hasta la cama.

—No intente moverse.

Al oír su voz, la mujer abrió los ojos y miró alrededor, asustada.

—¿Q-quién es...?

—Soy Anna Wren. Está en mi casa.

Se apresuró a ir a coger la taza con el caldo caliente, rodeó a la paciente con un brazo, la ayudó a sentarse y empezó a dárselo con la cuchara. La joven comenzó a beber, con cierta dificultad para tragar. Cuando se hubo bebido la mitad de la taza comenzaron a cerrársele los ojos. Anna le bajó la espalda hasta la cama y recogió la taza y la cuchara. En el momento en que se volvía para salir, la mujer le cogió la falda con mano temblorosa.

—Mi hermana —susurró.

Anna frunció el ceño.

—¿Quiere que avise a su hermana?

La mujer asintió.

—Espere. Déjeme sacar papel para anotar su nombre y dirección. —Rápidamente fue a abrir el cajón de abajo de su pequeña cómoda. Debajo de unas sábanas viejas guardaba el pequeño escritorio portátil de nogal que perteneciera a Peter. Lo sacó y se sentó en la silla que había al lado de la cama con el escritorio en la falda—. ¿Adónde debo enviar la carta?

La mujer musitó en un resuello el nombre de su hermana y las señas de su residencia, que era en Londres, y Anna lo anotó con lápiz en un trozo de papel. Después volvió a apoyar la cabeza en la almohada, agotada.

Anna le tocó suavemente la mano.

—¿Me podría decir su nombre?

—Pearl —dijo la joven sin abrir los ojos.

Anna salió llevando el escritorio portátil, cerró suavemente la puerta y bajó corriendo a la sala de estar a redactar una carta para la hermana de Pearl, la señorita Coral Smythe.

El escritorio portátil era una caja rectangular plana que se podía usar apoyándola en la falda. La parte superior, que formaba la superficie para escribir, se abría por la mitad, con goznes, como una tapa; en el interior había papel y sobres y una cajita para el tintero, plumas, barras de lacre y demás útiles para la correspondencia. Anna la contempló vacilante. La caja era muy bonita, pero ella no la había vuelto a tocar desde la muerte de Peter. Cuando él vivía, era una posesión particular suya. Se sentía casi una intrusa por usarla, en especial porque hacia el final de su vida ya no estaban muy unidos. Moviendo la cabeza de un lado a otro, levantó la tapa y sacó lo que necesitaba.

Escribió con sumo cuidado, pero de todos modos tuvo que hacer varios borradores. Cuando por fin tuvo una carta con la que quedó satisfecha, la selló y la dejó a un lado para llevarla a la posada de postas por la mañana. Estaba guardando la cajita con las plumas cuando advirtió que había algo atascado en el fondo y la cajita no entraba bien. Echó totalmente atrás la tapa, lo sacó todo y sacudió la caja. Después metió la mano hasta el fondo y palpó; tocó algo redondo y frío. Tiró y el objeto se soltó. Al sacar la mano, vio que tenía entre los dedos un pequeño medallón de oro. En la tapa había grabadas unas hermosas líneas curvas semejantes a rizos y en la parte de atrás llevaba un pasador, para que una dama pudiera usarlo como broche. Hundió la pestaña de oro del borde y el medallón se abrió.

No había nada dentro.

Lo cerró y pasó el pulgar por el grabado, pensativa. Ese medallón no era de ella; en realidad, no lo había visto nunca antes. De repente sintió el impulso de arrojarlo hasta el otro lado de la sala. ¿Cómo se atrevía? ¿Incluso después de muerto la atormentaba de esa manera? ¿Acaso no había soportado bastante cuando estaba vivo? Y ahora venía a encontrarse ese maldito medallón, que había estado esperando ahí todos esos años.

Levantó el brazo, con el medallón en el puño. Las lágrimas le empañaron la visión.

Entonces hizo una honda inspiración. Peter llevaba más de seis años en su tumba. Ella estaba viva y él ya hacía tiempo que se había convertido en polvo. Volvió a inspirar, bajó la mano y la abrió. El medallón brillaba inocentemente en su palma.

Con sumo cuidado, se lo metió en el bolsillo.

El día siguiente era domingo.

La iglesia de Little Battleford era un edificio pequeño de piedra gris y tenía la aguja inclinada. La habían construido en algún año de la Edad Media, y en los meses de invierno era muy fría, con terribles corrientes de aire. Anna había pasado muchos servicios religiosos deseando que la homilía terminara antes que perdieran todo su calor los ladrillos que llevaba de casa y se le congelaran totalmente los dedos de los pies.

Se produjo un repentino silencio cuando entraron las mujeres Wren en la iglesia. Varios ojos que se desviaron rápidamente le confirmaron a Anna que ella era el tema de conversación, pero saludó a sus prójimos sin dar ninguna señal de que sabía que era el centro de atención. Desde uno de los primeros bancos Rebecca agitó la mano hacia ella; estaba sentada al lado de su marido James, un hombre corpulento y rubio, algo tripudo. Madre Wren y ella fueron a sentarse al lado de ellos.

—Últimamente llevas una vida fascinante —le susurró Rebecca.

—¿Sí? —musitó Anna, ocupada con sus guantes y la Biblia.

—Mmm, mmm. No tenía ni idea de que estabas pensando dedicarte a la profesión más antigua del mundo.

Eso captó la atención de Anna.

—¿Qué?

—Aún no te han acusado de eso, pero algunos ya se acercan bastante.

Diciendo eso Rebecca le sonrió a la señora que estaba detrás de ellas y que se había inclinado para escuchr lo que decían.

La mujer enderezó bruscamente la espalda y sorbió por la nariz.

—Las cotillas del pueblo no lo pasaban tan bien desde que la mujer del molinero tuvo a su bebé diez meses después de que él murió.

Entró el párroco, los congregados se quedaron en silencio y comenzó el servicio. Como era de prever, la homilía trató de los pecados de Jezabel, aunque el pobre cura Jones no parecía disfrutar dándola. Anna sólo tuvo que mirar la espalda tiesa como una vara de la señora Jones, sentada en el banco de delante, para adivinar quién había decidido el tema de la homilía. Cuando por fin terminó el aburrido servicio, se levantaron para salir de la iglesia.

—No sé por qué le dejaron los pies y las palmas de las manos* —dijo James, mientras todos se levantaban.

* Por si interesa, la historia de Jezabel aparece a lo largo de los libros primero y segundo de Reyes. El episodio de los pies y las palmas de las manos, en 2 Reyes, 30-37. (N. de la T.)

Rebecca miró a su marido con cariñosa exasperación.

—¿De qué hablas, cariño?

—De Jezabel —musitó James—. Los perros no le devoraron ni los pies ni las palmas de las manos. ¿Por qué? Según mi experiencia, normalmente los perros no son tan quisquillosos tratándose de comida.

Rebecca puso en blanco los ojos y le dio una palmadita en el brazo.

—No te preocupes por eso, cariño. Tal vez en esa época los perros eran distintos.

James no pareció muy satisfecho con esa explicación, pero sólo respondió a su mujer dándole un suave codazo para que avanzara hacia la puerta. A Anna la conmovió observar que madre Wren y Rebecca se colocaban una a cada lado de ella y James detrás, para guardarle la espalda.

Sin embargo resultó que no necesitaba de esa leal protección, porque si bien recibió varias miradas críticas y alguien le dio la espalda, no todas las damas de Little Battleford la desaprobaban. De hecho, muchas de las más jóvenes le tenían tanta envidia por su puesto como secretaria de lord Swartingham que a sus ojos eso trascendía a su problemática protección de una prostituta.

Anna ya había pasado, ilesa, por en medio de la muchedumbre reunida fuera de la iglesia y comenzaba a relajarse, cuando una voz excesivamente dulce dijo junto a su hombro:

—Señora Wren, deseo que sepa lo valiente que la considero.

Felicity Clearwater sostenía despreocupadamente su capa corta en una mano para lucir mejor su elegante vestido; sobre un fondo amarillo prímula se tropezaban ramilletes naranja y azules; la sobrefalda se abría por delante, dejando ver la falda de brocado azul, y las dos faldas ahuecadas a los lados por anchas caderillas.

Anna estaba pensando lo fabuloso que sería llevar un vestido tan bonito como el de Felicity cuando madre Wren dijo a su lado:

—Anna no pensó en sí misma cuando llevó a casa a esa pobre mujer.

Felicity agrandó los ojos.

—Ah, bueno, eso es evidente. Vamos, para soportar el rechazo de todo el pueblo, por no decir la reprimenda que acaba de recibir desde el púlpito, seguro que Anna no tenía nada bueno dentro de la cabeza.

—Creo que no me voy a tomar muy en serio las lecciones sobre Jezabel —dijo entonces Anna alegremente—. Después de todo, podrían aplicarse a otras mujeres de este pueblo también.

Por algún motivo, Felicity se puso rígida ante esa réplica más bien débil.

—Ah, ¿qué podría saber yo de eso? —dijo, pasándose los dedos por el pelo como patas de araña—. A diferencia de usted, nadie puede criticarme por las personas con que me relaciono.

Antes que Anna lograra pensar en una réplica adecuada, Felicity se alejó, sonriendo con los labios apretados.

—Gata —masculló Rebecca, entrecerrando los ojos como un felino.

De vuelta en la casa, Anna pasó el resto del día zurciendo medias, arte en que, por necesidad, ya era una experta. Después de la cena, subió a ver a Pearl y la encontró mucho mejor. La ayudó a sentarse y le dio de comer avena con leche. Comprobó que era una mujer muy guapa, aunque se veía algo ajada.

Pearl estuvo un rato pasándose la mano por un mechón de pelo claro y finalmente preguntó:

—¿Por qué me ha traído a su casa?

Anna la miró sorprendida.

—Estaba tirada a un lado del camino. No podía dejarla ahí.

—Sabe qué clase de chica soy, ¿verdad?

—Bueno...

—Soy una puta —dijo Pearl, y subrayó la palabra torciendo la boca desafiante.

—Eso nos pareció.

—Pues bien, ya lo sabe.

—Pero no veo qué cambia eso.

Pearl se quedó atónita. Anna aprovechó que tenía la boca abierta para ponerle una cucharada más de avena.

—Oiga —dijo Pearl, mirándola con los ojos entrecerrados, desconfiada—, no será usted de esa gente religiosa, ¿eh?

Anna detuvo la mano con la cuchara a medio camino.

—¿Qué?

Nerviosa, Pearl comenzó a retorcer la sábana por encima de las piernas.

—Una de esas señoras religiosas que cogen a las chicas como yo para reformarlas. Me han dicho que sólo les dan pan y agua y las hacen coser y bordar hasta que les sangran los dedos y se arrepienten.

Anna miró el tazón de avena con leche.

—Esto no es pan y agua, ¿verdad?

Pearl se ruborizó.

—No, señora, no lo es.

—Le daremos comida más sustanciosa cuando pueda tomarla, se lo aseguro. —Al ver que la joven la miraba insegura, añadió—: Puede marcharse cuando quiera. Le envié una carta a su hermana. Es posible que venga pronto.

Pearl pareció aliviada.

—Ah, sí. Recuerdo que le di su dirección.

—Trate de no preocuparse —dijo Anna levantándose—. Simplemente duerma bien.

—Sí —contestó Pearl, con la frente todavía arrugada.

Anna suspiró.

—Buenas noches.

—Buenas noches, señora.

Anna salió y bajó a la cocina a lavar el tazón y la cuchara. Ya estaba oscuro cuando se acostó en el estrecho jergón que se había armado en la habitación de su suegra.

Durmió sin sueños, y sólo despertó cuando madre Wren le remeció suavemente el hombro.

—Anna, será mejor que te levantes, querida, si quieres llegar a la hora a Ravenhill.

Sólo entonces a Anna se le ocurrió pensar qué pensaría el conde de su paciente.

Esa mañana del lunes Anna entró recelosa en la biblioteca de la mansión. Había hecho todo el camino desde su casa temiendo el enfrentamiento con lord Swartingham, confiando contra toda esperanza que él se mostrara más razonable que el médico. Pero el conde estaba como siempre, con la ropa arrugada, el pelo revuelto y la corbata torcida. La saludó y le dijo gruñendo que había encontrado un error en una de las páginas que copió el sábado. Anna exhaló un suspiro de alivio, agradecida, y se instaló en su escritorio a trabajar.

Después del almuerzo, se le acabó la suerte.

Lord Swartingham había ido al pueblo a hablar con el párroco sobre una ayuda para financiar una renovación del ábside. Su regreso fue anunciado por el ruido que hizo la puerta de la calle al estrellarse contra la pared.

—¡¡Señora Wren!! —aulló.

Anna se encogió al oír el grito y luego el portazo. El perro, que estaba echado junto al hogar, levantó la cabeza.

—¡Condenación! ¿Dónde está esa mujer?

Anna puso los ojos en blanco. Estaba en la biblioteca, donde siempre se la podía encontrar. ¿Dónde creería que podía estar?

Resonaron las pesadas botas por el vestíbulo y no tardó en aparecer la alta figura del conde oscureciendo la puerta.

—¿Qué es esto que me han dicho acerca de una refugiada inconveniente que tiene en su casa, señora Wren? El doctor se tomó la molestia de contarme su locura.

Llegó hasta el escritorio y se plantó ante ella con los brazos cruzados.

Anna alzó el mentón e intentó mirarlo altivamente por encima de la nariz, hazaña nada desdeñable, puesto que él estaba erguido en toda su enorme estatura empequeñeciéndola a ella.

—Encontré a una persona desventurada necesitada de ayuda, milord, y, naturalmente, la llevé a mi casa para poder cuidarla, para que recupere la salud.

Él la miró furioso.

—Una ramera desventurada, quiere decir. ¿Está loca?

Estaba mucho más enfadado de lo que ella había esperado.

—Se llama Pearl.

—Ah, qué bien. —Se apartó del escritorio, enérgicamente—. Ya se ha hecho amiga íntima de la criatura.

—Sólo deseo señalar que es una mujer, no una criatura.

—Semántica —dijo él, agitando una mano—. ¿No le importa nada su reputación?

—No es mi reputación lo que importa.

—¿No es lo que importa? ¿No es lo que importa?

Se giró violentamente y empezó a pasearse por la alfombra delante del escritorio.

El perro echó atrás las orejas y bajó la cabeza, siguiendo con los ojos los movimientos de su amo.

—Preferiría que no repitiera mis palabras como un loro —masculló Anna.

Sintió subir el rubor a las mejillas y deseó controlarlo. No quería parecer débil ante él.

Al parecer él, que estaba en el último extremo de su trayecto, no la oyó.

—Su reputación es lo único que importa. Debe ser una mujer respetable. Un desliz como este podría dejarla más negra que un cuervo.

¡Desde luego! Anna enderezó la espalda.

—¿Es que pone en duda mi reputación, lord Swartingham?

Él se detuvo en seco, se giró y le enseñó una cara ofendida.

—No sea boba. Claro que no pongo en duda su reputación.

—¿No?

—¡Ja! Yo...

—Si soy una mujer respetable —interrumpió Anna—, supongo

que puede fiarse de mi buen juicio. —Sentía surgir la rabia, como una enorme presión dentro de la cabeza que intentaba salir—. Como dama respetable, considero mi deber ayudar a las que son menos afortunadas que yo.

—No emplee sofismas conmigo. —La apuntó con un dedo, desde el otro extremo de la sala—. Su posición en el pueblo quedará arruinada si continúa por ese derrotero.

Ella se cruzó de brazos.

—Puede que reciba algunas críticas, pero no creo que quede deshonrada por un acto de caridad cristiana.

El conde emitió un sonido nada elegante.

—Los cristianos del pueblo serán los primeros en censurarla.

—Yo...

—Es usted muy vulnerable. Una viuda joven, atractiva...

—Que está trabajando para un hombre soltero —dijo Anna dulcemente—. Obviamente, mi virtud está en inminente peligro.

—No he dicho eso.

—No, pero otros lo han dicho.

—Eso es exactamente lo que quiero decir —gritó él, al parecer creyendo que si gritaba lo bastante fuerte la haría comprender—. ¡No puede relacionarse con esa mujer!

Eso sí que era demasiado. Anna entrecerró los ojos.

—¿Que no puedo relacionarme con ella?

Él volvió a cruzarse de brazos.

—Exactamente...

—¿Que no puedo relacionarme con ella? —repitió Anna, interrumpiéndolo, y en voz más alta.

Lord Swartingham pareció receloso ante su tono. Y bien que debía.

—¿Qué me dice de todos los hombres que la han hecho ser lo que es relacionándose con ella? Nadie se preocupa de la reputación de los hombres que son clientes de las putas.

—No puedo creer que hable de esas cosas —farfulló él, horrorizado.

Desapareció la presión de la cabeza de Anna, reemplazada por una oleada de mareadora libertad.

—Bueno, yo hablo de esas cosas, y conozco a hombres que hacen más que hablar de ellas. Vamos, un hombre puede visitar a una ramera periódicamente, todos los días de la semana, incluso, y seguir siendo perfectamente respetable. Mientras que a la pobre chica que realiza el mismo acto que él se la considera mercancía sucia.

Al parecer el conde había perdido su capacidad de hablar. Emitió una serie de bufidos.

Anna ya no podía parar la riada de palabras que le salían por la boca.

—Y sospecho que no son solamente los hombres de las clases bajas los que utilizan a esas mujeres. Creo que hombres y «caballeros» de la buena sociedad frecuentan casas de prostitución. —Le temblaron los labios y no logró controlarlos—. Desde luego, considero hipócrita a un hombre que utiliza a una prostituta pero no ayuda a una cuando está necesitada.

Paró de hablar y pestañeó rápidamente. No lloraría.

Los bufidos del conde se condensaron en un fuerte rugido:

—¡Dios mío, mujer!

—Creo que ahora me voy a casa —logró decir ella y salió corriendo de la sala.

Ay, Dios, ¿qué había hecho? Había perdido los estribos con un hombre, discutido con su empleador. Y al hacerlo, sin duda, había destruido toda posibilidad de continuar su trabajo como secretaria.

Capítulo 6

La gente del castillo bailaba y gritaba de júbilo. Ya estaba derrotado el enemigo y no había nada que temer. Pero cuando se hallaban en medio de la celebración llegó volando el cuervo, de vuelta, y se posó en el suelo delante del duque.

—He hecho lo que prometí y derroté al príncipe. Ahora dame mi premio.

¿Cuál de las hijas aceptaría ser su esposa? La mayor exclamó que no desperdiciaría su belleza entregándosela a un horrible pájaro. La del medio alegó que puesto que el ejército del príncipe ya estaba derrotado, ¿para qué cumplir la promesa? Solamente la pequeña, Aurea, se mostró dispuesta a sostener el honor de su padre.

Esa misma noche, en una ceremonia, la más extraña que hubiera presenciado nadie jamás, Aurea se casó con el cuervo. Y tan pronto como fue declarada su esposa, él la invitó a montar en su espalda y emprendió el vuelo y se alejó, con su esposa aferrada encima.

De *El príncipe Cuervo*

*D*espués que salió Anna, Edward se quedó mirando la puerta perplejo y furioso. ¿Qué acababa de ocurrir? ¿En qué momento perdió las riendas de la conversación?

Fue hasta el hogar, cogió dos figuritas de porcelana y una cajita de rapé de la repisa y las arrojó contra la pared en rápida sucesión. Cada una se rompió en mil pedazos con el golpe, pero a él no le sirvió de nada. ¿Qué diablos le había pasado a esa mujer? Él se había limitado a señalarle, con firmeza, eso sí, lo inconveniente que era para ella albergar en su casa a esa persona, y sin saber cómo, se le fue de las manos.

¿Qué diablos había ocurrido?

Salió al vestíbulo, donde un lacayo con aspecto sorprendido estaba mirando hacia fuera de la puerta.

—No te quedes ahí, hombre —gruñó; el lacayo pegó un salto y se giró a mirarlo—. Corre a decirle a John Coachman que siga con el coche a la señora Wren. Esa tonta pretende hacer a pie todo el camino hasta el pueblo para agraviarme.

—Milord —dijo el lacayo, haciendo su venia, y salió corriendo.

Edward se pasó las dos manos por el pelo, y se lo tironeó tan fuerte que varios mechones se le escaparon de la coleta. ¡Mujeres! A su lado, el perro gimió.

Hopple salió de un rincón, caminando como un ratón que abandona su madriguera para ver si ha pasado la tormenta. Se aclaró la garganta.

—Las mujeres son muy testarudas a veces, ¿verdad, milord?

—Vamos, calla la boca, Hopple —masculló Edward y salió pisando fuerte del vestíbulo.

A la mañana siguiente los pájaros acababan de iniciar su alegre cacofonía de trinos y gorjeos cuando comenzaron los golpes en la puerta de calle de la casita. Anna pensó que el ruido formaba parte de un nebuloso sueño, pero cuando, adormilada, abrió los ojos, éste se desvaneció.

Los golpes no se desvanecieron, por desgracia.

Se levantó de su jergón y cogió su bata azul celeste. Poniéndosela y atándose el cinturón, y descalza, bajó a trompicones la escalera, bostezando con tanta fuerza que le crujió la mandíbula. La persona que golpeaba ya estaba frenética; tenía poca paciencia. Pensándolo bien, en realidad la única persona conocida que tenía ese genio era...

—¡Lord Swartingham!

Él tenía un musculoso brazo afirmado en el dintel encima de su cabeza y el otro levantado listo para dar otro golpe en la puerta. Se apresuró a bajar el que tenía alzado con la mano en un puño. A su lado, el perro meneó la cola.

—Señora Wren. —La miró ceñudo—. ¿Aún no se ha vestido?

Anna se miró la bata arrugada y los dedos de los pies desnudos.

—Está claro que no, milord.

El perro empujó al conde por las piernas y acercó el hocico a la mano de ella.

—¿Por qué no? —le preguntó él.

—¿Porque todavía es demasiado temprano?

El perro se apoyó en ella y Anna lo acarició.

Lord Swartingham miró enfurruñado al inconsciente animal.

—¡Qué jeta!

—¿Perdón?

El conde trasladó su mirada enfurruñada a ella.

—No es a usted, es al perro.

—¿Quién es, Anna?

Madre Wren estaba en lo alto de la escalera mirando preocupada. Fanny apareció en el recibidor.

—Es el conde de Swartingham, madre —contestó Anna, como si fuera lo más normal del mundo que llegaran pares del reino de visita antes del desayuno. Se volvió hacia el conde y dijo en tono más formal—: Permítame que le presente a mi suegra, la señora Wren. Madre, su señoría, Edward de Raaf, conde de Swartingham.

Madre Wren se inclinó peligrosamente en una reverencia sobre la escalera.

—Mucho gusto.

—Encantado, señora —dijo él, desde la puerta.

—¿Ya ha desayunado? —le preguntó madre Wren a Anna.

—No lo sé. —Anna se giró hacia lord Swartingham—. ¿Ha desayunado?

Nada típico de él, pero al parecer no sabía qué decir. Frunció más el ceño.

—Esto...

—Invítalo a pasar, Anna, por favor —dijo madre Wren.

—¿Nos haría el favor de acompañarnos a desayunar? —preguntó Anna al conde, dulcemente.

El conde asintió. Sin dejar de fruncir el ceño agachó la cabeza para no golpeársela en el dintel y entró en la casa.

La anciana señora Wren bajó la escalera a toda prisa, haciendo volar cintas fucsia.

—Cuánto me alegra conocerle, milord. Fanny, date prisa, pon a calentar agua.

Fanny emitió un chillido y entró corriendo en la cocina. Madre Wren hizo entrar al invitado en la sala de estar y Anna observó que la estancia parecía disminuir de tamaño con la entrada de él. Él se sentó con sumo cuidado en el único sillón y las señoras ocuparon el sofá. El perro dio una vuelta por la sala, encantado, metiendo la nariz por los rincones, hasta que el conde le gruñó que se sentara.

Madre Wren sonrió alegremente.

—Anna debió equivocarse cuando dijo que usted la había despedido.

—¿Qué? —dijo él, cogiéndose a los brazos del sillón.

—Tenía la impresión de que usted ya no necesitaba una secretaria.

—Madre —susurró Anna.

—Eso fue lo que dijiste, querida.

Los ojos del conde estaban fijos en Anna.

—Estaba equivocada. Sigue siendo mi secretaria.

—Ah, qué fabuloso —dijo madre Wren, sonriendo de oreja a oreja—. Anoche estaba muy afligida pensando que ya no tenía empleo.

—Madre...

La anciana se inclinó hacia él en actitud confidencial, como si Anna hubiera desaparecido de la sala.

—Vamos, tenía los ojos rojos cuando bajó del coche. Creo que podría haber estado llorando.

—¡Madre!

Madre Wren miró a su nuera con expresión de absoluta inocencia.

—Bueno, los tenías rojos, querida.

—Sí, ¿rojos? —musitó el conde, con sus ojos negros ébano brillantes.

Por suerte, Fanny la salvó de contestar al entrar con la bandeja del desayuno. Anna observó que a la chica se le había ocurrido hacer huevos escalfados y tostar el pan para acompañar la habitual avena con leche. Incluso había encontrado un poco de jamón. La miró con aprobación y esta le sonrió muy fresca.

Una vez que el conde se hubo servido una cantidad francamente pasmosa de huevos escalfados (qué suerte que Fanny hubiera ido el día anterior al mercado), se levantó y agradeció el desayuno a madre Wren. Esta le sonrió coqueta y Anna pensó cuánto tardaría en correrse la voz por el pueblo de que habían desayunado con el conde de Swartingham en bata.

—¿Podría vestirse para cabalgar, señora Wren? —le preguntó el conde a Anna—. Tengo a mi bayo y a Daisy esperando fuera.

—Por supuesto, milord —contestó ella y subió corriendo a la habitación a vestirse.

A los pocos minutos bajó corriendo y encontró al conde esperándola fuera en el jardín de la entrada. Estaba mirando la tierra mojada a un lado de la puerta, donde florecían alegres jacintos azules y narcisos amarillos. Cuando ella salió de la casa él levantó la vista y ella vio una breve expresión en sus ojos que la hizo retener el aliento. Sintiendo arder las mejillas, se miró las manos, para ponerse los guantes.

—Ya era hora —dijo él—. Vamos más retrasados de lo que tenía planeado.

Sin hacer caso de su tono cortante, ella fue a situarse junto a la yegua, esperando que él la ayudara a montar. El conde avanzó, le rodeó la cintura con sus grandes manos y la levantó hasta la silla. Se quedó un momento ahí, con un mechón de pelo negro agitado por el viento y le miró la cara. Ella se quedó mirándolo con la mente en blanco; todos los pensamientos se habían escapado de su cabeza. Entonces él se giró, fue hasta su caballo y montó.

El día era radiante. Anna no recordaba haber oído llover durante la noche, pero las pruebas de que lo había hecho estaban por todas partes; había charcos en la calle, y en los árboles y de las rejas que iban dejando atrás seguían cayendo gotas. El conde mantuvo el caballo al paso hasta que salieron del pueblo y entraron en el campo.

—¿Adónde vamos? —preguntó ella.

—Las ovejas del señor Durbin han comenzado a parir, y quería ver cómo les está yendo. —Se aclaró la garganta—. Supongo que debería haberle dicho con antelación lo de esta salida de hoy.

Anna mantuvo la mirada fija al frente y sólo emitió un evasivo sonido.

Él tosió.

—Podría habérselo dicho si usted no se hubiera marchado con tanta precipitación ayer por la tarde.

Ella arqueó una ceja pero no contestó.

El largo silencio que siguió a eso sólo fue interrumpido por el entusiasmado ladrido del perro cuando vio a un conejo y lo hizo salir corriendo del seto que bordeaba la carretera.

Entonces el conde volvió a intentarlo.

—Sé que algunas personas dicen que tengo un genio algo... —Se interrumpió, al parecer buscando la palabra.

—¿Salvaje? —dijo ella, para ayudarlo.

Él la miró con los ojos entrecerrados.

—¿Feroz?

Él frunció el ceño y abrió la boca.

—¿Bárbaro? —se le adelantó ella.

—Sí, bueno —dijo él, antes que ella pudiera continuar con la lista—, limitémonos a decir que eso intimida a ciertas personas. —Titubeó—. No querría intimidarla a usted, señora Wren.

—No me intimida.

Él la miró brevemente, y no dijo nada más, pero se le alegró la expresión. Pasado otro minuto, ya llevaba al bayo al galope por la embarrada carretera, arrojando grandes terrones de tierra alrededor. El perro lo seguía corriendo con la lengua colgando por un lado del hocico.

Anna sonrió sin ningún motivo y levantó la cara a la fresca brisa matutina.

Continuaron por la carretera hasta que llegaron a un prado bordeado por un riachuelo. El conde se agachó a descorrer el pestillo de la puerta y entraron. Mientras se acercaban al otro extremo del prado, cerca de uno de los límites, Anna vio que había cinco hombres reunidos a la orilla del riachuelo, rodeados por un buen número de perros ovejeros.

Uno de ellos, un hombre mayor de pelo cano, levantó la vista al oírlos acercarse.

—¡Milord! Aquí tenemos montado un buen desastre.

—Durbin —saludó el conde al granjero, con una inclinación de la cabeza, desmontó y fue a ayudar a Anna a desmontar—. ¿Cuál es el problema? —preguntó por encima del hombro.

—Las ovejas se han metido en el río —explicó Durbin, escupiendo hacia un lado—. Las muy tontas. Debieron bajar por la pendiente de la orilla unas tras otras, y ahora no pueden subir. Y tres de ellas están preñadas y pesadas.

—Ah.

El conde caminó hacia la orilla y Anna lo siguió. Entonces vio a las cinco ovejas atrapadas en el crecido riachuelo. Las pobres se habían quedado atascadas entre las piedras y el barro del fondo, sin poder moverse, impedidas por un remolino. En esa parte la pendiente de la ribera tenía más de una yarda de altura y estaba resbaladiza por el barro.

Lord Swartingham movió de un lado a otro la cabeza.

—Aquí no hay más remedio que usar la fuerza bruta.

—Justo lo que estaba pensando —dijo el granjero, asintiendo aprobador al ver confirmada su idea.

El conde y otros dos hombres se tendieron boca abajo junto a la orilla, y alargando las manos cogieron a las ovejas por la lana y tiraron de ellas atrayéndolas hacia la orilla. Eso más el incentivo de los perros ovejeros acicateándolas con ladridos desde atrás, convenció a cuatro ovejas de subir por la pendiente. Cuando llegaron arriba se alejaron trotando y balando confundidas por el maltrato. Pero la quinta oveja estaba más alejada y ninguno de los hombres logró llegar a ella con las manos. O estaba atrapada o era tan tonta que no se le ocurría intentar salir sola del agua. Medio echada de lado, lo único que hacía era balar lastimeramente.

—Caray, esa sí que está bien empantanada —exclamó el granjero Durbin, suspirando y secándose la sudorosa frente con el borde de su guardapolvo.

—¿Y si hacemos bajar a Bess para que la hostigue, pa? —propuso el hijo mayor del granjero, acariciándole las orejas a una perra de color negro y blanco.

—No, muchacho. No quiero perder a Bess en el agua. Ahí el agua la cubrirá del todo. Uno de nosotros tendrá que bajar a sacar a esa tonta bestia.

—lo haré yo, Durbin —dijo el conde.

Apartándose de la orilla se quitó la chaqueta y la lanzó hacia Anna, que alcanzó a cogerla justo antes que cayera al suelo. A la chaqueta le siguió el chaleco, y de pronto se estaba sacando la camisa de fino linón por la cabeza. Después se sentó en la orilla a quitarse las botas de montar.

Anna intentó no mirar. No era frecuente ver a un hombre medio desnudo. En realidad, no recordaba haber visto a ningún hombre sin la camisa en público. Tenía marcas de la viruela desperdigadas por la espalda y el pecho, pero ella estaba más interesada en otras cosas. Sí que tenía vello en el pecho, y bastante, en realidad. La extensión de negro vello rizado le bajaba por el pecho y se estrechaba en su duro abdomen, para transformarse en una delgada cinta alrededor del ombligo plano y desaparecer bajo los pantalones.

El conde se incorporó y, con los pies cubiertos sólo por las medias, bajó la abrupta pendiente de la ribera, medio pisando y medio resbalándose. Comenzó a vadear en dirección de la asustada oveja con el agua lodosa arremolinada alrededor de sus caderas. Se inclinó sobre la oveja y apartó las ramas que la retenían. Sus anchos hombros brillaban, por el sudor y las vetas de lodo.

Los hombres que estaban mirando lanzaron un grito. La oveja estaba libre, pero en su prisa por salir del río golpeó al conde con la pata, y este se cayó chapoteando, lanzando chorros de agua lodosa a su alrededor. Anna ahogó una exclamación y avanzó hacia la orilla. El perro del conde corría de un lado a otro por la orilla, ladrando nervioso. Lord Swartingham emergió del río como un Poseidón harapiento con el agua chorreando por el pecho y la espalda. Estaba sonriendo, aun cuando tenía el pelo pegado al cráneo y había desaparecido la cinta que le cogía la coleta, llevada por la corriente.

El perro seguía ladrando su aprobación por todo el asunto. Mientras tanto, el granjero y sus parientes medio se tambaleaban, desternillándose de risa y dándose palmadas en las rodillas.

Anna exhaló un suspiro; al parecer un aristócrata dándose un remojón era lo más divertido que habían visto en su vida. A veces los hombres son seres muy desconcertantes.

—¡Uy, milord! —gritó uno—. ¿Siempre tiene tanta dificultad para sujetar a sus mujeres?

—No, muchacho, a ella simplemente no le gustó sentir su mano en el culo —dijo el granjero, haciendo un gesto gráfico que los hizo reír otra vez.

El conde se rió pero hizo un gesto hacia Anna. Así recordándoles su presencia, dejaron de hacer bromas, aunque continuaron riéndose. El conde levantó las manos y se las pasó por la cara para quitarse el agua.

Anna retuvo el aliento al verlo así. Con las manos en la nuca para escurrirse el agua del pelo, sus músculos quedaron en claro relieve.

El sol le hacía brillar los brazos flexionados, el pecho y el mojado vello rizado de las axilas; por el pecho y los brazos le corrían vetas de agua sucia mezclada con sangre de la oveja. Tenía los pantalones pegados a las caderas y los muslos, delineando el bulto de sus genitales. Parecía un pagano.

Anna se estremeció.

El conde vadeó hasta la orilla y subió con la ayuda de los hijos del granjero.

Anna se dio una sacudida y se apresuró a pasarle la ropa.

Él cogió la camisa y la aprovechó para secarse y luego se puso el chaleco y la chaqueta sobre el pecho desnudo.

—Bueno, Durbin, espero que me llames la próxima vez que seas incapaz de manejar a una hembra.

—Sí, milord —dijo el hombre, dándole una palmada en la espalda—. Muchas gracias por ayudarnos. No recuerdo haber visto nunca un remojón tan fabuloso.

Eso hizo reír a los hombres otra vez, y así pasó un rato hasta que el conde y Anna pudieron marcharse. Cuando ya estaban montados, a él le temblaba el cuerpo de frío, pero no daba señales de querer darse prisa.

—Va a coger un catarro de muerte, milord —dijo Anna—. Adelántese, por favor, así llegará antes a Ravenhill. Cabalgará mucho más rápido si no frena el paso para seguir la marcha lenta de Daisy conmigo.

—Estoy muy bien, señora Wren —dijo él, aunque con los dientes apretados para que no le castañetearan—. Además, no querría privarme ni por un momento de su dulce compañía.

Captando que eso era un sarcasmo, ella lo miró indignada.

—No tiene por qué demostrar su virilidad cogiendo una fiebre.

—¿Así que me considera viril, señora Wren? —preguntó él, sonriendo como un niño pequeño—. Comenzaba a pensar que había batallado con una asquerosa oveja para nada.

Anna lo intentó, pero le fue imposible impedir que se le curvaran los labios.

—No sabía que los terratenientes ayudaban así a sus inquilinos —dijo—. Eso no es habitual, supongo.

—Ah, no, no es nada habitual. Por lo que sé, mis colegas aristócratas se quedan sentados en Londres ensanchándose el culo mientras sus administradores llevan sus propiedades.

—Entonces, ¿por qué decidió meterse en ese río lodoso para sacar a una oveja?

El conde encogió sus mojados hombros.

—Mi padre me enseñó que un buen terrateniente conoce a sus inquilinos y se entera de lo que hacen. Y claro, también me intereso más debido a mis estudios de agricultura. —Volvió a encogerse de hombros y le sonrió, con bastante ironía—. Me gusta luchar con las ovejas y criaturas similares.

Anna le correspondió la sonrisa.

—¿Su padre también luchaba con ovejas?

—No, no recuerdo haberlo visto nunca tan sucio. —Miró hacia el camino—. Pero no le importaba vadear por un campo inundado ni supervisar la cosecha en otoño. Y siempre me llevaba con él a cuidar de la gente y de la tierra.

—Debió de haber sido un padre maravilloso —musitó ella. Para haber criado a un hijo tan maravilloso, añadió para su coleto.

—Sí. Si soy sólo la mitad de bueno con mis hijos, estaré satisfecho. —La miró curioso—. ¿Usted no tuvo hijos de su matrimonio?

Anna se miró las manos; las tenía apretadas en puños sobre las riendas.

—No. Estuvimos casados cuatro años pero no fue la voluntad de Dios concedernos hijos.

—Lo siento —dijo él, y en sus ojos parecía haber sincero pesar.

—Yo también, milord.

Cada día, pensó.

Continuaron en silencio hasta que apareció ante ellos Ravenhill Abbey.

Esa tarde, cuando Anna llegó a su casa, encontró a Pearl sentada en la cama y tomando sopa con la ayuda de Fanny. Seguía delgada, pero el pelo ya no le caía sobre las sienes, pues se lo había sujetado con una cinta, y llevaba puesto uno de los viejos vestidos de la pequeña Fanny. Se sentó a continuar dándole la sopa y envió a Fanny a la cocina para que terminara de preparar la cena.

—Olvidé darle las gracias, señora —dijo Pearl tímidamente.

Anna sonrió.

—No tiene importancia. Sólo espero que pronto te sientas mejor.

Pearl suspiró.

—Ah, sólo necesito reposo, sólo eso.

Anna le puso en la boca un trocito de carne.

—¿Eres de aquí o ibas de viaje cuando caíste enferma?

Pearl masticó lentamente y tragó.

—No, señora. Quería volver a Londres, donde vivo. Un caballero me trajo aquí en un elegante coche prometiéndome instalarme adecuadamente.

Anna arqueó las cejas.

Pearl empezó a alisar la sábana con los dedos.

—Creí que me iba a instalar en una casita. Me estoy haciendo mayor, ¿sabe? No podré continuar trabajando mucho tiempo más.

Anna guardó silencio.

—Pero fue un engaño —continuó Pearl—. Sólo me quería para una fiesta con unos amigos.

Anna pensó qué podía decir.

—Lamento que no haya sido algo duradero.

—Sí. Y eso no fue lo peor. —Curvó las comisuras de la boca hacia abajo, en un *rictus*—. Él esperaba que yo lo atendiera a él y a sus dos amigos.

¿Dos amigos?

—¿Quieres decir que pretendía que, mmm, atendieras a tres caballeros al mismo tiempo? —preguntó Anna, con una vocecita débil.

Pearl frunció los labios y asintió.

—Sí, a los tres juntos o a uno después del otro. —Debió verle la expresión horrorizada—. A algunos caballeros elegantes les gusta hacerlo juntos, como para jactarse delante de los otros. Pero muchas veces le hacen daño a la chica.

Buen Dios. Anna la miró consternada.

—Pero en realidad no importa —continuó Pearl—. Me marché.

Anna sólo fue capaz de hacer un gesto de asentimiento.

—Entonces, cuando venía de vuelta en la diligencia, empecé a sentirme mal. Debí quedarme dormida porque de repente me había desaparecido el monedero y tuve que arreglármelas para caminar, ya que el cochero no me dejó volver a subir sin mi dinero. —Movió la cabeza—. Me habría muerto, seguro, si usted no me hubiera encontrado.

Anna se miró las palmas.

—¿Puedo hacerte una pregunta, Pearl?

Pearl se cruzó las manos sobre la cintura y asintió.

—Por supuesto. Adelante. Pregúnteme lo que quiera.

—¿Has oído hablar de un establecimiento llamado la Gruta de Afrodita?

Pearl ladeó la cabeza, apoyándola en la almohada, y la miró curiosa.

—No creí que una dama como usted supiera algo sobre esos lugares, señora.

Anna evitó mirarla a los ojos.

—La oí mencionar a unos caballeros. No creo que supieran que yo iba a oírlos.

—No, claro, supongo que no. Bueno, la Gruta de Afrodita es una casa de putas cara, muy cara. Las chicas que trabajan ahí lo tienen fácil, eso seguro. Claro que he oído que algunas damas de clase alta van también con la cara oculta tras una máscara a simular que son lo que soy yo.

Anna agrandó los ojos.

—¿Quieres decir...?

—La dama elige a cualquier caballero que le guste en el salón de abajo y pasa la noche con él. —Asintió como si eso fuera de lo más natural—. O todo el tiempo que quiera. Algunas incluso ocupan una habitación arriba y le encargan a la madama que les envíe a un hombre indicándole cómo lo quieren; puede ser bajo, rubio, alto, o pelirrojo.

—Eso se parece un poco a elegir un caballo —comentó Anna, arrugando la nariz.

Pearl sonrió; era la primera sonrisa que le veía Anna.

—Eso es ingenioso, señora. Como elegir un semental. —Se rió—. No me importaría ser yo la que eligiera alguna vez, en lugar de que siempre sean los caballeros los que deciden.

Anna sonrió, algo incómoda por ese recordatorio de las realidades de la profesión de Pearl.

—Pero ¿por qué un caballero querría someterse a un arreglo de ese tipo?

—A los caballeros les gusta porque saben que van a pasar la noche con una verdadera dama. —Se encogió de hombros—. Si se la puede llamar dama.

Anna cerró los ojos y se dio una sacudida para despabilarse.

—Te estoy impidiendo descansar. Será mejor que baje a cenar.

—Muy bien, entonces —dijo Pearl, bostezando—. Gracias otra vez.

Durante toda la cena Anna estuvo distraída. No paraba de darle vueltas en la cabeza al comentario de Pearl de que sería agradable hacer la elección por una vez. Moviendo de aquí para allá el pastel de carne en el plato, fue comiendo, lentamente, absorta en sus pensamientos. Era cierto, incluso en su nivel social, que los hombres elegían y tomaban la mayoría de las decisiones. Una dama joven esperaba a que el caballero la visitara, mientras el caballero podía decidir a qué dama cortejar. Una vez casada, una mujer respetable esperaba sumisamente a su marido en la cama conyugal. Era el hombre el que iniciaba las relaciones sexuales. O no, como podría darse el caso. Al menos en su matrimonio había sido así. Nunca había permitido que Peter supiera que ella podía tener ciertas necesidades o que tal vez no estuviera satisfecha con lo que ocurría en la cama.

Esa noche, ya acostada y tratando de conciliar el sueño, no pudo dejar de imaginarse a lord Swartingham en la Gruta de Afrodita, tal como se la describiera Pearl. Lo vio eligiendo a una osada dama de la aristocracia, pasando la noche en los brazos de esa dama enmascarada. Todos esos pensamientos le produjeron dolor en el pecho, incluso cuando ya se estaba quedando dormida.

Y entonces fue ella la que se encontró en la Gruta de Afrodita.

Llevaba una máscara y buscaba al conde. El salón estaba lleno de hombres, cientos de hombres, de todos los tipos, viejos, jóvenes, guapos, feos. Ella se abría paso, frenética, por la multitud, buscando un determinado par de brillantes ojos negros, desesperándose más y más por el tiempo que le llevaba la búsqueda. Finalmente lo vio al otro lado del salón y echó a correr hacia él. Pero como siempre ocurre en las pesadillas, cuánto más rápido intentaba correr, más lentas se le movían las piernas. Cada paso le parecía una eternidad. Mientras se esforzaba en avanzar, vio a otra mujer enmascarada invitándolo. Sin siquiera haberla visto a ella, él se dio media vuelta y siguió a la mujer fuera del salón.

Despertó en la oscuridad, con el corazón desbocado y la piel fría. Se quedó absolutamente inmóvil, recordando el sueño y escuchando su agitada respiración.

Tardó un rato en darse cuenta de que estaba llorando.

Capítulo 7

El enorme cuervo voló con su flamante esposa montada a su espalda durante dos días y dos noches. Al tercer día pasaron por encima de campos dorados por el trigo maduro.

—¿De quién son estos campos? —preguntó Aurea, contemplándolos.

—De tu marido —contestó el cuervo.

Después pasaron por encima de una extensa pradera, que parecía infinita, toda ella cubierta por reses gordas cuyas pieles brillaban al sol.

—¿De quién son esos rebaños? —preguntó Aurea.

—De tu marido —contestó el cuervo.

Entonces pasaron por encima de un inmenso bosque color esmeralda, que se extendía ondulante por colinas y colinas hasta más allá de donde alcanzaban a ver los ojos.

—¿De quién es este bosque? —preguntó Aurea.

—De tu marido —graznó el cuervo.

De *El príncipe Cuervo*

*E*sa mañana Anna hizo su trayecto a pie a Ravenhill sintiéndose cansada y deprimida por la inquietud que había experimentado esa noche. Se detuvo un momento a admirar el mar de jacintos silvestres florecidos bajo los árboles que bordeaban el camino. Los puntitos azules brillaban al sol como monedas recién acuñadas. Normalmente la vista de una flor le alegraba el corazón, pero ese día no. Suspirando continuó caminando hasta que dio la vuelta al recodo y se detuvo en seco. Lord Swartingham, con sus botas salpicadas de lodo como siempre, venía caminando enérgicamente desde el establo y aún no la había visto.

Él lanzó un grito aterrador:

—¡¡Perro!!

Anna sonrió, por primera vez ese día. Era evidente que el conde no lograba encontrar al omnipresente can y se veía reducido a rugir el sustantivo común.

Caminó hacia él.

—No veo por qué respondería a ese nombre.

Al oírla, lord Swartingham se giró a mirarla.

—Creo que le di a usted el trabajo de ponerle un nombre al chucho, señora Wren.

Anna agrandó los ojos.

—Le he propuesto tres opciones diferentes, milord.

—Ninguna de ellas adecuada, como bien sabe. —Sonrió malignamente—. Creo que le he dado bastante tiempo para encontrar un nombre. Tendrá que inventarse uno ahora mismo.

A ella le divirtió su evidente intención de ponerla en un aprieto.

—¿Rayita?

—Muy infantil.

—¿Tiberio?

—Muy imperial.

—¿Otelo?

—Muy asesino. —Se cruzó de brazos—. Vamos, vamos, señora Wren. Una mujer de su ingenio sabe hacerlo mejor.

—¿Qué le parece Jock, entonces?

—Ese no servirá.

—¿Por qué no? —replicó ella descaradamente—. A mí me gusta el nombre de Jock.

—Jock —dijo el conde, como si hiciera rodar el nombre en la lengua.

—Apuesto a que el perro viene si lo llamo con ese nombre.

—Ja —dijo él, mirándola hacia abajo, con esa actitud de superioridad que adoptan los hombres del mundo cuando hablan con una mujer tonta—. Es usted muy dueña de probarlo.

Ella alzó el mentón.

—Muy bien, lo intentaré. Si viene, usted tendrá que enseñarme los jardines.

Lord Swartingham arqueó las cejas.

—¿Y si no viene?

—No lo sé. —Eso no se le había ocurrido pensarlo—. Ponga su precio.

Él frunció los labios y contempló el suelo cercano a sus pies.

—Creo que es tradicional en las apuestas entre mujer y hombre que el caballero le pida un favor a la dama.

Anna hizo una inspiración entrecortada y tuvo dificultades para expulsar el aire.

Los negros ojos del conde brillaron al mirarla.

—¿Tal vez un beso?

Ay, Dios. Quizá se había precipitado al apostar. Dejó salir el aire en un soplido y enderezó los hombros.

—Muy bien.

Él agitó lánguidamente una mano.

—Proceda.

Anna se aclaró la garganta.

—¡Jock!

Nada.

—¡Jock!

Lord Swartingham comenzó a sonreír burlón.

Anna hizo una honda inspiración y soltó un grito muy impropio de una dama:

—¡Jooock!

Los dos se quedaron atentos por si oían al perro. Nada.

El conde se giró lentamente a mirarla, y el crujido de sus botas sobre la gravilla sonó fuerte en el silencio. Estaban a unos cuantos palmos de distancia. Él avanzó un paso, con sus hermosos ojos profundos y medio entornados fijos en su cara.

Anna sintió agolparse la sangre en el pecho, retumbante. Se lamió los labios.

Él bajó la mirada a su boca y se le agitaron las ventanillas de la nariz. Avanzó otro paso y quedaron a poco más de un palmo. Como en un sueño ella vio subir sus manos y cogerle los brazos, y sintió la presión de sus largos dedos a través de la capa y el vestido.

Comenzó a temblar.

Él inclinó su morena cabeza hacia la de ella y su cálido aliento le acarició los labios. Ella cerró los ojos.

Y oyó los pasos del perro.

Abrió los ojos. Lord Swartingham estaba inmóvil. Lentamente giró la cabeza, con su cara a sólo unos dedos de la de ella, y miró al perro. Este, como siempre, pareció sonreírle, con la lengua colgando, y jadeante.

—Mierda —susurró el conde.

Exactamente, pensó ella.

De repente él la soltó, retrocedió unos pasos y se giró, dándole la espalda. Se pasó las dos manos por el pelo y movió los hombros. Ella lo oyó hacer una inspiración profunda, pero cuando le habló su voz sonó ronca:

—Parece que ha ganado la apuesta.

—Sí, milord —dijo ella, con la esperanza de que la voz le sonara despreocupada.

Como si para ella fuera de lo más habitual que los caballeros estuvieran a punto de besarla en el camino de entrada como si no tuviera la más mínima dificultad para respirar; como si no deseara angustiosamente que el perro se hubiera mantenido lejos, muy lejos.

—Estaré encantado de enseñarle los jardines, tal y como están —musitó él—, después del almuerzo. ¿Tal vez ahora podría ir a trabajar a la biblioteca?

—¿Usted no va a venir a trabajar también? —preguntó ella, tratando de disimular su decepción.

Él seguía dándole la espalda.

—Resulta que hay varios asuntos que necesitan mi atención en la propiedad.

—Sí, por supuesto.

Finalmente él la miró. Ella observó que todavía tenía los ojos entornados y le pareció que le miraba los pechos.

—Hasta el almuerzo, entonces.

Ella asintió y él conde hizo chasquear los dedos en dirección al perro. Cuando se alejaba le pareció oírlo mascullar algo al perro, y por el sonido le pareció más la palabra «idiota» que «Jock».

Buen Dios, ¿en qué había estado pensando?, se decía Edward caminando furioso por el costado de la casa.

Había manipulado adrede a la señora Wren para ponerla en una situación insostenible, de modo que ella no pudiera negarse de ninguna manera a su grosero requerimiento. Como si una mujer de su delicada sensibilidad pudiera soportar un beso de un hombre como él, marcado por la viruela. Pero cuando la atrajo a sus brazos no había pensado en sus cicatrices. No había pensado en nada. Había actuado por puro impulso, llevado por el deseo de besar esa hermosa y erótica boca. En unos segundos tenía la polla levantada, dolorosamente dura. Casi había sido incapaz de soltar a la señora Wren cuando llegó el perro, y se vio obligado a darle la espalda, no fuera que ella viera su estado de excitación. Todavía no se había relajado.

—¿Y qué andabas haciendo tú, Jock? —le dijo al perro tan alegremente inconsciente—. Tendrás que trabajar tu sentido de la oportunidad, muchacho, si quieres seguir devorando las buenas sobras de la cocina.

Jock le sonrió, con esa perruna sonrisa adoradora. Tenía una oreja doblada hacia atrás, así que se la enderezó, distraído.

—Un minuto antes o un minuto después, de preferencia después, habría sido el mejor momento para llegar brincando.

Exhaló un suspiro. No podía permitir que continuara ese desenfrenado deseo. Le gustaba esa mujer, por el amor de Dios. Era ingeniosa y no le tenía miedo a su mal genio. Le hacía preguntas sobre sus estudios de agricultura. Cabalgaba por los campos, por el barro y la inmundicia sin emitir ni la menor queja. Incluso parecía disfrutar de esas excursiones. Y a veces, cuando lo miraba con la cabeza ladeada, con toda la atención puesta en él, sólo en él, le parecía que algo daba un vuelco en su pecho.

Frunciendo el ceño, dio una patada a una piedra.

Era injusto y deshonroso someter a la señora Wren a sus groseros requerimientos. No debería tener que combatir sus pensamientos acerca de sus turgentes pechos, pensando si tendría los pezones rosa claro o rosa oscuro, calculando si sus pezones se endurecerían inmediatamente cuando los rozara con los pulgares o esperarían coquetonamente a sentir el contacto con su lengua.

Infierno y condenación.

Le salió un sonido medio risa medio gemido. Volvía a tenerla levantada y vibrando de excitación con sólo pensar en ella. No había sentido su cuerpo tan descontrolado desde que era un muchacho, justo cuando le cambió la voz.

Pateó otra piedra y se detuvo en el camino, con las manos en las caderas, y echó atrás la cabeza para mirar al cielo.

No le sirvió de nada. Movió la cabeza girándola de un lado a otro intentando aflojar la tensión. Tendría que ir a Londres pronto para pasar una noche o dos en la Gruta de Afrodita. Tal vez después de eso podría estar en presencia de su secretaria sin esos pensamientos lujuriosos que se apoderaban de su mente.

Con el pie hundió la piedra que acababa de patear, se giró y echó a andar hacia el establo. Estaba considerando la idea de ir a Londres como un deber. Ya no le hacía ninguna ilusión pasar una noche en la cama de una mujer mundana. Se sentía cansado; cansado y deseoso de una mujer a la que no podía tener.

Unas horas después, al comienzo de la tarde, cuando Anna estaba leyendo *El príncipe Cuervo*, comenzaron a sonar los golpes. Sólo había llegado a la tercera página, en la que se contaba la batalla entre el ejército de un príncipe malo y el de un enorme cuervo. Era un cuento algo raro, pero absorbente, y le llevó un momento darse cuenta de que los golpes eran de la aldaba de la puerta principal. Nunca antes había oído su sonido; la mayor parte de las personas que visitaban la mansión entraban por la puerta de servicio.

Metió el libro en el cajón de su escritorio y cogió una pluma, atenta al sonido de unos pasos rápidos por el vestíbulo, tal vez los del lacayo que iba a abrir la puerta. A eso siguió un murmullo de voces, una de ellas femenina, y luego el sonido de los tacones de una dama en dirección a la biblioteca. El lacayo abrió la puerta y entró Felicity Clearwater.

Anna se levantó.

—¿En qué puedo servirla?

—Oh, no se levante —dijo Felicity agitando una mano hacia ella, examinando la raquítica escalera de hierro—. No quiero interrumpirla en sus deberes. Sólo he venido a entregar una invitación a lord Swartingham para mi fiesta de primavera.

Pasó la mano enguantada por un peldaño de la escalera y arrugó la nariz al ver el polvo de color orín que salió.

—Él no está en este momento —dijo Anna.

—¿No? Entonces debo confiársela a usted. —Se allegó al escritorio y sacó del bolsillo un grueso sobre con membrete—. Le entregará esto... —Se le cortó la voz, al mirarla.

—¿Sí?

Cohibida, Anna se pasó la mano por el pelo. ¿Tendría una mancha en la cara? ¿Se le habría quedado algo de comida pegada entre los dientes? Felicity parecía haberse convertido en una estatua de mármol. Cualquier mancha o suciedad no justificaría esa conmoción.

El sobre de papel vitela que sostenía Felicity en la mano tembló y cayó sobre el escritorio. La mujer desvió la vista y pasó el momento.

Anna pestañeó, sorprendida. Igual se lo había imaginado todo.

—Se encargará de que lord Swartingham reciba mi invitación, ¿verdad? —estaba diciendo Felicity—. No me cabe duda de que no querrá perderse el acontecimiento social más importante de la región.

Dicho eso, le dirigió una frágil sonrisa y salió.

Distraída, Anna se llevó la mano al cuello y sintió en la palma el frío metal. Arrugó la frente al recordar. Esa mañana, mientras se estaba vistiendo, había encontrado soso el pañuelo que se envolvió al cuello; hurgó en la pequeña caja en que guardaba sus pocas joyitas, en busca de su único alfiler y al verlo le pareció que era demasiado grande; entonces sus dedos tocaron el medallón que había encontrado en el escritorio portátil de Peter. Al verlo sólo experimentó una leve punzada; tal vez estaba perdiendo el poder de herirla, pensó, y entonces se le ocurrió, ¿por qué no?, y osadamente se prendió el pañuelo con el medallón.

Pasó los dedos por el prendedor. Lo sintió frío y duro, y deseó no haber cedido al impulso de ponérselo.

¡Maldición! ¡Maldición! ¡Maldición! Felicity iba mirando sin ver por la ventanilla mientras el coche brincaba por el camino alejándose de Ravenhill Abbey. No había aguantado años de manoseos por parte de un hombre tan viejo que podía ser su abuelo para que ahora todo se le derrumbara en un momento.

Cualquiera diría que el deseo de Reginald Clearwater de tener prole habría quedado satisfecho con los cuatro hijos adultos que le parieron sus dos primeras esposas, por no hablar de las seis hijas. Al fin y al cabo, su predecesora había muerto al dar a luz al menor de los hijos varones. Pero no, Reginald estaba obsesionado por su potencia sexual y por la tarea de dejar nuevamente embarazada a su tercera esposa. A veces, durante sus visitas conyugales dos veces a la semana dudaba de que valiera la pena tomarse tantas molestias. El hombre ya tenía experiencia con tres esposas y seguía sin mostrar ninguna habilidad en el dormitorio.

Emitió un bufido.

Pese a ese lado negativo, estaba absolutamente encantada por ser la esposa del señor terrateniente. Clearwater Hall era la casa más grande del condado, después de Ravenhill Abbey, lógicamente. Disfrutaba de una generosa asignación para gastos menudos y ropa, y de coche propio. Sabía que en cada cumpleaños recibiría joyas hermosas y muy caras. Y los tenderos del pueblo la recibían haciendo casi una genuflexión cuando ella los visitaba. Tomando todo en cuenta, valía la pena que su vida continuara así.

Y eso la llevó nuevamente al problema con Anna Wren.

Se pasó la mano por el pelo, por si encontraba alguna guedeja fuera de lugar. ¿Desde cuándo lo sabía Anna? Era imposible que llevara el medallón por casualidad. Las coincidencias de esa magnitud simplemente no ocurren, lo cual significaba que esa maldita mujer quería echárselo en cara, después de todo ese tiempo. Esa carta que le escribió a Peter fue el resultado de un momento en que se encontraba dominada por todo el ardor de la lujuria, y fue tremendamente tonta y condenatoria. La había metido en el medallón que él le regaló y se la entregó, sin ocurrírsele jamás que él la guardaría. pero poco después él se murió y ella se quedó sobre ascuas, esperando que llegara Anna a visitarla con la prueba. Cuando pasaron dos años y el medallón no apareció, pensó que Peter lo había vendido o quemado, junto con la carta, antes de morir.

¡Hombres! Qué seres más inútiles, aparte de lo obvio.

Tamborileó con los dedos sobre el alféizar de la ventanilla. Los únicos motivos por los que Anna podía sacar el medallón a la luz, o eran la venganza o el chantaje. Haciendo un mal gesto, se pasó la lengua por los dientes delanteros, tocándose los bordes: delicados, lisos y afilados. Muy afilados. Si la menudita Anna Wren creía que podía asustar a Felicity Clearwater, estaba a punto de descubrir lo equivocada que estaba.

—Creo que tengo una deuda con usted, señora Wren —le dijo el conde entrando en la biblioteca esa tarde.

El sol que entraba por las ventanas iluminaba los hilos plateados de su pelo. Sus botas volvían a estar embarradas.

Anna dejó a un lado la pluma y alargó la mano para acariciar a Jock, que había entrado acompañando a su amo.

—Empezaba a pensar que había olvidado su deuda de esta mañana, milord.

Él arqueó una ceja, arrogante.

—¿Es que pone en duda mi honor?

—Si lo pusiera, ¿me retaría a duelo?

Él emitió un sonido nada elegante.

—No. Hay muchas posibilidades de que usted me ganara. No tengo una puntería particularmente buena, y mi habilidad con la espada necesita práctica.

Anna alzó el mentón altiva.

—Entonces tal vez debería tener cuidado con lo que me dice.

A lord Swartingham se le curvó una comisura de la boca.

—¿Va a venir al jardín o desea continuar esta lucha verbal conmigo aquí?

—No veo por qué no podemos hacer ambas cosas —musitó ella, cogiendo su capa.

Se cogió del brazo que él le ofreció y salieron de la biblioteca, seguidos por Jock, que iba con las orejas levantadas ante la perspectiva de un paseo. Después de salir por la puerta principal el conde la llevó por el lado de la casa y dejaron atrás el establo. Al terminar el patio del establo se acababan los adoquines y comenzaba una extensión de césped. Atravesaron una huerta rodeada por setos bajos, que quedaba a un lado de la puerta de servicio de atrás. Ya había plantados puerros, formando una hilera de delicados brotes verdes que luego se convertirían en hojas a medida que crecieran. Más allá de la huerta había otra extensión de césped en pendiente y al final un jardín más grande amurallado. Bajaron la pendiente por un sendero de pizarra gris. Cuando estaban más cerca, Anna vio que la vieja pared de ladrillos rojos estaba casi cubierta de hiedra y que bajo la crecida enredadera de hiedra amarronada quedaba oculta una puerta de madera.

Lord Swartingham cogió la oxidada manilla de hierro y tiró de ella. La puerta chirrió, se abrió unos pocos dedos y se quedó atascada. Él masculló algo y la miró.

Ella le sonrió alentadora.

Él cogió la manilla con las dos manos y, afirmando bien los pies, tiró con más fuerza. Durante un instante no ocurrió nada, y de pronto la puerta cedió y se abrió con un largo crujido. Jock entró disparado en el jardín. El conde se hizo a un lado y le indicó a ella con un gesto que entrara primero.

Anna agachó un poco la cabeza para mirar en el interior.

Vio una verdadera selva. El jardín parecía un enorme rectángulo, o por lo menos esa había sido su forma en algún momento. Por el interior de las cuatro paredes discurría un sendero embaldosado, que apenas se distinguía bajo tanta maleza y tierra. Las paredes opuestas estaban conectadas por senderos centrales, que formaban una cruz y dividían el jardín en cuatro parterres rectangulares. En la pared opuesta había otra puerta, casi oculta también por las ramas desnudas de una trepadora. Tal vez más allá hubiera otro jardín o una serie de jardines.

—Mi abuela diseñó el primer trazado de este jardín —explicó el conde detrás de ella—, y mi madre lo fue ampliando y mejorando.

Ya estaban dentro del jardín, y Anna ni siquiera recordaba haberse movido.

—Debió de haber sido muy hermoso —comentó, pasando por encima de unos ladrillos que se habían roto y soltado y formaban una protuberancia en el sendero. ¿Era un peral ese árbol del rincón?

—No queda mucho de su trabajo, ¿verdad? —dijo él, y al parecer pateó algo, porque ella oyó el ruido—. Supongo que lo mejor sería hacer derribar simplemente las paredes y nivelar el terreno.

Anna se giró bruscamente a mirarlo.

—Oh, no, milord, no debe hacer eso.

Él la miró ceñudo.

—¿Por qué no?

—Aquí hay mucho que se puede salvar.

El conde miró evaluador el montón de malezas y el sendero estropeado, con claro escepticismo.

—No veo ni una sola cosa digna de salvar.

Ella lo miró exasperada.

—Vamos, mire esos árboles con las ramas en espaldar sobre las paredes.

Él se giró a mirar lo que ella apuntaba.

Ella echó a andar hacia la pared. Tropezó en una piedra escondida bajo la maleza, se enderezó y volvió a quedársele cogido el pie. Unos fuertes brazos la agarraron por detrás y la levantaron en vilo como si no pesara nada. En dos largos pasos lord Swartingham llegó a la pared y la dejó con los pies en el suelo.

—¿Esto es lo que deseaba ver?

Con el aliento retenido por la impresión, ella lo miró de reojo; vio que él estaba mirando el árbol en espaldar con expresión lúgubre.

—Sí, gracias —dijo. Al mirar el patético árbol que formaba el enrejado sobre la pared, se distrajo al instante—. Creo que esto es un manzano, o tal vez un peral. Vea cómo están plantados a todo lo largo de las paredes del jardín. Y este tiene brotes.

El conde examinó dudoso la rama que ella le indicaba y emitió un gruñido.

—Y lo único que necesitan todos es una buena poda —continuó ella—. Podría hacer su propia sidra.

—Nunca me ha gustado mucho la sidra.

Ella lo miró ceñuda.

—O la cocinera podría prepararle jalea de manzana.

Él arqueó una ceja.

Ella estaba a punto de lanzarse a hacer una acalorada defensa de los méritos de la jalea de manzana cuando vio una flor entre las malezas.

—¿Ahí tine una violeta o una pervinca, qué le parece? —La flor estaba a unos tres palmos del borde del parterre. Se agachó a mirarla más de cerca, colocando una mano en el suelo para afirmarse—. O tal vez una nomeolvides, aunque normalmente estas florecen en grupos grandes. —Con sumo cuidado cogió la flor y la cortó—. No, qué tonta soy. Mire las hojas. —Notó que lord Swartingham estaba muy quieto detrás de ella—. Creo que podría ser un tipo de jacinto.

Se enderezó y se giró a enseñárselo.

—¿Ah? —preguntó él, y su voz de barítono le salió gutural.

Ella pestañeó ante el tono de su voz.

—Sí, y, lógicamente, donde hay uno siempre hay más.

—¿De qué?

Ella entrecerró los ojos, desconfiada.

—No me estaba escuchando, ¿verdad?

—No —contestó él, negando con la cabeza.

Él la estaba mirando fijamente, de una manera que le aceleró la respiración. Sintió arder la cara. En medio del silencio, la juguetona brisa le soltó una guedeja de pelo y se la atravesó sobre la boca. Él alargó lentamente la mano y se la apartó con las yemas de los dedos. Los callos le rasparon la sensible piel de los labios, y cerró los ojos, anhelante. Él le afirmó con todo cuidado la guedeja en el resto del pelo y dejó la mano apoyada en su sien.

Ella sintió en los labios la caricia de su aliento. Venga, pues, por favor.

Entonces él bajó la mano.

Anna abrió los ojos y se encontró con los de él negros obsidiana. Levantó la mano, para protestar, o tal vez para acariciarle la cara, no lo sabía, pero en todo caso ya no importaba. Él se había girado y alejado unos cuantos pasos. Al parecer ni siquiera notó el frustrado gesto de ella.

Él giró un poco la cabeza, de tal manera que ella sólo le veía la cara de perfil.

—Le ruego que me disculpe —dijo.

Ella intentó sonreír.

—¿De qué? Yo...

Él movió la mano en un gesto de cortar algo con el canto.

—Mañana viajaré a Londres. Me temo que tengo unos asuntos que atender ahí que ya no pueden esperar.

Anna apretó las manos en sendos puños.

—Puede continuar admirando el jardín si lo desea. Yo tengo que volver a la biblioteca para trabajar en mis escritos.

Diciendo eso se alejó a pasos largos y rápidos, haciendo crujir los ladrillos rotos con las botas.

Anna abrió las manos y sintió deslizarse por sus dedos la flor aplastada.

Se dio una lenta vuelta completa mirando el jardín en ruinas. Tenía muchísimas posibilidades. Quitar la maleza de ahí junto a la pared, plantar unas cuantas flores allí. Ningún jardín moría del todo nunca realmente si un buen jardinero sabía cuidarlo. Vamos, sólo necesitaba un poco de cuidado y cariño.

Un velo de lágrimas le empañó los ojos. Irritada, se los frotó, con la mano temblorosa. Se había dejado el pañuelo en el escritorio. Comenzaron a correrle las lágrimas por las mejillas y a caer por el mentón. ¡Porras! Tendría que secárselas con la manga. ¿Qué dama se encuentra de repente sin un pañuelo a mano? Pues una patética, sin duda alguna. Una a la que un caballero no logra decidirse a besar. Se frotó la cara con el interior del antebrazo, pero las lágrimas continuaron brotando. Como si ella fuera a creerse esa tontería de que iba a ir a Londres a atender unos asuntos de su trabajo. Era una mujer madura. Sabía adónde iba a hacer su trabajo el conde. A ese asqueroso burdel.

Un sollozo le cortó la respiración. Iba a ir a Londres a acostarse con otra mujer.

Capítulo 8

El cuervo continuó volando con Aurea otro día y otra noche, y todo lo que ella vio durante ese tiempo le pertenecía a él. Aurea intentaba entender tanta riqueza, tanto poder, pero escapaba a su comprensión. Su padre sólo había tenido el dominio sobre una pequeña fracción de las personas y tierras que poseía ese pájaro. Finalmente, al cuarto atardecer, vio un magnífico castillo, todo hecho de mármol blanco y oro. Los reflejos del sol poniente sobre él eran tan brillantes que le hicieron doler los ojos.

—¿De quién es ese castillo? —preguntó en un susurro, y un vago miedo le llenó el corazón.

El cuervo giró su enorme cabeza y la miró con un brillante ojo negro.

—De tu marido —contestó, riendo.

De *El príncipe Cuervo*

*E*sa tarde Anna se fue sola a su casa, caminando. Después de reunir fuerzas en el jardín en ruinas, había vuelto a la biblioteca con la intención de trabajar. No debería haberse preocupado; lord Swartingham no apareció por ahí en toda la tarde, y cuando estaba recogiendo sus cosas al final de la jornada, entró un lacayo joven y le entregó una pequeña tarjeta doblada. El mensaje era breve y conciso.

Su señoría se marcharía muy temprano por la mañana y por lo tanto, sintiéndolo mucho, no podría venir a despedirse.

Puesto que el conde no estaba ahí para protestar, se fue a pie a casa en lugar de coger el coche, en parte por rebeldía y en parte porque necesitaba estar un tiempo sola para pensar y serenarse. No le convenía llegar a su casa con la cara larga y los ojos enrojecidos. No debía llegar así, a no ser que deseara que madre Wren estuviera la mitad de la noche interrogándola.

Cuando llegó a las afueras del pueblo ya le dolían los pies; se había acostumbrado al lujo de hacer el trayecto en coche. Continuó caminando cansinamente y cuando dio la vuelta a la esquina y entró en su calle se detuvo en seco. Detenido delante de la puerta de su casa había un coche rojo y negro con adornos dorados. El cochero y los dos lacayos que estaban apoyados en el vehículo llevaban la librea a juego, negra con ribetes rojos y yardas de trencilla dorada. Junto al coche se había reunido un grupo de pilluelos que saltaban de un lado a otro haciendo preguntas a los lacayos. No pudo dejar de comprenderlos; daba la impresión de que algún personaje de la realeza hubiera venido a visitarla. Pasó por un lado del coche y entró en su casa.

Madre Wren y Pearl estaban en la sala de estar tomando el té con una mujer a la que Anna no había visto nunca. Era una mujer muy joven, de apenas unos veinte años. El pelo empolvado en blanco hielo le dejaba despejada la frente, recogido en un peinado engañosamente sencillo que le hacía resaltar unos raros ojos verde claro. Llevaba un vestido negro. Normalmente el negro indica luto, pero ella no había visto nunca un vestido de luto parecido a ese. La mujer parecía flotar en medio de una cascada de tela negra brillante, y la sobrefalda echada hacia atrás dejaba ver los bordados de vivo color escarlata de la falda. En el escote cuadrado, muy generoso, se repetían los bordados del mismo color, y de las medias mangas caían tres volantes solapados de encaje. Se veía tan fuera de lugar en su pequeña sala de estar como un pavo real en un gallinero.

Madre Wren la miró alegremente al verla entrar.

—Querida, te presento a Coral Smythe, la hermana menor de Pearl. Estábamos tomando té con pastas. —Hizo un amplio gesto con la taza y casi derramó té en la falda de Pearl—. Mi nuera, Anna Wren.

—Mucho gusto, señora Wren —dijo Coral.

Hablaba con una voz ronca y profunda que más parecía salir de un hombre que de una jovencita exótica.

—Encantada de conocerla —musitó Anna, cogiendo la taza que le pasó su suegra.

—Tenemos que ponernos en marcha pronto si queremos llegar a Londres antes del alba —dijo Pearl.

—¿Estás lo bastante recuperada para viajar, hermana? —le preguntó Coral, mostrando muy poca emoción en la cara, pero mirando a Pearl atentamente.

—¿No le gustaría pasar la noche con nosotras, señorita Smythe? —le propuso madre Wren—. Así Pearl estaría descansada para partir por la mañana.

Coral curvó los labios en una leve sonrisa.

—No querría causarles molestias, señora Wren.

—Oh, no es ninguna molestia. Ya está casi oscuro. —Hizo un gesto hacia la ventana, que ya se veía casi negra—. Me parece que sería arriesgado que dos damitas salieran de viaje ahora.

—Gracias —dijo Coral, inclinando la cabeza.

Una vez que terminaron de tomar el té, Anna llevó a Coral a la habitación que ocupaba Pearl para que pudiera lavarse antes de la cena. Llevó toallas de lino y agua para la jofaina, y ya estaba en la puerta para salir cuando Coral la detuvo diciendo:

—Señora Wren, deseo darle las gracias.

Coral la estaba mirando con sus insondables ojos verde claro; su expresión no se correspondía con sus palabras.

—No ha sido nada, señorita Smythe. No podíamos enviarla a la posada.

—Ah, pues sí que podían —dijo Coral, con los labios curvados en una especie de *rictus* sardónico—. Pero no es eso a lo que me refiero. Deseo darle las gracias por haber ayudado a Pearl. Ya me contó lo mal que estaba. Si usted no la hubiera traído a su casa y cuidado de ella, habría muerto.

Anna se encogió de hombros, incómoda.

—Al cabo de un rato habría pasado alguna otra persona y...

—Y la habría dejado ahí —interrumpió Coral—. No me diga que cualquier otra persona habría hecho lo que hizo usted. Nadie lo hizo antes.

Anna no supo qué decir. Por mucho que deseara rebatir su cínica opinión sobre la humanidad, sabía que la mujer tenía razón.

—Mi hermana tuvo que hacer la calle para poder darme de comer cuando éramos más jóvenes —continuó Coral—. Nos quedamos huérfanas cuando ella apenas tenía quince años, y poco después perdió su puesto de criada subalterna en una casa elegante. Podría haberme llevado sencillamente al asilo de los pobres. Sin mí podría haber encontrado otro trabajo respetable, tal vez hasta podría haberse casado y tener su propia familia. —Apretó fuertemente los labios—. En lugar de eso, atendía a hombres.

Anna no pudo evitar hacer un gesto de pena al intentar imaginarse una vida tan deprimente, con esa tan total falta de opciones.

—He intentado convencer a Pearl de que acepte que yo la mantenga ahora —dijo Coral, y luego desvió la cara—. Pero qué puede interesarle a usted nuestra historia. Basta decir que es la única persona viva en este mundo a la que quiero.

Anna guardó silencio.

—Si hay algo que yo pueda hacer por usted, señora Wren —continuó Coral, perforándola con sus extraños ojos—, sólo tiene que decirlo.

—Me basta su gratitud —dijo Anna finalmente—. Me alegra haber podido ayudar a su hermana.

—No se toma en serio mi ofrecimiento, veo. Pero téngalo presente. Haré por usted cualquier cosa que esté en mi poder. Cualquier cosa, lo que sea.

Anna asintió y se giró para salir. «Cualquier cosa, lo que sea.» Se detuvo en la puerta y se giró impulsivamente, antes de tomarse el tiempo para pensarlo dos veces.

—¿Sabe algo de un establecimiento llamado la Gruta de Afrodita?

Se nubló un tanto la expresión de Coral.

—Sí. Sí, y conozco a la dueña, a la propia Afrodita. Puedo conseguirle una noche o las noches de toda una semana en la Gruta de Afrodita si ese es su deseo. —Avanzó unos pasos hacia ella—. Puedo conseguirle una noche con un prostituto hábil y experimentado o con un escolar virgen. —Se le agrandaron los ojos y parecieron llamear—. Con famosos libertinos o con traperos de la calle. Con un hombre muy especial o con diez absolutos desconocidos. Con hombres negros, rojos o amarillos, con hombres con los que sólo ha soñado en la oscuridad de la noche, en la soledad de su cama, acurrucada bajo las mantas. Lo que sea que anhele; lo que sea que desee, lo que sea que ansíe. Sólo tiene que decírmelo.

Anna la miró como un ratón atontado ante una serpiente particularmente hermosa. Abrió la boca para farfullar una negativa, pero Coral levantó una mano indolente.

—Consúltelo con la almohada, señora Wren. Medítelo durante la noche y déme la respuesta mañana. Ahora, si no le importa, deseo estar sola.

Anna se encontró en el rellano, fuera de la puerta de su propia habitación. Agitó la cabeza. ¿Podría el diablo disfrazarse de mujer?

Porque, sin lugar a dudas, le había puesto la tentación delante.

Bajó lentamente la escalera, con el seductor ofrecimiento de Coral alojado en la cabeza. Trató de expulsarlo, pero, horrorizada, comprobó que simplemente no podía. Y cuanto más pensaba en la Gruta de Afrodita, más aceptable encontraba la idea.

Durante esa noche Anna cambió una y otra vez de opinión respecto al escandaloso ofrecimiento de Coral. Despertaba de un ominoso y nebuloso sueño, se quedaba un momento debatiéndose y volvía a dormirse, entrando otra vez en un mundo en el que lord Swartingham vivía alejándose de ella, y ella corría inútilmente detrás. Cuando se acercaba el amanecer, renunció a la simulación de dormir y se quedó de espaldas contemplando sin ver el cielo raso todavía oscuro. Juntó las manos bajo el mentón como una niña pequeña y le rogó a Dios que le diera la fuerza para resistirse a ese terrible ofrecimiento. Una mujer virtuosa no tendría ninguna dificultad para resistirse; a una dama decente ni siquiera se le ocurriría la idea de entrar furtivamente en los antros de Londres con el fin de seducir a un hombre que había dejado abundantemente claro que no estaba interesado en ella.

Cuando volvió a abrir los ojos ya era de día. Sintiendo todo el cuerpo rígido, se levantó, se lavó con la helada agua de la jofaina, se vistió y salió de la habitación, todo silenciosamente para no despertar a su suegra.

Salió de la casa a mirar su jardín. A diferencia del jardín del conde, el suyo era pequeño y estaba bien cuidado. Los crocus ya se estaban marchitando, pero quedaban algunos narcisos tardíos. Se agachó a arrancar uno cuyas hojas ya estaban secas. La vista de los tulipanes abriendo los pétalos le devolvió momentáneamente la paz a su alma. Entonces recordó que el conde se marchaba a Londres ese día. Cerró fuertemente los ojos para expulsar ese pensamiento.

En ese momento oyó unos pasos detrás.

—¿Ya ha tomado su decisión, señora Wren?

Se giró y vio a un hermoso Mefistófeles de ojos verde claro. Coral le sonrió.

Anna comenzó a negar con la cabeza y entonces se oyó decir:

—Acepto su ofrecimiento.

Coral ensanchó la sonrisa, formando con sus labios una curva perfecta, aunque sin alegría.

—Estupendo. Puede acompañarnos en mi coche en nuestra vuelta a Londres. —Emitió una risita ronca—. Esto debería resultar interesante.

Acto seguido entró en la casa, antes que a Anna se le ocurriera una respuesta.

—Venga, toma —le musitó Edward al bayo.

Le sostuvo la cabeza y esperó pacientemente mientras el animal movía los cascos y se comía lo que le dio. El bayo solía estar díscolo por la mañana, y lo había ensillado más temprano que de costumbre. El cielo sólo comenzaba a clarear por el este.

—Ya está, viejo cabrón, vamos.

Entonces se le ocurrió, por primera vez, que le estaba hablando a un caballo sin nombre. ¿Desde cuándo tenía ese caballo? Ya haría unos seis años, como mínimo, y jamás se había tomado la molestia de ponerle nombre. Anna Wren lo reprendería si se enterara.

Torciendo el gesto, montó por fin. Ese era exactamente el motivo que lo llevaba a hacer ese viaje: quitarse a la viuda de la cabeza. Había decidido apaciguar parte de su desasosiego cabalgando hasta Londres. Su ayuda de cámara y su equipaje lo seguirían en el coche. Entonces, como para burlarse de ese plan, apareció el recién llamado Jock, justo cuando estaba a punto de salir a caballo del establo. El perro salió corriendo delante de él; no lo había visto durante la última media hora, y en ese momento tenía las ancas cubiertas de lodo hediondo.

Tiró de las riendas del caballo, suspirando. Tenía pensado aprovechar ese viaje para hacerle una visita a su novia y familia, con el fin de llevar a buen término las negociaciones del compromiso. Un chucho enorme y hediondo no favorecería en nada su causa con la familia Gerard.

—Quieto, Jock.

El perro se sentó y lo miró con sus grandes ojos castaños ligeramente enrojecidos, moviendo la cola sobre los adoquines.

—Lo siento, viejo —dijo él, agachándose a rascarle las orejas. El nervioso bayo dio un par de pasos hacia un lado, rompiendo el contacto—. Tendrás que quedarte aquí esta vez.

El perro ladeó la cabeza.

Edward sintió una oleada de desagradable tristeza. El perro no tenía lugar en su vida, como tampoco la dama.

—Cuida de ella, Jock. Cuídala por mí.

Medio sonrió medio hizo una mueca por esa tontería. Jock no era un perro guardián. Y en todo caso, no le correspondía a él proteger a Anna Wren.

Agitando la cabeza para desechar esos pensamientos, hizo virar al caballo y lo puso al trote por el camino de entrada.

Después de pensarlo bien, Anna le dijo a madre Wren que iría a Londres con Pearl y Coral para comprar telas y accesorios para unos vestidos nuevos para las dos.

—Me alegra mucho que por fin podamos comprar telas, pero ¿estás segura? —contestó madre Wren. Se le sonrojaron un poco las mejillas y continuó en voz más baja—: Son muy simpáticas, claro, pero al fin y al cabo son cortesanas.

Anna tuvo dificultades para mirarla a los ojos.

—Coral está muy agradecida por los cuidados que le hemos dado a Pearl. Se quieren mucho, ¿sabe?

—Sí, pero...

—Y me ha ofrecido su coche tanto para ir a Londres como para volver.

Madre Wren frunció el ceño, indecisa.

—Es un ofrecimiento muy generoso —continuó Anna en voz baja—. Nos ahorrará el precio del trayecto de ida y vuelta en diligencia, y, además, iré más cómoda. Podré comprar más tela con el dinero que habríamos gastado en la diligencia. —Vio que madre Wren vacilaba—. ¿No le hace ilusión tener un vestido nuevo?

—Bueno, lo que me importa es tu comodidad, querida —dijo madre Wren al fin—. Si tú estás contenta con este arreglo, yo también.

—Gracias —dijo Anna.

Le dio un beso en la mejilla y subió corriendo la escalera para terminar de meter sus cosas en el bolso de viaje.

Los caballos ya estaban piafando inquietos cuando salió. Se despidió a toda prisa y subió al coche, donde esperaban las hermanas Smythe. En cuando el coche emprendió la marcha, volvió a despedirse agitando la mano por la ventanilla, lo que divirtió muchísimo a Coral. Estaba a punto de girar la cabeza y sentarse bien cuando vio a Felicity Clearwater en la calle. No supo qué hacer en el momento en que sus ojos se encontraron con los de aquella mujer. Entonces el coche paso de largo y se acomodó en el asiento, mordiéndose el labio inferior; Felicity no podía saber a qué iba a Londres, pero de todos modos verla la había puesto nerviosa.

Coral, que iba sentada frente a ella, arqueó una ceja.

Entonces el coche hizo un brusco viraje en la esquina y Anna tuvo que sujetarse de la correa que colgaba encima de su cabeza para no caerse encima de las dos mujeres. Alzó el mentón.

Coral sonrió levemente e hizo un gesto de asentimiento.

Hicieron una parada en Ravenhill Abbey, para que Anna informara al señor Hopple de que estaría ausente unos pocos días. El coche se quedó esperando al final del camino de entrada, fuera de las puertas y oculto a la vista, mientras ella iba y volvía a pie de la casa. Sólo cuando estaba a punto de llegar al carruaje, se dio cuenta de que Jock la seguía.

Se giró a mirarlo.

—Vuelve a la casa, Jock.

Jock se sentó muy quieto en el medio del camino y la miró tranquilamente.

—Venga, señor. ¡A casa, Jock! —exclamó, apuntando hacia la casa.

Jock giró la cabeza, siguiendo la dirección de su dedo, pero no se movió.

—Muy bien, pues —bufó, sintiéndose tonta por estar discutiendo con un perro—. Me desentiendo de ti.

Hizo el resto del camino resuelta a no prestar atención al enorme perro que la seguía, pero cuando salió por las puertas de la propiedad y vio el coche, comprendió que tenía un problema. El lacayo la había visto y abierto la portezuela del vehículo para que ella subiera. Con un revuelo de movimiento y sonidos de patas en la gravilla, Jock la dejó atrás y se subió al coche de un salto.

—¡Jock! —gritó Anna, consternada.

En el interior del coche se produjo una conmoción que lo meció de un lado a otro, hasta que se quedó quieto. El lacayo se asomó a la puerta; Anna se puso a su lado y se asomó también.

Jock estaba sentado en uno de los mullidos asientos. Frente a él, Pearl lo miraba espantada. Coral, como era de suponer, estaba imperturbable, sonriendo levemente.

Anna se había olvidado de lo aterrador que parecía Jock a primera vista.

—Lamento mucho esto —dijo—. En realidad es inofensivo.

Pearl la miró de reojo, al parecer nada convencida.

—A ver, déjenme que lo saque.

Pero eso resultó difícil. Después de oír un amenazador gruñido de Jock, el lacayo dejó claro que su trabajo no incluía manejar animales peligrosos. Anna subió al coche e intentó camelar al perro para que saliera. Al no darle ningún resultado, lo cogió por el pelaje cerca del cuello y tironeó. Jock simplemente afirmó las patas y esperó muy tranquilo mientras ella lo intentaba.

Coral se echó a reír.

—Parece que su perro quiere venir con nosotras, señora Wren. Déjelo en paz. A mí no me importa llevar otro pasajero.

—¡Oh, no podría! —resolló Anna.

—Sí que puede. No discutamos. Siéntese y protéjanos a Pearl y a mí del animal.

Jock pareció contento cuando Anna se sentó; como si entendiera que ya estaba establecido que no lo iban a hacer bajar del coche, se echó a dormir. Pearl lo contempló un rato, tensa. Al ver que el animal ni siquiera se movía, comenzó a cabecear. Anna se acomodó en los mullidos cojines y, adormilada, pensó que aún estaban mejor que lord Swartingham. Pasado un rato, ella también se quedó dormida, cansada después de no haber dormido esa noche.

Hicieron una sola parada, por la tarde, para entrar en una posada de un lado de la carretera a tomar un almuerzo tardío. Las tres mujeres bajaron rápidamente mientras los mozos del establo gritaban sosteniendo las cabezas de los inquietos caballos. La posada estaba sorprendentemente limpia, y les sirvieron un exquisito plato de carne cocida acompañado con sidra. Anna no se olvidó de reservar un trozo de carne para llevárselo a Jock al coche. Después de dárselo le permitió bajar a correr por el patio asustando a los chicos del establo, y luego reanudaron el viaje.

Cuando llegaron a Londres, ya se había puesto el sol; el coche se detuvo ante la puerta de una casa adosada muy elegante. Anna se sorprendió al ver lo lujosa que era, pero al pensar en el coche de Coral comprendió que no tenía por qué sorprenderse.

Coral debió notar que estaba boquiabierta mirando la fachada, porque esbozó una sonrisa enigmática:

—Todo esto se debe a la amabilidad del marqués —dijo haciendo un amplio gesto con la mano, y su sonrisa se tornó cínica—. Mi buen amigo.

Anna la siguió por la escalinata y entraron en el penumbroso vestíbulo. Sus pasos resonaron en las relucientes losas de mármol blanco. Las paredes también estaban recubiertas por paneles de mármol hasta el cielo raso enyesado, del que colgaba una brillante lámpara araña de cristal. El vestíbulo era muy hermoso, pero también estaba muy vacío. Anna pensó si eso se debía al gusto de su actual ocupante o al del propietario ausente.

En ese momento Coral se puso junto a Pearl, que estaba desfallecida, a punto de caerse al suelo por el cansancio del largo viaje.

—Quiero que te quedes aquí conmigo, hermana.

Pearl la miró nerviosa.

—Sabes que tu marqués no querrá tenerme mucho tiempo aquí.

Coral curvó los labios en una leve sonrisa.

—Deja que yo me ocupe del marqués. Comprenderá mis deseos. Además, ahora está fuera del país y estará ausente las dos próximas semanas. —Volvió a sonreír, con una sonrisa casi cálida—. Ahora venid conmigo: os llevaré a vuestras habitaciones.

La habitación de Anna era un pequeño cuarto, muy simpático, pintado y decorado en tonos azul oscuro y blanco. Cuando Coral y Pearl salieron, dándole las buenas noches, se preparó para acostarse. Jock exhaló un largo suspiro y fue a echarse delante del fuego del hogar. Ella le hablaba mientras se cepillaba el pelo. De hecho, no se permitía pensar en el día siguiente. Pero cuando se acostó y trató de dormirse, se le agolparon en la cabeza los pensamientos que había intentado mantener a raya. ¿Estaba a punto de cometer un pecado grave? ¿Podría vivir consigo misma después de aquello? ¿Complacería al conde?

La fastidió que ese último pensamiento fuera el que más la preocupara.

Felicity encendió las velas del candelabro con una vela y lo colocó con sumo cuidado en una esquina del escritorio. Reginald había estado particularmente cariñoso esa noche. Un hombre de su edad ya debería haber moderado sus actividades en la cama.

Emitió un bufido. Lo único que había cambiado era el tiempo que le llevaba llegar a la eyaculación. Podría haber escrito una obra en cinco actos mientras él bufaba y sudaba encima de ella. En lugar de hacer eso, había pensado en los motivos que podría tener una viuda provinciana como Anna Wren para ir a Londres. Cuando se lo preguntó a la anciana señora Wren, esta le contestó que se había ido para comprar tela para unos vestidos nuevos. Eso era posible, cierto, pero había muchas otras diversiones que una dama sin compromiso podía encontrar en esa ciudad. Tantas, en realidad, que se le ocurrió que podría valer la pena descubrir qué haría Anna en Londres.

Sacó un papel de cartas del escritorio de su marido y destapó el tintero. ¿Quién de entre sus conocidos en Londres sería la mejor opción? Veronica era demasiado curiosa; Timothy, si bien era un caballo de carreras entre las sábanas, tenía por desgracia la capacidad mental de ese mismo caballo fuera de la cama. Entonces quedaba... ¡Ah, por supuesto!

Sonriendo satisfecha, escribió el encabezamiento de la carta. Le escribía a un hombre que no era del todo honrado; tampoco era del todo un caballero.

Y no era bueno ni simpático en absoluto.

Capítulo 9

El cuervo dio una vuelta en círculo planeando por encima del brillante castillo blanco y, mientras lo hacía, de las murallas salieron volando veintenas de pájaros: zorzales, carboneros, gorriones, estorninos, petirrojos, chochines y otros. Les dieron la bienvenida todos los cantos de pájaros que Aurea conocía y muchos que no conocía. El cuervo aterrizó y se los presentó como a los leales componentes de su séquito y personal de servicio. Y aunque el cuervo tenía la capacidad del habla humana, esos pájaros más pequeños, no.

Ese anochecer, los pájaros criados llevaron a Aurea a un magnífico comedor. Allí vio una larga mesa espléndidamente puesta con exquisiteces con las que sólo había soñado. Suponía que el cuervo iba a cenar con ella, pero él no apareció, así que comió totalmente sola.

Después la llevaron a una hermosa habitación, y allí encontró un camisón de vaporosa seda ya dispuesto para ella sobre la enorme cama. Se lo puso, se metió en ella y al instante se quedó profundamente dormida, en un sueño sin sueños.

De *El príncipe Cuervo*

*L*a maldita peluca le picaba horrorosamente.

Equilibrando un plato con merengues sobre los muslos, Edward ansiaba poder meterse un dedo por debajo de su peluca empolvada. O sencillamente quitarse esa maldita cosa. Pero el uso de pelucas era de rigor en la buena sociedad, y la visita a su futura esposa y su familia decididamente lo justificaba. El día anterior había cabalgado desde el alba al anochecer para llegar a Londres, y esa mañana se había levantado muy temprano, lo que no estaba de moda pero era su costumbre. Y luego había tenido que enfriarse los pies varias horas esperando que llegara el momento adecuado para hacer la visita. Maldita fuera la sociedad y sus estúpidas reglas.

Sentada enfrente de él, su futura suegra hablaba a todo su público, o, mejor dicho, daba una conferencia. Lady Gerard era una mujer guapa, de frente ancha y unos ojos redondos azul claro. En ese momento estaba debatiendo ella sola, muy competentemente, sobre la actual moda en sombreros. Ese no era un tema que hubiera elegido él, y a juzgar por las cabezadas de sir Richard, tampoco era un tema de su predilección. Pero daba la impresión de que una vez que lady Gerard comenzaba a hablar, sólo un acto de Dios podría pararla; con el golpe de un rayo, por ejemplo. Entrecerró los ojos; tal vez ni siquiera con eso.

Sylvia, su prometida, estaba sentada graciosamente, frente a él también. Tenía los ojos redondos y azules, iguales a los de su madre. Tenía la verdadera coloración inglesa; una piel lozana color melocotón con nata, y abundante pelo dorado. Le recordaba bastante a su madre.

Bebió un trago de té y deseó que fuera whisky. En la mesilla lateral del lado de Sylvia había un florero con amapolas. Las flores de vivo color rojo hacían resaltar a la perfección los colores amarillo y naranja del salón. Las amapolas, junto con la chica sentada al lado, luciendo un vestido azul índigo, formaban un cuadro digno de un maestro. ¿Su madre la había colocado ahí? Los sagaces ojos de lady Gerard relampagueaban hablando de gasas y tules.

Era un cuadro pensado, ciertamente.

Aunque claro, las amapolas no florecen en marzo. Esas tenían que haberles costado un bonito penique, porque era imposible saber, a no ser que se miraran los pétalos muy de cerca, si estaban hechas de seda y cera.

Dejó a un lado su plato.

—¿Le importaría enseñarme su jardín, señorita Gerard?

Lady Gerard, cogida en una pausa, dio su permiso con una sonrisa satisfecha.

Sylvia se levantó y salió con él por las puertas cristaleras a un denso jardín de ciudad, meciendo las faldas. Caminaron en silencio por el sendero, la mano de ella apoyada ligeramente en la manga de él. Edward buscó en su mente algo que decir, algún tema de conversación agradable, pero tenía la mente curiosamente en blanco. No se habla de rotación de cultivos con una dama, ni sobre cómo drenar un campo ni sobre las últimas técnicas para preparar compost. En realidad, no había nada que le interesara que pudiera hablar sin riesgos con una damita.

Se miró los pies y vio una flor amarilla pequeña, que no era un narciso ni una prímula. Se agachó a tocarla, pensando si la señora Wren tendría de esas en su jardín.

—¿Sabe qué es? —le preguntó a la señorita Gerard.

Sylvia se agachó a mirarla de cerca.

—No, milord. —Frunció el liso entrecejo—. ¿Quiere que se lo pregunte al jardinero?

—No es necesario —dijo él, enderezándose y quitándose el polvo de las manos—. Sólo ha sido pura curiosidad.

Llegaron al final del sendero, donde había un pequeño banco de piedra adosado a la pared.

Edward sacó un enorme pañuelo del bolsillo de la chaqueta y lo extendió sobre el banco, y se lo indicó con un gesto.

—Por favor.

La chica se sentó grácilmente y juntó las manos en la falda.

Él se cogió las manos a la espalda y contempló distraído la pequeña flor amarilla.

—¿Le viene bien esta alianza, señorita Gerard?

—Perfectamente, milord —contestó Sylvia, sin parecer en absoluto perturbada por la franqueza de la pregunta.

—Entonces, ¿me hará el honor de ser mi esposa?

—Sí, milord.

—Estupendo —dijo él inclinándose a besar la mejilla debidamente presentada.

La peluca le produjo más picor que nunca.

La voz de Coral rompió el silencio en la pequeña biblioteca:

—Ah, está aquí. Me alegra que haya encontrado algo de interés.

Anna casi dejó caer al suelo el libro ilustrado que tenía en las manos. Se giró y vio que Coral la estaba mirando divertida.

—Lo siento. Supongo que sigo con mi horario del campo. Cuando bajé a la sala de desayuno, aun no estaba nada preparado. La doncella me dijo que podía entrar aquí.

Levantó el libro como prueba y se apresuró a bajarlo, al recordar las explícitas ilustraciones que contenía.

Coral miró el libro.

—Ese es muy bueno, pero hay otro que podría encontrar más útil para lo que tiene planeado hacer esta noche.

Fue hasta otra estantería, sacó un delgado libro de cubierta verde y se lo puso en las manos.

—Ah, mmm Gracias.

Anna sabía que tenía la cara de siete matices de rojo. Rara vez se había sentido tan humillada en su vida.

Con su vestido de mañana amarillo con espigas, Coral no parecía tener más de dieciséis años. Bien podría haber sido una señorita de buena familia a punto de salir a visitar a una conocida de su edad. Sólo sus ojos estropeaban la ilusión.

—Venga, vamos a desayunar juntas —la invitó Coral, llevándola hasta la sala de desayuno, donde Pearl ya estaba sentada a la mesa.

Sobre un aparador había muchas fuentes con comida caliente, pero Anna descubrió que no tenía mucho apetito. Se sentó frente a Coral con sólo unas tostadas en el plato.

Cuando terminaron de desayunar, Pearl se disculpó para subir a su habitación y Coral se echó atrás en su silla. Anna sintió tensos los omóplatos.

—Ahora tal vez deberíamos hacer algunos planes para esta noche.

—¿Qué sugiere?

—Tengo varios vestidos a los que le convendría echar una mirada. Cualquiera de ellos se puede arreglar para que le quede bien. Además, tendríamos que hablar de las esponjas.

Anna pestañeó sorprendida. ¿De qué podrían servirle a ella unas esponjas para bañarse?

—¿Perdón?

Coral bebió un trago de té tranquilamente.

—Tal vez no lo sepa. Hay esponjas que se pueden insertar en el cuerpo para prevenir el embarazo.

Ante eso a Anna se le quedó paralizada la mente. Jamás había oído hablar de algo así.

—Esto... tal vez no sea necesario. Estuve casada cuatro años sin concebir.

—Entonces nos olvidaremos de las esponjas.

Anna se limitó a pasar los dedos por la taza.

Entonces Coral continuó:

—¿Piensa asistir a la recepción en el salón de la Gruta de Afrodita para elegir a un hombre que le guste o —la miró astutamente—, o hay algún caballero en concreto al que le gustaría encontrar ahí?

Indecisa, Anna bebió un trago de té. ¿Cuánto podía confiar en Coral? Hasta ese momento había seguido sus consejos con bastante ingenuidad; había hecho literalmente todo lo que le había sugerido aquella mujer. Pero prácticamente no la conocía. ¿Podía decirle lo que realmente deseaba, nombrarle a lord Swartingham?

Coral pareció comprender su silencio.

—Soy una puta —dijo—, y además, no soy una mujer buena. Pero pese a eso, mi palabra es oro. —La miró fijamente, como si fuera muy importante que le creyera—. Oro. Le juro que no haré daño ni traicionaré conscientemente ni a usted ni a ninguna persona que le sea querida.

—Gracias.

Coral curvó la boca.

—Soy yo la que debe darle las gracias. No todo el mundo se tomaría en serio la palabra de una puta.

Anna dejó pasar eso.

—Sí, como ha adivinado, quiero encontrarme con un determinado caballero. —Hizo una inspiración profunda—. Con el conde de Swartingham.

Coral agrandó levísimamente los ojos.

—¿Se ha citado con lord Swartingham en la Gruta de Afrodita?

—Noo, él no sabe nada de esto. Y no quiero que lo sepa.

Coral emitió una suave risita.

—Perdóneme, me ha desconcertado. Desea pasar la noche con el conde, íntimamente, sin que él lo sepa. ¿Piensa drogarlo?

—No, no. Me ha interpretado mal. —Ya tenía que tener la cara de todos los matices de rojo, pero continuó—: Deseo pasar la noche con el conde, sí, acostarme con él. Simplemente no quiero que él sepa que soy yo, por así decirlo.

Coral sonrió y ladeó la cabeza en gesto escéptico.

—¿Cómo?

—No me he explicado bien. —Anna exhaló un suspiro e intentó ordenar sus pensamientos—. Verá, el conde ha venido a Londres por sus asuntos de trabajo. Tengo motivos para creer que va a visitar la Gruta de Afrodita, probablemente esta noche. —Se mordió el labio—. Aunque en realidad no sé exactamente cuándo.

—Eso se puede averiguar —dijo Coral—. Pero ¿qué se propone hacer para que él no la reconozca?

—Pearl me dijo que muchas damas y mujeres mundanas llevan

una máscara cuando visitan la Gruta de Afrodita. Se me ocurrió que yo podría ponerme una también.

—Mmm.

—¿No cree que resulte? —preguntó Anna, golpeteando nerviosa un lado de la taza.

—Usted trabaja para el conde, ¿verdad?

—Soy su secretaria.

—En ese caso, debe saber que hay muchas posibilidades de que él la reconozca —la advirtió Coral.

—Pero si llevo una máscara...

—Siempre queda su voz, su pelo, su figura —dijo Coral, enumerando con los dedos—. Incluso su olor, si él ha estado cerca de usted.

—Tiene razón, por supuesto —dijo Anna, sintiéndose a punto de echarse a llorar.

—No he dicho que no se pueda hacer —la tranquilizó Coral—. Sólo que... ¿Comprende los riesgos?

Anna trató de pensar. Le resultaba difícil concentrarse estando tan cerca de lo que deseaba.

—Sí. Sí. Creo que sí.

Coral la contempló otro momento. Después juntó las manos dando una palmada.

—Estupendo. Creo que comenzaremos por trabajar en el disfraz. Vamos a necesitar una máscara que le oculte la mayor parte de la cara. Vamos a consultar a mi doncella Giselle. Es muy buena costurera.

—Pero ¿cómo sabremos si lord Swartingham va a ir ahí esta noche?

—Ah, casi se me olvida. —Tiró del cordón para que le trajeran útiles para escribir, y cuando los tuvo comenzó a redactar una carta en la mesa del desayuno, hablando mientras escribía—. Conozco al propietario y a la copropietaria de la Gruta de Afrodita. Antes la llamaban señora Lavender, pero ahora es la propia Afrodita. Es una vieja bruja avariciosa, pero me debe un favor. Un favor bastante grande, por cierto. Es posible que crea que yo ya me he olvidado del asunto, así que será grande su sorpresa cuando reciba esta carta. —Curvó los labios en una sonrisa cruel—. Es mi costumbre no dejar pasar jamás una deuda, así que en cierto modo usted me hace un favor. —Sopló la tinta hasta que se secó, dobló y selló la carta y tiró del cordón para que viniera un lacayo—. Los caballeros que visitan la Gruta de Afrodita —continuó—, suelen concertar la cita por adelantado, para asegurarse una habitación y una mujer para la noche. La señora Lavender nos informará si el conde lo ha hecho.

—¿Y si la respuesta es sí?

—Entonces haremos los planes. —Sirvió más té para las dos—. Tal vez usted pueda ocupar la habitación y la señora Lavender enviar ahí a lord Swartingham. —Entrecerró los ojos, pensativa—. Sí, creo que eso es lo mejor. Diremos que la habitación debe estar iluminada sólo por unas pocas velas, para que él no la vea bien.

—Maravilloso —dijo Anna, sonriendo de oreja a oreja.

Coral pareció sorprendida un momento y luego le sonrió, con la expresión más sincera que Anna le había visto en la cara.

La Gruta de Afrodita era una espléndida falsificación, reflexionó Anna esa noche mientras miraba por la ventanilla del coche. De cuatro plantas, toda rodeada por columnas de mármol blanco y hojas de oro, la casa era magnífica en apariencia. Sólo al mirarla por segunda vez y con más atención se veía que el mármol de las columnas era pintura, y el «oro», latón deslustrado. El coche viró hacia la parte de atrás del edificio, y al llegar al patio de las caballerizas se detuvo.

Coral, que venía sentada frente a Anna en la oscuridad, se inclinó hacia ella:

—¿Está preparada, señora Wren?

Anna hizo una inspiración profunda y comprobó que tenía bien atada la máscara.

—Sí.

Se levantó, con las piernas temblorosas, y bajó del coche detrás de Coral. Fuera, una linterna que colgaba en la puerta de atrás del edificio iluminaba tenuemente las caballerizas. Mientras caminaban por el sendero hacia la casa, se abrió la puerta y apareció una mujer alta con el pelo teñido con alheña.

—Ah, señora Lavender —dijo Coral arrastrando la voz.

—Afrodita, si me hace el favor —le ladró la mujer.

Coral inclinó la cabeza, irónica.

Entraron en el iluminado vestíbulo y ahí se vio que Afrodita llevaba un vestido color violeta diseñado para que pareciera una toga clásica. En una mano llevaba colgado un antifaz dorado. La madama fijó sus sagaces ojos en Anna.

—¿Y usted es...?

—Una amiga —contestó Coral, antes que Anna pudiera abrir la boca.

Ella la miró agradecida. Le alegraba mucho que Coral le hubiera insistido en que se pusiera la máscara antes de salir de la casa. No habría sido juicioso enseñarle la cara a la madama.

Después de dirigir una fea mirada a Coral, Afrodita empezó a subir la escalera guiándolas. Al llegar al rellano continuó por un corredor y se detuvo ante una puerta. La abrió e hizo un gesto hacia el interior.

—Tiene la habitación hasta el alba. Cuando llegue el conde le informaré que usted lo espera aquí.

Dicho eso se alejó rápidamente.

Coral curvó levemente los labios en una sonrisa secreta.

—Buena suerte, señora Wren —dijo, y también se marchó.

Anna entró, cerró silenciosamente la puerta y se tomó un momento para serenarse, paseando la vista por la habitación. Esta estaba amueblada y decorada con sorprendente buen gusto; bueno, tomando en cuenta que era la habitación de un prostíbulo. Se frotó los brazos para calentárselos. En las ventanas colgaban cortinas de terciopelo, ardía un fuego bien protegido en el simpático hogar de mármol blanco, y delante había dos sillones tapizados. Fue hasta la cama y echó atrás las mantas. Las sábanas estaban limpias, o por lo menos lo parecían.

Se quitó la capa y la dejó en el respaldo de una silla. Debajo llevaba un diáfano vestido prestado por Coral; suponía que haría las veces de camisón de dormir elegante y sin mangas, pero era muy poco práctico; la mitad superior estaba compuesta de puro encaje. De todos modos, Coral le había asegurado que era el atuendo apropiado para una seducción. La máscara de satén tenía la forma de mariposa; le cubría la frente y la línea del pelo y la mayor parte de las mejillas. Los agujeros para los ojos eran ovalados y un poco oblicuos, con las comisuras hacia arriba, lo que le daba a sus ojos una forma sesgada vagamente exótica. El pelo le caía alrededor de los hombros, con las puntas delicadamente rizadas. Lord Swartingham no la había visto nunca con el pelo suelto.

Todo estaba preparado. Se allegó al hogar y se entretuvo palpando una candela. ¿Qué hacía ahí? Ese era un plan estúpido que no resultaría jamás. ¿Cómo se le había podido ocurrir? Todavía tenía tiempo para echarse atrás; podía salir de la habitación, bajar y buscar el coche.

Se abrió la puerta.

Anna se giró y se quedó inmóvil. El vano ahora estaba ocupado por una figura alta y masculina, su silueta recortada por la luz del corredor. Por una fracción de segundo, sintió miedo y dio un paso atrás. Ni siquiera podía ver si era lord Swartingham. Entonces él entró, y por la forma de su cabeza, por su manera de andar y por el movimiento de su brazo al quitarse la chaqueta, supo que era él.

El conde dejó la chaqueta en una silla y avanzó hacia ella, en camisa, chaleco y pantalones. Anna no supo qué hacer ni qué decir. Nerviosa, se apartó un mechón de la cara y con el meñique doblado se lo metió detrás de la oreja. No le veía la expresión a la tenue luz de la vela, como tampoco él podía ver la de ella.

Él se acercó y la cogió en sus brazos; relajada con el movimiento, ella levantó la cara, esperando su beso. Pero él no la besó en los labios sino que, dejando de lado la cara, posó la boca abierta en la curva de su cuello.

Anna se estremeció. Se le antojaba escandaloso y maravilloso a la vez haber esperado tanto tiempo para su caricia y de pronto sentir su lengua mojada deslizándose por su cuello hasta los hombros. Se cogió con fuerza de sus brazos. Él deslizó los labios por su clavícula, de un lado a otro, produciéndole hormigueos y poniéndole la carne de gallina. Sintió endurecerse los pezones, que le rozaron el áspero encaje del vaporoso camisón.

Él le bajó lentamente un tirante por el hombro. El encaje se quedó atascado en el pezón y al seguir bajando se lo raspó, casi dolorosamente. El pecho le quedó al descubierto. A él se le agitó más la respiración; bajó la mano y deslizó la callosa palma por el pezón. Anna hizo una inspiración entrecortada y el aire le salió en un resuello. Ningún hombre la había tocado ahí desde hacía más de seis años, y antes solamente su marido. El calor de su palma casi le quemaba la fría piel del pecho. Él le frotó el pezón con su ancha mano, palpándole el pecho con los dedos; después le cogió el pezón entre el índice doblado y el pulgar y se lo apretó; al mismo tiempo le mordisqueó suavemente el hombro.

Un exquisito placer pasó como un rayo por toda ella hasta llegar a sus partes bajas; se le tensó el vientre de excitación. Deslizó las manos por sus brazos, presionándoselos y acariciándoselos, ansiosa por sentir su piel bajo las capas de ropa.

Él tenía el cabello ligeramente húmedo, por la niebla de fuera, y sintió su olor: sudor, coñac y su aroma almizclado masculino único. Giró la cara hacia la de él, pero él giró la cabeza; ella siguió el movimiento, porque deseaba besarlo. Pero de pronto él bajó el otro tirante y la distrajo. Sin los pechos para sostenerse, el camisón se deslizó hacia abajo y cayó a sus pies. Estaba desnuda ante él. Pestañeó, sintiéndose vulnerable, pero al instante él le cogió el pezón con la boca y comenzó a lamérselo.

La sorprendió el sonido ronco que le salió de la garganta.

Él comenzó a lamerle el otro pezón, como un gato; los lametones lentos, lánguidos, parecían rasparle las terminaciones nerviosas. Él emitió un sonido muy parecido a un ronroneo, aumentando la ilusión de que era un gran predador, paladeando el sabor de su piel.

Le temblaron las piernas y las sintió débiles; la sorprendió comprobar que continuaba de pie. ¿Qué era esa sensación que se estaba apoderando de ella? Eso no le había ocurrido jamás. Hacía tanto tiempo, que ya no recordaba lo que era hacer el amor. Sentía extraño su cuerpo, desconocidas sus sensaciones, sus emociones.

Pero aunque le cedieron las piernas, él la tenía sujeta. Sin apartar la boca de su pecho, la levantó en brazos y la depositó en la cama, y entonces la abandonaron todos los pensamientos. Él deslizó las manos hacia abajo por sus costados desnudos, le cogió los muslos, se los separó y se instaló entre ellos como si tuviera todo el derecho. Con el bulto de su miembro tocándole la piel de la entrepierna, le presionó ahí, moviéndose en pequeños círculos, abriéndole los pliegues de la vulva. Lo sentía grande, grueso, duro.

El estremecimiento se le extendió a todo el cuerpo.

Él emitió un sonido, mezcla de gruñido y ronroneo; parecía estar gozando de su posición y de la impotencia de ella. Continuó moviéndose, presionándole ahí, y succionándole el pezón con la boca cálida. Presionó fuerte y ella se arqueó, para apretarse a él, frenética, casi tirándolo hacia un lado. Entonces él gruñó y comenzó a succionarle el otro pecho; al mismo tiempo cambió ligeramente la posición de las caderas para afirmarse mejor. Ella volvió a arquearse, y se le escapó un gemido; pero esta vez él estaba preparado y no le permitió tirarlo hacia un lado. Presionó con más firmeza, hundiéndola en el colchón y dominándola con su peso y fuerza.

Estaba atrapada, sin poder moverse, mientras él le daba más y más placer, implacable. Y así continuó, apretando el duro bulto de sus genitales a su entrepierna, sin dejar de succionarle y succionarle los mojados pezones.

De pronto se estremeció, sin poder controlarse; oleadas de placer salían desde su centro extendiéndose a todo su cuerpo, llegándole hasta las puntas de los pies. Durante un momento de éxtasis, la dicha superó a su ansiedad. Él continuó moviéndose, pero con presiones y roces suaves y largos, como si supiera que tenía la piel muy sensible ahí para soportar un contacto más fuerte. Mientras tanto le acariciaba los costados subiendo y bajando las manos con movimientos lentos y suaves, y depositándole besos como pluma con la boca abierta en sus hinchados pechos.

No sabía cuánto tiempo llevaba así, sumida en una niebla de medio aturdimiento cuando sintió más duros los dedos de él, que metió la mano entre sus cuerpos para desabotonarse la bragueta del pantalón. Estaban muy apretados, por lo que con cada movimiento de la mano él le presionaba la mojada entrepierna con los nudillos; deseosa ella se apretaba a su mano. Deseaba más, y lo deseaba ya. Él emitió una risa ronca, vibrante. Entonces sacó su duro miembro y lo guió hacia la entrada. Ella sintió el calor de la cabeza del pene rozándole los blandos pliegues de su parte femenina.

El pene era grande, muy grande. Claro que era grande; él era un hombre bastanta grande. Simplemente no sabía lo grande que era. La estremeció una femenina ansiedad, pero él no le dio tiempo para resistirse; ya estaba introduciendo su enorme miembro masculino en ella, y ella cediendo. Sometiéndose.

Sintió la presión del redondo y liso miembro erecto ensanchando el anillo de músculos interiores que protegían su castillo. A él le vibró el pecho con un gemido. Afirmándose en los brazos tensos, movió las nalgas y la penetró hasta el fondo. Ella gimió, ante la maravilla de sentir su miembro entero dentro de ella, cálido, duro y «ya». Ah, maravilla, eso era el cielo. Levantó las piernas y las apretó fuerte sobre sus caderas, y la sorprendió un poco sentir el roce de sus pantalones en la piel del interior de los muslos.

Entonces él retiró el pene casi totalmente, volvió a embestir, penetrándola hasta el fondo, y ella se olvidó del roce de su ropa.

Él continuó penetrándola una y otra vez; duro y parejo. Tenía levantados el pecho y la cabeza, separados de ella, mientras mantenía en placentero contacto las caderas. Ella levantó las manos para acariciarle la cara, pero él se las apartó suavemente hacia los lados y bajó la cabeza para mordisquearle la oreja. Pasado un momento ella notó que él tenía más agitada y rápida la respiración, y había acelerado el ritmo. Introdujo los dedos en su pelo por la parte de atrás de la cabeza y apretó más los muslos, tratando de hacer durar ese momento. Él gimió en su oído y de pronto flexionó con fuerza las nalgas, sujetas por los talones de ella, se estremeció violentamente y se derramó en su interior.

Ella se arqueó, deseando recibir todo lo que él pudiera darle, deseando que eso no terminara jamás.

Pero terminó; él ya había eyaculado. Se desmoronó sobre ella, jadeante y con el cuerpo agotado. Ella lo abrazó fuertemente, atrayéndolo más hacia sí, y cerró los ojos para grabar ese momento en su memoria. Sentía el áspero roce de sus pantalones en las piernas y cada ondulación de sus músculos al respirar. Sentía su agitada respiración en el oído; era un sonido maravillosamente íntimo, y sintió el escozor de las lágrimas en los ojos.

Se sentía extrañamente sensible; la emoción la sorprendía. Esa había sido la experiencia más gloriosa de su vida, aunque también totalmente inesperada. Se había imaginado que sólo sería un alivio o satisfacción física, pero veía que la experiencia había tenido una especie de maravillosa trascendencia. No le encontraba sentido a eso, pero no tenía la claridad mental para entenderlo.

Dejó a un lado el pensamiento para examinarlo después. En ese momento tenía las piernas escandalosamente abiertas, tal como cayeron en la cama cuando él dejó de moverse. Él seguía dentro de ella, y de tanto en tanto sentía moverse el miembro con los estremecimientos posteriores al orgasmo. Cerró los ojos para saborear todo su peso sobre ella. Sentía el calor de su semen y olía su sudor y el fuerte aroma a sexo. Qué extraño que le gustara ese olor, pensó sonriendo. Sintiéndose totalmente relajada giró la cabeza para rozarle el pelo con los labios.

Entonces él afirmó el peso en los brazos y comenzó a retirarse, lentamente, y ella empezó a sentir el vacío que iba aumentando con ese movimiento. La sensación de vacío se intensificó cuando él se incorporó, se bajó de la cama y se abotonó la bragueta. Acto seguido, demasiado pronto, cogió su chaqueta y se dirigió a la puerta.

Abrió la puerta y se detuvo, con la cabeza silueteada por la luz del corredor.

—Espérame aquí otra vez mañana por la noche.

Diciendo eso salió y cerró suavemente la puerta.

Y Anna cayó en la cuenta de que esa era la única vez que le había hablado esa noche.

Capítulo 10

A medianoche, cuando todo estaba absolutamente oscuro, a Aurea la despertaron unos apasionados besos. Estaba adormilada y no veía nada, pero las caricias eran dulces, suaves. Se dio la vuelta en la cama y sus brazos rodearon el cuerpo de un hombre. Él continuó acariciándola y besándola de una manera tan exquisita que ella no se dio ni cuenta cuando le quitó el camisón. Entonces él le hizo el amor, en un silencio solamente interrumpido por los gritos de éxtasis de ella. Él se quedó toda la noche con ella, adorando su cuerpo con el suyo. Cuando se acercaba la aurora ella volvió a quedarse dormida, inundada, repleta, de pasión. Pero cuando despertó por la mañana, su amante de la noche ya no estaba. Se sentó en su inmensa y solitaria cama y lo miró todo por si encontraba alguna señal de él. Lo único que logró ver fue una pluma del cuervo, y entonces pensó si su amante habría sido simplemente un sueño.

De *El príncipe Cuervo*

*E*dward dejó a un lado la pluma y se quitó los quevedos para frotarse los ojos. Condenación, no le venían las palabras.

Fuera de su casa de Londres, situada en un barrio no muy elegante, se oían los ruidos de las carretas transportando mercancías que comenzaban a traquetear en ambos sentidos por la calle. La puerta de la calle se abrió o se cerró de un golpe y por la ventana llegó una canción entonada por la criada que estaba fregando la escalinata. Ya no estaba tan oscuro como cuando se levantó, pues entraba luz por la ventana, por lo que se inclinó a apagar la vela que parpadeaba sobre su escritorio.

Esa noche lo había eludido el sueño. De madrugada había renunciado a dormir. Era curioso. Acababa de experimentar la mejor relación sexual de su vida, por lo que debería estar totalmente agotado, y sin embargo se había pasado la noche pensando en Anna Wren y en la putita que se llevó a la cama en la Gruta de Afrodita.

Pero ¿realmente era una puta? Ese era el problema. La pregunta le había dado vueltas y vueltas en la cabeza toda la noche.

De hecho, cuando llegó a la Gruta de Afrodita, la madama le dijo simplemente que había una mujer esperándolo. No le dijo si la mujer era una prostituta que trabajaba ahí o era una dama de la alta sociedad que había ido allí a pasar una velada de placer ilícito. Y él no lo preguntó, lógicamente; no se hacen preguntas en la Gruta de Afrodita. Por eso la casa tenía tantos clientes: un hombre tenía garantizado el anonimato y una mujer limpia. Sólo cuando se marchó lo asaltó la curiosidad.

Por un lado, ella llevaba una máscara, como una dama deseosa de ocultar su identidad; por otro, a veces las prostitutas de la Gruta de Afrodita se ponían máscara para darse un aire de misterio. Pero claro, cuando la penetró notó que era muy estrecha, como si hiciera muchísimo tiempo que no se acostaba con un hombre. Tal vez eso sólo era producto de su imaginación, que recordaba solamente lo que había deseado sentir.

Emitió un ronco y suave gemido. Ya estaba duro como una piedra, con sólo pensar en ella; también lo hacía sentirse culpable. Porque eso fue lo otro que lo mantuvo despierto la mayor parte de la noche: el sentimiento de culpa. Lo cual era ridículo. Todo había ido bien, maravilloso incluso, hasta que sus pensamientos volvieron nuevamente a la señora Wren, a Anna, menos de un cuarto de hora después de haber salido de la Gruta de Afrodita. El sentimiento que le producía pensar en ella, una especie de melancolía, la sensación de haber hecho mal, continuó en él durante todo el trayecto a la casa. Se sentía como si la hubiera traicionado, aun cuando ella no tenía ningún derecho sobre él, aun cuando ella no había dado a entender jamás que lo deseara como él la deseaba a ella. Pero la idea de que le había sido infiel seguía ahí, perforándole, erosionándole el alma.

El cuerpo de la putita era igual al de Anna.

Cuando la tenía en sus brazos le pasaba por la mente la idea de cómo sería tener abrazada así a Anna Wren; cómo sería acariciarla. Y cuando le besó el cuello se excitó al instante. Se cubrió la cara con las manos y gimió. Eso era ridículo. Debía dejar de pensar constantemente en su secretaria; esos pensamientos eran indignos de un caballero inglés. Debía superar ese deseo de corromper a una mujer inocente, y lo haría, aunque para eso tuviera que hacer uso de toda su fuerza de voluntad.

Se levantó de un salto, fue hasta el rincón y tiró violentamente del cordón para llamar. Después comenzó a ordenar y guardar sus papeles. Se quitó los quevedos, que sólo usaba para leer, y los guardó en un compartimiento.

Pasaron cinco minutos y no nadie acudió a su llamada.

Exhalando un suspiro, miró furioso la puerta. Tamborileó con los dedos sobre el escritorio, impaciente. Condenación, él tenía sus límites.

Fue pisando fuerte hasta la puerta y se asomó al corredor.

—¡Davis! —gritó a voz en cuello.

Por el corredor sonaron unos pasos cansinos, como si vinieran de alguien saliendo de las profundidades del Estige. Se fueron acercando, muy lentamente.

—¡Se pondrá el sol antes que llegues aquí si no te das prisa, Davis!

Retuvo el aliento, escuchando.

Los pasos no se apresuraron.

Volvió a exhalar un suspiro y se apoyó en el marco de la puerta.

—Te voy a despedir uno de estos días. Te voy a reemplazar por un oso amaestrado. Es imposible que lo haga peor que tú. ¿Me oyes, Davis?

Davis, su ayuda de cámara, se materializó en la esquina del corredor, trayendo un aguamanil con agua caliente sobre una bandeja. La bandeja tembló. El criado aminoró aún más su paso de caracol al verlo.

—Vale —bufó Edward—. No te agotes. Tengo todo el tiempo del mundo para continuar aquí en el corredor en camisón de dormir.

El hombre aparentó no haberlo oído; aminoró aún más la marcha arrastrando lentamente cada pie. Davis era un viejo pícaro, con muy poco pelo del color de nieve sucia. Llevaba encorvada permanentemente la espalda. Junto a la comisura de la boca tenía un lunar del que salían unos cuantos pelos, como para compensar la falta de pelo encima de sus ojos grises acuosos.

—Sé que me oyes —le gritó Edward al oído cuando pasó por su lado.

El ayuda de cámara pegó un salto, como si acabara de verlo.

—Así que hemos madrugado, ¿eh, milord? Es tanto el libertinaje que no podemos dormir, ¿eh?

—He dormido sin sueño.

—¿Sí? —rió Davis, con un cacareo que habría engañado a un águila—. No es bueno para un hombre de su edad no dormir bien, si no le importa que se lo diga.

—¿Qué estás mascullando, viejo bobo senil?

Davis dejó la bandeja con el aguamanil junto al lavamanos y lo miró malicioso.

—Eso agota el vigor viril, si sabe lo que quiero decir.

Edward cogió el aguamanil, puso agua caliente en la jofaina y comenzó a mojarse la mandíbula.

—No, no sé qué quieres decir, gracias a Dios.

Davis se le acercó y le dijo en un ronco susurro:

—Follar, milord. —Le hizo un guiño, y puso una cara horrible—. Eso está muy bien para un hombre joven, pero usted ya está muy pasado de su juventud, milord. Los viejos deben economizar las fuerzas.

—Seguro que eso lo sabes tú.

Davis torció el gesto y cogió la navaja.

Al instante Edward se la quitó y comenzó a rasurarse bajo el mentón.

—No soy tan tonto como para permitirte acercarte a mi cuello con una hoja afilada.

—Claro que algunos no tienen por qué preocuparse de economizar fuerzas —dijo Davis justo en el momento en que Edward acercaba la navaja a la hendidura del mentón—. Tienen dificultades hasta para que se les levante la polla, si sabe lo que quiero decir.

Edward aulló al pincharse el mentón.

—¡Fuera! ¡Fuera de aquí, orinal del diablo!

Davis se dirigió a la puerta, resollando. Cualquiera se habría preocupado por la salud del anciano al oír esos resuellos, pero Edward no se dejó engañar. No era frecuente que su ayuda de cámara triunfara sobre él a esa temprana hora de la mañana.

Davis se estaba riendo.

El encuentro no había ido tal como ella esperaba, estaba pensando Anna esa mañana. Habían hecho el amor, naturalmente. Y tenía toda la impresión de que él no la había reconocido. Eso era un alivio. Pero, la verdad, mientras más pensaba en la forma en que lord Swartingham le hizo el amor, más aumentaba su desasosiego. Fue un buen amante; un amante maravilloso, en realidad. Nunca antes había conocido un placer físico tan intenso, por lo tanto no habría podido imaginárselo. Pero eso de que no la besara en la boca...

Se sirvió té en la taza. Nuevamente era muy temprano para desayunar, así que tenía toda la sala para ella sola.

Él no le permitió acariciarle la cara. Eso lo encontraba bastante impersonal. Claro que era lógico, ¿no? Él creía que ella era una prostituta o una mujer de moral laxa, por el amor de Dios. Por lo tanto, la trató como si lo fuera. ¿No era eso lo que esperaba ella?

Le quitó la cabeza a un arenque y le enterró el tenedor por un lado. Debería haberse esperado eso, pero no se le había ocurrido. El problema era que mientras ella hacía el amor, él..., él simplemente tenía una relación sexual. Con una prostituta anónima. Era muy deprimente.

Le hizo un mal gesto al arenque decapitado. ¿Y qué diablos debía hacer sobre esa noche? No había sido su plan quedarse en Londres más de dos noches. Esa mañana debería marcharse a casa en la primera diligencia. Y sin embargo, ahí estaba, en la sala de desayuno de Coral destrozando un arenque.

Todavía mostraba una expresión ceñuda y triste cuando entró Coral en la sala, ataviada con una bata rosa claro casi transparente y ribeteada por plumón de cisne.

Coral se detuvo en seco y la miró preocupada.

—¿No se presentó en la habitación anoche?

—¿Qué? —Anna tardó un momento en registrar la pregunta—. Ah, sí. Sí, fue a la habitación.

Se ruborizó y se apresuró a beber un poco de té.

Coral fue al aparador a servirse huevos escalfados y unas tostadas y luego se sentó grácilmente frente a ella.

—¿Fue muy bruto?

—No.

—¿No la hizo disfrutar? —insistió Coral—. ¿No logró llevarla al orgasmo?

Anna casi se atragantó con el té, por el azoramiento.

—¡No! Es decir, sí. Fue muy placentero.

Coral se sirvió té en la taza, imperturbable.

—Entonces, ¿por qué me la encuentro aquí toda taciturna cuando debería tener estrellas en los ojos?

—¡No lo sé!

Horrorizada, Anna cayó en la cuenta de que había levantado mucho la voz. ¿Qué le pasaba? Coral tenía razón; había obtenido lo que deseaba, pasado una noche con el conde, y sin embargo se sentía insatisfecha. ¡Qué mujer más contradictoria era!

Coral había arqueado las cejas ante su tono. Anna desmigajó una tostada, sin poder mirarla a los ojos.

—Desea que vuelva esta noche.

—Aa-já —dijo Coral lentamente—. Eso es interesante.

—No debo ir.

Coral bebió un poco de té.

—Podría reconocerme si volvemos a encontrarnos —continuó Anna, moviendo el arenque hacia un lado del plato—. Sería muy impropio de una dama volver para una segunda noche.

—Sí, comprendo su problema —musitó Coral—. Una noche en un burdel es perfectamente respetable, mientras que con dos se acerca peligrosamente a perder su prestigio social.

Anna la miró echando fuego por los ojos.

Coral le sonrió de muy buen humor.

—¿Qué le parece si salimos a comprar esas telas que le dijo a su suegra que llevaría? Eso le dará tiempo para pensar. Después podrá tomar su decisión. Esta tarde.

—Excelente idea. Gracias. Será mejor que vaya a cambiarme —añadió, dejando el tenedor en la mesa.

Se levantó y salió a toda prisa, sintiéndose más animada. Claro que ojalá pudiera dejar de pensar en esa noche con la misma facilidad con que había dejado sin tocar su desayuno. A pesar de lo que le dijera a Coral, temía mucho que ya hubiera tomado la decisión.

Iba a volver a la Gruta de Afrodita a reencontrarse con lord Swartingham.

Esa noche el conde entró silencioso en la habitación donde lo esperaba Anna, sin decir una sola palabra. El suave clic de la puerta al cerrarse fue el único sonido que se sumó al del crepitar del fuego del hogar. Ella lo observó avanzar, con la cara en la sombra. Él se quitó lentamente la chaqueta, hinchando sus enormes hombros. Entonces ella avanzó, antes que él pudiera hacer el primer movimiento, antes que pudiera tomar el mando. Se puso de puntillas para besarlo en la boca, pero él le frustró el movimiento cogiéndola en sus brazos y apretándola contra él.

Ella estaba resuelta a hacer más personal el encuentro, a hacerlo entender que ella era real, a acariciarlo, por lo menos en alguna parte. Aprovechando su posición, comenzó a desabotonarle el chaleco; no tardó en dejárselo abierto y entonces le atacó la camisa.

Él intentó cogerle las manos, pero ella ya había abierto buena parte de la camisa; ávidamente fue a por su premio: las tetillas de sus pechos planos, masculinos. Deslizó las manos por el vello de su pecho buscando con las yemas de los dedos, hasta que las encontró; entonces acercó la cara y se las lamió, tal como había hecho él la noche anterior lamiéndole los pezones, y se sintió vagamente triunfante por haber conseguido el dominio tan pronto. Él bajó las manos con que había intentado cogerle las muñecas y le acarició las nalgas.

Su altura era un impedimento para ella, pues no alcanzaba a llegar donde deseaba. Así pues, empujándolo lo hizo retroceder hasta uno de los sillones que estaban delante del hogar. Le importaba mucho ganar la batalla esa noche.

Él quedó sentado en el sillón, con la camisa medio abierta, su pecho a la luz del fuego. Ella se arrodilló entre sus piernas separadas, metió las manos bajo su camisa y las deslizó hasta sus hombros, y de ahí las bajó por los brazos, llevándose al mismo tiempo la camisa. Terminó de quitársela y la dejó caer al suelo. Entonces quedó libre para acariciarle los bellos y musculosos hombros y brazos. Gimió de placer por poder al fin sentir la potencia y calor de su cuerpo. Se sentía casi mareada de expectación.

Él pareció despertar y le bajó las manos hasta la bragueta del pantalón. Ella comenzó a desabotonársela, con los dedos temblorosos, pero le apartó las manos cuando él trató de ayudarla. Fue sacando de los ojales los botones ocultos por la bragueta, sintiendo en los dedos cómo iba aumentando de tamaño su miembro; cuando terminó, metió la mano y se lo sacó.

Qué precioso. Grande, grueso, largo, con venas vibrantes en relieve a todo lo largo. Un pene hinchado. Vérselo le encendió la excitación. Emitiendo un gutural sonido de arrullo, le abrió todo lo que pudo la bragueta para poder contemplar su pecho, abdomen y pene. Le encantó la visión: el negro vello púbico rizado, la gruesa columna del pene, levantado hasta el ombligo y los pesados testículos abajo. Su piel desnuda brillaba dorada por la luz del fuego del hogar.

Él gruñó e introdujo los dedos por su pelo cerca de la nuca. Suavemente le bajó la cabeza acercándole la boca al pene. Ella vaciló. Jamás había... ¿Se atrevería? Entonces recordó la batalla; esa sólo era una escaramuza, pero era importante que las ganara todas. Además, la sola idea de hacerlo la excitaba. Eso último fue lo que la decidió.

Tímidamente le cogió el pene erecto, apartándoselo del vientre y se lo llevó a sus labios. Levantó la vista y lo miró. Él tenía la cara sonrojada por la excitación. Bajando los párpados, le envolvió con la boca la punta del pene. Cuando se lo tocó con la lengua él levantó las caderas y ella sintió surgir nuevamente el triunfo en su interior. Podía dominar a un hombre así; podía dominar a ese hombre. Volvió a mirarlo. Él la estaba observando mientras ella le lamía y succionaba el miembro viril, con los ojos color ébano brillantes a la luz del fuego. Notó que él cerraba los dedos sobre su pelo.

Volvió los ojos a la tarea, y deslizó hacia abajo los labios con el pene dentro. Continuó bajándolos hasta donde pudo, y lentamente los subió, apretándolos y succionándole el pene hasta retirarlo de la boca. Lo oyó gemir, y se le levantó violentamente la pelvis. Entonces ella le lamió por debajo del borde del glande. Era como lamer gamuza sobre hierro, y sabía a almizcle, a sal de sudor, y a victoria. Seguro que después de esa noche las cosas serían algo diferentes. Continuó explorando con la lengua, hasta que pasado un momento sintió la mano de él sobre la de ella. Él se la guió, cerrada, en un lento movimiento, hacia abajo y hacia arriba.

Y gimió.

Ella movió la mano más rápido cuando, con un movimiento de las caderas, él la instó a meterse el pene en la boca otra vez. Esta vez, al pasarle la lengua por el glande sintió salir una gota de sabor salobre en la punta. Le lamió el agujerito para ver si salía más. Él volvió a gemir. A ella se le movió todo el cuerpo de excitación. Jamás en su vida había hecho algo tan estimulante sexualmente. Sentía el cuerpo mojado y pegajoso, y los pechos le vibraban con cada gemido que emitía él.

Entonces él comenzó a mover rítmicamente las caderas mientras ella continuaba el trabajo. Los sensuales sonidos que hacía su boca lamiendo y succionando parecían resonar en el silencio de la habitación. De repente él se inclinó, jadeante y trató de retirar el pene de su boca. Pero ella deseaba sentirlo hasta el final, deseaba experimentar esa intimidad, deseaba estar con él en su momento más vulnerable. Así pues, continuó succionando, con más fuerza. De pronto el líquido caliente y de sabor fuerte le llenó la boca. Saber que lo había llevado a la satisfacción total casi le desencadenó un orgasmo.

Suspirando, él se inclinó, la cogió y la sentó sobre sus muslos. Se quedaron así, desmadejados, oyendo el crepitar del fuego. Ella apoyó la cabeza en su hombro y con el meñique doblado se quitó el pelo de los ojos. Pasado un rato, él le bajó el camisón hasta más abajo de los pechos y se puso a juguetear con sus pezones, acariciándoselos y apretándoselos suavemente, y así continuó varios minutos.

Anna se relajó y adormiló, con los ojos medio cerrados.

De pronto él la levantó y la giró para sacarle del todo el camisón, luego volvió a girarla y la instaló sobre sus muslos, desnuda y de cara a él, con las piernas sobre los brazos del sillón. Estaba totalmente abierta ante él; vulnerable.

¿Era eso lo que deseaba? No lo sabía muy bien. Entonces él le deslizó las yemas de los dedos por el abdomen, en un roce como de plumas y continuó hacia abajo, al lugar donde estaba abierta a él, y dejó de importarle. Él estuvo un momento jugueteando con sus rizos y luego continuó la caricia hacia abajo. Ella hizo una rápida inspiración, expectante, esperando la sensación en el lugar dónde la acariciaría después.

Él le pasó los dedos por toda la vulva, abriéndole los pliegues. Ella se mordió el labio.

Entonces él retiró los dedos, mojados con el líquido viscoso producido por su excitación y se lo extendió sobre los pezones. Vagamente ella pensó que eso debería horrorizarla, pero en ese lugar, con ese hombre, pasaba de la moral de la sociedad. Él se entretuvo en sus pezones, frotándoselos, estirándoselos y apretándoselos, procurando dejarlos bien cubiertos con el líquido viscoso producido por su cuerpo.

Ella retuvo el aliento por las fuertes sensaciones. Era grosero lo que él estaba haciendo, y la excitaba tremendamente.

Él bajó la cabeza, le cogió un pezón con la boca y se lo succionó. Él ya se lo había dejado sensible, por lo que gimió y se arqueó sin poder evitarlo, ante el contacto. Él volvió a bajar la mano por su pelvis y le introdujo el largo y fuerte dedo del corazón en la cavidad. Movió el pulgar sobre el rígido botón al tiempo que movía el dedo dentro de ella.

Le subieron sonidos como de maullido a la garganta. Sentía deslizarse el líquido de la excitación por la entrepierna y los muslos.

Él se rió y le presionó firmemente el sensible clítoris con el pulgar, mientras le succionaba el otro pecho. Las fuertes sensaciones en dos partes diferentes de su cuerpo se mezclaron y se fueron intensificando mutuamente hasta que ella le cogió los hombros y se arqueó sin poder evitarlo. Él le puso la otra mano en la espalda y la mantuvo quieta mientras hacía rotar el pulgar.

El orgasmo le llegó como una explosión, haciéndola estremecerse y gritar. Intentó cerrar las piernas, pero estaban sujetas a los brazos del sillón. Solamente pudo mover las caderas, frenética, mientras él le daba el placer. Finalmente, cuando comenzó a gemir, él la cogió por las nalgas, la levantó y la bajó sobre su miembro.

Con la respiración agitada, la penetró lentamente. La bajó más y más, implacable, hasta que tuvo todo el miembro grueso y duro dentro de ella, ensanchándole ahí provocándole casi dolor. Entonces le levantó una pierna y luego la otra, pasándolas con sumo cuidado por encima de los brazos del sillón hasta dejarlas cada una a un lado de él. La levantó hasta ponerla de rodillas, de modo que sólo quedó la punta del pene dentro de su entrada, ensanchándosela. Y la mantuvo ahí, equilibrada sobre la punta de su pene, mientras le lamía y succionaba uno y otro pezón.

Ella gimió; él la estaba sacando de quicio. Desesperada, trató de bajar el cuerpo para enterrar en ella el pene erecto, pero él se rió enigmáticamente y la sostuvo así posada sobre el borde del placer.

Ella intentó mover las caderas, para hacerle girar la cabeza del pene metida en su vagina.

Con eso lo consiguió; él volvió a bajarla y levantó las caderas penetrándola casi con violencia.

Ah, sí, se dijo ella, sonriendo con salvaje satisfacción. Lo cabalgó, observándole la cara. Acariciándole los pechos, él había apoyado la cabeza ladeada en el respaldo del sillón. Tenía los ojos cerrados y los labios entreabiertos y estirados, enseñando los dientes, casi como si estuviera rugiendo. La parpadeante luz del fuego del hogar convertía su fisonomía en una especie de máscara diabólica.

De pronto él le apretó y estiró los dos pezones al mismo tiempo y la sensación la hizo echar atrás la cabeza. Los cabellos le cayeron en cascada por la espalda y los lados, meciéndose y rozándoles las piernas a los dos. Le comenzó el orgasmo en largas y fuertes oleadas, y se le nubló la visión. Él embistió con las caderas, levantándola. Le cogió las nalgas para mantenerla apretada a él, con el pene totalmente enterrado, y continuó presionando y rotando las caderas, una y otra vez, moviendo de lado a lado la cabeza mientras experimentaba su propio orgasmo.

Después, en medio de los estremecimientos posteriores al orgasmo, ella se desmoronó sobre él, con la cara hundida en su hombro desnudo, acunada en sus brazos.

Él tenía la cara girada hacia el otro lado, y ella lo observó ociosamente mientras se recuperaba. Los surcos que habitualmente le arrugaban la frente y le rodeaban la boca estaban suavizados. Sus largas pestañas negras caían formando abanicos sobre sus mejillas, ocultando sus penetrantes ojos. Deseó acariciarle la cara, sentir su piel en las yemas de los dedos. Pero ya sabía que él no se lo permitiría.

¿Había conseguido lo que deseaba? Sintió el escozor de lágrimas en las comisuras de los ojos. Algo no estaba bien. Esa noche todo había sido más maravilloso aún. Pero al mismo tiempo, como en proporción a su éxtasis físico, sentía con más intensidad el agujero vacío en su psique. Faltaba algo.

De pronto él suspiró, se movió y retiró el miembro. La cogió en los brazos, la llevó a la cama y la depositó suavemente en ella. Estremecida, ella se cubrió con las mantas hasta los hombros, observándolo. Deseó hablarle, pero, ¿qué podía decirle?

Él ya se había puesto la camisa y se la estaba abotonando y metiendo los faldones bajo el pantalón. Luego se abotonó la bragueta. Después se peinó con los dedos, cogió su chaqueta y chaleco y se dirigió a la puerta, caminando de la manera desmadejada de un hombre recién satisfecho. En la puerta se detuvo.

—Hasta mañana.

Y se marchó.

Anna se quedó quieta en la cama un minuto, escuchando los pasos de él que se alejaban, sintiéndose triste. Una risotada grosera proveniente de algún lugar de la casa la sacó de su ensimismamiento. Se levantó y se lavó, con el agua y los paños y toallas que estaban convenientemente dispuestos. Cuando tiró al suelo la toalla mojada, la miró. El orinal y las toallas venían con la habitación, para lavarse después del acto sexual. Al pensar eso se sintió indigna, como una puta, ¿y acaso no estaba peligrosamente cerca de serlo? Se había dejado dominar por el deseo físico encontrándose con un amante en un burdel.

Exhaló un suspiro y se puso el vestido oscuro inclasificable que había traído bien doblado en una bolsa, junto con una capa con capucha y botas. Cuando terminó de vestirse, dobló el camisón de encaje y lo metió en la bolsa. ¿Se dejaba algo? Dio una vuelta por la habitación mirándolo todo y no vio nada de ella. Abrió un poco la puerta, asomó la cabeza y miró a ambos lados del corredor. Nadie. Se subió la capucha y con la cara todavía cubierta por la máscara en forma de mariposa, echó a andar por el corredor.

El día anterior Coral le había dicho que tuviera cuidado en los corredores y que sólo subiera y bajara por la escalera de atrás. Un coche la estaría esperando fuera cuando saliera.

Caminó hacia la escalera de atrás, siguiendo las instrucciones de Coral, y bajó corriendo. Suspiró aliviada cuando abrió la puerta y vio el coche esperándola. La máscara había comenzado a friccionarle el puente de la nariz, por lo que se la desató. Justo en el momento en que se la quitaba, aparecieron tres jóvenes petimetres por la esquina de la casa. Apresuró el paso hacia el coche.

Repentinamente uno de los hombres le dio una fuerte palmada en la espalda a otro, en un gesto amistoso. Y este estaba tan borracho que perdió el equilibrio, chocó con ella y con el golpe los dos cayeron al suelo.

—M-mis dis-culpas, querida mía.

El dandi se reía intentando incorporarse y apartarse de ella, enterrándole el codo en el estómago; lo más que logró fue afirmar el cuerpo con los brazos, pero continuó encima, meciéndose como si estuviera tan aturdido por la bebida que no pudiera moverse hacia un lado. Anna le dio un empujón para quitárselo de encima. Se abrió la puerta de atrás de la Gruta de Afrodita y la luz le dio en la cara.

El dandi sonrió como un imbécil borracho, y en la boca le brilló un colmillo de oro.

—Vaya, no estás nada mal, encanto. —Bajó la cabeza, de una manera que sin duda consideraba seductora y le echó en la cara el aliento hediondo a cerveza—. ¿Qué te parece si tú y yo...?

—¡Apártese de mí, señor! —exclamó ella.

Le golpeó el pecho con todas sus fuerzas y logró hacerlo perder el equilibrio. Él cayó a un lado, soltando una sarta de horribles palabrotas. Ella se puso de pie rápidamente y se alejó en el sentido opuesto, quedando fuera de su alcance.

—Ven aquí, furcia. Te voy a...

Uno de los amigos del dandi la salvó de oír el resto de las palabras, sin duda obscenas. El hombre lo cogió por el cuello de la camisa.

—Vamos, compañero. No hay ninguna necesidad de jugar con las empleadas cuando tenemos a un par de damas de altos vuelos esperando dentro.

Riendo, entre los dos amigos se llevaron al borracho protestando.

Anna corrió hasta el coche, subió y cerró la portezuela. Estaba temblando por el horrible incidente, incidente que podría haber sido aún peor.

Jamás la habían confundido con una mujer que no fuera de la más elevada moralidad. Se sentía degradada, manchada, sucia. Hizo unas cuantas respiraciones lentas y profundas y se dijo firmemente que no tenía nada de qué preocuparse. No se había hecho ningún daño con la caída, y los amigos del joven grosero se lo habían llevado antes que la insultara o le pusiera las manos encima. Claro que este le había visto la cara; pero era muy improbable que se encontrara con él en Little Battleford. Se sintió algo mejor. Seguro que eso no tendría ninguna repercusión.

Dos monedas de oro pasaron volando por el aire, brillantes a la luz de la puerta de atrás de la Gruta de Afrodita. Las cogieron unas manos extraordinariamente firmes.

—Ha salido bien.

—Me alegra oírlo, muchacho —dijo otro de los dandis, sonriendo satisfecho, con una apariencia de borracho, casi tanto como debía estar—. ¿Te importaría decirnos de qué iba todo eso?

—No, no puedo decirlo —contestó el tercero, levantando el labio en una sonrisa burlona, enseñando su brillante colmillo de oro—. Es un secreto.

Capítulo 11

Aurea vivía en el castillo de su marido cuervo y fueron trans-
curriendo los meses, muchos meses. Durante el día se entrete-
nía leyendo en los cientos de libros iluminados de la biblioteca
del castillo o dando largas caminatas por el jardín. Al anoche-
cer se daba festines con las exquisiteces con las que sólo había
soñado en su vida anterior. Tenía hermosos vestidos para po-
nerse y valiosísimas joyas para adornarse. A veces la acompa-
ñaba el cuervo, apareciendo repentinamente en las salas don-
de estaba o reuniéndose con ella durante la cena sin previo
aviso. Aurea fue descubriendo que su marido poseía una men-
te amplia e inteligente, y la fascinaba con sus conversaciones.

Pero ese enorme pájaro negro siempre desaparecía antes
que ella se retirara a sus aposentos para pasar la noche. Y to-
das las noches, cuando ya estaba oscuro, llegaba el hombre
desconocido a su cama y la acariciaba y le hacía el amor de
una manera exquisita.

De *El príncipe Cuervo*

A la mañana siguiente, Edward oyó de pronto una voz sarcástica
y carrasposa:

—Te saludo, oh defensor de los nabos y amo de las ovejas. Gusto de verte, mi colega Agrario.

Entrecerró los ojos para ver mejor a través del humo de la cavernosa cafetería. Logró distinguir apenas a su interlocutor, sentado ante una mesa en el rincón derecho de la parte de atrás. «Defensor de los nabos», ¿eh? Caminando por entre las apretadas mesas ennegrecidas por los años, llegó hasta el hombre y le dio una fuerte palmada en la espalda.

—¡Iddesleigh! Aún no son las cinco de la tarde. ¿Cómo es que estás despierto?

Simon, vizconde Iddesleigh, no se inclinó sobre la mesa con la cordial palmada en la espalda, pero sí hizo un gesto de dolor. De complexión delgada y porte elegante, llevaba una peluca empolvada en blanco, como estaba de moda, y una camisa con pechera de encaje. Sin duda a muchos les parecería un petimetre, pero en su caso las apariencias eran engañosas.

—Tengo la experiencia de haber visto la luz diurna antes de mediodía —dijo—, aunque no con frecuencia. —Retiró una silla—. Siéntate hombre, y compartamos ese sagrado brebaje llamado café. Los dioses, si lo hubieran conocido, no habrían tenido necesidad de néctar en el Olimpo.

Edward le hizo un gesto al chico que servía las bebidas y tomó asiento en la susodicha silla. Inclinó la cabeza hacia el otro hombre que estaba sentado a la mesa.

—Harry, ¿cómo estás?

Harry Pye era administrador de una propiedad de alguna parte del norte de Inglaterra. No iba a Londres con frecuencia; debía estar ahí por trabajo. A diferencia del vistoso vizconde, Harry casi se mimetizaba con el maderaje. Con sus ordinarios chaqueta y chaleco, era un hombre en el que muchos ni se fijarían. Edward sabía de cierto que llevaba una fea daga metida en la bota.

Harry le correspondió el saludo inclinando la cabeza.

—Milord. Me alegra verle.

No sonrió, pero en sus ojos verdes brilló un destello travieso.

—Por la sangre de Cristo, hombre, ¿cuántas veces te he dicho que me llames Edward o De Raaf? —dijo este, y volvió a hacerle una seña al camarero.

—O Ed o Eddie —acotó Iddesleigh.

—Eddie no —dijo Edward.

El chico le puso una taza delante con un golpe, él la cogió y bebió un poco, con gusto.

—Sí, milord —oyó musitar a Harry, pero no se molestó en contestar.

Paseó la mirada por la sala. Era muy bueno el café en ese establecimiento. Ese era el principal motivo de que la Sociedad Agraria se reuniera ahí. No se debía a la arquitectura, lógicamente. La sala no era grande, quedaba estrecha, y tenía el cielo raso demasiado bajo; los miembros de la sociedad más altos tenían que tener cuidado al entrar si no querían darse un feo golpe en la coronilla contra el dintel de la puerta. Era muy posible que las mesas no se fregaran jamás, y las tazas y cubiertos no saldrían muy airosos de un examen atento. Además, los componentes del personal eran tipos taimados, capaces de simular ser duros de oído cuando no les apetecía servir, fuera cual fuera el rango del cliente. Pero el café era fresco y fuerte, y se recibía bien a cualquier hombre en la casa mientras tuviera un interés en la agricultura. Veía a varios nobles sentados a las mesas, pero también había pequeños terratenientes, que habían ido a Londres por el día, y administradores empleados, como Harry. Los Agrarios tenían fama por la excepcional equidad de su club.

—¿Y qué te ha traído a nuestra hermosa aunque maloliente capital? —le preguntó Iddesleigh.

—Negociar una alianza matrimonial.

Harry Pye lo miró con los ojos entrecerrados por encima del borde de su taza, que tenía rodeada con la mano. Se veía un desconcertante espacio en el lugar donde debía tener el dedo anular, pero no estaba.

—Ah, eres más valiente que yo —dijo Iddesleigh—. Entonces anoche estuviste celebrando tus inminentes nupcias en la Gruta de la bella Afrodita. Te vi allí.

—¿Estabas tu? —preguntó Edward, sintiéndose curiosamente renuente a hablar de eso—. No te vi.

Iddesleigh sonrió algo burlón.

—No. Parecías estar muy... eh, relajado, cuando te vi salir del establecimiento. Yo estaba ocupado con dos ninfas impacientes, si no te habría ido a saludar.

—¿Sólo dos? —preguntó Harry, imperturbable.

—Después se nos reunió una tercera —dijo Iddesleigh, y añadió, con un destello de inocencia en sus ojos gris hielo—: Pero vacilé en mencionar eso por temor a causaros dudas sobre vuestra virilidad.

Harry emitió un bufido.

Edward sonrió y captó la atención del chico; levantó un dedo indicándole que le sirviera otra taza.

—Buen Dios, ¿no estás algo viejo ya para ese deporte?

El vizconde se colocó en el pecho una mano casi cubierta por encaje.

—Te aseguro, por el honor de mis antepasados muertos y carcomidos, que las tres muchachas estaban sonriendo cuando las dejé.

—Tal vez eso se debía al oro que tenían en las manos —dijo Edward.

—Me ofendes profundamente —dijo el vizconde, ahogando un bostezo—. Además, tú tuviste que estar ocupado en uno u otro tipo de libertinaje en los dominios de la diosa. Reconócelo.

—Cierto —dijo Edward, mirando ceñudo su taza—, pero no lo haré mucho tiempo más.

El vizconde levantó la vista de los bordados plateados de su chaqueta que estaba examinando.

—No querrás decir que pretendes ser un esposo casto, ¿verdad?

—No veo otra opción.

Iddesleigh arqueó las cejas.

—¿No es esa una interpretación algo literal, por no decir arcaica, de los votos del matrimonio?

—Tal vez —repuso Edward—, pero creo que favorece el éxito en él. —Apretó las mandíbulas—. Deseo que resulte esta vez. Necesito un heredero.

—Te deseo suerte, entonces, amigo mío —dijo Iddesleigh en voz baja—. Debes de haber elegido con mucho cuidado a tu dama.

Edward contempló su taza, ya medio vacía.

—Sí, desde luego. Es de una familia impecable, que se remonta a mucho más atrás que la mía. No le repelen mis marcas de la viruela; lo sé porque se lo pregunté, algo que omití hacer con mi primera mujer. Es inteligente y callada. Es guapa, aunque no hermosa. Y viene de una familia numerosa. Dios mediante, debería darme hijos fuertes.

—Una potra purasangre para un semental purasangre —dijo Iddesleigh, curvando los labios—. Pronto tu establo estará a rebosar con una prole vigorosa y chillona. No me cabe duda de que no ves la hora de comenzar a engendrar hijos en tu prometida.

—¿Quién es la dama? —preguntó Harry.

—La hija mayor de Richard Gerard, la señorita Sylvia...

Iddesleigh ahogó una exclamación; Harry lo miró fijamente.

—Gerard —terminó Edward—. ¿La conoces?

Iddesleigh se miró atentamente los encajes de sus puños.

—Mi hermano. La mujer de Ethan es una Gerard. Si mal no recuerdo, por la boda, su madre era algo así como una arpía.

—Lo sigue siendo —dijo Edward, y se encogió de hombros—. Pero dudo que me relacione mucho con ella después que nos casemos.

Harry levantó la taza, muy serio.

—Felicitaciones por su compromiso, milord.

El vizconde también levantó su taza.

—Sí, felicitaciones. Y buena suerte, amigo mío.

El contacto de una nariz fría en la mejilla despertó a Anna. Abrió los ojos y vio unos ojos perrunos castaños a sólo unos dedos de los suyos. Esos ojos la miraban apremiantes, mientras un fuerte aliento perruno le daba en la cara. Gimiendo giró la cabeza para mirar por la ventana. La luz del amanecer empezaba a clarear el cielo, reemplazando el color melocotón por el más azul del día.

Volvió a mirar los ojos perrunos.

—Buenos días, Jock.

Jock bajó las patas que tenía apoyadas en la cama a un lado de la cabeza de ella, retrocedió un paso y se sentó. Se quedó muy quieto, con las orejas levantadas, los omóplatos juntos, y los ojos alertas a cada movimiento de ella. En resumen, la imagen misma de un perro que está esperando que lo saquen a caminar.

—Ah, muy bien. Me voy a levantar.

Se bajó de la cama, fue hasta el lavamanos, donde se aseó rápidamente, y se vistió.

Perro y mujer bajaron silenciosos por la escalera de atrás.

Coral vivía en una calle elegante cerca de Mayfair, en la que había una hilera de casas de piedra blanca de pocos años de antigüedad. La mayoría de las casas estaban silenciosas a esa hora, y sólo se veía a una que otra criada fregando la escalinata de entrada o abrillantando el pomo o manilla de una puerta.

Normalmente Anna se habría sentido incómoda caminando por un lugar desconocido sin acompañante, pero tenía la compañía de Jock. Él se acercaba más a ella siempre que venía aproximándose una persona. Caminaron en agradable silencio. Jock iba ocupadísimo aspirando los interesantes olores de la ciudad, mientras ella iba sumida en sus pensamientos.

Durante la noche había reflexionado sobre su situación y al despertar esa mañana ya sabía lo que debía hacer. No podía encontrarse con él esa noche. Estaba jugando con fuego, y ya no podía seguir negándolo. En su necesidad de encontrarse con lord Swartingham, de estar con él, había arrojado al viento toda prudencia. Temerariamente había viajado a Londres e ido dos veces a un burdel como quien va a una velada musical en Little Battleford. Era un milagro que él no la hubiera descubierto. Y del incidente con los petimetres borrachos la noche pasada había salido ilesa por un pelo. Podrían haberla violado, golpeado, o ambas cosas. Qué hipocresía la suya al criticar a los hombres que hacían justamente lo que ella había hecho las dos noches pasadas. Hizo un mal gesto al pensar qué habría dicho lord Swartingham si la hubiera reconocido. Era un hombre muy orgulloso y de un genio terrible.

Moviendo la cabeza, miró al frente. Estaban a unas pocas casas de la residencia de Coral. O bien sus pasos la habían llevado de vuelta o Jock tenía el instinto de buscar la querencia.

Le dio una palmadita en la cabeza al animal.

—Buen chico. Será mejor que entremos y comencemos a hacer el equipaje para volver a casa.

Jock levantó las orejas al oír la palabra casa.

En ese momento se detuvo un coche delante de la casa de Coral. Anna dudó un momento y luego se volvió, dobló la esquina y se asomó a mirar. ¿Quién podría venir de visita a esa hora tan temprana? Un lacayo saltó del coche, colocó un peldaño de madera bajo la portezuela y sólo entonces la abrió. Apareció una pierna masculina y volvió a desaparecer dentro del coche. El lacayo movió el peldaño uno o dos dedos hacia la izquierda. Entonces bajó un hombre corpulento de hombros anchos y fornidos. Dijo unas palabras al lacayo. A juzgar por la forma como el lacayo bajó la cabeza, lo que le soltó fue un rapapolvo.

El hombre corpulento entró en la casa.

¿Ese sería el marqués de Coral? Anna consideró ese giro de los acontecimientos mientras Jock esperaba pacientemente a su lado. Por lo poco que sabía acerca de él, tal vez lo más prudente sería evitar encontrarse con él. No quería causarle problemas a Coral, y la inquietaba la posibilidad de que algún aristócrata o persona de buena cuna la viera en esa residencia. Aunque era muy improbable que se cruzara con el marqués alguna vez, el incidente con los dandis borrachos la noche pasada la había puesto recelosa. Decidió entrar por la puerta de servicio y así evitar que él la viera.

—Es una suerte que haya decidido marcharme hoy, por cierto —le musitó a Jock cuando iban atravesando la cocina.

En la cocina había un frenesí de actividad; las criadas corrían de un lado a otro, y varios lacayos estaban entrando una montaña de baúles y bolsos. Prácticamente nadie se fijó en ella cuando pasó con el perro para subir por la oscura escalera de atrás. Estupendo. Llegaron al rellano y caminaron silenciosamente por el corredor. Anna abrió la puerta de su habitación y se encontró con Pearl, que la estaba esperando muy nerviosa.

—Ah, gracias a Dios que ha vuelto, señora Wren —le dijo estando nada más verla.

—Saqué a Jock a caminar un poco. ¿Es el marqués de Coral al que vi entrar?

—Sí. Coral no lo esperaba hasta dentro de una semana o más. Se enfadará si se entera de que tiene huéspedes.

—Justamente vengo a recoger mis cosas para marcharme, así que ni me verá.

—Gracias, señora. Eso le hará todo mucho más fácil a Coral, seguro.

Anna se agachó a sacar su bolso de viaje de debajo de la cama.

—Pero ¿qué vas a hacer tú, Pearl? Coral dijo que desea que vivas aquí con ella. ¿Lo permitirá el marqués?

Pearl se quitó una hilacha que le colgaba del puño.

—Coral cree que logrará convencerlo de dejarme vivir aquí, pero yo no sé. A veces es tremendamente malo, aun cuando es un lord. Y él es el dueño de la casa, claro.

Anna asintió, indicándole que comprendía, mientras doblaba con sumo cuidado sus medias.

—Me alegra que Coral tenga esta casa tan bonita para vivir, con sirvientes, coches y cosas —continuó Pearl pasado un momento—. Pero el marqués me pone nerviosa.

Anna la miró, con un puñado de prendas en los brazos.

—No crees que llegará a golpearla, ¿verdad?

Pearl la miró con expresión sombría.

—No lo sé.

Edward se paseaba por la habitación del burdel como un tigre enjaulado al que le hubieran negado la comida. La mujer se había retrasado. Miró nuevamente el reloj de porcelana de la repisa del hogar. Media hora de retraso, maldita sea. ¿Cómo se atrevía a hacerlo esperar? Llegó hasta el hogar y se detuvo a contemplar las llamas. Jamás había vuelto tan obsesivamente para estar con una misma mujer. Ni tampoco por una segunda vez. En cambio esa era la tercera.

La relación sexual había sido cada vez mejor. Ella respondía maravillosamente; no se reservaba nada, actuaba como si estuviera tan hechizada por él como él por ella. Y él no era un ingenuo. Sabía que muchas veces las mujeres a las que se les paga fingen una excitación que no sienten. Pero la reacción natural del cuerpo no se puede fingir. Ella estaba mojada, literalmente empapada por el deseo de él.

Se le escapó un gemido. Sólo con pensar en su sexo mojado ya tenía el efecto previsible en su polla. ¿Dónde diablos estaba?

Soltando una maldición, se apartó del hogar y reanudó su paseo. Incluso había comenzado a soñar despierto con ella, como un mozuelo imberbe enamorado, tratando de imaginarse cómo sería la cara que ocultaba con su máscara. Más inquietante aún, se había imaginado que podría parecerse a Anna.

Se detuvo delante de una pared y apoyó la coronilla de la cabeza, con las manos apoyadas a los lados. Se le ensanchó el pecho con una profunda inspiración. Había venido a Londres para librarse de esa terrible fascinación por su secretaria antes de casarse. Y en lugar de librarse había encontrado otra obsesión. Pero ¿había acabado la primera? Ah, no. Su deseo de Anna no sólo era más fuerte sino que además se mezclaba con su deseo por esa misteriosa putita. Ahora tenía dos obsesiones en lugar de una, y en su enmarañado cerebro se mezclaban.

Se golpeó la cabeza en la pared. Tal vez se estaba volviendo loco. Eso lo explicaría todo.

Claro que nada de eso le importaba a su polla. Estuviera loco o cuerdo, ella seguía más que impaciente por sentir la estrecha y bien lubricada vaina de la mujer. Dejó de golpearse la cabeza contra la pared y volvió a mirar el reloj. Ya llevaba treinta y tres minutos de retraso.

Por los clavos de Cristo, no iba a esperar ni un solo minuto más.

Cogió su chaqueta y salió de la habitación dando un portazo. Por el corredor iban pasando dos caballeros canosos; les bastó una mirada a su cara para apartarse y dejarlo pasar hecho una furia. Bajó corriendo la escalera principal, los peldaños de dos en dos, y entró en el salón a donde se hacía pasar a los clientes a conocer y alternar con damas disfrazadas y prostitutas. Paseó la mirada por esa abigarrada estancia. Había varias mujeres ataviadas con vivos colores, cada una rodeada por hombres ilusionados, pero sólo una mujer llevaba una máscara dorada. Era más alta que las demás y se mantenía aparte, atenta a todo lo que ocurría en la sala; la máscara, que le cubría toda la cara, tenía un aspecto terso y sereno, con dos arcos simétricos en relieve, imitando cejas, encima de los agujeros almendrados para los ojos.

Afrodita vigilaba sus mercancías con brillantes ojos de águila.

Echó a caminar directo hacia ella.

—¿Dónde está? —le preguntó sin preámbulos.

La madama, mujer normalmente imperturbable, pegó un salto ante esa repentina pregunta por un lado.

—Es lord Swartingham, ¿verdad?

—Sí. ¿Dónde está la mujer con la que me iba a encontrar esta noche?

—¿No está en su habitación, milord?

—No —contestó Edward entre dientes—. No está en la habitación. ¿Habría bajado a preguntar si ella estuviera arriba en la habitación?

—Tenemos muchas otras damas bien dispuestas, milord —dijo la madama con voz zalamera—. ¿Tal vez podría enviarle otra?

Edward se le acercó más.

—No deseo a otra. Deseo a la mujer que tuve anoche y antenoche. ¿Quién es?

Se movieron los ojos de Afrodita dentro de los agujeros de su máscara dorada.

—Vamos, milord, sabe muy bien que en la Gruta no revelamos

la identidad de nuestras encantadoras palomitas. Honradez profesional, ¿sabe?

Edward emitió un bufido.

—Me importa un maldito comino la honradez profesional de un prostíbulo. ¿Quién... es?

Afrodita retrocedió un paso, como si estuviera alarmada. Y no era de extrañar que lo estuviera puesto que él estaba inclinado sobre ella, gigantesco. Entonces ella hizo una seña con la mano a alguien por encima del hombro de él.

Edward entrecerró los ojos. Sólo tenía unos minutos.

—Quiero su nombre, ahora mismo, o me daré el gusto de armar un alboroto en su salón.

—No hay motivo para amenazas. Hay bastantes muchachas aquí a las que les encantaría pasar una noche con usted. —Y añadió en un tono en el que se detectaba burla—: Aquellas que no le hacen ascos a una o dos marcas de la viruela.

Edward se quedó inmóvil. Sabía muy bien cómo era su cara. Esas marcas ya no lo preocupaban, había pasado la edad de la sufriente vanidad, pero sí repelían a algunas mujeres. Por lo visto, a la putita no le repelieron sus cicatrices. Aunque claro, la noche pasada habían hecho el amor en el sillón junto al fuego. Tal vez esa fue la primera vez que le vio de verdad la cara; y quizás eso le produjo tanta repugnancia que no se tomó la molestia ni de presentarse esa noche.

La puñetera.

Giró sobre los talones, cogió un falso jarrón chino, lo levantó sobre la cabeza y lo arrojó al suelo. El jarrón se hizo trizas con una explosión. Pararon las conversaciones en el salón y se giraron las cabezas a mirar.

Pensar demasiado no le hace bien a un hombre, se dijo. Lo que necesitaba era acción. Si no podía gastar su energía en la cama, bueno, pues, eso era lo segundo mejor.

Lo cogieron por detrás y lo giraron. Un puño del tamaño de un jamón venía directo a su cara. Se echó hacia atrás y el puño pasó silbando cerca de su nariz. Él le enterró el suyo, el derecho, en la parte baja del vientre al hombre. Éste expulsó el aire de los pulmones en un resoplido, bonito sonido, y cayó de espaldas.

Tres hombres avanzaron a ocupar el lugar del caído; eran enormes matones pagados por la casa para sacar fuera a los revoltosos. Uno de ellos le dio la vuelta y le golpeó el lado izquierdo de la cara. Edward vio las estrellas, pero eso no le impidió girarse y asestarle un bonito gancho en el mentón.

Varios clientes lo vitorearon.

Y entonces sí que se armó la gorda. Al parecer muchos de los espectadores eran partidarios de la deportividad y consideraron que tres o cuatro contra uno no era justo, así que se metieron en la refriega con el entusiasmo propio de los hombres achispados. Las chicas comenzaron a chillar, corriendo en busca de refugio, pasando por encima de los sofás y sillones, y volcando muebles en su prisa por escapar. Afrodita estaba en el medio del salón gritando órdenes que nadie oía. Paró bruscamente de gritar cuando alguien la arrojó de un empujón de cabeza dentro de una enorme ponchera. Las mesas volaron por los aires, y una emprendedora mujer mundana comenzó a proponer apuestas en el vestíbulo a los hombres y luego a las chicas que habían subido al rellano para ver el espectáculo. Otros cuatro matones y por lo menos el mismo número de hombres que habían bajado de las habitaciones se unieron a la pelea. Estaba claro que algunos de los huéspedes habían interrumpido sus diversiones, puesto que sólo vestían pantalones o, en el caso de un anciano caballero de aspecto distinguido, una camisa, y nada más.

Edward lo estaba pasando en grande.

Le corría sangre por el mentón, por un labio partido, y notaba cómo se le iba hinchando y cerrando lentamente un ojo. Un villano bajito se le montó a la espalda y comenzó a golpearle la cabeza y los hombros. Por delante, otro más grande intentó darle una patada en una pierna para hacerlo caer. Eludiendo el golpe, Edward le dio una patada en la pierna que no tenía levantada y el hombre cayó al suelo como un coloso.

El diablo bajito que tenía cogido a la espalda ya empezaba a molestarlo. Agarrándolo firmemente por el pelo, retrocedió a toda prisa y se estrelló contra la pared. Oyó el ruido del golpe de la cabeza del hombre en la sólida superficie; entonces este se deslizó por su espalda y cayó al suelo junto con una buena cantidad de yeso de la pared.

Sonriendo, miró alrededor con el ojo bueno por si veía otra presa. Vio que uno de los gorilas de la casa iba caminando sigilosamente en dirección a la puerta. Al notar que había clavado la vista en él, el hombre agrandó los ojos y miró atrás por encima del hombro, pero no había ninguno de sus compinches para acudir en su ayuda.

—Tenga piedad, milord —dijo entonces el gorila, levantando las manos y retrocediendo—, no me pagan suficiente para que me saque sangre a golpes como ha hecho con el resto de los muchachos. Vamos, si incluso derribó al Gordo Billy, y nunca he visto un hombre más rápido que él.

—Muy bien —dijo Edward—. Aunque, en todo caso, no veo con el ojo derecho, con lo que estamos igualados. —Miró esperanzado al rastrero matón, que le sonrió débilmente y negó con la cabeza—. ¿No? Bueno, entonces, ¿no conoces por casualidad un lugar donde un hombre se pueda emborrachar como es debido?

Así fue como más tarde esa noche, Edward se encontró en una taberna que tenía que ser la más sórdida del East End de Londres. Con él estaban los gorilas de la Gruta de Afrodita, entre ellos el Gordo Billy, que se estaba cuidando una nariz hinchada y los dos ojos morados, pero que no guardaba malos sentimientos. El Gordo Billy le rodeaba los hombros con un brazo y estaba tratando de enseñarle la letra de una cancioncita que ensalzaba los encantos de una muchacha llamada Titty. Al parecer, la canción tenía muchos dobles sentidos bastante ingeniosos, que él suponía que no entendía porque ya llevaba dos horas pagando bebidas para todos los clientes de la taberna.

—¿Q-quién era la puta que buscaba, milord, esa por la que comenzó todo esto?

Eso lo preguntó el gorila Jackie, que no se había perdido ninguna ronda de bebidas. Hizo la pregunta al aire, desde un lugar más o menos a la derecha.

—Mujer infiel —masculló Edward, mirando su cerveza.

—Todas las muchachas son unas furcias infieles.

Todos los presentes asintieron con caras sombrías, aunque el gesto hizo perder el equilibrio a uno o dos, que tuvieron que sentarse bruscamente.

—No. Sonoscierto.

—¿Qué noscierto?

—Que todas las mujeres son infieles —dijo Edward, pronunciando con más cuidado—. Conozco a una mujer que es tan p-pura como la nieve recién caída.

Todos los hombres gritaron, clamando por saber el nombre de ese dechado femenino.

—¿Quién es?

—¡Díganos quién es, pues, milord!

—La señora Anna Wren. —Levantó la jarra, que se movió precariamente—. ¡Un brindis! Un brindis por la dama más int-int-intachable de Inglaterra. ¡La señora Anna Wren!

La taberna casi se vino abajo con los ruidosos y alegres vítores y brindis por la dama. Y Edward se preguntó por qué todas las luces se apagaron repentinamente.

La cabeza se le estaba rompiendo. Abrió los ojos y al instante lo pensó mejor y volvió a cerrarlos, fuertemente. Se tocó con tiento la sien e intentó explicarse por qué sentía la coronilla de la cabeza como si estuviera a punto de estallar.

Recordó la Gruta de Afrodita.

Recordó a la mujer que no se presentó a la cita.

Recordó una pelea. Con un gesto de dolor se exploró cautelosamente la boca con la lengua. Tenía todos los dientes intactos. Eso estaba bien.

Se esforzó aún más en pensar.

Recordó una reunión con un tipo alegre. ¿Gordo Bob? ¿Gordo Bert? No, Gordo Billy. Entonces lo recordó todo. Ay, Dios, recordaba haber hecho un brindis por Anna en el peor antro en que había tenido la desgracia de beber cerveza aguada. Se le revolvió el estómago, desagradablemente. ¿De verdad había pronunciado el nombre de Anna en ese antro? Sí, lo había hecho, creía. Y si no recordaba mal, todos los asquerosos bribones que llenaban la taberna habían brindado obscenamente por ella.

Gimió.

Davis abrió la puerta, golpeándola contra la pared, y entró arrastrando lentamente los pies cargado con una bandeja.

Edward volvió a gemir. El ruido del golpe de la puerta casi le había desprendido el cuero cabelludo del cráneo.

—Malditos tus ojos. Ahora no, Davis.

Davis continuó su camino a paso de caracol hacia la cama.

—Sé que me oyes —dijo Edward, en voz más alta, pero no demasiado, no fuera a rompérsele la cabeza otra vez.

—Con que hemos estado de copas, ¿eh, milord? —gritó Davis.

—No sabía que tú habías bebido en exceso también —dijo Edward, con la cara cubierta por las dos manos.

Davis pasó eso por alto.

—Encantadores los caballeros que le trajeron a casa anoche. ¿Son nuevos amigos suyos?

Edward separó los dedos para mirar furioso a su ayuda de cámara.

Lógicamente la mirada rebotó en el hombre sin hacerle ningún daño.

—Ya está algo viejo para mamar tanto, milord. Podría producirle gota a su edad.

—Me pasma tu preocupación por mi salud. —Miró la bandeja que Davis había logrado dejar sobre la mesilla de noche. Contenía una taza de té, ya frío, a juzgar por la película opaca que flotaba encima, y un tazón de leche con tostadas con mantequilla remojándose dentro—. ¿Qué diablos es eso? ¿Papilla para bebé? Tráeme coñac, para que me afirme la cabeza.

Davis fingió sordera, con una sangre fría que habría hecho honor al mejor actor de Londres. Pero claro, tenía muchos años de práctica.

—Este es un desayuno estupendo para devolverle el vigor —le gritó entonces al oído—. La leche es muy tónica para un hombre de su edad.

—¡Fuera! ¡Fuera! ¡Fuera! —rugió Edward, y tuvo que cogerse la cabeza con las dos manos otra vez.

Davis caminó hasta la puerta y allí no pudo resistirse a lanzarle una andanada de despedida.

—Tiene que vigilar su genio, milord. Podría ponérsele la cara toda colorada y los ojos saltones por culpa de un ataque de apoplejía. Fea manera de morirse esa.

Pasó por la puerta con sorprendente agilidad y destreza, para un hombre de sus años, justo antes que lo golpeara el tazón de leche con tostadas.

Edward gimió y cerró los ojos, apoyando la cabeza en la almohada. Debería levantarse y comenzar a hacer su equipaje para volver a casa. Había conseguido una novia y visitado la Gruta, no una vez sino dos. En realidad, había hecho todo lo que se había propuesto cuando decidió viajar a Londres. Y aun cuando se sentía mucho peor de cuando llegó, no tenía ningún sentido continuar en la ciudad. La putita no volvería, jamás volvería a encontrarse con ella, y tenía responsabilidades a las que debía atender. Y así era como debía ser.

No había lugar en su vida para una misteriosa mujer enmascarada ni para el transitorio placer que ella le dio.

Capítulo 12

Y así fueron pasando los días y las noches como en un sueño, y Aurea estaba contenta. Tal vez incluso se sentía feliz. Sin embargo, pasados varios meses comenzó a sentir el deseo de ver a su padre. El deseo fue aumentando, aumentando, hasta que todos sus momentos de vigilia empeó a sentir la nostalgia de ver la cara de su padre, y se tornó desasosegada y triste. Una noche, durante la cena, el cuervo dirigió su brillante ojo negro a los de ella y le preguntó:

—¿Cuál es la causa de esa aflicción que noto en ti, esposa mía?

—Deseo volver a ver la cara de mi padre, milord —suspiró Aurea—. Le echo de menos.

—¡Imposible! —graznó el cuervo y se marchó sin decir ni una sola palabra más.

Aun cuando nunca se quejaba, Aurea echaba tanto de menos a su padre que dejó de comer, y sólo probaba alguno que otro bocado de las exquisiteces que le ponían delante. Comenzó a adelgazar y a consumirse hasta que un día el cuervo ya no pudo soportarlo. Entró aleteando enérgicamente en su habitación.

—Ve, entonces, a visitar a tu padre, esposa —dijo—. Pero no dejes de volver dentro de dos semanas, porque yo perecería pensando en ti si estuvieras ausente más tiempo.

De *El príncipe Cuervo*

—¡*U*y, Dios mío! —exclamó Anna al día siguiente, al verlo—. ¿Qué le ha hecho a su cara?

Tenía que fijarse en los moretones, cómo no, pensó Edward. Se detuvo y la miró indignado. No lo había visto durante cinco días, y lo primero que salía de su boca era una acusación. Rápidamente trató de imaginarse a cualquiera de sus secretarios anteriores, hombres, claro, haciendo un comentario sobre su apariencia. Le fue imposible. La verdad, no se le ocurría nadie, salvo su actual secretaria, mujer, capaz de hacerle comentarios tan impertinentes. Curiosamente, encontraba entrañable su impertinencia.

Claro que eso no se lo dejaría ver, por supuesto. Arqueó una ceja e intentó ponerla en su lugar.

—No le he hecho nada a mi cara, gracias, señora Wren.

Eso no tuvo ningún efecto visible.

—No puede llamar nada a un ojo negro ni a los moretones que tiene en la mandíbula. —Lo miró desaprobadora—. ¿Ya se ha puesto algún ungüento?

Estaba sentada en su lugar habitual, tras el pequeño escritorio de palisandro de su biblioteca. Se veía serena y dorada a la luz del sol de la mañana que entraba por la ventana, como si no se hubiera movido del escritorio en todo el tiempo que él estuvo en Londres. Ese pensamiento fue extrañamente consolador. Observó que tenía una manchita de tinta en el mentón.

Y notaba algo diferente en su apariencia.

—No me he puesto ningún ungüento, señora Wren, porque no hay ninguna necesidad.

Trató de caminar sin cojear el corto trecho que le faltaba para llegar a su escritorio.

Naturalmente ella se fijó en eso también.

—¡Y su pierna! ¿Por qué cojea, milord?

—No cojeo.

Ella arqueó las cejas, tanto que casi se juntaron con la línea de su pelo.

Se vio obligado a mirarla furioso para dar énfasis a la mentira. Intentó encontrar algo que explicara sus lesiones sin hacerlo parecer un idiota total. De ninguna manera podía decirle a su secretaria que había estado liado en una riña en un burdel.

¿Qué era lo que notaba distinto en su apariencia?

—¿Ha tenido un accidente? —le preguntó ella, antes que a él se le ocurriera una buena explicación.

Cogió al vuelo la sugerencia.

—Sí, un accidente.

Era algo en el pelo. ¿Se había cambiado el peinado, tal vez?

Su alivio fue breve.

—¿Se cayó de su caballo?

—¡No! —exclamó y mientras se esforzaba por hablar en voz más baja le vino una repentina inspiración: le veía el pelo—. No, no me caí del caballo. ¿Dónde está su cofia?

Eso fracasó rotundamente como distracción.

—He decidido no volver a ponérmela —dijo ella recatadamente—. Si no se cayó del caballo, ¿qué le ocurrió?

La mujer habría tenido un éxito sobresaliente en la Inquisición.

—Esto...

Por vida de él que no se le ocurría ninguna historia adecuada. Anna lo estaba mirando preocupada.

—No se le habrá volcado el coche, ¿verdad?

—No.

—¿Lo atropelló una carreta en Londres? Me han dicho que el tráfico es infernal en las calles.

—No, no me atropelló una carreta tampoco. —Esbozó una sonrisa, intentando que fuera encantadora—. Me gusta sin su cofia. Sus trenzas brillan como un campo de margaritas.

Anna entrecerró los ojos. Bueno, tal vez no tenía ningún encanto.

—No sabía que las margaritas fueran castañas. ¿Está seguro de que no se cayó del caballo?

Edward apretó los dientes y elevó una oración pidiendo paciencia.

—No me caí del caballo. Jamás me he...

Ella arqueó las cejas.

—Alguna vez me han desarzonado.

Por la cara de ella pasó rápidamente una expresión de entendimiento.

—No tiene ninguna importancia, ¿sabe? —dijo, en un tono de insoportable comprensión—. Hasta los mejores jinetes se caen de sus monturas a veces. Eso no es algo de lo que haya que avergonzarse.

Edward se levantó de su sillón del escritorio, cojeó hasta el de ella y apoyó las manos sobre él, con las palmas hacia abajo. Se inclinó hacia ella hasta que los ojos de ambos quedaron a unos escasos dedos de distancia.

—No me avergüenzo —dijo, calmadamente—. No me caí de mi caballo. No me arrojó al suelo mi caballo. Deseo poner fin a este tema. ¿Le va bien eso, señora Wren?

Anna tragó saliva, y el movimiento le atrajo la atención a su garganta.

—Sí. Sí, me va muy bien, lord Swartingham.

—Estupendo. —Al levantar la vista su mirada recayó en sus labios, que estaban húmedos, porque acababa de lamérselos, por el nerviosismo—. Pensé en usted cuando estaba allá. ¿Usted pensó en mí? ¿Me echó de menos?

—Esto... —alcanzó a balbucear ella.

—Bienvenido de vuelta a casa, milord —exclamó Hopple irrumpiendo en la sala—. ¿Su estancia en la capital fue agradable, espero?

El administrador se detuvo en seco al ver la postura de Edward ante Anna.

Éste se enderezó lentamente, sin dejar de mirarla.

—Fue bastante agradable, Hopple, aunque descubrí que echaba de menos el... la belleza del campo.

Anna pareció aturullada.

Edward sonrió.

—¡Lord Swartingham! —exclamó entonces el señor Hopple—. ¿Qué le pasó a...?

—Señor Hopple —interrumpió Anna—, ¿tiene tiempo para enseñarle la nueva zanja al conde?

—¿La zanja? Pero... —Confundido, Hopple miró a Edward y luego a Anna.

Anna movió las cejas como si se le hubiera posado una mosca en la frente.

—La nueva zanja para drenar el campo del señor Grundle. Usted me habló de ella el otro día.

—La... Ah, sí, la zanja de Grundle el granjero. Si tiene la amabilidad de acompañarme, milord, creo que le interesará inspeccionarla.

Edward volvió a fijar la mirada en Anna.

—Me reuniré contigo dentro de media hora, Hopple. Antes deseo hablar con mi secretaria sobre un asunto.

—Ah, sí. Sí, eh... esto... muy bien, milord —balbuceó Hopple, saliendo con cara de estar confundido.

—¿De qué desea hablar conmigo, milord? —preguntó ella.

Edward se aclaró la garganta.

—En realidad, lo que deseo es enseñarle algo. ¿Me acompaña?

Anna pareció extrañada, pero se levantó y le cogió el brazo. Él salió con ella de la biblioteca y en lugar de dirigirse a la puerta principal viró hacia la parte de atrás. Cuando entraron en la cocina, la cocinera casi soltó su taza de té de la mañana. Tres criadas estaban sentadas a la mesa acompañándola, como acólitos alrededor de su sacerdote. Las cuatro mujeres se pusieron de pie.

Edward les hizo un gesto indicándoles que volvieran a sentarse. Sin duda había interrumpido el cotilleo matutino. Sin dar ninguna explicación, continuó atravesando la cocina y salieron por la puerta de atrás. Atravesaron el ancho patio del establo, los tacones de las botas de él resonando sobre los adoquines. El sol de la mañana brillaba radiante, y el edificio del establo arrojaba una larga sombra detrás. Edward continuó hasta rodear el establo y se detuvo en la parte que quedaba a la sombra.

Anna miró alrededor, perpleja.

De repente Edward sintió una horrible sensación de incertidumbre. Era un regalo insólito. Tal vez a ella no le gustaría o, peor aún, se sentiría insultada.

Con un brusco gesto apuntó el suelo, donde había un bulto cubierto por un embarrado trozo de arpillera.

Anna lo miró a él y luego la arpillera.

—¿Qué...?

Agachándose, él cogió una esquina de la arpillera y la echó hacia atrás, dejando al descubierto un manojo de ramas espinosas que parecían muertas.

Anna lanzó un grito.

Ese ruido tenía que ser buena señal en una mujer, ¿no?, pensó Edward, frunciendo el ceño y dudando. Entonces ella levantó la cara y le sonrió, y él sintió inundado el pecho por un calorcillo.

—¡Rosas! —exclamó ella, arrodillándose a examinar los rosales dormidos.

Él los había envuelto con sumo cuidado en arpillera mojada para que las raíces no se murieran antes de partir de Londres. Cada rosal sólo tenía unos pocos tallos espinosos, pero las raíces eran largas y estaban sanas.

—Cuidado, que pinchan —musitó hacia la cabeza de ella inclinada.

Anna estaba ocupada contándolos.

—Hay dos docenas. ¿Quiere plantarlos en su jardín?

Edward la miró ceñudo.

—Son para usted. Para su casa.

Anna abrió la boca y estuvo un momento así, al parecer sin saber qué decir.

—Pero... aún en el caso de que pudiera aceptarlos todos, tienen que haberle salido terriblemente caros.

¿Es que rechazaba su regalo?

—¿Por qué no podría aceptarlos?

—Bueno, para empezar, no cabrían todos en mi pequeño jardín.

—¿Cuántos le cabrían?

—Ah, supongo que unos tres o cuatro.

—Elija los que quiera y el resto los devolveré. —Se sintió aliviado; al menos ella no los rechazaba—. O los quemaré —añadió, pensándolo mejor.

—¡Quemarlos! —exclamó ella, horrorizada—. No puede quemarlos. ¿No los quiere para su jardín?

Él negó con la cabeza, impaciente.

—No sé plantarlos.

—Yo si. Yo se los plantaré, en agradecimiento. —Le sonrió, con expresión algo tímida—. Gracias por las rosas, lord Swartingham.

Él se aclaró la garganta.

—De nada, señora Wren. —Sintió el extraño impulso de rascar el suelo con el pie, como un niño pequeño—. Supongo que debo ir a ver a Hopple.

Ella se limitó a mirarlo.

—Sí... —continuó él—. Ah, sí. —Buen Dios, estaba balbuceando como un imbécil—. Entonces iré a buscarlo.

Mascullando una despedida, se alejó a largos pasos para ir en busca de su administrador.

¿Quién se habría imaginado que hacerle un regalo a la secretaria podía ser tan difícil?

Sumida en sus pensamientos, Anna se quedó mirando la espalda de lord Swartingham, que se iba alejando, con la mano cerrada en un puño y metida bajo la embarrada arpillera. Sabía cómo era estar con ese hombre apretado a ella en la oscuridad; sabía cómo movía el cuerpo cuando hacía el amor; conocía los roncos sonidos que le salían del fondo de la garganta cuando llegaba al orgasmo. Sabía las cosas más íntimas que se pueden saber de un hombre, pero no sabía conciliar ese conocimiento con la vista de él a la luz del día; no sabía conciliar al hombre que hacía el amor tan maravillosamente con el hombre que le había traído rosales de Londres.

Agitó la cabeza. Tal vez eso fuera demasiado difícil. Tal vez nunca llegaría a entender la diferencia entre la pasión de un hombre por la noche y la cara cortés que muestra durante el día.

No se le había ocurrido pensar cómo sería volver a verlo después de pasar dos noches increíbles en sus brazos. Ahora lo sabía. Se sentía triste, como si hubiera perdido algo que nunca había sido verdaderamente suyo. Había ido a Londres con la intención de hacer el amor con él, de gozar del acto físico, tal como lo hace un hombre: sin emoción. Pero resultaba que no era tan estoica como un hombre. Era mujer, y donde iba su cuerpo iban detrás sus emociones, de grado o por fuerza. El acto la había unido a él en cierto modo, lo supiera él o no.

Y él no debía saberlo nunca. Lo que había ocurrido entre ellos en esa habitación de la Gruta de Afrodita debía seguir siendo su secreto, sólo de ella.

Bajó la cabeza y miró los rosales sin verlos. Tal vez esos rosales eran una señal de que todavía era posible arreglar las cosas. Tocó el espinoso tallo de uno. Tenían que significar algo, ¿no? Un caballero no solía hacerle un regalo tan hermoso, un regalo tan perfecto, a su secretaria, ¿no era cierto?

Una espina le pinchó la yema del pulgar. Distraída, se chupó la heridita. Tal vez hubiera esperanza después de todo. Siempre que él nunca, jamás, descubriera su engaño.

Esa misma mañana, más tarde, Edward estaba metido hasta las pantorrillas en agua lodosa, examinando la nueva zanja de drenaje. En el linde del campo del señor Grundle cantaba una alondra, probablemente extasiada al ver que estaba seco. Cerca de ellos, dos labradores de Grundle embutidos en sus guardapolvos sacaban paladas de piedras y barro para mantener la zanja limpia.

Hopple también se hallaba metido en el agua lodosa, con aspecto de sentirse muy agraviado. Eso podía deberse en parte a que ya se había resbalado y caído en el agua sucia una vez; su chaleco, amarillo yema de huevo con ribetes verdes estaba todo manchado.

El administrador le estaba explicando que habían excavado la zanja de tal forma que el agua que fluyera por ella fuera a dar a un riachuelo cercano.

Edward observaba a los labradores, hacía gestos de asentimiento a Hopple mientras este le soltaba el rollo, pensando al mismo tiempo en la reacción de Anna ante su regalo. Cuando ella hablaba él tenía dificultades para apartar los ojos de su exótica boca. Cómo una mujercita tan poco agraciada podía tener esa boca; para él era un gran misterio, uno que al parecer era capaz de tenerlo horas y horas absorto y embelesado. Esa boca podía llevar a pecar hasta al mismo arzobispo de Canterbury.

—¿No le parece, milord? —le preguntó Hopple.

—Ah, sí, sí, por supuesto.

El administrador lo miró de un modo raro.

Edward exhaló un suspiro.

—Continúa —dijo.

Jock apareció saltando, con un pequeño y desgraciado roedor en el hocico. Bajó de un salto a la zanja y cayó salpicando agua lodosa, terminando de arruinarle el chaleco a Hopple. El perro le presentó su hallazgo a Edward y al instante le quedó claro que su tesoro había abandonado la vida hacía un tiempo.

Hopple se apresuró a alejarse, agitando un pañuelo ante la cara.

—Buen Dios —masculló, irritado—. Cuando este perro estuvo desaparecido varios días pensé que nos habíamos librado de él.

Distraído, Edward le acarició la cabeza a Jock, que seguía con el hediondo regalo en el hocico. Cayó un gusano al agua. Hopple tragó saliva y continuó su explicación sobre el maravilloso drenaje, tapándose la nariz y la boca con su pañuelo.

Claro que después de conocer mejor a Anna ya no la encontraba fea, estaba pensando Edward. En realidad, no lograba explicar cómo pudo descartarla tan absolutamente la primera vez que la vio. ¿Cómo fue posible que al principio la considerara bastante vulgar? A excepción de la boca, claro; siempre había sido muy consciente de su boca.

Suspirando, dio una patada a unas piedras del fondo, lanzando un chorro de lodo. Era una dama. En eso nunca se había equivocado, aun cuando al principio no la encontrara atractiva. Siendo un caballero, no debía ni siquiera pensar en ella de esa manera. Para eso estaban las putas, después de todo. Las damas, sencillamente, ni siquiera consideran la posibilidad de arrodillarse ante un hombre y bajar lentamente sus hermosas y eróticas bocas por...

Se movió incómodo y frunció el entrecejo. Ahora que estaba oficialmente comprometido con la señorita Gerard, debía dejar de pensar en la boca de Anna. Y en cualquier otra parte de ella, también. Necesitaba sacarse de la cabeza a Anna, a la señora Wren, inmediatamente, para que su segundo matrimonio fuera un éxito.

Su futura familia dependía de eso.

Qué plantas más raras son los rosales, estaba reflexionando Anna ese anochecer: duras y espinosas por fuera, y sin embargo muy frágiles por dentro. Las rosas eran las flores más difíciles de cultivar, pues necesitan muchísimo más cuidado y atención que cualquier otra planta; de todos modos, una vez agarra, crecen y viven durante años, aun cuando no reciban cuidados.

La huerta de atrás de su casa sólo tenía unas seis por nueve yardas, y aún así, habían encontrado espacio para el pequeño cobertizo del fondo. Como ya era oscuro, había tenido que llevar una vela al cobertizo, donde buscó hasta encontrar el barreño y los dos baldes de latón.

Con todo cuidado ordenó los rosales dentro de los recipientes y los cubrió con el agua casi helada del pequeño pozo.

Se incorporó, retrocedió y contempló su trabajo con ojo crítico. Tenía la impresión de que lord Swartingham la había evitado después de regalarle los rosales. No se presentó a almorzar y por la tarde sólo entró una vez en la biblioteca. Aunque claro, se le había acumulado muchísimo trabajo en los días que estuvo ausente, y era un hombre muy ocupado. Cubrió el barreño y los dos baldes con la arpillera. Había puesto los recipientes en la parte donde la casa daba sombra, para que no se quemaran con el sol al día siguiente. Bien podrían pasar uno o dos días hasta que tuviera tiempo de plantarlos, y mientras el agua los mantendría vivos. Haciendo un gesto de asentimiento se dirigió a la casa para lavarse antes de la cena.

Esa noche las Wren cenaron patatas asadas con un poco de jamón. Ya estaban terminando la comida cuando su suegra dejó el tenedor en la mesa y exclamó:

—Ay, me había olvidado decírtelo, querida. Mientras estabas fuera vino la señora Clearwater a invitarnos a la fiesta de primavera de pasado mañana.

Anna detuvo la taza de té a medio camino hacia su boca.

—¿De veras? Nunca nos había invitado.

—Sabe que eres amiga de lord Swartingham —dijo madre Wren sonriendo encantada—. Sería un éxito para ella si él asistiera.

—No tengo ninguna influencia en el conde. Eso lo sabe, madre. Será decisión suya asistir o no.

—¿De verdad lo crees? —Madre Wren ladeó la cabeza—. Lord Swartingham no ha hecho el menor esfuerzo en participar de nuestras diversiones sociales. No acepta invitaciones ni a tomar el té ni a comer, y no se ha molestado en ir a la iglesia los domingos.

—Supongo que es muy reservado —reconoció Anna.

—Hay quienes dicen que su inmenso orgullo le impide dejarse ver en las rústicas diversiones de aquí.

—Eso no es cierto.

Madre Wren se sirvió una segunda taza de té.

—Ah, yo sé que es muy simpático. Vamos, desayunó con nosotras en esta casa y fue muy amable también. Pero no se ha tomado la molestia de relacionarse con otras personas del pueblo. Eso no le hace ningún bien a su reputación.

Anna miró ceñuda su patata a medio comer.

—No sabía que tantas personas lo consideran de esa manera. Los inquilinos de su propiedad lo adoran.

Madre Wren asintió.

—Los inquilinos tal vez. Pero él debería ser amable con aquellos que ocupan puestos más elevados en la sociedad también.

—Intentaré convencerlo de que asista a la fiesta —dijo Anna. Enderezó los hombros—. Pero seguro que no será fácil. Como ha dicho usted, no le interesan mucho las reuniones sociales.

—Mientras tanto —dijo madre Wren sonriendo—, tenemos que hablar de lo que nos vamos a poner para la fiesta.

Anna frunció el ceño.

—No había pensado en eso. Lo único que tengo es mi viejo vestido de seda verde. Simplemente no tenemos tiempo de convertir en vestidos las telas que traje de Londres.

—Es una pena —convino madre Wren—. Pero tu vestido verde es muy favorecedor, querida mía. Ese precioso color te realza el rosa de las mejillas y le sienta muy bien a tu pelo. Aunque me parece que el escote está muy pasado de moda.

Intervino tímidamente Fanny, que había estado muy cerca durante toda la conversación:

—Podríamos usar los adornos que trajo la señora Wren de Londres.

Madre Wren le sonrió, haciéndola ruborizarse.

—Excelente idea. Será mejor que comencemos esta misma noche.

—Sí, claro —dijo Anna—, pero tengo que buscar una cosa antes que comencemos a arreglar los vestidos.

Echó atrás la silla y fue a abrir el armario de la cocina. Se arrodilló ante el estante de más abajo y miró.

—¿Qué buscas, Anna? —preguntó madre Wren detrás de ella.

Anna apartó la cabeza del armario, estornudó y levantó triunfal un pequeño y polvoriento frasco.

—El ungüento de mi madre para moretones, irritaciones y quemaduras.

Madre Wren miró ceñuda el frasquito.

—Tu madre era una maravillosa aficionada a las hierbas, querida mía, y muchas veces le he agradecido su ungüento, pero huele muy mal.. ¿Estás segura de que lo necesitas?

Anna se incorporó y se sacudió enérgicamente la falda para quitarse el polvo.

—Ah, no es para mí. Es para el conde. Tuvo un accidente con su caballo.

—¿Un accidente con su caballo? —exclamó su suegra, sorprendida—. ¿Se cayó?

—Ah, no. Lord Swartingham es muy buen jinete, no se caería del caballo. No sé qué le pasó. Parece que él no quiere hablar de eso. Pero tiene unos terribles moretones en la cara.

—En la cara —repitió madre Wren, pensativa.

—Sí, tiene un ojo todo morado, y la mandíbula con manchas negras y azules.

—¿Y piensas ponerle el ungüento en la cara? —dijo madre Wren tapándose la nariz, compasiva.

—Se le mejorarán más rápido —dijo Anna, desentendiéndose de ese gesto teatral.

—Sin duda tú sabes qué es lo mejor —contestó madre Wren, aunque no parecía muy convencida.

A la mañana siguiente, Anna derribó a su presa en el patio del establo. Lord Swartingham le estaba disparando órdenes al señor Hopple, que las iba anotando en una libreta lo mejor que podía. Jock estaba echado a un lado, y al ver a Anna se levantó a saludarla. El conde lo vio, dejó de hablar y se volvió a mirarla, con su ojo morado. Sonrió.

Ante el cese de órdenes, el señor Hopple levantó la vista de su libreta.

—Buenos días, señora Wren. —Miró a lord Swartingham—. ¿Comienzo con estas, milord?

—Sí, sí —contestó el conde, impaciente.

El administrador se alejó a toda prisa, con cara de alivio.

—¿Necesita algo? —preguntó el conde echando a andar hacia ella.

Y continuó caminando hasta detenerse muy cerca de Anna. Tan cerca que ella pudo ver los hilos de plata en su pelo.

—Sí —contestó ella enérgicamente—. Necesito que se quede quieto.

Él agrandó sus hermosos ojos color ébano.

—¿Qué?

—Tengo un ungüento para su cara. —Sacó el frasco de su cesta y se lo enseñó. Vio que él lo miraba ceñudo—. Es una receta de mi difunta madre. Siempre decía que tiene virtudes curativas.

Lo destapó y el conde echó atrás la cabeza al sentir el olor acre que salió del frasco. Jock se acercó a tratar de meter la nariz dentro.

Lord Swartingham cogió al perro por el pelaje del cuello y lo apartó.

—Buen Dios. Esto huele a bosta de caballo. —Vio que ella entrecerraba los ojos—. A piel de caballo —enmendó, sin convicción.

—Bueno, entonces es apropiado para el patio del establo, ¿no cree? —replicó ella, mordaz.

El conde la miró preocupado.

—¿De verdad no contiene mier...?

—Ah, no —repuso Anna, horrorizada—. Está hecho con grasa de cordero, hierbas y otras cosas. No sé exactamente qué. Tendría que mirar la receta de mi madre para decírselo. Pero estoy segura de que no contiene mmm, nada indeseable, ni de caballo ni de ninguna otra cosa. Ahora, quédese quieto.

Él arqueó una ceja ante su tono autoritario, pero obedeció y se quedó inmóvil.

Ella sacó un poco de la pomada grasienta con un dedo, se puso de puntillas y comenzó a pasársela por el pómulo. Era tan alto que tuvo que acercarse bastante para llegar a su cara. Mientras ella le aplicaba la pomada, con mucha suavidad a medida que se acercaba al moretón del ojo, lord Swartingham se mantuvo en silencio, haciendo respiraciones profundas. Sentía la mirada de él sobre ella. Cuando terminó esa parte, sacó otro poco de pomada con el dedo y comenzó con los moretones de la mandíbula. El ungüento estaba fresco, pero al pasarlo por la piel de él se fue calentando y derritiendo. Sintió el áspero roce de la barba naciente y tuvo que combatir el deseo de dejar más tiempo ahí la mano. Deslizó una última vez los dedos y bajó la mano.

Él la estaba mirando.

Al acercarse tanto a él para poder ponerle el ungüento, se había quedado entre sus piernas separadas. Su calor parecía rodearle el cuerpo. Movió un pie para apartarse, pero él le cogió los brazos, rodeándoselos con las manos. Flexionó los dedos y la miró intensamente. Anna retuvo el aliento. ¿La iría a...?

Entonces él la soltó.

—Gracias, señora Wren. —Abrió la boca como para decir algo más y volvió a cerrarla. Después dijo—: Tengo que ir a ocuparme de unos trabajos. Hasta esta tarde, entonces.

Acto seguido le hizo una rígida venia, se giró y se alejó.

Jock la miró, gimió y luego siguió a su amo.

Anna estuvo un momento mirándolos alejarse y después, suspirando, pensativa, le puso la tapa al frasco de ungüento.

Capítulo 13

Así pues, Aurea fue a visitar a su padre. Viajó en un coche dorado tirado por cisnes voladores, y llevó muchas cosas hermosas para agasajar a su familia y amistades. Cuando sus hermanas mayores vieron los maravillosos regalos que había llevado a casa la hermana pequeña, sus corazones, en lugar de henchirse de gratitud y placer, se llenaron de envidia y despecho. Poniendo en común las ideas que pasaban por sus hermosas y frías cabezas, las dos hermanas empezaron a interrogar a Aurea acerca de su nuevo hogar y de su extraño marido. Así, poco a poco, se fueron enterando de todo: de las riquezas del palacio, de los criados alados, de las exquisitas y exóticas comidas y, lo más importante, del silencioso amante nocturno. Al oír eso último, sonrieron, ocultando sus sonrisas tras sus blancas manos, y comenzaron a plantar las semillas de la duda en la cabeza de su hermana menor.

De *El príncipe Cuervo*

*F*elicity Clearwater arrugó la frente mirando el cielo raso de su sala de estar más grande. Las cortinas cerradas impedían que entrara la luz del sol de la tarde.

—Más hacia arriba. No, no, más a la izquierda.

Una voz masculina masculló algo en tono irritado.

—Eso es —dijo ella—. Ahí. Creo que lo has captado. —Desde el rincón salía una grieta que casi atravesaba el cielo raso. Hasta ese momento no la había visto nunca; tenía que ser nueva—. ¿La encontraste?

Chilton Lillipin, Chilly para sus amistades íntimas, una de las cuales era Felicity, escupió un pelo.

—Mi queridísima ansarina, intenta relajarte. —Volvió a inclinarse—. Perturbas mi maestría.

¿Maestría?, pensó Felicity. Reprimió un bufido. Cerró los ojos para concentrarse en su amante y en lo que le estaba haciendo, pero no le sirvió de nada. Volvió a abrir los ojos. De verdad, tenía que hacer venir a los enlucidores para que repararan esa grieta. Y la última vez que vinieron Reginald se portó como un patán, gruñendo y pisando fuerte por la casa, como si los trabajadores estuvieran ahí sólo para molestarlo. Exhaló un suspiro.

—Así me gusta, encanto —dijo Chilly desde abajo—. Quédate quieta y relajada así, y tu experto amante te llevará al cielo.

Ella puso los ojos en blanco . Casi se había olvidado del «experto amante». Volvió a suspirar. No pudo evitarlo.

Entonces comenzó a gemir de placer.

Quince minutos después, Chilly estaba ante el espejo de la sala de estar arreglándose con sumo cuidado la peluca sobre la cabeza rapada; mirando atentamente su imagen, la movió ligeramente hacia la derecha.

Era un hombre guapo, aunque algo desproporcionado, en opinión de Felicity. Tenía los ojos azulísimos, pero tal vez demasiado juntos; sus rasgos eran normales, aunque el mentón se le hundía y pasaba a formar parte del cuello demasiado pronto; y tenía bien musculadas las extremidades, pero las piernas eran algo cortas en relación al resto de su cuerpo. Las desproporciones de Chilly continuaban en su personalidad. Ella había oído rumores de que si bien era hábil para la esgrima, demostraba su pericia retando a duelo a hombres menos hábiles y entonces los mataba.

Entrecerró los ojos. No se fiaría de él en un callejón oscuro, pero le resultaba útil.

—¿Descubriste adónde fue cuando estaba en Londres?

—Por supuesto. —Chilly sonrió satisfecho de sí mismo ante el espejo. Vio brillar su colmillo de oro—. La muchacha fue a un burdel llamado la Gruta de Afrodita. Y no una vez, sino dos. ¿Te lo puedes creer?

—¿La Gruta de Afrodita?

—Es un prostíbulo de altos vuelos —explicó Chilly. Se dio un último tirón a la peluca y abandonó el espejo para mirarla a ella—. Damas de la alta sociedad van ahí a veces disfrazadas para encontrarse con sus amantes.

—¿De veras? —preguntó Felicity, intentando no parecer interesada.

Chilly fue al aparador a servirse una copa del mejor coñac de contrabando del terrateniente.

—Me parece que eso está algo por encima de una viuda de campo —comentó.

Pues sí. ¿Cómo se las había arreglado Anna Wren para pagar dos noches en un lugar como ese? Por lo que explicaba Chilly, era un establecimiento caro. Su amante tendría que ser rico; tenía que conocer muy bien Londres y los establecimientos menos formales frecuentados por la alta sociedad. Y el único caballero que respondía a esas características en Little Battleford, el único caballero que estuvo en Londres durante el mismo periodo que Anna Wren, era el conde de Swartingham.

Felicity sintió bajar un estremecimiento de triunfo por la columna.

—¿De qué va todo esto, pues? —preguntó Chilly, mirándola por encima de la copa—. ¿A quién le importa si un ratón de campo tiene una vida secreta?

A ella no le gustó nada tanta curiosidad.

—No te preocupes. —Volvió a tumbarse en el diván y se desperezó voluptuosamente, levantando los pechos; eso desvió inmediatamente la atención de Chilly—. Algún día te lo diré.

—¿No voy a tener por lo menos una recompensa? —preguntó él.

Lo dijo haciendo un gesto mohíno, una visión nada atractiva. Se le acercó y se inclinó por encima del diván.

Se había portado bien. Además, ella se sentía muy contenta con el mundo. ¿Por qué no complacerlo? Alargó una mano felina y comenzó a desabotonarle la bragueta.

Esa noche Edward se sacó de un tirón la estropeada corbata. Tenía que lograr dominar los impulsos de su cuerpo. Enfurruñado arrojó sobre una silla la corbata arrugada. Su dormitorio era una habitación bastante lóbrega, los muebles grandes y toscos, los colores feos y apagados. Era una auténtica proeza que los De Raaf hubieran logrado mantener el linaje de la familia en ese ambiente.

Como de costumbre, Davis no estaba cuando podría serle útil. Encajó el talón de la bota en el sacabotas y comenzó a quitársela. Había estado muy cerca de no soltar a Anna en el patio del establo; a punto de besarla, en realidad. Eso era exactamente el tipo de cosas que había intentado evitar esas últimas semanas.

La bota cayó al suelo y comenzó a descalzarse la otra. El viaje a Londres tendría que haberle resuelto ese problema. Y ahora, con las negociaciones para el matrimonio prácticamente finalizadas... Bueno, tenía que comenzar a actuar como un hombre que pronto se iba a casar; no vivir pensando en el pelo de Anna ni en por qué había dejado de usar la cofia; no pensar en lo cerca que la tenía cuando le estaba aplicando el ungüento. Y, en particular, no debía pensar en su boca ni en cómo sabría si él se la abriera con la suya y...

La bota salió y, con su exquisito sentido de la oportunidad, entró Davis en la habitación, haciendo chocar la puerta contra la pared.

—¡Dios me salve! ¿Qué es ese olor? ¡Puafff!

El ayuda de cámara traía un montón de corbatas recién lavadas, al parecer el motivo de esa excepcional visita voluntaria a los aposentos de su empleador.

Edward exhaló un suspiro.

—Y buenas noches tengas también, Davis.

—¡Cristo Jesús! Se ha caído en una porqueriza, ¿no?

Edward comenzó a quitarse las medias.

—¿Sabes que algunos ayudas de cámara dedican su tiempo a ayudar a sus amos a vestirse y desvestirse y no a hacer comentarios groseros sobre su persona?

—Ja —cacareó Davis—. Debería haberme dicho que tenía dificultades para desabotonarse los pantalones, milord. Yo lo habría ayudado.

Edward lo miró indignado.

—Ve a guardar esas corbatas y lárgate.

Davis trotó hasta la cómoda alta, abrió un cajón de arriba y metió las corbatas.

—¿Qué es esa porquería viscosa que tiene ahí en la taza?

—La señora Wren me dio amablemente un poco de ungüento para mis moretones —contestó Edward, muy digno.

El ayuda de cámara se le acercó por un lado y aspiró, sorbiendo ruidosamente por la nariz.

—De ahí viene la peste. Huele a mierda de caballo.

—¡Davis!

—Bueno, pues, huele. No había olido nada tan asqueroso desde aquella vez, cuando usted era un muchacho y se cayó de culo dentro de la porqueriza de la granja del viejo Peward. ¿Lo recuerda?

—¿Cómo me voy a olvidar teniéndote a ti aquí?

—Caray. Esa vez creí que nunca se le iba a marchar esa hediondez. Y tuve que tirar las calzas.

—Por agradable que sea ese recuerdo...

—Claro que no se habría caído ahí si no hubiera estado comiéndose con los ojos a la hija de Peward.

—No me estaba comiendo a nadie con los ojos. Me resbalé.

Davis se rascó la calva.

—Nanay. Los ojos estaban a punto de salírsele de las órbitas, de verdad, de mirar sus grandes tetas.

Edward apretó los dientes.

—¡Me resbalé y me caí!

—Eso fue casi una señal del Dios de los cielos —continuó Davis, tornándose filósofo—. Estaba boquiabierto mirándole las enormes tetas a una chica y aterrizó en la mierda de los cerdos.

—Vamos, por el amor de Dios. Estaba sentado en la reja del corral y se me resbaló el pie.

—Prissy Peward. Sí que tenía las tetas grandes esa muchacha —dijo Davis, en tono algo nostálgico.

—Tú no estabas ahí.

—Pero esa peste de cerdo no se parecía en nada a la mierda de caballo que tiene ahora en la cara.

—Daaa-vis.

Davis se dirigió a la puerta agitando una mano llena de manchas amarillentas delante de la cara.

—Tiene que ser muy calmante que una mujer le unte mierda de cab...

—¡Davis!

—Por toda la cara.

El ayuda de cámara salió y echó a andar por el corredor sin dejar de mascullar. Dado que, como siempre, su avance era lento, Edward continuó oyendo la letanía otros buenos cinco minutos. Curiosamente, su voz se oía más fuerte a medida que se alejaba de la puerta.

Se miró en el espejo para afeitarse y frunció el ceño ante su imagen. Sí que olía mal el ungüento. Cogió el aguamanil y puso un poco de agua en la jofaina. Cogió el paño para lavarse y vaciló. El ungüento ya estaba en su cara, y a Anna le agradó ponérselo. Con el pulgar se frotó el contorno de las mandíbulas, recordando la suavidad de sus manos.

Dejó a un lado el paño.

Ya se lo quitaría cuando se afeitara por la mañana. No le haría ningún daño dejárselo toda la noche. Dio la espalda al lavamanos y se sacó el resto de la ropa, doblando y colocando cada prenda en la silla. Veía por lo menos una ventaja en tener un ayuda de cámara raro: había aprendido a ser ordenado y pulcro con su vestimenta, ya que Davis no se dignaba a recoger nada que dejara tirado. Una vez que estuvo desnudo, bostezó, desperezándose, y subió a la antiquísima cama de cuatro postes. Se inclinó a soplar la vela de su mesilla de noche. Ya a oscuras, se metió en la cama y se puso a contemplar los contornos más oscuros de las cortinas de la cama. Confusamente pensó desde cuándo estaban ahí. Sin duda eran más viejas que la casa. ¿debieron tener ese horrible color amarillo amarronado cuando las estrenaron?

Con los ojos adormilados paseó la mirada por la habitación y cerca de la puerta vio la figura de una mujer.

Pestañeó, y de repente ella estaba junto a su cama.

Sonrió, con la misma sonrisa de Eva cuando le ofreció la fatídica manzana a Adán. La mujer estaba gloriosamente desnuda, a excepción de la cara, que llevaba cubierta por una máscara en forma de mariposa.

«Es la puta de la Gruta de Afrodita —pensó, y después—: Estoy soñando.»

Pero al instante lo abandonaron los pensamientos. Ella se estaba acariciando lentamente el diafragma y él siguió con los ojos el movimiento de sus manos. Ella se ahuecó las manos en los pechos y se inclinó, dejándole los pezones al nivel de los ojos; entonces comenzó a pellizcarse y frotárselos.

A él se le resecó la boca al ver estirarse los pezones y tornarse rojo cereza. Levantó la cabeza para besarle los pechos, porque la necesidad de saborearla le hacía la boca agua, pero ella se apartó, sonriendo sarcástica. Entonces ella se echó atrás el pelo castaño melado, separándoselo del cuello y las guedejas se enrollaron en sus brazos como tentáculos; después arqueó su esbelto talle, adelantando y levantando los pechos, como jugosas frutas ante él, atormentándolo. Gimió y sintió vibrar el miembro sobre su vientre.

Ella sonrió con una hechicera sonrisa; sabía muy bien lo que le estaba produciendo. Bajó lentamente las manos, deslizándolas por encima de sus turgentes pechos y continuó hacia abajo, deteniéndolas bajo el ombligo, rozando apenas con los dedos los brillantes rizos de vello púbico. Mentalmente él le ordenó que continuara hacia abajo, pero ella siguió atormentándolo, peinando suavemente los rizos con los dedos. Cuando él ya no pudo seguir soportándolo, ella emitió una risa ronca y separó las piernas.

Edward no sabía si seguía respirando. Tenía los ojos clavados en sus manos y en su entrepierna. Ella se separó los pliegues de la vulva y él vio la piel color rubí brillante con su líquido y aspiró el aroma almizclado que emanaba de esa parte. Lentamente ella se acarició ahí, hasta que encontró el clítoris; se lo mimó, deslizando el dedo en círculos por encima; comenzó a hacer rotar las caderas, echó atrás la cabeza y gimió. Su gemido se mezcló con el gemido de deseo de él. Tenía el miembro duro como una piedra, vibrante de deseo.

Ella se arqueó, acercando la pelvis a él y comenzó a introducir y sacar el dedo del corazón en la cavidad, con movimientos lentos, perezosos; el dedo le brillaba con su esencia líquida y al mismo tiempo movía más rápido la mano sobre el clítoris, torturando al frágil botón. De repente se quedó rígida, con la cabeza echada hacia atrás y emitió un largo y ronco gemido, metiendo y sacando vertiginosamente el dedo de su cuerpo.

Edward volvió a gemir. Veía la prueba del orgasmo deslizándose por sus sedosos muslos. Ver eso estuvo a punto de desquiciarlo. Entonces ella suspiró y se relajó, moviendo voluptuosamente las caderas una última vez. Se sacó el dedo de la vagina y lo llevó a la boca de él, mojado y brillante. Le pasó el dedo por los labios y él pudo saborear la esencia dejada por su deseo. Aturdido, la miró y vio que se le había caído la máscara de la cara.

Era Anna la que le estaba sonriendo.

Entonces lo avasalló el orgasmo y despertó con la casi dolorosa vibración de su miembro al eyacular.

A la mañana siguiente, Anna entró en el fresco establo de Ravenhill Abbey y echó a caminar por el pasillo central, tratando de adaptar los ojos a la penumbra. El edificio era venerable; había servido a la familia a lo largo de diversas obras de renovación y ampliación de la casa. Piedras del tamaño de la cabeza de un hombre formaban los cimientos y la parte inferior de las paredes. Sobre esos muros de piedra de casi dos yardas de altura continuaban las paredes en sólido roble hasta las vigas que se veían en el techo abovedado a seis yardas de altura. Abajo, los corrales flanqueaban el pasillo central.

El establo tenía fácilmente capacidad para albergar cincuenta caballos, aunque en esos momentos había menos de diez. Esa relativa escasez de caballos la entristecía. Tuvo que haber una época en que ese lugar fue muy próspero y activo. Ahora el establo estaba silencioso, como un gigante canoso durmiendo. Olía a heno, a cuero y a decenios, tal vez siglos, de estiércol de caballo. El olor era cálido y acogedor.

Lord Swartingham le había dicho que la esperaría ahí esa mañana, porque iban a salir a caballo a inspeccionar más campos. La orilla de atrás de su improvisado traje de montar iba recogiendo polvo a su paso. De tanto en tanto, una cabeza equina se asomaba por encima de la puerta de un corral y la saludaba con un relincho. Divisó al conde en el otro extremo, sumido en una conversación con el jefe de los mozos del establo. Con su altura dejaba pequeño a aquel hombre mayor. Los dos estaban bajo un polvoriento rayo de sol. Al acercarse oyó algo de la conversación; estaban hablando del problema de un castrado que sufría de cojera crónica. Lord Swartingham levantó la vista y la vio. Ella se detuvo junto al corral de Daisy. Él sonrió y continuó hablando con el mozo.

Daisy ya estaba ensillada, fuera del corral, con las riendas atadas flojas a un tablón de la puerta. Mientras esperaba, Anna se puso a hablarle en voz baja a la yegua, sin dejar de observar al conde, que estaba con la cabeza inclinada escuchando al jefe de los mozos, con toda la atención puesta en él. El jefe de los mozos era un hombre nervudo bastante mayor; de manos nudosas por la artritis y por roturas de huesos ya soldados tenía un porte orgulloso y la cabeza muy erguida, casi rígida; como muchos campesinos, el anciano hablaba lento, y le gustaba discutir largamente cualquier problema. Observó que el conde lo dejaba hablar y hablar escuchándole con paciencia, sin meterle prisa ni interrumpirlo. Cuando por fin el hombre consideró que el problema estaba lo suficientemente rumiado y se quedó callado, lord Swartingham le dio una suave palmada en la espalda y se quedó mirándolo salir del establo. Después se giró y echó a caminar hacia ella.

Justo en ese momento, Daisy, la dulce y plácida Daisy, se encabritó. Los cascos herrados volaron por el aire a sólo unos dedos de la cara de ella. Acobardada, retrocedió hasta quedar apoyada en la puerta del corral. Un casco golpeó la madera muy cerca de su hombro.

—¡Anna! —gritó el conde, para hacerse oír por encima de los relinchos de los sobresaltados caballos cercanos y de la asustada Daisy.

Una rata salió corriendo por debajo de la puerta del corral, agitando la cola sin pelo y desapareció. Lord Swartingham cogió del ronzal a la yegua y la apartó. Anna oyó un gruñido y el ruido de la puerta del corral al cerrarse.

Unos fuertes brazos la rodearon.

—Dios mío, Anna, ¿te ha hecho daño?

Ella no pudo contestar; el miedo le había formado un nudo en la garganta. Él le pasó las manos por los hombros y brazos, palpándoselos suavemente, tranquilizándola.

—Anna —dijo bajando la cara hacia la de ella.

Ella no pudo evitarlo; cerró los ojos.

Él la besó.

Sus labios estaban cálidos y secos, blandos y firmes. Los deslizó suavemente sobre los de ella, luego cambió el ángulo de la cabeza y presionó más fuerte. A ella se le agitaron las ventanillas de la nariz, y olió a caballos y a él. Sin venir a cuento se le ocurrió que a partir de ese momento siempre relacionaría el olor a caballos con lord Swartingham.

Con Edward.

Él pasó la lengua por sus labios, con tanta suavidad que al principio ella pensó que se lo imaginaba. Entonces él repitió la caricia, un contacto parecido al de antes, y ella abrió la boca. Sintió el calor de su lengua invadiéndole la boca, llenándosela, acariciándole la suya. Sintió el sabor a café que él debía haber bebido por la mañana.

Le rodeó el cuello con las manos, apretando los dedos sobre su nuca, y él abrió más la boca y la estrechó con más fuerza, apretándola a él. Con una mano le acarició la mejilla. Ella introdujo los dedos por el pelo de la nuca, soltándole la coleta, embelesada al sentir pasar por entre ellos sus sedosos cabellos. Él le lamió el labio inferior y luego se lo cogió entre los dientes, succionándoselo suavemente. Se oyó gemir. Se estremeció, sintiendo débiles las piernas, incapaces de sostenerle el cuerpo.

Un ruido fuera del establo la volvió bruscamente a la realidad de su entorno. Edward levantó la cabeza para escuchar. Uno de los mozos del establo estaba reprendiendo a un muchacho por haber dejado caer los aperos.

Él volvió a mirarla y le acarició la mejilla con el pulgar.

—Anna, yo...

Al parecer perdió el hilo de sus pensamientos y movió la cabeza. Entonces, como si no pudiera resistirse, la besó suavemente en la boca, y continuó el beso, profundizándolo.

Pero algo no iba bien, percibió ella. Él se estaba alejando; lo estaba perdiendo. Se apretó a él, intentando alargar el momento. Él deslizó los labios por sus pómulos y luego, muy suavemente por sus párpados cerrados. Ella sintió pasar su aliento por entre las pestañas.

Entonces él bajó los brazos y ella percibió que retrocedía, apartándose.

Abrió los ojos y lo vio pasándose las manos por el pelo.

—Lo siento, perdona. Esto ha sido... santo Dios, lo siento muchísimo.

—No, no pida disculpas, por favor. —Le sonrió, sintiendo extenderse un calorcillo por el pecho, mientras se armaba de valor; tal vez ese era el momento—. Yo deseaba el beso tanto como usted. En realidad...

—Estoy comprometido.

Anna se encogió y retrocedió, como si la hubiera golpeado.

—¿Qué?

—Estoy comprometido para casarme —dijo él, haciendo un mal gesto, como de fastidio consigo mismo, o tal vez de pena o pesar.

Ella se quedó inmóvil, paralizada, tratando de asimilar esas sencillas palabras. Una especie de entumecimiento le invadió el cuerpo, llevándose el calor, como si nunca hubiera sentido ese calor.

—A eso fui a Londres, a cerrar las negociaciones para el matrimonio —continuó él. Comenzó a pasearse, agitado, pasándose las manos por el pelo revuelto—. Ella es la hija de un baronet, de una familia muy antigua. Creo que podría remontarse al Conquistador, lo que es mucho más de lo que pueden decir los De Raaf. Sus tierras... —se interrumpió, como si ella hubiera dicho algo.

Ella no había dicho nada.

Él la miró a los ojos un doloroso momento y desvió la vista. Fue como si se hubiera roto una cuerda que se había ido estirando entre ellos.

—Lo siento, señora Wren —dijo, y se aclaró la garganta—. No debería haberme portado tan mal con usted. Tiene mi palabra de honor de que no volverá a ocurrir.

—Yo, bueno... —se obligó a hacer pasar las palabras por la garganta oprimida—. Debo volver al trabajo, milord.

Su único pensamiento coherente era que debía mantener la serenidad. Echó a andar, casi a correr, en realidad, pero lo oyó hablar y se detuvo.

—Sam...

—¿Qué?

Lo único que deseaba era encontrar un agujero donde acurrucarse para no volver a pensar nunca más, no sentir nunca más. Pero algo que vio en su cara le impidió marcharse.

Edward estaba mirando hacia un lugar del altillo, como si buscara algo o a alguien. Ella siguió su mirada. No había nada ahí. El viejo altillo estaba casi vacío. Donde antes debió haber montones de heno ahora sólo flotaban motas de polvo. El heno para los caballos se almacenaba abajo, en los corrales vacíos.

Pero él seguía mirando el altillo.

—Ese era el lugar favorito de mi hermano —dijo finalmente—. Samuel, mi hermano menor. Tenía nueve años, era seis años menor que yo. La diferencia de edad era tan grande que nunca le presté mucha atención. Era un niño callado, tranquilo. Le gustaba esconderse en el altillo, aun cuando a mi madre la eso enfurecía; tenía miedo de que se cayera y se matara; pero eso a él no le importaba. Se pasaba la mitad del día ahí arriba, jugando, con soldaditos de plomo, con una peonza o con cualquier otra cosa, no lo sé. Era fácil olvidarse de que él estaba ahí. A veces me arrojaba paja en la cabeza, simplemente para fastidiarme. —Frunció el ceño—. O tal vez, supongo, sólo lo hacía porque deseaba la atención de su hermano mayor. Pero yo ni me fijaba en él. Estaba tan ocupado a los quince años, aprendiendo a disparar, a beber y a ser hombre, que no tenía tiempo para prestarle atención a un niño.

Se alejó unos pasos, sin dejar de mirar el altillo. Anna tragó saliva para hacer pasar el nudo que se le había formado en la garganta. ¿Por qué le decía eso en ese momento? ¿Por qué le revelaba toda esa pena en ese momento, cuando ya apenas importaba?

—Pero es curioso —continuó él—. Cuando acababa de llegar aquí de vuelta, vivía imaginándome que lo veía, en el establo. Entraba y miraba el altillo, buscando su cara, supongo. —Cerró los ojos y musitó, como para sí mismo—. Lo sigo haciendo, a veces.

Anna se puso el puño en la boca y se mordió los nudillos. No deseaba oír eso. No deseaba sentir ninguna compasión por él.

—Antes este establo estaba lleno —dijo él entonces—. A mi padre le encantaban los caballos y los criaba. Había muchos mozos, y los amigos de mi padre se pasaban horas aquí, hablando de caballos y de caza. Mi madre se pasaba el tiempo en la casa, organizando y ofreciendo fiestas y haciendo planes para la presentación en sociedad de mi hermana. Había mucha actividad en esta casa. Era un hogar muy feliz; el mejor lugar del mundo. —Pasó las yemas de los dedos por la desgastada puerta de un corral vacío—. Nunca me imaginé que me marcharía; nunca deseé marcharme.

Anna se rodeó con los brazos y reprimió un sollozo.

—Pero entonces llegó la epidemia de viruela —continuó él, mirando en la distancia, con los surcos de la cara muy marcados—. Y se murieron todos, uno a uno. Primero Sammy, después mi padre y mi madre. Elizabeth, mi hermana, fue la última en morirse. Tuvieron que raparle la cabeza debido a la fiebre, y ella lloraba y lloraba desconsolada; su pelo era su mejor rasgo, según ella. Dos días después, la pusieron en la tumba de la familia. Tuvimos suerte, supongo, si a eso se lo puede llamar suerte. Otras familias tuvieron que esperar la primavera para enterrar a sus muertos. Era invierno, y el suelo estaba congelado.

Guardó silencio un momento, para hacer una inspiración profunda.

—Eso último yo no lo recuerdo, me lo contaron después, porque yo también tuve la viruela.

Se pasó un dedo por el pómulo, donde se agrupaban las marcas de la viruela, y Anna pensó con cuánta frecuencia habría hecho ese gesto en todos esos años.

—Y claro, sobreviví. —La miró con una sonrisa amarga, amarga, que ella nunca le había visto, como si sintiera sabor a bilis en la lengua—. Sólo quede yo. De todos ellos, fui el único que sobreviví.

Cerró los ojos. Cuando los abrió, su cara estaba tersa, convertida en una máscara firme, sin expresión.

—Soy el último de mi linaje, el último de los De Raaf. No tengo ningún primo lejano para heredar el título y la propiedad; no hay ningún heredero por ahí, a la espera. Cuando me muera, si me muero sin dejar un hijo, todo pasará a la Corona.

Anna se obligó a sostenerle la mirada, aun cuando eso la estremecía.

—Debo tener un heredero, ¿comprende? —Apretó los dientes y añadió, como si estuviera empujando las palabras, arrancándolas del corazón, ensangrentadas, rotas—: Debo casarme con una mujer que pueda tener hijos.

Capítulo 14

¿Quién era ese amante?, preguntaron las hermanas, con las frentes arrugadas por la falsa preocupación. ¿Por qué nunca lo había visto a la luz del día? Y puesto que no lo había visto nunca, ¿cómo podía estar segura de que era un ser humano? Tal vez el que compartía su cama era un monstruo tan horrible que no podía dejarse ver a la luz del día. Tal vez ese monstruo la dejaría embarazada de un hijo suyo, y entonces daría a luz a un ser tan horrible que era imposible imaginárselo. Cuanto más escuchaba Aurea a sus hermanas, más se inquietaba, hasta que llegó el momento en que no supo qué pensar ni qué hacer.

Y entonces fue cuando las hermanas le sugirieron un plan.

De *El príncipe Cuervo*

*E*l resto de ese día Anna simplemente aguantó. Se obligó a sentarse ante el escritorio de palisandro de la biblioteca de la mansión. Se obligó a meter la pluma en el tintero sin derramar ni una sola gota y se obligó a copiar una página del manuscrito de Edward. Cuando terminó esa página se obligó a comenzar otra. Y así continuó, una página tras otra y otra.

Ese era su trabajo como secretaria después de todo.

Años atrás, cuando Peter le propuso matrimonio, había pensado en los hijos; había pensado si sus hijos tendrían el pelo rojo como el de él o castaño como el suyo, y soñaba despierta pensando en los posibles nombres. Cuando se casaron y se mudaron a esa casa, le preocupó que fuera demasiado pequeña para albergar a una familia.

Jamás se había imaginado ni temido que no fuera a tener hijos.

El segundo año de matrimonio comenzó a poner atención a sus menstruaciones. El tercer año lloraba cada mes, cuando le venía la regla y veía la mancha color orín. El cuarto año ya sabía que Peter tenía otra mujer en su vida. Si la causa de eso fue su poca destreza como amante o que fuera incapaz de concebir, nunca lo descubrió. Y cuando él murió...

Cuando Peter murió, envolvió sus esperanzas de tener un hijo, las puso con sumo cuidado en un ataúd y enterró ese ataúd muy, muy profundo, en el fondo de su corazón. Tan al fondo que pensó que nunca más iba a volver a enfrentarse a ese sueño. Y de pronto, con una sola frase, Edward había desenterrado y abierto ese ataúd. Y sus esperanzas, sus sueños, su «necesidad» de tener un hijo, se reavivaron tanto en esos momentos como cuando estuvo recién casada.

¡Ah, Dios amado, ser capaz de darle hijos a Edward! Qué no haría, a qué no renunciaría, por poder sostener un bebé en sus brazos; un bebé hecho de los cuerpos y almas de los dos. Sintió un dolor físico en el pecho, un dolor que se fue extendiendo hacia fuera hasta que apenas logró refrenarse para hacerse un ovillo y para contenerlo.

Pero debía mantener la serenidad. Estaba en la biblioteca de Edward, y él estaba sentado a menos de dos yardas de distancia, y no podía dejarle ver su dolor. Haciendo acopio de toda su energía, se concentró en mover la pluma sobre el papel. Qué más daba que los garabatos que hacía fueran ilegibles; qué más daba que después tuviera que repetir esa página. Conseguiría pasar por esa tarde.

Pasadas varias horrorosas horas, recogió lentamente sus cosas, moviéndose como una mujer muy vieja. En eso estaba cuando de su chal salió volando la invitación al baile de Felicity Clearwater. Hacía toda una vida que se había propuesto recordarle esa fiesta a Edward.

Ya no tenía ninguna importancia. Pero madre Wren había dicho que era necesario que Edward participara en los eventos sociales del pueblo. Enderezó los hombros. Lo haría, sólo eso, y entonces podría marcharse a casa.

—La fiesta de la señora Clearwater se celebra mañana por la noche —dijo, y notó que la voz le salió poco firme.

—No voy a aceptar la invitación de la señora Clearwater.

Ella evitó mirarlo, pero notó que a él la voz no le salió mejor.

—Usted es el aristócrata más importante de esta región, milord. Sería un gesto amable asistir.

—Sin duda.

—Es la mejor manera de enterarse de los últimos cotilleos del pueblo.

Él gruñó.

—La señora Clearwater siempre sirve su ponche especial. Todos están de acuerdo en que es el mejor del condado —mintió.

—No pienso...

—Vaya, por favor, se lo ruego.

Seguía sin mirarlo, pero sentía su mirada en la cara, tan palpable como una mano.

—Como quiera.

—Estupendo.

Se plantó el sombrero en la cabeza y entonces se acordó de una cosa. Abrió el cajón del centro de su escritorio y sacó *El príncipe Cuervo*. Lo llevó hasta el escritorio de él y lo dejó suavemente encima.

—Esto es suyo.

Dicho eso se dio media vuelta y salió de la sala antes que él pudiera contestar.

En el salón hacia un calor sofocante, las decoraciones eran las mismas de hacía dos años y los músicos desafinaban. Era la fiesta anual de primavera de Felicity Clearwater. Cada año, los ciudadanos de Little

Battleford que tenían la suerte de recibir una invitación, se ponían sus mejores galas y bebían ponche aguado en la casa Clearwater.

Felicity Clearwater estaba junto a la puerta del salón recibiendo a los invitados. Llevaba un vestido nuevo; ese año era uno de muselina azul índigo con volantes en cascada en las mangas. La sobrefalda dejaba ver por delante un fondo azul celeste con pájaros carmesí volando, y en el corpiño, unos lazos carmesí remataban primorosamente el escote en forma de uve. El gordo señor terrateniente Clearwater, que llevaba medias naranja con escudete bordado sobre los tobillos por fuera y la peluca larga y rizada de su juventud, se movía nervioso a su lado, quedaba bastante claro que ese acontecimiento social lo ofrecía ella.

Cuando les tocó el turno en la cola de invitados, Anna había recibido un glacial saludo de Felicity y uno bastante distraído del terrateniente. Aliviada por haber pasado ya esa prueba, fue a instalarse con su suegra a un lado del salón. Desprevenida, había aceptado una copa de ponche que le ofreció el cura párroco y no le quedó otra opción que bebérselo.

Madre Wren la miraba de tanto en tanto, nerviosa. Ella no le había contado lo que le ocurrió en el establo con Edward y no tenía la menor intención de hacerlo. Pero estaba claro que su suegra percibía que algo iba mal. Eso era lógico, puesto que ella no era muy buena fingiendo sentirse alegre.

Implacable, bebió otro trago de ponche. Se había puesto su mejor vestido. Con Fanny habían pasado unas buenas horas arreglándolo, intentando hacer lo mejor posible los cambios. El vestido era de color verde manzana claro, y lo habían renovado añadiéndole encaje blanco en el escote; el encaje ocultaba también el cambio del escote de redondeado a cuadrado, más a la moda. En un ataque de invención artística, Fanny le había hecho una roseta para el pelo, con un poco del encaje y un trozo de cinta verde. Aunque no se sentía con ánimo festivo, la llevaba puesta, porque habría herido los sentimientos de Fanny si no lo hubiera hecho.

—El ponche no está nada mal —susurró madre Wren.

Ella ni se había fijado. Bebió otro trago y se llevó una agradable sorpresa.

—Sí, es mejor de lo que decían los rumores.

Madre Wren se movió inquieta un momento y de pronto se le ocurrió otro tema de conversación:

—Es una lástima que Rebecca no haya podido asistir.

—No veo por qué no podía.

—Sabes muy bien que no puede dejarse ver en reuniones sociales, querida, estando ya al final de su embarazo. En mi tiempo no nos atrevíamos ni a poner un pie fuera de casa cuando comenzaba a notarse.

Anna arrugó la nariz.

—Eso es una tontería. Todo el mundo sabe que está embarazada. No es que sea un secreto.

—Es el decoro lo que importa, no lo que todos saben. Además, Rebecca está tan avanzada en su embarazo que no creo que le agrade estar horas de pie. Nunca hay suficientes asientos en estos bailes —miró alrededor—. ¿Crees que vendrá tu conde?

—No es mi conde, como sabe muy bien —dijo Anna, con cierta amargura.

Madre Wren la miró fijamente.

Anna intentó modificar el tono:

—Le dije que creía conveniente que asistiera a esta fiesta.

—Espero que llegue antes que comience el baile. Me gusta ver una buena figura masculina en la pista de baile.

Anna hizo un gesto con la copa hacia un caballero que estaba al otro lado del salón.

—Podría ser que no viniera y entonces tendrá que conformarse con ver la figura del señor Merriweather en la pista de baile.

Las dos contemplaron al señor Merriweather, un caballero esquelético y patizambo, que estaba conversando con una señora gorda cuyo vestido era de color melocotón. En ese momento, justo cuando estaban mirando, el señor Merriweather se acercó más a la señora, para dar énfasis a lo que le estaba diciendo, y sin darse cuenta ladeó su copa. Un delgado chorrito de ponche bajó por el escote del vestido de la dama.

Madre Wren movió tristemente la cabeza.

—¿Sabe? —dijo Anna, pensativa—. No sé si el señor Merriweather ha logrado alguna vez bailar una contradanza entera sin perder el paso.

Madre Wren exhaló un suspiro. Entonces miró hacia la puerta por encima del hombro de Anna y se le alegró la cara.

—Creo que no tendré que conformarme con mirar al señor Merriweather después de todo. Ahí está tu conde, en la puerta.

Anna se giró hacia la entrada del salón de baile, llevándose la copa a los labios. Al ver a Edward olvidó por un instante el lugar donde estaba. Él vestía calzas negras hasta las rodillas y chaqueta y chaleco azul zafiro. Su pelo negro, recogido en una coleta excepcionalmente pulcra, brillaba a la luz de las velas. Superaba casi por una cabeza en estatura a todos los hombres presentes en el salón. Se veía que Felicity estaba encantada por su suerte de haber atraído al elusivo conde a una reunión social. Le tenía firmemente cogido el codo y lo estaba presentando a todos los que estaban lo bastante cerca para escuchar.

Anna sonrió irónica. Edward tenía los hombros rígidos y la expresión severa. Incluso a esa distancia ella veía que él estaba controlando a duras penas su mal genio. Daba la impresión de que estuviera a punto de cometer la descortesía de alejarse de su anfitriona y dejarla hablando sola. En ese momento él levantó la vista y captó su mirada.

El contacto visual la hizo retener el aliento; le resultaba imposible interpretar la expresión de sus ojos.

Él volvió a mirar a Felicity, le dijo algo y comenzó a abrirse paso por en medio del gentío en dirección a ella. Al sentir correr algo líquido y frío por la muñeca, ella se la miró. Le temblaba tanto la mano que se había derramado el resto del ponche en el antebrazo. Rodeó la copa con la otra mano para afirmarla. Estuvo a punto de echar a correr, pero madre Wren se mantenía a su lado. Además, en algún momento tendría que enfrentarse a él.

Felicity debió hacer una seña a los músicos, porque se oyó un chillido de violines.

—Ah, señora Wren, es un placer volver a verla —dijo Edward inclinándose sobre la mano de la anciana, sin sonreír.

A madre Wren no pareció importarle eso.

—Ah, milord, cuánto me alegra que haya podido venir. —Arqueó significativamente las cejas—. Anna se estaba muriendo de ganas de bailar.

Anna deseó haber escapado cuando tuvo la oportunidad.

La inequívoca insinuación de su suegra quedó flotando en el aire entre ellos durante un rato desagradablemente largo, hasta que Edward dijo:

—¿Me concedería el placer?

Y ni siquiera la miró. Por el amor de Dios, fue él el que la besó a ella.

Frunció los labios.

—No sabía que bailaba, milord.

Entonces él la miró.

—Por supuesto que sé bailar. Al fin y al cabo soy conde.

—Como si yo pudiera olvidar eso —masculló ella.

Edward entornó los párpados sobre sus ojos negros obsidiana.

¡Ja! Ya tenía su atención.

Él levantó la mano enguantada abierta y ella colocó recatadamente la suya encima. Aun cuando había dos capas de tela entre sus palmas, ella sintió su calor corporal. Le vino el recuerdo de cómo era bajar las yemas de los dedos por su espalda, caliente, sudorosa, tan exquisita. Tragó saliva.

Después de hacerle una venia a madre Wren, él la llevó a la pista de baile, donde demostró que sí sabía bailar, sin bien con unos movimientos algo pesados.

—Sí que se sabe los pasos —comentó cuando se encontraron para pasar por en medio de los bailarines.

Por el rabillo del ojo vio que él fruncía el ceño.

—No nací debajo de una piedra —dijo él—. Sé comportarme en sociedad.

Terminó la música antes que ella pudiera formular una respuesta apropiada. Le hizo su reverencia y comenzó a retirar la mano de la suya.

Pero él se la retuvo firmemente y se la colocó en la curva de su codo.

—Ni se le ocurra abandonarme, señora Wren. Por culpa suya estoy en esta maldita fiesta.

¿Tenía él que continuar tocándola? Miró alrededor, en busca de alguna distracción.

—¿Tal vez le apetecería un ponche?

Él la miró desconfiado.

—¿Me gustaría?

—Bueno, tal vez no. Pero es lo único que hay para beber por el momento, y la mesa con los refrescos está en dirección opuesta a donde está la señora Clearwater.

—Entonces vamos a probar el ponche, faltaría más.

Diciendo eso echó a andar hacia la mesa del ponche y ella comprobó que la gente se hacía naturalmente a un lado para dejarlo pasar. Al instante siguiente, ella ya estaba bebiendo su segunda copa del ponche aguado.

Edward se había girado ligeramente hacia un lado para contestar una pregunta del párroco cuando ella oyó una ladina voz cerca de su codo levantado:

—Me sorprende verla aquí, señora Wren. Me habían dicho que ahora tiene a una nueva «profesión».

Al oír eso, Edward se giró lentamente a mirar al hombre que había hablado. Era un tipo rubicundo y llevaba una peluca que no era de su talla; su cara no le resultaba conocida. Vio que Anna se había puesto rígida, y tenía la cara inmóvil, sin expresión.

Observó que la atención del hombre estaba fija en ella.

—¿Ha aprendido alguna nueva «habilidad» de sus últimos huéspedes? —lo oyó preguntar.

Ella abrió la boca, pero, por una vez, él se le adelantó:

—Creo que no le he oído bien.

Sólo entonces ese canalla lo vio a él, y agrandó los ojos. Estupendo.

El silencio que se había hecho alrededor de ellos se propagó por el salón a medida que los invitados se fueron dando cuenta de que estaba ocurriendo algo interesante.

El individuo era más valiente de lo que parecía.

—Dije...

—Tenga mucho, mucho cuidado con lo que va a decir —dijo Edward, sintiendo cómo se le flexionaban los músculos de los hombros.

El hombre pareció comprender por fin el peligro en que se encontraba. Agrandó más los ojos y tragó saliva.

Edward asintió, una vez.

—Bien. Tal vez querría pedirle disculpas a la señora Wren por lo que no ha dicho.

—Lo lam... —El hombre tuvo que interrumpirse para aclararse la garganta—. Lo lamento mucho si he dicho algo que haya podido ofenderla, señora Wren.

Anna asintió, fríamente, pero el hombre lo estaba mirando a él, y con razón, para ver si se había redimido.

Pues no.

El hombre volvió a tragar saliva. Una gota de sudor grasiento le corrió por el borde de la peluca.

—No sé qué locura se apoderó de mí —dijo—. Le pido humildemente perdón por haberle causado cualquier tipo de ofensa o malestar, señora Wren. —Se metió la mano bajo cuello para aflojarse la corbata y añadió, acercándose un poco más—: De verdad, soy un burro, ¿sabe?

—Sí, lo es —dijo Edward en tono amable.

La piel rojiza del hombre palideció.

—¡Bueno! —exclamó Anna—. Creo que es el momento de prepararse para el siguiente baile. ¿No ha comenzado la música?

Eso lo dijo en voz alta, en dirección a los músicos, y estos captaron al instante la insinuación. Entonces ella le cogió la mano y echó a andar con paso enérgico hacia la pista de baile. Su mano tenía bastante fuerza, para ser tan pequeña, comprobó él. Echando una última mirada con los ojos entrecerrados a ese canalla, se dejó llevar dócilmente.

—¿Quién es?

Anna lo miró mientras ocupaban su lugar entre el grupo de bailarines.

—En realidad no me ha herido, ¿sabe?

Comenzó la contradanza y él se vio obligado a esperar hasta que el cambio en las figuras los volvió a reunir como pareja.

—¿Quién es, Anna?

Ella lo miró exasperada.

—John Wiltonson. Era amigo de mi marido.

Él esperó que continuara.

—Después de la muerte de Peter me hizo una proposición.

—¿Una proposición de matrimonio?

Anna desvió la mirada.

—Una proposición indecente. Estaba..., está casado.

Él se detuvo bruscamente, con lo que la pareja de atrás chocó con ellos.

—¿Atentó contra su pudor?

—No —dijo ella, tironeándole el brazo, pero él continuó firmemente clavado donde estaba. Le siseó al oído—: Quería que yo fuera su amante. Me negué. —Vio que las otras parejas se estaban agrupando detrás—. ¡Milord!

Edward se dejó arrastrar de vuelta al baile, aunque ya no iban al compás de la música.

—No quiero oír nunca a nadie hablándole así otra vez.

—Esa intención le honra, sin duda —replicó ella, sarcástica—, pero no se pasará el resto de su vida siguiéndome para intimidar a los impertinentes que se me acerquen.

A él no se le ocurrió ninguna respuesta, por lo que se limitó a mirarla fijamente. Ella tenía razón. Eso lo roía. Era solamente su secretaria, así de sencillo y él no podría vigilarla todo el tiempo. No podía impedir que la insultaran. Ni siquiera podía protegerla de insinuaciones insultantes. Sólo un marido tenía el privilegio de ofrecerle ese tipo de protección.

—No debería haber vuelto a bailar con usted tan pronto —dijo Anna, interrumpiendo sus pensamientos—. No es decoroso.

—Me importa un rábano el decoro. Además, usted sabía que esta era la única forma de alejarme de ese mandril.

Ella le sonrió y a él le dio un fuerte vuelco algo dentro del pecho. ¿Qué podía hacer para protegerla?

Dos horas después seguía pensando en eso. Estaba apoyado en una pared observando a Anna llevar a un jadeante caballero en una contradanza. Ella necesitaba un marido, eso era evidente, pero él no lograba imaginársela con un hombre. O, mejor dicho, no lograba imaginársela con «otro» hombre. Frunció el ceño.

Alguien emitió una respetuosa tosecita a su lado. Miró. Era un joven alto con peluca corta; su alzacuello le sirvió para reconocerlo; era el párroco Jones.

Volvió a toser y le sonrió, mirándolo a través de los gruesos lentes para miopía de sus quevedos.

—Lord Swartingham, qué amabilidad la suya al participar de nuestra pequeña diversión.

Edward pensó cómo se las arreglaría aquel hombre para hablar como si tuviera el doble de edad. De hecho no podía tener más de treinta años.

—Señor cura, lo estoy pasando muy bien en la fiesta de la señora Clearwater.

Sorprendido, cayó en la cuenta de que decía la verdad.

—Estupendo, estupendo. Los eventos sociales de la señora Clearwater siempre están muy bien planeados. Y sus refrescos son sencillamente deliciosos.

Para demostrarlo, el cura se bebió entusiastamente unos tragos de su ponche.

Edward miró su copa de ponche y tomó nota mental de averiguar a cuánto ascendían los estipendios del cura. Era evidente que no estaba acostumbrado a la comida decente.

—Oiga, es evidente que la señora Wren está muy airosa en la pista de baile. —El cura entrecerró los ojos, mirando a Anna—. Se la ve diferente esta noche.

Edward siguió su mirada.

—No lleva la cofia.

—¿Será eso? —dijo el cura Jones, en tono vago—. Usted tiene mejor vista que yo, milord. Yo pensé si no se habría comprado un vestido nuevo en su viaje.

Edward se estaba llevando la copa a los labios cuando su mente registró las palabras del cura. Frunciendo el ceño, bajó la copa.

—¿Qué viaje?

—¿Mmm?

El cura Jones seguía contemplando a los bailarines, no atento a la conversación.

Edward estaba a punto de repetir la pregunta, en voz más alta, cuando apareció la señora Clearwater junto a ellos.

—Ah, lord Swartingham, veo que conoce al señor cura.

Los dos pegaron un salto, como si les hubieran dado una palmada en el culo simultáneamente. Edward la miró, esbozado una sonrisa forzada. Por el rabillo del ojo vio que el cura estaba mirando alrededor buscando una manera de escapar.

—Sí, conocía al señor cura, señora Clearwater.

—Lord Swartingham ha aportado una muy generosa suma para el nuevo techo de la iglesia —dijo este, estableciendo contacto visual con otro invitado—. Oiga, ese es el señor Merriweather, ¿verdad? Necesito hablar con él. ¿Me disculpan, por favor?

Y haciendo su venia, se alejó a toda prisa.

Edward miró con envidia la espalda del cura alejándose. Seguro que había asistido a otras de esas fiestas Clearwater.

—Qué fabuloso poder estar un momento a solas con usted, milord —estaba diciendo la señora Clearwater—. Deseaba hablar de su viaje a Londres.

Edward estaba mirando alrededor por si lograba captar los ojos de la anciana señora Wren; era de mala educación dejar abandonada a una dama.

—¿Sí?

—Pues sí. —La señora Clearwater se le acercó otro poco—. Me han dicho que le vieron en un lugar de lo más insólito.

—¿De veras?

—En compañía de una dama que los dos conocemos.

La atención de Edward pasó inmediatamente a Felicity Clearwater. ¿De qué diablos hablaba esa mujer?

—¡Fe... liii... city! —ululó una voz masculina cerca de ellos, algo perezosa por la bebida.

La señora Clearwater torció el gesto.

El terrateniente Clearwater venía en dirección a ellos medio tambaleante.

—Felicity, querida mía, no debes monopolizar al conde. No le interesa la conversación sobre m-modas y pe-perifollos. —Le enterró un puntiagudo codo en las costillas a Edward—. ¿Eh, milord? La caza es un tema más apropiado. ¡Un deporte masculino! ¿No? ¿No?

La señora Clearwater emitió un sonido que en un hombre podría haberse considerado un bufido.

—En realidad no soy muy aficionado a la caza.

—Los ladridos de las jaurías, el galope de los caballos, el olor de la sangre...

El señor terrateniente estaba inmerso en su mundo.

Edward miró hacia el otro lado del salón y vio a Anna envolviéndose en una capa. Condenación. ¿Se iba a marchar sin despedirse de él?

—Discúlpenme.

Hizo su venia al terrateniente y a su mujer y echó a andar por entre los invitados. Pero a esa hora la fiesta estaba en su apogeo y los invitados eran una verdadera muchedumbre. Cuando llegó al vestíbulo, Anna y la señora Wren ya habían salido.

—¡Anna! —gritó, haciendo a un lado al lacayo y abriendo la puerta—. ¡Anna!

Ella estaba a unos pocos pasos. Al oír el grito, las dos mujeres se giraron a mirar.

—No deberías marcharte sola a casa, Anna —dijo, y al instante cayó en la cuenta de su desliz—. Usted tampoco, señora Wren.

Anna pareció confundida, pero la suegra sonrió de oreja a oreja.

—¿Ha venido para escoltarnos, lord Swartingham?

—Sí.

Su coche estaba esperando cerca. Podrían ir en el coche, pero entonces se habría acabado la velada en cuestión de minutos. Además, la noche estaba muy hermosa. Le hizo una seña al cochero de que los siguiera, ya que ellos irían a pie. Le ofreció un brazo a Anna y el otro a la señora Wren. Si bien las damas se habían marchado temprano de la fiesta, era tarde y estaba oscuro. En el cielo negro brillaba una luna llena, gloriosamente grande, arrojando sombras delante de ellos.

Cuando se estaban acercando a una esquina, de repente oyó el ruido de unos pies corriendo por la calle transversal, que resonaban fuerte en el silencio nocturno. Inmediatamente puso a las damas detrás de él. La persona viró y corrió hacia ellos.

—¡Meg! —exclamó Anna—. ¿Qué pasa?

—¡Ah, señora! —exclamó la chica, deteniéndose y doblándose con una mano en el costado, tratando de recuperar el aliento—. La señora Fairchild, señora. Se ha caído por la escalera y no puedo ayudarla a levantarse. ¡Y creo que también viene el bebé!

Capítulo 15

Así fue como Aurea voló de vuelta en su magnífico coche dorado dándole vueltas en la cabeza al plan de sus hermanas.

El cuervo recibió a su esposa casi con indiferencia. Aurea se sirvió una espléndida cena con él, le deseó las buenas noches y se fue a su habitación a esperar a su sensual visitante.

De pronto él estaba ahí a su lado, más deseoso, más exigente en sus caricias de lo que lo había visto nunca antes. Sus atenciones la dejaron adormilada y saciada, pero se mantuvo firme en su plan y se esforzó en continuar despierta hasta que oyó la respiración apacible de su amante profundamente dormido. Entonces, se sentó con sumo cuidado, para no hacer ningún ruido, y a tientas buscó la vela que había dejado sobre su mesilla de noche.

De *El príncipe Cuervo*

—¡*D*ios mío! —exclamó Anna, pensando en cuándo creía Rebecca que nacería el bebé. ¿Acaso no faltaba un todavía mes?

—El doctor Billings está en la fiesta —dijo Edward, con tranquila autoridad—. Coge mi coche, muchacha, y ve a buscarlo inmediatamente.

Girándose le gritó la orden a John Coachman, agitando la mano para que acercara el coche.

—Yo iré con Meg —dijo madre Wren.

Edward asintió y la ayudó a subir al coche; también a la criada.

—¿Hay que ir a buscar a una comadrona? —le preguntó a Anna.

—A Rebecca la iba a asistir la señora Stucker...

—La comadrona está asistiendo a la señora Lyle —interrumpió su suegra—. Vive fuera de la ciudad, a unas cuatro o cinco millas. En la fiesta oí a varias señoras hablando de eso.

—Vayan a traer al doctor Billings primero y después enviaré mi coche a buscar a la señora Stucker —ordenó Edward.

Madre Wren y Meg asintieron.

Edward cerró la portezuela y retrocedió.

—¡En marcha, John!

El cochero le gritó a los caballos y el coche se alejó.

Edward le cogió la mano a Anna.

—¿Por dónde se va a la casa de la señora Fairchild?

—Por ahí. Está muy cerca.

La puerta de la casa de Rebecca estaba entreabierta. Aparte de la franja de luz del vestíbulo que caía sobre el camino de entrada, se hallaba a oscuras. Edward empujó la puerta y entraron. Anna miró alrededor. Ante ellos estaba la escalera que subía a las plantas de arriba. Los peldaños de abajo se veían por la luz del vestíbulo, pero más arriba todo estaba oscuro. No había señales de Rebecca.

—¿Se habrá levantado sola? —musitó.

Entonces se oyó un gemido proveniente de los peldaños en lo alto. Anna subió corriendo antes que Edward alcanzara a moverse. Lo oyó maldecir detrás de ella.

Rebecca estaba caída en el rellano del medio. Anna agradeció que hubiera parado ahí y no seguido rodando por los peldaños del otro tramo, más largo. Estaba de costado, en una posición que destacaba aún más su abultado vientre. Tenía la cara blanca y brillante por el sudor.

Anna se mordió el labio.

—Rebecca, ¿me oyes?

—Anna. —Rebecca alargó la mano y Anna se la cogió—. Gracias a Dios que has venido.

Se interrumpió, retuvo el aliento y le apretó fuertemente la mano.

—¿Qué te pasa?

Rebecca expulsó el aire.

—El bebé. Viene en camino.

Había lágrimas en sus ojos, y otras mojaban sus mejillas.

—¿Te puedes levantar?

—Estoy muy torpe, me duele el tobillo. El bebé viene demasiado pronto.

A Anna se le llenaron los ojos de lágrimas y tuvo que morderse el interior de las mejillas para controlarlas. Sus lágrimas ahora no le servirían de nada a su amiga.

La voz profunda de Edward interrumpió sus pensamientos:

—Permítame que la lleve a su habitación, señora Fairchild.

Anna levantó la cabeza y vio que él estaba detrás de ella, con la cara muy seria. Le soltó la mano a Rebecca y se hizo a un lado. Edward pasó las palmas por debajo de la mujer, se acuclilló, la acomodó en sus brazos y la levantó en un solo y fluido movimiento. Tuvo buen cuidado de no tocarle ni moverle el tobillo, pero Rebecca gimió y se aferró fuertemente a su chaqueta. Edward apretó los labios; le hizo un gesto a Anna, y ella subió delante de él y luego lo guió por el corredor hasta la habitación de Rebecca.

La estancia sólo estaba iluminada por la parpadeante luz de una vela sobre la mesilla de noche. Anna entró a toda prisa, la cogió y con ella encendió otras más. Edward se puso de lado para entrar y fue a depositar suavemente su carga en la cama. Sólo entonces Anna notó que estaba muy pálido.

Se inclinó sobre Rebecca y le apartó un mechón de la frente.

—¿Dónde está James?

Rebecca no pudo contestar inmediatamente pues le vino otra dolorosa contracción. Emitió un largo y ronco gemido y se le arqueó la espalda, que se levantó de la cama. Cuando pasó el dolor, estaba jadeante.

—Fue a Drewsbury a pasar el día, por trabajo. Dijo que estaría aquí mañana, pasado el mediodía. —Se mordió el labio—. Se va a enfadar muchísimo conmigo.

Edward masculló algo bruscamente detrás de Anna y se dirigió a una de las oscuras ventanas.

—No digas tonterías —le dijo Anna a Rebecca en voz baja—. Nada de esto es culpa tuya.

—Si no me hubiera caído por la escalera... —sollozó Rebecca.

Anna estaba intentando tranquilizarla cuando oyeron el golpe que dio la puerta de la calle al cerrarse. Había llegado el médico, lógicamente. Edward se disculpó y salió a recibirlo para conducirlo a la habitación.

El doctor Billings intentaba tener el rostro impasible, pero se veía a las claras que estaba muy preocupado. Le vendó el tobillo a Rebecca, que ya estaba hinchado y amoratado. Anna continuó sentada en la cama cerca de la cabeza de su amiga, sosteniéndole la mano y hablándole con el fin de tranquilizarla. Eso no era fácil. Según las cuentas de la comadrona, el bebé se había adelantado en un mes más o menos.

A medida que avanzaba la noche los dolores de Rebecca fueron en aumento y ella se fue deprimiendo más y más. Estaba convencida de que perdería al bebé. Dijera lo que dijera Anna, no servía de nada, pero continuó a su lado, sosteniéndole la mano y acariciándole el pelo.

Ya habían pasado algo más de tres horas desde la llegada del médico cuando entró la señora Stucker en la habitación como una ráfaga. Era una mujer gorda, de mejillas rojas y pelo negro salpicado ya por algunas canas; verla fue muy agradable.

—¡Jo! Esta es la noche de los bebés —dijo—. A todos les agradará saber que la señora Lyle ha dado a luz a otro hijo, el quinto, ¿se lo pueden creer? No sé por qué me sigue llamando. Yo me limito a estar sentada en un rincón haciendo calceta hasta que llega el momento de coger al recién nacido. —Se quitó la capa y la gran cantidad de bufandas que llevaba y las tiró sobre una silla—. ¿Tienes agua y un poco de jabón, Meg? Me gusta lavarme las manos antes de asistir a una dama.

El doctor Billings la miraba desaprobador, pero no expresó ninguna protesta al ver a la comadrona atendiendo a su paciente.

—¿Y cómo se encuentra, señora Fairchild? Lo está llevando bien, a pesar de ese tobillo, ¿eh? Caramba, eso tiene que haber sido doloroso. —La comadrona le palpó el vientre a Rebecca, escrutándole la cara—. El bebé está impaciente por salir, ¿eh? Ha querido nacer antes de tiempo sólo para fastidiar a su madre. Pero no tiene por qué preocuparse. A veces los bebés son muy suyos respecto al momento en que desean salir.

Rebecca se mojó los labios resecos.

—¿Vivirá y será sano?

—Bueno, ya sabe que no puedo prometerle nada, querida. Pero usted es una mujer sana y fuerte, si no le importa que lo diga. Haré todo lo posible por asistirla a usted y a ese bebé.

A partir de ese momento la situación comenzó a verse con más optimismo. La señora Stucker instó a Rebecca a sentarse en la cama, «porque los bebés se deslizan mejor hacia abajo que hacia arriba». Al parecer Rebecca volvió a sentir esperanza. Incluso hablaba entre contracción y contracción.

Justo cuando a Anna le parecía que se iba a caer de cansancio en la silla, Rebecca comenzó a gemir más fuerte. Su primera reacción fue de alarma, pensando que algo iba mal. Pero la señora Stucker estaba imperturbable. Y al cabo de otra media hora, durante la cual Anna se despabiló del todo, nació el bebé. Era una niña, diminuta y arrugada, pero capaz de gritar bastante fuerte. Ese sonido produjo una sonrisa en la agotada cara de su madre. La pequeña tenía el pelo moreno y todo en punta como las pelusas de un pollito recién salido del huevo; movía lentamente los párpados sobre sus ojos azules, y cuando la comadrona la puso en los brazos de Rebecca, inmediatamente giró la cara hacia sus pechos.

—Bueno, pues, ¿no es la nenita más guapa que ha visto en su vida? —dijo la señora Stucker—. Sé que está muy agotada, señora Fairchild, pero tal vez le iría bien tomar un poco de té o de caldo.

—Iré a ver qué puedo encontrar —dijo Anna, bostezando.

Bajó lentamente la escalera. Cuando llegó al rellano vio una luz que salía de la sala de estar de abajo. Bajó el otro tramo, abrió la puerta y se quedó un momento en el umbral, mirando.

Edward estaba tumbado en el sofá de damasco, con las rodillas sobre un brazo y sus largas piernas colgando. Se había quitado la corbata y desabotonado el chaleco. Con un antebrazo se cubría los ojos y el otro le colgaba hasta el suelo; tenía rodeada con la mano una copa medio vacía de algo que parecía ser el coñac de James. Anna entró y al instante él apartó el brazo de los ojos, contradiciendo su impresión de que estaba durmiendo.

—¿Cómo está? —preguntó él.

La voz le sonó rasposa. Tenía la cara muy pálida, lo que le hacía resaltar los colores ya desvaídos de los moretones, y la barba naciente en la mandíbula lo hacía parecer un disoluto.

Anna sintió vergüenza; se había olvidado totalmente de él, suponiendo que se había marchado a su casa hacía horas. Sin embago, todas esas horas se había quedado esperando ahí abajo para ver cómo le iba a Rebecca.

—Rebecca está muy bien —dijo alegremente—. Tiene una niñita.

La expresión de él no cambió.

—¿Viva?

—Sí. Sí, por supuesto. Tanto Rebecca como la niña están vivas y bien.

—Gracias a Dios —dijo él, pero no se relajó su expresión tensa.

Anna comenzó a inquietarse. Encontraba excesiva su preocupación. Acababa de conocer a Rebecca esa noche, ¿no?

—¿Qué le pasa? —preguntó.

Él suspiró y volvió a cubrirse los ojos con el brazo, en silencio. Estuvo tanto rato callado que ella pensó que no le iba a contestar. Finalmente le dijo:

—Mi esposa y el bebé murieron en el parto.

Anna acercó lentamente una banqueta al sofá y se sentó. Nunca había pensado en su esposa. Sabía que él había estado casado y que su esposa había muerto joven, pero no de qué manera. ¿La había amado? ¿La amaría todavía?

—Lo siento.

Él apartó la mano de la copa que estaba sosteniendo, la movió en un gesto impaciente y volvió a ponerla encima, como si estuviera muy agotado y no quisiera buscar otro lugar para apoyarla.

—No se lo he dicho para darle pena. Ella murió hace mucho tiempo. Hace diez años.

—¿Qué edad tenía?

—Había cumplido los veinte hacia dos semanas antes. —Torció la boca—. Yo tenía veinticuatro.

Anna guardó silencio, esperando.

Cuando él volvió a hablar lo hizo en voz tan baja que ella tuvo que inclinarse hacia él para oírlo.

—Era joven y estaba sana. Nunca se me pasó por la cabeza que parir al bebé la mataría, pero tuvo un aborto espontáneo el séptimo mes. El bebé era demasiado pequeño, no vivió. Me dijeron que habría sido un niño. Entonces ella comenzó a sangrar. —Se apartó el brazo de la cara y ella vio que tenía la mirada desenfocada, como si estuviera contemplando una visión interior—. No pudieron detenerle la hemorragia. Los médicos y las parteras lo intentaron, pero no pudieron. Las criadas no paraban de entrar con más toallas —susurró, contemplando sus horribles recuerdos—. Sangró y sangró y sangró hasta que se le fue toda la vida. Era tanta la sangre que el colchón quedó empapado. Después tuvimos que quemarlo.

Las lágrimas que ella había contenido para no preocupar a Rebecca comenzaron a bajarle por las mejillas. Perder a una persona amada de esa manera tan terrible, tan trágica, debió ser algo horroroso. Y seguro que él deseaba muchísimo a ese bebé; ella ya sabía que para él era importante tener una familia.

Se cubrió la boca con una mano y el movimiento sacó a Edward de su ensimismamiento. Al verle la cara mojada por las lágrimas, soltó una maldición en voz baja. Se incorporó, se sentó bien y alargó las manos hacia ella. Sin esfuerzo aparente la levantó y la sentó sobre sus muslos sosteniéndole la espalda con el brazo. Le presionó la cabeza hasta dejarla apoyada en su pecho.

Con su enorme mano, le acarició suavemente el pelo.

—Lo siento. No debería habérselo contado. No es algo para los oídos de una dama, y mucho menos después haberse pasado toda la noche en pie preocupada por su amiga.

Anna se dio permiso para apoyarse en él, sintiendo maravillosamente consoladores el calor de su cuerpo y la caricia en el pelo.

—Usted debía amarla muchísimo.

La mano se detuvo un momento y luego reanudó la caricia.

—Yo creía que la amaba. Resultó que no la conocía bien.

Ella apartó la cabeza para mirarlo.

—¿Cuánto tiempo estuvieron casados?

—Poco más de un año.

—Pero...

Él la hizo callar apoyándole la cabeza en su pecho otra vez.

—No nos conocíamos mucho cuando nos comprometimos, y supongo que nunca hablé de verdad con ella. Su padre, que deseaba muchísimo el matrimonio, me dijo que ella lo aceptaba de buena gana, y yo simplemente supuse... —se le cortó la voz, y continuó con voz más ronca—: Cuando ya estábamos casados descubrí que a ella le daba asco mi cara.

Anna intentó hablar, pero él volvió a interrumpirla.

—Creo que también me tenía miedo —dijo, irónico—. Puede que usted no lo haya notado, pero tengo mi genio. —Le acarició suavemente la coronilla de la cabeza—. Cuando se quedó embarazada de mi hijo, yo ya sabía que algo iba mal, y en sus últimas horas lo maldijo.

—¿A quién?

—A su padre, por obligarla a casarse con un hombre tan feo.

Anna se estremeció. Qué niña más tonta debió ser su esposa.

—Por lo visto, su padre me había mentido. Deseaba tanto el matrimonio que, no queriendo ofenderme, le prohibió a mi novia que me dijera que mis cicatrices le daban asco.

—Lo siento, yo...

—Chss. Eso ocurrió hace mucho tiempo. Ya he aprendido a vivir con mi cara y a discernir cuando alguien intenta ocultar su aversión a ella. Incluso si mienten, yo normalmente lo sé.

Pero no conocía sus mentiras, pensó Anna, sintiendo pasar un escalofrío por ella. Ella lo había engañado y él no se lo perdonaría jamás si lo descubría.

Él debió pensar que su estremecimiento se debía a la tristeza de su historia. Le susurró algo con la boca en su pelo y la apretó más a él, hasta que el calor de su cuerpo le eliminó el frío. Continuaron un rato así, en silencio, encontrando consuelo el uno en el otro. Fuera comenzaba a clarear; se veía un halo de luz alrededor de las cortinas cerradas de la sala de estar. Anna aprovechó la oportunidad para frotar la nariz en su camisa arrugada. Olía al coñac que se había bebido, muy masculino.

Edward echó atrás la cabeza para mirarla.

—¿Qué hace?

—Olerlo.

—Debo de oler muy mal en este momento.

Anna negó con la cabeza.

—No. Huele... bien.

Él le escrutó un momento la cara vuelta hacia él.

—Perdóneme, por favor. No quiero darle esperanzas. Si hubiera alguna manera...

—Lo sé —dijo ella, bajándose de sus piernas e incorporándose—. Incluso lo entiendo. —Echó a andar con paso enérgico hacia la puerta—. Bajé a buscar algo para Rebecca. Debe de estar pensando qué me ha ocurrido.

—Anna...

Ella hizo como que no lo oía y salió de la sala. El rechazo de Edward era una cosa, pero la lástima..., no, no tenía por qué aceptarla.

En ese momento se abrió bruscamente la puerta de la calle y entró un desastrado James Fairchild. Parecía una visión salida del manicomio: sin corbata y con el pelo rubio todo en punta.

—¿Rebecca? —le preguntó, mirándola con la cara desencajada.

Justo entonces, como si fuera una respuesta de lo alto, sonó el llanto de la recién nacida. La expresión de James pasó de angustiada a pasmada. Sin esperar la respuesta, subió corriendo la escalera, los peldaños de tres en tres. Cuando ya se fue perdiendo de su vista, Anna vio que sólo llevaba la media puesta en una pierna.

Medio sonriendo para sí misma, dio media vuelta para entrar en la cocina.

—Creo que ya casi es el momento de plantar, milord —dijo Hopple afablemente.

Edward entrecerró los ojos para evitar la fuerte luz del sol de primera hora de la tarde.

—Sin duda.

Después de una noche de muy poco sueño, no estaba con ánimo para conversación. Iba con su administrador caminando por un campo, examinándolo para ver si necesitaría una zanja de drenaje como la del señor Grundle. Daba la impresión de que los excavadores de zanjas de la localidad tendrían el trabajo asegurado durante una buena temporada. Vio que Jock venía saltando por un lado del seto que rodeaba el campo metiendo la nariz en las madrigueras de conejos. Esa mañana le había enviado una nota a Anna diciéndole que no era necesario que viniera a trabajar ese día; que lo podía aprovechar para descansar. Y él necesitaba darse un respiro; esa noche había estado a punto de besarla otra vez, a pesar de haberle dado su palabra de honor. Debería dejarla marchar; en todo caso, una vez que se casara no podría seguir teniendo una secretaria. Pero entonces ella perdería su fuente de ingresos, y tenía la impresión de que la familia Wren necesitaba el dinero.

—¿Tal vez si pusiéramos ahí la zanja de drenaje? —dijo Hopple, apuntando el lugar donde Jock estaba excavando y levantando una cortina de barro.

Edward se limitó a gruñir.

—O tal vez... —Hopple se giró y casi se cayó al tropezar con una piedra toda cubierta de barro. Se miró disgustado las botas embarradas—. Ha sido juicioso que no trajera a la señora Wren en esta salida.

—Está en su casa —dijo Edward—. Le dije que se pasara el día durmiendo. ¿Se ha enterado de que la señora Fairchild parió anoche?

—La dama lo pasó mal, tengo entendido. Qué milagro que tanto la madre como la niña estén bien.

—Un milagro, sí —bufó Edward—. Tiene que ser condenadamente tonto un hombre que deja sola a su mujer tan cerca del parto, sola con una criada.

—Supe que el padre estaba muy consternado esta mañana.

—Eso no le hizo ningún servicio a su mujer anoche —dijo Edward secamente—. Sea como sea, la señora Wren estuvo toda la noche en pie con su amiga. Me pareció justo que se tomara el día libre. Al fin y al cabo ha trabajado todos los días, aparte del domingo, desde que comenzó su trabajo de secretaria.

—Sí, desde luego. A excepción de los cuatro días que no vino cuando usted hizo su viaje a Londres.

Jock había hecho salir a un conejo y lo iba persiguiendo.

Edward se detuvo y se giró hacia el administrador.

—¿Qué?

—La señora Wren no vino a trabajar mientras usted estaba en Londres. —Tragó saliva—. Es decir, aparte del día anterior a que usted volviera. Ese día trabajó.

—Comprendo —dijo Edward. Pero no lo comprendía.

—Sólo fueron cuatro días, milord —se apresuró a decir Hopple, para suavizar las cosas—. Y había terminado todo lo que tenía que copiar, me dijo. No fue que dejara el trabajo sin hacer.

Edward miró el barro sobre el que estaba pisando, pensativo. Recordó lo que le dijo el cura esa noche en la fiesta acerca de un «viaje».

—¿Y adónde fue?

—¿Ir, milord? —preguntó Hopple, al parecer buscando una evasiva—. Esto, eh..., no sé si fue a alguna parte. No lo dijo.

—El cura me comentó que había hecho un viaje. Él creía que había ido a hacer alguna compra.

—Es posible que se equivocara. Vamos, si una dama no encontrara lo que desea en las tiendas de Little Battleford, tendría que ir a Londres a buscar algo mejor. Y no creo que la señora Wren haya ido tan lejos.

Edward emitió un gruñido. Volvió a mirar el suelo junto a sus pies, aunque esta vez con el entrecejo fruncido. ¿Adónde había ido Anna? ¿Y a qué?

Anna afirmó bien los pies y tiró de la manilla de la vieja puerta del jardín con todas sus fuerzas. Edward le había dado el día libre, pero ella no podía dormir tanto rato. Puesto que se había pasado la mañana descansando, se le ocurrió que podría aprovechar el tiempo libre de esa tarde para plantar los rosales. La puerta se mantuvo tercamente cerrada un momento, y de pronto cedió y se abrió tan de repente que casi la arrojó al suelo de espaldas. Se quitó el polvo de las manos, cogió su cesto con las herramientas y entró en el jardín abandonado. Había estado ahí con Edward hacía poco más de una semana. En ese corto tiempo se había producido un enorme cambio entre las viejas paredes. Asomaban brotes verdes en los cuadros y por las grietas del sendero de ladrillo. Algunos eran de malezas, lógicamente, pero otros tenían un aspecto más refinado. Incluso reconocía algunas plantas: las puntas rojizas de tulipanes, las hojas abriéndose en forma de roseta de la aguileña, y las hojas grises lobuladas del pie de león.

La llenaba de placer descubrir cada tesoro. El jardín no estaba muerto, sólo había permanecido dormido.

Dejó el cesto en el suelo y volvió a la puerta a buscar el resto de los rosales que le regalara Edward, y que había dejado fuera; había plantado tres en el pequeño jardín de su casa, y los otros se habían mantenido vivos en los recipientes con agua. En cada uno ya se veían diminutos brotes verdes. Los contempló un momento, pensando. Ellos le habían dado esperanza cuando Edward se los regaló; y aunque la esperanza ya estaba muerta, no encontraba justo dejarlos perecer. Los plantaría esa tarde, y aunque Edward nunca más volviera a visitar el jardín, bueno, ella sabría que estaban ahí.

Volvió al jardín con unos cuantos y los dejó en el embarrado sendero. Se enderezó a mirar buscando un lugar adecuado para plantarlos. En otro tiempo el jardín había tenido un trazado, que en esos momentos era imposible distinguir. Encogiéndose de hombros, decidió repartirlos por igual en los cuatro parterres principales. Cogió la pala y comenzó a remover la tierra del primer cuadro arrancando las malas hierbas.

Finalmente esa tarde Edward encontró a Anna en el jardín. Estaba irritable. Llevaba unos quince minutos buscándola, desde el momento en que Hopple le dijo que ella estaba en la propiedad. En realidad, no debería haberla ido a buscar, ya que esa misma mañana había tomado la decisión de no hacerlo más. Pero una parte dentro de él parecía ser constitucionalmente incapaz de mantenerlo alejado de su secretaria cuando sabía que estaba cerca. Así pues, cuando la vio estaba ceñudo, fastidiado por su falta de fortaleza. Y continuó ceñudo detenido en la puerta admirando el espectáculo que ella le ofrecía. Estaba arrodillada en la tierra plantando un rosal. No llevaba cofia y le caían sobre la cara unos mechones que se le habían desprendido del moño en la nuca. Y a la radiante luz del sol de la tarde, esos mechones castaños brillaban dorados con visos rojizos.

Sintió una opresión en el pecho. Le pareció que esa opresión podría ser de miedo. Arrugó más el ceño y echó a andar por el sendero. Sin duda el miedo no era una emoción que debiera sentir un hombre fuerte como él al encontrarse ante una mansa viudita.

Anna lo vio.

—Milord. —Se apartó un mechón de la frente, dejándose una mancha de tierra—. Se me ocurrió plantar hoy sus rosales, antes de que se murieran.

—Eso veo.

Ella lo miró extrañada pero claramente decidió no dar importancia a su extraño humor.

—Voy a plantar unos cuantos en cada cuadro, puesto que el jardín tiene forma simétrica. Después, si lo desea, podríamos rodearlos con lavandas. La señora Fairchild tiene unas hermosas lavandas bordeando el camino de atrás, y sé que le encantará dejarme que corte unos cuantos esquejes para plantar en sus jardines.

—Mmm.

Anna había interrumpido su monólogo para quitarse otro mechón de pelo, y se dejó más barro en la frente.

—Porras. Olvidé traer la regadera.

Levantó una pierna para ponerse de pie, pero él se le adelantó:

—Quédese ahí. Yo iré a buscarle el agua.

Echó a andar por el sendero sin hacer caso de la protesta que ella comenzó a formular. Cuando llegó a la puerta, un repentino impulso lo hizo detenerse. Después, al recordarlo, siempre se preguntaría qué habría sido ese impulso que lo hizo detenerse. Se giró a mirar hacia ella. Seguía arrodillada en el suelo junto al rosal; estaba apretando la tierra alrededor con las dos manos. En ese momento, cuando él la estaba mirando, ella levantó la mano y con el meñique doblado se metió un mechón de pelo detrás de la oreja.

Él se quedó inmóvil, paralizado.

Durante un terrible minuto, que a él le pareció eterno, no oyó ningún sonido, como si la tierra hubiera temblado y su mundo se hubiera desmoronado a su alrededor. Entonces en su cabeza resonaron tres voces simultáneamente, susurrando, musitando, balbuceando, y luego se separaron formando frases coherentes.

Hopple junto a la zanja: «Cuando este perro estuvo desaparecido varios días pensé que nos habíamos librado de él».

El cura Jones en la fiesta de la señora Clearwater: «Yo pensé si no se habría comprado un vestido nuevo en su viaje».

Nuevamente Hopple, esa misma mañana: «La señora Wren no vino a trabajar mientras usted estaba en Londres».

Una niebla roja le oscureció la visión.

Y cuando se despejó la niebla, ya casi estaba encima de Anna, y comprendió que había echado a andar antes de que se hubieran hecho comprensibles las frases. Ella seguía inclinada junto al rosal, totalmente inconsciente de la tormenta que se avecinaba, hasta que él se detuvo ante ella. Entonces levantó la cabeza y lo miró.

Él debía llevar reflejado en la cara el conocimiento de su engaño, porque a ella se le desvaneció la sonrisa antes de que se le formara totalmente.

Capítulo 16

Con la mayor cautela, Aurea encendió la vela y con ella en alto se giró hasta situarse encima del cuerpo de su amante, a cierta distancia. Al verlo se le quedó atrapado el aire en la garganta, agrandó los ojos e hizo un leve movimiento ante la sorpresa. Fue un movimiento muy leve, pero bastó para hacer caer una gota de cera caliente del borde de la vela sobre el hombro del hombre. Porque era un hombre, no un monstruo ni un animal; un hombre de piel blanca y tersa, extremidades largas y fuertes y pelo negro, negrísimo. Él abrió los ojos y Aurea vio que también eran negros. Unos ojos negros penetrantes e inteligentes que en cierto modo le resultaban conocidos. Sobre su pecho brillaba un colgante; este tenía la forma de una pequeña y perfecta corona con unos brillantes rubíes incrustados.

De *El príncipe Cuervo*

*A*nna estaba contemplando atentamente el rosal, evaluando si lo había plantado a la profundidad correcta, cuando cayó una sombra sobre ella. Levantó la cabeza. Edward estaba ahí de pie ante ella. Lo primero que pensó fue que había tardado muy poco si había ido a buscar la regadera con agua.

Y entonces le vio la expresión.

Tenía los labios estirados en un *rictus* de furia, y sus ojos brillaban como carbones negros en su cara. En ese instante tuvo la horrible premonición de que él había descubierto su engaño. En los segundos que pasaron antes que él hablara trató de infundirse ánimo, de tranquilizarse, diciéndose que eso era imposible, que de ninguna manera podría haber descubierto su secreto.

Las palabras de él acabaron con esa esperanza.

—Tú —dijo, con una voz tan ronca y terrible que ella no se la reconoció—. Eras tú la del burdel.

Ella nunca había sido buena para mentir.

—¿Qué?

Él cerró los ojos, como si lo hubiera deslumbrado una luz brillante.

—Eras tú. Me esperaste ahí como una araña y yo caí limpiamente en tu red.

Santo Dios, eso era peor de lo que se había imaginado. Él creía que lo había hecho por una malsana venganza o burla.

—Yo no...

Él abrió los ojos y ella levantó una mano, para protegerse del fuego del infierno que veía en ellos.

—¿No qué? ¿No viajaste a Londres, no fuiste a la Gruta de Afrodita?

Ella agrandó los ojos e hizo ademán de levantarse, pero él ya estaba encima de ella. La cogió por los hombros y la levantó, aparentemente sin ningún esfuerzo, como si ella no pesara más que un vilano. ¡Qué fuerza tenía! ¿Por qué nunca se le había ocurrido pensar en lo mucho que supera la fuerza de un hombre a la de una mujer? Se sentía como una mariposa cogida por un inmenso pájaro negro. Llevándola en volandas la dejó apoyada contra la pared de ladrillos más cercana y la aplastó ahí. Bajó la cara hacia la de ella hasta que casi se tocaron sus narices, y seguro que se vio reflejado en sus ojos grandes y asustados.

—Me esperaste ahí sólo cubierta por un trocito de encaje —dijo, echándole en la cara su cálido aliento—. Y cuando entré te pavoneaste, te ofreciste a mí y yo te follé hasta que fuiste incapaz de ver derecho.

Anna sintió el soplido de su aliento en los labios. Se encogió ante la obscena palabra. Deseó negarla, decir que esa palabra no describía la sublime dulzura que habían descubierto juntos en Londres, pero se le quedaron atrapadas las palabras en la garganta.

—Y tan preocupado que estaba yo porque el contacto con esa prostituta que albergaste en tu casa arruinaría tu buen nombre. Qué ridículo me hiciste hacer. ¿Cómo pudiste reprimir la risa cuando te pedí perdón por haberte besado? —Flexionó las manos sobre sus hombros—. Todo este tiempo me he reprimido porque pensaba que eras una dama respetable. Todo este tiempo aguantándome, cuando lo único que deseabas era esto.

Entonces arremetió, estrechándola fuertemente, devorándole la boca, con violencia, sin tener en cuenta su tamaño ni su feminidad. Le presionó los labios, aplastándoselos contra los dientes. Ella gimió, bien de dolor o de deseo, no lo supo. Él le introdujo la lengua en la boca, sin preámbulo, sin aviso, como si tuviera todo el derecho.

—Deberías haberme dicho que era esto lo que deseabas. —Apartó la cara para inspirar—. Yo te habría complacido.

Ella no lograba encontrar ningún pensamiento coherente y mucho menos el habla.

—Sólo tenías que decirlo y yo podría haberte follado sobre mi escritorio en la biblioteca, en el coche con John al pescante, o incluso aquí en el jardín.

Ella intentó formar palabras en medio de la niebla de confusión.

—No, yo...

—Dios sabe que llevo días, semanas, duro de excitación por ti —gruñó él—. Podría haberte dado un revolcón en cualquier momento. ¿O es que no puedes reconocer que deseas acostarte con un hombre con una cara como la mía?

Ella intentó negar con la cabeza, pero la sintió caer porque él la inclinó hacia atrás por encima de un brazo. Con la otra mano le cogió el trasero y la apretó contra él. Ella sintió en el blando vientre la dureza de su miembro erecto.

—Esto es lo que deseas, para esto hiciste ese viaje a Londres —le susurró con la boca pegada a la de ella.

Ella gimió una negativa, aun cuando arqueó las caderas para apretarse más a él.

Él detuvo ese movimiento con mano de hierro y apartó la boca de la de ella. Pero, como si no pudiera resistirse a la llamada de su piel, volvió a besarla y luego deslizó la boca por su cara hasta cogerle el lóbulo de la oreja entre los dientes.

—¿Por qué? —le susurró al oído—. ¿Por qué, por qué, por qué? ¿Por qué me mentiste?

Ella volvió a intentar negar con la cabeza.

Él la castigó mordiéndole el lóbulo.

—¿Fue una broma? ¿Encontrabas divertido acostarte una noche conmigo y al día siguiente hacerte la viuda virtuosa? ¿O fue por una necesidad perversa? Algunas mujeres encuentran estimulante la idea de acostarse con un hombre marcado por la viruela.

Entonces ella movió violentamente la cabeza, a pesar del dolor cuando él le arañó la oreja con los dientes. No podía, no debía, dejarlo pensar eso.

—Por favor, debes saber que...

Él giró la cabeza. Ella se movió para mirarlo a la cara y entonces él hizo lo más aterrador.

La soltó.

—¡Edward! ¡Edward! Por el amor de Dios, por favor, escúchame.

Curioso que esa fuera la primera vez que lo llamaba por su nombre de pila, tuteándolo.

Él ya se iba alejando por el sendero. Ella corrió tras él, con los ojos cegados por las lágrimas, tropezó en un ladrillo suelto y cayó al suelo.

Él se detuvo al oír el ruido de la caída, pero continuó dándole la espalda.

—Qué lágrimas, Anna. ¿Eres capaz de fabricarlas a voluntad como el cocodrilo? —Y entonces añadió, en voz tan baja que igual ella podría habérselo imaginado—: ¿Ha habido otros hombres?

Y continuó caminando.

Ella lo miró hasta que desapareció por la puerta. Sentía oprimido el pecho. Vagamente pensó que tal vez se había hecho daño con la caída. Entonces oyó un sonido rasposo, gutural, y la pequeña parte de su cerebro que seguía siendo capaz de pensar tomó nota de lo raro que le sonaba el llanto.

Qué rápido y duro había sido el castigo por salirse de su seria y formal vida de viuda. Se habían hecho realidad todas las lecciones, todas las advertencias, dichas y no dichas, de su primera juventud. Aunque, pensó, el castigo no era lo que se imaginaban los moralizadores de Little Battleford. No, su destino era mucho peor que el desenmascaramiento o la censura. Su castigo era el odio de Edward. Eso, y comprender que no había ido a Londres simplemente por la relación sexual. Todo el tiempo su deseo había sido estar con él, con Edward. Lo deseaba a él, al hombre, no el acto sexual. Comprendió que se había mentido a sí misma tanto como a él. Qué irónico dar con esa comprensión justo cuando todo había quedado reducido a su alrededor.

No sabía cuanto tiempo estuvo ahí, mojándose el viejo vestido marrón en la tierra removida. Cuando por fin dejó de sollozar, el cielo estaba nublado. Dándose impulso con las dos manos, se incorporó hasta quedar de rodillas, y con otro impulso se puso de pie. Se le fue el cuerpo, pero alcanzó a afirmarse en la pared y evitó caerse. Desanduvo los pocos pasos y cogió la pala.

Pronto tendría que irse a casa y decirle a madre Wren que ya no tenía trabajo. Esa noche y mil noches, y todo el resto de noches de su vida, se acostaría en una cama solitaria.

Pero, por el momento, sencillamente plantaría los rosales.

Felicity se aplicó un paño mojado en agua de violetas en la frente. Se había retirado al saloncito de mañana, habitación que normalmente le producía inmensa satisfacción, sobre todo cuando pensaba en lo que había costado redecorarla. Sólo el precio del sofá tapizado en damasco amarillo canario habría alimentado y vestido a toda la familia Wren durante cinco años. Pero en ese momento, el dolor de cabeza la estaba matando.

Las cosas no iban bien.

Reginald andaba abatido por ahí quejándose de que su yegua más valiosa había tenido un aborto espontáneo. Chilly se había vuelto a Londres todo mohíno porque ella no quiso decirle lo de Anna y el conde. Y ese conde se había mostrado fastidiosamente obtuso en su fiesta. Cierto que, según su experiencia, la mayoría de los hombres son lerdos en uno u otro grado, pero no se habría imaginado que lord Swartingham lo fuera hasta ese extremo. Al parecer no entendió qué quería insinuarle ella, como si no lo supiera. ¿Cómo iba a convencerlo de mantener callada a Anna si era tan bobo que no se daba cuenta de que lo estaban chantajeando?

Hizo un mal gesto.

No, chantaje no. Qué palabra más grosera. Incentivo, eso sonaba mejor. Lord Swartingham tenía un «incentivo» para impedir que Anna sacara a relucir el cuento de sus pecadillos del pasado por todo el pueblo.

En ese momento se abrió bulliciosamente la puerta y entró la menor de sus dos hijas, Cynthia. Detrás lo hizo su hermana, Christine, a un paso más tranquilo.

—Mamá —dijo Christine—. La nana dice que tenemos que pedirte permiso para ir a la tienda de dulces. ¿Podemos?

—¡Caramelos de menta! —exclamó Cynthia, pegando saltos alrededor del sofá en que ella estaba recostada—. ¡Pastillas de limón! ¡Gomas de fruta!

Curiosamente, su hija menor se parecía a Reginald en varias cosas.

—Deja de gritar, por favor, Cynthia. A mamá le duele la cabeza.

—Lo siento, mamá —dijo Christine, sin parecer sentirlo en absoluto. Sonrió zalamera—. Nos marcharemos tan pronto como nos hayas dado el permiso.

—¡El permiso de mamá! ¡El permiso de mamá! —entonó Cynthia.

—¡Sí! —dijo Felicity—. Tenéis mi permiso.

—¡Hurra! ¡Hurra! —gritó Cynthia y salió corriendo, con su mata de pelo rojo volando detrás.

Al ver esa cascada Felicity frunció el ceño. El pelo rojo de Cynthia sería su ruina.

—Gracias, mamá —dijo Christine saliendo y cerrando suavemente la puerta.

Felicity gimió y tiró del cordón para ordenar que le trajeran más agua de violetas. ¿Qué maldito ataque de sentimentalismo le vino para escribir esa condenadora misiva? ¿Y en qué estaría pensando Peter para guardar ese medallón? Realmente los hombres son unos idiotas.

Se presionó el paño sobre la frente con las yemas de los dedos. En realidad, era posible que lord Swartingham no supiera a qué se refería ella. Pareció desconcertado cuando le dijo que los dos conocían la identidad de la dama con la que se encontró en la Gruta de Afrodita. Y si él realmente no conocía su identidad...

Se sentó, y el paño cayó al suelo sin que se diera cuenta siquiera. Si él no conocía la identidad de la mujer, se había equivocado de persona al intentar chantajearlo.

A la mañana siguiente, Anna estaba arrodillada en la pequeña huerta de atrás trabajando. No había tenido el valor para decirle a madre Wren que había perdido el empleo. Ya era tarde cuando llegó a casa por la noche, y esa mañana no se había sentido con ánimo para hablar de eso. No se lo diría, al menos no todavía. El tema estaba demasiado fresco y daría pie a preguntas que ella no podía contestar. Después tendría que armarse de valor para pedirle perdón a Edward. Pero eso también podía esperar; primero se tomaría el tiempo para lamerse las heridas. Y justamente por eso estaba trabajando en la huerta esa mañana. La vulgar tarea de cuidar de las verduras y el olor de la tierra recién removida le procuraban una especie de consuelo a su alma.

Estaba extrayendo raíces de rábano picante con la pala pequeña para replantarlas cuando oyó un grito proveniente de la parte delantera de la casa. Frunciendo el ceño, enterró la pequeña pala a un lado. ¿Le habría pasado algo al bebé de Rebecca? Recogiéndose las faldas rodeó casa corriendo. Se iban alejando los ruidos de ruedas de un coche y de cascos de caballos. Una voz femenina volvió a gritar cuando dio la vuelta a la esquina.

En el peldaño de la puerta estaba Pearl, sosteniendo a una mujer con un brazo. Mientras se acercaba, las dos se giraron a mirarla, y tuvo que ahogar una exclamación de espanto. La mujer tenía los dos ojos negros y la nariz torcida, como si la tuviera rota. Le llevó un par de segundos reconocerla.

Era Coral.

—¡Ay, Dios!

En ese preciso instante se abrió la puerta.

Anna corrió a cogerle el otro brazo a Coral.

—Fanny, sujétanos la puerta, por favor.

Con los ojos como platos, Fanny sostuvo la puerta abierta mientras ellas se las arreglaban para hacer entrar a Coral.

—Le dije a Pearl que no viniéramos aquí —susurró Coral.

Tenía tan hinchados los labios que las palabras le salieron enredadas.

—Por suerte no te hizo caso —dijo Anna. Miró la estrecha escalera; no lograrían subir a Coral por ella llevándola casi en peso—. Dejémosla en la sala de estar.

Pearl asintió.

La llevaron hasta el sofá y la tendieron suavemente en él. Anna envió a Fanny a buscar una manta. Coral había cerrado los ojos y temió que se hubiera desmayado. La pobre mujer respiraba sonoramente por la boca, pues tenía la nariz tan torcida e hinchada que no le entraba el aire por ella.

Llevando hacia un lado a Pearl, le preguntó:

—¿Qué ha pasado?

Pearl miró nerviosa hacia Coral.

—Fue ese marqués. Anoche llegó cayéndose de borracho; aunque no estaba tan borracho que no pudiera hacerle eso.

—Pero ¿por qué?

—No tenía ningún motivo aparente. —Le temblaron los labios y al ver la mirada horrorizada de Anna, torció la boca—. Ah, masculló algo de que ella se estaba viendo con otros hombres, pero eso sólo fue un pretexto de borracho para pegarle. Para Coral el deporte de la cama es simple trabajo. No lo haría con ningún otro teniendo un protector. Simplemente él quiso disfrutar enterrándole los puños en la cara. —Se limpió una lágrima de rabia—. Si no la hubiera sacado de ahí mientras él iba a orinar, creo que la habría matado.

Anna le pasó el brazo por los hombros.

—Debemos dar gracias a Dios porque lograran salvarla.

—No tenía ninguna otra parte adonde llevarla, señora. Siento mucho molestarla después de lo buena que ha sido. Si pudiéramos quedarnos una o dos noches, sólo hasta que Coral pueda sostenerse en pie.

—Podéis quedaros todo el tiempo que tarde Coral en recuperarse. Pero creo que eso llevará más de una o dos noches. —Miró preocupada a la huésped aporreada—. Enviaré inmediatamente a Fanny a llamar al doctor Billings.

—Oh, no —dijo Pearl, elevando la voz, aterrada—. ¡No haga eso!

—Pero es que necesita que la examine un médico.

—Será mejor que nadie sepa que estamos aquí, aparte de Fanny y la otra señora Wren. Él podría intentar encontrarla.

Anna pensó un momento y asintió. Era evidente que Coral seguía en peligro.

—Y sus heridas, ¿qué?

—Yo se las puedo curar. No tiene ningún hueso roto. Ya la examiné, y puedo enderezarle la nariz.

Anna la miró extrañada.

—¿Sabes arreglar una nariz rota?

Pearl apretó los labios.

—Lo he hecho otras veces. Es bueno saberlo en este oficio.

Anna cerró los ojos.

—Lo siento, no era mi intención dudar de ti. ¿Qué necesitas?

Siguiendo las instrucciones de Pearl, Anna no tardó en traer agua, paños y vendas, además del frasco de ungüento de su madre. Ayudada por ella, Pearl le curó y arregló la cara a su hermana; la menuda joven trabajaba sin perder la calma ni la firmeza, incluso cuando Coral gemía e intentaba apartarle las manos a golpes. Anna tuvo que sujetarle los brazos para que Pearl lograra terminar de ponerle la venda. Suspiró de alivio cuando le dijo que habían acabado. Entre las dos acomodaron lo mejor posible a Coral y después se fueron a la cocina a tomar una muy necesitada taza de té.

Exhalando un suspiro Pearl se llevó la taza a los labios.

—Gracias, muchísimas gracias, señora. Es usted muy buena.

Anna se rió, y la risa le salió como un divertido graznido.

—Soy yo la que debo darte las gracias. Si supieras. Justo ahora necesitaba hacer algo bueno.

Dejando a un lado la pluma, Edward se levantó y se dirigió a una de las ventanas de la biblioteca. No había escrito ni una sola frase coherente en todo el día. La sala estaba demasiado silenciosa, le resultaba demasiado grande, y ya no lograba encontrar la paz mental en ella. En lo único que era capaz de pensar era en Anna y en lo que le había hecho. ¿Por qué? ¿Por qué elegirlo a él? ¿Por su título? ¿Por su riqueza?

Santo Dios, ¿por sus cicatrices?

¿Qué motivo podía tener una mujer respetable para ponerse un disfraz y hacer el papel de puta? Si hubiera deseado un amante, ¿no podría haber encontrado uno en Little Battleford? ¿O sería que le gustaba hacer de puta?

Apoyó la frente en el frío cristal de la ventana y se la frotó contra él. Recordaba absolutamente todo lo que le había hecho a Anna esas dos noches. Recordaba cada exquisito lugar que le había acariciado con las manos, cada pulgada de piel que había acariciado con la boca y la lengua. Recordaba haberle hecho cosas que ni habría soñado hacerle a una dama, y mucho menos a una que conociera y le cayera bien. Ella había visto un lado de él que se había esforzado en ocultar al mundo, su lado secreto. Lo había visto en su aspecto más animal. ¿Qué debió sentir cuando le empujó la cabeza hacia su miembro?

¿Excitación?

¿Miedo?

¿Repugnancia?

Y por su cabeza pasaron más pensamientos que no pudo evitar. ¿Se habría encontrado con otros hombres en la Gruta de Afrodita? ¿Habría entregado su hermoso y exuberante cuerpo a hombres a los que ni siquiera conocía? ¿Les habría permitido besar su erótica boca, manosearle los pechos, y follarla, con las piernas abiertas, el cuerpo bien dispuesto y receptivo? Golpeó el marco de la ventana con el puño hasta que se le agrietó la piel y le salió sangre. Le era imposible quitarse de la cabeza las obscenas imágenes de Anna, de su Anna, con otro hombre. Se le empañó la visión. Condenación. Estaba llorando como un muchacho.

Jock le empujó la pierna y gimió.

Ella lo había arrastrado a esa situación. Estaba totalmente perdido. Y sin embargo, eso no cambiaba nada, porque él era un caballero y ella, a pesar de sus actos, una dama. Tendría que casarse con ella y, al hacerlo, renunciar a todos sus sueños, a todas sus esperanzas, de tener una familia. Su linaje moriría con su último suspiro. No habría niñas que se parecieran a su madre ni niños que le recordaran a Sammy. No tendría a nadie a quien abrirle su corazón; nadie a quien ver crecer. Se apartó de la ventana y enderezó los hombros. Si eso era lo que le tenía reservado la vida, pues, que así fuera, pero, eso sí, se encargaría de que Anna pagara su precio.

Se limpió las lágrimas y fue a tirar violentamente del cordón.

Capítulo 17

El hombre que estaba a su lado en la cama la miró y luego
dijo, dulcemente, con mucha tristeza:

—Así pues, esposa mía, no has sido capaz de dejar las co-
sas en paz. Aplacaré tu curiosidad, entonces. Soy el príncipe
Niger, el señor de estas tierras y de este palacio. Una maldi-
ción me hace adoptar la forma de ese horrible cuervo duran-
te el día y ha convertido en pájaros a todos los que forman mi
séquito y personal. Mi atormentador añadió una cláusula a la
maldición: si lograba encontrar una dama que aceptara li-
bremente casarse conmigo podría vivir como hombre desde
la medianoche hasta las primeras luces del alba. Tú fuiste esa
dama. Pero ahora llega a su fin nuestro tiempo juntos. Pasa-
ré el resto de mis días en ese odiado cuerpo alado y todos los
que me siguen están condenados a eso también.

De *El príncipe Cuervo*

A la mañana siguiente, Felix Hopple pasó su peso al otro pie, suspiró y volvió a golpear la puerta de la casa. Se enderezó la peluca recién
empolvada y se alisó la corbata. Jamás en su vida le habían encargado
una misión de ese tipo. En realidad, no sabía si eso formaba parte de su
trabajo. Claro que era imposible decírselo a lord Swartingham; y menos aún cuando lo fulminaba con esos ojos negros diabólicos.

Volvió a suspirar. El genio de su empleador había estado peor que nunca esos últimos días. Muy pocas chucherías quedaban ya intactas en la biblioteca, y hasta el perro había tomado la costumbre de esconderse cuando el conde se paseaba por la casa.

Se abrió la puerta y apareció una mujer muy guapa.

Felix pestañeó y retrocedió un paso. ¿Se habría equivocado de casa?

La mujer se alisó la falda y le sonrió tímidamente.

—¿Sí?

—Esto, eh... buscaba a la señora Wren —tartamudeó Félix—. La señora Wren joven. ¿Es correcta la dirección?

—Ah, sí, esta es la dirección. Es decir, esta es la casa Wren, yo sólo estoy alojada aquí.

—Ah, comprendo, señorita...

—Smythe. Pearl Smythe. —La joven se ruborizó, a saber por qué—. ¿No quiere entrar?

—Gracias, señorita Smythe.

Entró en el pequeño recibidor y se quedó sin saber qué hacer. La señorita Smythe le estaba mirando el talle, con una expresión que parecía ser de embeleso.

—¡Toma! —exclamó—. Este es el chaleco más bonito que he visto en mi vida.

—Eh... esto..., vaya, gracias, señorita Smythe —dijo él, pasando los dedos por los botones de su chaleco verde hoja.

—¿Son abejorros?

La señorita Smythe se inclinó a mirar más de cerca los bordados púrpura, ofreciéndole una vista bastante indecente de la delantera del vestido.

Ningún verdadero caballero se aprovecharía de mirar lo que deja ver una dama por casualidad. Felix miró hacia el techo, luego le miró la coronilla de la cabeza y finalmente bajó la vista por el vestido. Pestañeó rápidamente.

—Ingenioso, ¿no? —dijo ella, enderezándose—. Creo que nunca había visto nada tan bonito en un caballero.

—¿Qué? —resolló él—. Esto..., eh... sí. Exactamente. Gracias nuevamente, señorita Smythe. Es raro encontrar a una persona de gusto tan refinado en lo que a modas se refiere.

La señorita Smythe pareció algo desconcertada, pero le sonrió.

Él no pudo dejar de fijarse en lo hermosa que era. Toda entera.

—Ha dicho que viene a ver a la señora Wren. Podría esperar ahí —hizo un gesto hacia una pequeña sala de estar—, mientras yo voy a la huerta a buscarla.

Felix entró en la salita de estar. Oyó los pasos de la guapa mujer alejándose y luego el ruido de la puerta de atrás al cerrarse. Caminó hasta la repisa del hogar y miró un pequeño reloj de porcelana. Frunciendo el ceño, sacó el suyo de bolsillo. El reloj de la repisa iba adelantado.

Volvió a abrirse la puerta de atrás y entró la señora Wren.

—Señor Hopple, ¿en qué puedo servirle?

Ella estaba muy ocupada frotándose las manos para quitarse la tierra del jardín, y no lo miró a los ojos.

—He venido por... esto... eh... un recado del conde.

La señora Wren continuó sin levantar la vista.

—¿Sí?

—Sí. —No sabía cómo continuar—. ¿No quiere tomar asiento?

Entonces la señora Wren lo miró perpleja y se sentó.

Felix se aclaró la garganta.

—Llega un momento en la vida de todo hombre en que se calman los agitados vientos de la aventura y él siente la necesidad de reposo y comodidad. Una necesidad de arrojar lejos las locuras de la juventud, o, en este caso, de la primera edad adulta, y establecerse en la tranquilidad doméstica.

Guardó silencio, para ver si se habían registrado sus palabras.

Ella parecía más perpleja que antes.

—¿Sí, señor Hopple?

Él se aprestó mentalmente para la lucha, y continuó:

—Sí, señora Wren. Todo hombre, incluso un conde —ahí hizo una breve pausa para dar énfasis al título—, incluso un conde, necesita un refugio de reposo y calma. Un refugio atendido por la suave mano del sexo femenino. Una mano guiada y conducida por la mano más fuerte masculina de un... esto... un protector, de modo que los dos puedan capear las tormentas y penurias que trae la vida.

La señora Wren lo estaba mirando como si estuviera aturdida.

Comenzó a desesperarse.

—Todo hombre, todo «conde», necesita un lugar de agrado connubial.

Ella arrugó el entrecejo.

—¿Connubial?

—Sí —dijo él, secándose la frente—. Connubial. Perteneciente o relativo al matrimonio.

Élla pestañeó.

—Señor Hopple, ¿a qué le ha enviado el conde?

Felix dejó salir el aire en un soplido.

—¡Vamos, por el amor de Dios, señora Wren! Desea casarse con usted.

Ella palideció hasta quedar totalmente blanca.

Felix gimió. Sabía que lo embrollaría todo. La verdad, lord Swartingham le pedía demasiado. Sólo era un administrador de tierras, por el amor de Dios, no Cupido, con su arco y sus flechas de oro. No tenía más remedio que continuar con el lío.

—Edward de Raaf, conde de Swartingham, le pide su mano en matrimonio. Le gustaría un noviazgo corto, y tomando en cuenta...

—No.

—El uno de junio. ¿Qu-qué ha dicho?

—He dicho que no —dijo la señora Wren, recalcando cada palabra—. Dígale que lo siento, que lo siento mucho. Pero de ninguna manera podría casarme con él.

—Pero-pero-pero... —Hizo una inspiración profunda para controlar el tartamudeo—. Pero es un conde. Sé que tiene un genio bastante horroroso, y que se pasa muchísimo tiempo metido en el barro, lo cual —se estremeció— parece que le gusta. Pero su título y su considerable, podríamos decir incluso «indecente» riqueza, lo compensa, ¿no le parece?

Se le acabó el aire y tuvo que parar.

—No, no me parece —dijo ella dirigiéndose a la puerta—. Simplemente dígale que no.

—Pero ¡señora Wren! ¿Cómo voy a enfrentarme a él?

Ella cerró suavemente la puerta y su desesperado grito resonó en la sala vacía. Se dejó caer en el sillón, deseando beberse una botella entera de Madeira. A Lord Swartingham no le gustaría nada eso.

Anna enterró el desplantador en la tierra y arrancó con saña una mata de diente de león. ¿En qué estaría pensando Edward para enviar al señor Hopple con su proposición de matrimonio esa mañana? No estaba avasallado por el amor, eso era evidente. Soltó un bufido y atacó otra mata de diente de león.

Crujió la puerta de atrás de la casa. Se giró a mirar y frunció el ceño. Coral traía arrastrando un taburete de la cocina.

—¿Qué haces aquí fuera? Esta mañana tuvimos que subirte casi a rastras a mi habitación Pearl y yo.

Coral se sentó en el taburete.

—Dicen que el aire del campo cura, ¿no?

Ya le había bajado bastante la hinchazón de la cara, pero los moretones y magulladuras seguían muy visibles. Pearl le había sujetado las ventanillas de la nariz con un trozo de tripa delgado, con el fin de mantenerle firme la forma hasta que se reparara la rotura; en ese momento se le movían grotescamente. El párpado izquierdo lo tenía caído, más entornado que el derecho; Anna no sabía si se le levantaría con el tiempo o la desfiguración sería permanente. Debajo del ojo con el párpado caído se destacaba la costra de una cicatriz en forma de media luna.

Coral echó atrás la cabeza apoyándola en la pared y cerró los ojos, como si disfrutara de la luz del sol en su estropeada cara.

—Supongo que debo darte las gracias —dijo.

—Eso suele ser lo normal —repuso Anna.

—Para mí no. No me gusta estar en deuda con nadie.

—Entonces no lo consideres una deuda —dijo Anna, gruñendo al arrancar una mala hierba—. Considéralo un regalo.

—Un regalo —musitó Coral—. Por mi experiencia, los regalos hay que pagarlos de una u otra manera. Pero tal vez contigo no sea así. Gracias.

Suspiró y cambió de posición. Aunque no se le había roto ningún hueso, tenía magulladuras por todo el cuerpo; todavía debía sentir muchísimo dolor.

—Valoro más la estimación de las mujeres que la de los hombres —continuó—. Esta es mucho más excepcional, especialmente en mi profesión. Fue una mujer la que me hizo esto.

—¿Qué? —exclamó Anna, horrorizada—. Yo creía que fue el marqués...

Coral emitió un sonido despectivo.

—Él sólo fue el instrumento. La señora Lavender le dijo que yo atendía a otros hombres.

—Pero ¿por qué?

—Deseaba mi puesto como amante del marqués. Y tenemos cierta historia entre nosotras. —Agitó una mano—. Pero eso no importa. Cuando mejore me las arreglaré con ella. ¿Por qué no has ido a trabajar a Ravenhill Abbey hoy? Ahí es donde pasas normalmente los días, ¿no?

Anna frunció el ceño.

—He decidido no volver nunca más.

—¿Te has peleado con tu hombre?

—¿Cómo...?

—Es el que viste en Londres, ¿no? ¿Edward de Raaf, conde de Swartingham?

—Sí, fue él con quien me encontré. Pero no es mi hombre —suspiró.

—He observado que las mujeres de tu clase, es decir, las mujeres de principios, no se acuestan con un hombre a menos que tengan involucrado el corazón. —Curvó la boca en una sonrisa sardónica—. Ponen muchísimo sentimentalismo en el acto.

Anna tardó más tiempo del necesario en encontrar la siguiente raíz con la punta del desplantador.

—Puede que tengas razón. Tal vez sí puse mucho sentimentalismo en el acto. Pero ahora eso no tiene ninguna importancia. —Enterró el desplantador y de la tierra saltó la mata de diente de león—. Discutimos.

Coral la miró con los ojos entrecerrados un momento, luego se encogió de hombros y volvió a cerrar los ojos.

—Descubrió que eras tú.

Anna la miró sorprendida.

—¿Cómo lo sab...?

—Y ahora supongo que vas a aceptar mansamente su desaprobación —continuó Coral sin hacer una pausa—. Esconderás tu vergüenza bajo una fachada de respetable viudez. Tal vez podrías tejer calceta para los pobres del pueblo. Seguro que tus buenas obras te van a dar mucho consuelo cuando dentro de unos años él se case y se acueste con otra mujer.

—Me ha pedido que me case con él.

Coral abrió los ojos.

—Bueno, eso sí es interesante. —Miró el creciente montón de matas de diente de león—. Pero tú lo has rechazado.

Anna cogió un hacha pequeña y comenzó a golpear el montón para cortar las ramas.

¡Chac!

—Me cree una desvergonzada. —¡Chac!—. Soy estéril y necesita hijos. —¡Chac!—. Y no me desea.

Paró de golpear y contempló el montón de ramas rotas y mojadas de savia.

—¿No? —musitó Coral—. ¿Y tú? Tú, eh... ¿lo deseas?

Anna sintió subir calor a las mejillas.

—He vivido sin un hombre muchos años. Puedo volver a estar sola.

Una sonrisa jugueteó por la cara de Coral.

—¿Te has fijado en que cuando has probado ciertos dulces, el bizcocho borracho de frambuesas es mi locura, es casi imposible no pensar, no desear, no ansiar, hasta que has tomado otro bocado?

—Lord Swartingham no es un bizcocho borracho de frambuesas.

—No, es más bien una mousse de chocolate negro, diría yo.

—Además —continuó Anna, como si no hubiera oído eso último—, no necesito otro bocado, eh... otra noche con él.

Ante sus ojos apareció una visión de esa segunda noche: Edward con el pecho desnudo, los pantalones abiertos, reclinado en el sillón junto al hogar como un pachá. Su piel, su pene, brillaban a la luz del fuego.

Tragó saliva. Se le hacía la boca agua.

—Puedo vivir sin lord Swartingham —declaró firmemente.

Coral arqueó una ceja.

—¡Puedo! Además, tú no estabas ahí. —De pronto se sintió tan marchita como los dientes de león—. Estaba terriblemente furioso. Me dijo cosas horribles.

—Ah, se siente inseguro de ti —dijo Coral.

—No veo por qué eso tendría que hacerte feliz —dijo Anna—. Y, en todo caso, es mucho más que eso. Jamás me perdonará.

Coral sonrió como una gata mirando posarse a un gorrión cerca.

—Puede que sí, puede que no.

Edward se paseaba desde el armario de un extremo de la sala de estar hasta el sofá, entonces giraba y volvía a comenzar, lo que no era ninguna proeza puesto que atravesaba la sala en tres de sus largos pasos.

—¿Qué es eso de que no te casarás conmigo? ¡Soy un conde, caramba!

Anna hizo un mal gesto. No debería haberlo dejado entrar en la casa. Claro que no tuvo muchas opciones después de que él la amenazara con echar abajo la puerta si no le abría.

Y le había dado toda la impresión de que lo haría.

—No deseo casarme contigo —repitió.

—¿Por qué no? Estabas bastante deseosa de follarme.

Anna volvió a hacer una mueca.

—Lo que sí deseo es que dejes de emplear esa palabra.

Edward se giró y la miró con una odiosa expresión sarcástica.

—¿Preferirías «echar unos polvos»? ¿«Dar un revolcón»? ¿«Joder»? ¿«Bailar una giga con los culos»?

Ella apretó los labios. Menos mal que madre Wren y Fanny habían salido de compras esa mañana. Edward no hacía el menor esfuerzo por hablar en voz baja.

—Tú no deseas casarte conmigo —dijo lentamente, pronunciando cada palabra como si le estuviera hablando a un idiota del pueblo duro de oído.

—No se trata de que desee o no desee casarme contigo, como bien sabes. La realidad es que debo casarme contigo.

—¿Por qué? —preguntó ella, en un resoplido—. No tenemos ninguna posibilidad de engendrar hijos y como has dejado abundantemente claro, sabes que soy estéril.

—Te he comprometido.

—Fui yo la que fue a la Gruta de Afrodita disfrazada. A mí me parece que te comprometí yo a ti.

Encontró encomiable que no hubiera agitado las manos exasperada.

—¡Eso es ridículo! —aulló Edward.

El grito debió oírse en Ravenhill. ¿Por qué los hombres creen que decir algo más fuerte lo hace cierto?

—¡No más ridículo que el que un conde que ya está comprometido para casarse le proponga matrimonio a su secretaria!

Bueno, ella también había levantado la voz.

—No te lo propongo. Te digo que debemos casarnos.

Anna se cruzó de brazos.

—No.

Edward echó a andar en dirección a ella, cada paso fuerte, con la clara intención de intimidarla. Sólo se detuvo cuando su pecho quedó a unos pocos dedos de su cara. Ella levantó la cabeza y alargó el cuello, para mirarlo a los ojos; y no retrocedió.

Él se inclinó hasta que su aliento le rozó la frente, como una caricia íntima.

—Te casarás conmigo.

Olía a café, notó ella. Bajó los ojos a su boca. Aún estando furioso, esta le pareció asquerosamente sensual. Retrocedió un paso y le dio la espalda.

Oyó su fuerte respiración detrás. Lo miró por encima del hombro.

Él estaba pensativo, mirándole el trasero. Al instante levantó la vista.

—Te casarás conmigo. —Levantó una mano al ver que ella abría la boca para hablar—. Pero por el momento no hablaremos del cuándo. Mientras tanto, sigo necesitando una secretaria. Te necesito en Ravenhill esta tarde.

—No creo que... —Anna tuvo que interrumpirse para afirmar la voz—. Dado el tipo de relación que ha habido entre nosotros no creo que deba seguir siendo tu secretaria.

Edward entrecerró los ojos.

—Corrígeme si estoy equivocado, señora Wren, pero, ¿no fuiste tú la que inició esa relación? Por lo tanto...

—¡He dicho que lo siento!

—Por lo tanto —continuó él, como si ella no hubiera hablado—, no veo por qué debo ser yo el que sufra la pérdida de una secretaria simplemente debido a tu incomodidad, si ese es el problema.

—¡Sí, ese es el problema! —La palabra incomodidad no describía siquiera el sufrimiento que le produciría intentar seguir trabajando como antes. Hizo una inspiración para fortalecerse—. No puedo volver.

—Bueno, entonces me temo que no podré pagarte el salario que te corresponde hasta la fecha —dijo él dulcemente.

—Eso es...

No logró terminar la frase porque el espanto le quitó la capacidad de hablar. Habían contado con el dinero que le pagaría a fin de mes hasta tal punto que ya habían contraído deudas pequeñas en las tiendas del pueblo. Ya irían mal sin su trabajo; pero si no recibía el salario que ya se había ganado como secretaria, las consecuencias serían desastrosas.

—¿Sí? —preguntó él.

—¡Eso es juego sucio!

—Vaya, corazón mío, ¿de dónde sacaste la idea de que yo juego limpio? —dijo él con voz sedosa, sonriendo.

—¡No puedes hacer eso!

—Puedo. No he parado de decirte que soy un conde, pero al parecer todavía no lo has asimilado. —Se puso un puño debajo del mentón—. Claro que si vuelves al trabajo, se te pagará el salario completo.

Anna cerró la boca y se obligó a hacer unas cuantas respiraciones por la nariz.

—Muy bien. Volveré. Pero quiero que se me pague al final de la semana. De cada semana.

Él se rió.

—¡Qué desconfiada!

Avanzó un paso, le cogió la mano y le besó el dorso; después se giró rápidamente y le presionó la palma con la lengua. Al sentir esa cálida y mojada caricia se le contrajeron los músculos de su parte íntima. Duró un segundo. Él le soltó la mano y salió por la puerta antes que ella pudiera protestar.

Al menos estaba bastante segura de que habría protestado.

Mujer obstinada, obstinada, iba pensando Edward al montar de un salto en la silla de su bayo. Cualquier otra mujer de Little Battleford habría vendido a su abuela por casarse con él. Demonios, la mayoría de las mujeres de Inglaterra venderían a toda su familia, a los criados de la familia y a los animales domésticos de la familia por convertirse en su esposa.

Soltó un bufido.

No era un egotista. Eso no tenía nada que ver con él personalmente. Era su título el que tenía ese elevado valor de mercado. Bueno, su título y el dinero que venía con él, por supuesto. Pero no para Anna Wren, viuda pobre y carente de categoría social. Ah, no, para ella, y únicamente para ella, él sólo tenía valor para irse a la cama, no para casarse. ¿Qué se creía que era él? ¿Una polla en alquiler?

Tiró de las riendas para apartar al caballo de una hoja que pasaba volando y lo asustó. Muy bien, pues, esa misma sensualidad que la impulsó a encontrarse con él en un prostíbulo sería su caída. La había sorprendido mirándole la boca a mitad de la pelea, y eso le dio la idea: ¿Por qué no aprovechar esa sexualidad de ella para sus fines? Al fin y al cabo, ¿qué importancia tenía el motivo que la decidió a seducirlo, si fue o no fue por sus cicatrices? El punto más importante era que lo hizo. Le gustaba su boca, ¿no? Pues, se la vería todo el día, todos los días, trabajando como su secretaria. Y él se encargaría de recordarle qué otras cosas se perdía, hasta que consintiera en ser su esposa.

Sonrió de oreja a oreja. En realidad, sería un placer para él demostrarle qué recompensas la aguardaban cuando se casaran. Con su naturaleza lujuriosa, Anna no sería capaz de resistirse mucho tiempo. Y entonces sería su esposa. La idea de tomarla como esposa le resultaba extrañamente reconfortante, y un hombre se puede acostumbrar a esa lujuria femenina en una compañera. Ah, sí, decididamente.

Sonriendo implacable, puso al bayo al galope.

Capítulo 18

Aurea miraba horrorizada a su marido. Entonces, por la ventana del elevado palacio entraron los primeros rayos del sol del amanecer, iluminaron al príncipe y su cuerpo comenzó a encogerse y estremecerse con movimientos convulsivos. Los anchos y lisos hombros se fueron encogiendo, encogiendo, mientras su ancha y elegante boca se estiraba hacia delante, endureciéndose, y los dedos de sus fuertes manos se convirtieron en delgadas y deslustradas plumas. Y mientras iba apareciendo el cuervo las paredes del palacio se estremecieron y temblaron hasta que se disolvieron y desaparecieron. Entonces, en medio de un bullicioso batir de alas, el cuervo y los pájaros que formaban su séquito y personal se elevaron hacia el cielo.

Aurea se encontró sola. Se quedó sin ropa, sin alimento, sin techo y sin siquiera agua en una árida y desierta llanura que se extendía en todas las direcciones hasta donde podían ver los ojos.

De *El príncipe Cuervo*

Anna estaba a punto de llegar al límite de su paciencia. Se sorprendió golpeando el suelo con el pie y se apresuró a dejarlo inmóvil. Estaba en el patio del establo mientras Edward discutía con un mozo acerca de la silla de Daisy. Al parecer había algo mal en ella; el qué, no lo sabía, puesto que nadie se dignaba a explicárselo, porque era una mujer.

Exhaló un suspiro. Durante casi una semana se había mordido la lengua y cumplido obedientemente todas las órdenes de Edward, como su secretaria. Aún cuando veía muy claro que algunas de esas órdenes estaban calculadas expresamente para hacerla perder los estribos; aún cuando como mínimo una vez al día Edward hacía algún comentario sobre la perfidia de las mujeres; aun cuando cada vez que por casualidad levantaba la vista, sus ojos se encontraban con los de él, que la estaba mirando. Se había portado como una dama, se había mostrado sumisa, y eso la estaba casi matando.

Cerró los ojos. Paciencia, se dijo. La paciencia era la virtud que debía dominar.

—¿Te estás quedando dormida?—le preguntó Edward a su lado, haciéndola pegar un salto y mirarlo furiosa; pero él no vio esa reacción porque ya se había dado media vuelta—. George dice que la cincha está muy desgastada. Tendremos que coger el faetón.

—Creo que no...

Pero él ya iba caminando hacia donde estaban enganchando los caballos al vehículo.

Con la boca todavía abierta, ella trotó detrás de él.

—Milord.

Él no le hizo caso.

—Edward —siseó.

Él se detuvo tan bruscamente que ella casi se enterró en él.

—¿Cariño?

—No... me... lla... mes... a... sí. —Se lo había dicho tantas veces esa semana que ya recitaba las palabras como un cántico—. En ese cacharro no hay espacio para un mozo o una criada.

Él miró hacia el faetón despreocupadamente. Jock ya había saltado al pescante y estaba sentado alerta, listo para el paseo.

—¿Para qué querría llevar a un mozo o a una criada a mirar los campos?

Anna frunció los labios.

—Lo sabes muy bien.

Él arqueó las cejas.

—Como carabina —dijo ella, sonriendo dulcemente, en un acto de concesión al público, los mozos del establo.

Él se le acercó más.

—Encanto, me siento halagado, pero ni siquiera yo puedo seducirte mientras voy conduciendo un faetón.

Anna se ruborizó; sintió arder las mejillas.

—Es que...

Antes que pudiera continuar, él le cogió la mano, la llevó hasta el coche, la levantó y la instaló en el asiento. Después fue a ayudar a los mozos que estaban enganchando los caballos.

—Déspota —masculló ella, mirando a Jock.

El perro agitó la cola golpeándola en el asiento y apoyó la cabeza en su hombro, dejándole baba canina. Pasados unos minutos, Edward saltó al pescante, zarandeando el coche, y cogió las riendas. Los caballos emprendieron la marcha y el coche avanzó con una fuerte sacudida. Anna se cogió de la parte de atrás del asiento. Jock se echó de cara al viento, que le agitaba las orejas y la cara. En el primer recodo, el coche viró rápido, con lo que Anna se deslizó por el asiento y chocó con Edward; por un momento el pecho le quedó presionando contra el musculoso brazo de él. Se enderezó y se sujetó más firme por el lado del asiento.

El coche volvió a virar y ella volvió a chocar con él. Lo miró indignada, pero eso no tuvo ningún efecto. Cada vez que se soltaba del asiento, el coche pegaba un salto y ella tenía que volver a cogerse.

—¿Lo haces a propósito?

No obtuvo respuesta.

—Si me estás sacudiendo para ponerme en mi lugar —bufó—, lo encuentro muy infantil por tu parte.

Un ojo de ébano la miró por entre las negrísimas pestañas.

—Si quieres castigarme lo entiendo —continuó ella—, pero supongo que destrozar el faetón también te perjudica a ti.

Él aminoró ligerísimamente la velocidad.

Anna colocó las manos sobre la falda.

—¿Por qué habría de querer castigarte? —preguntó él.

—Lo sabes.

En realidad, era el hombre más irritante del mundo cuando quería serlo.

Un buen trecho de la carretera lo hicieron en silencio. El cielo empezó a aclarar y luego se tornó de un suave tono carmesí. Anna le veía los rasgos con más claridad. Su expresión no parecía tan confiada.

Exhaló un suspiro.

—Lo lamento, y lo sabes.

—¿Lamentas que te haya descubierto? —dijo él, con una voz sospechosamente sedosa.

Ella se mordió el interior de la mejilla.

—Lamento haberte engañado.

—Encuentro difícil creer eso.

—¿Quieres dar a entender que miento? —dijo ella entre dientes, para controlar el genio, recordando su promesa de tener paciencia.

—Pues, sí, cariño mío, creo que quiero decir eso. —Le sonaron los dientes, como si los estuviera haciendo rechinar—. Creo que tienes una facilidad innata para mentir.

Ella hizo una inspiración profunda.

—Entiendo por qué crees eso, pero créeme, por favor: nunca tuve la intención de herirte.

Edward soltó un bufido.

—Magnífico. Estupendo. Estabas en uno de los burdeles más notorios de Londres y dio la casualidad de que yo me encontré contigo. Sí, veo que te he entendido mal.

Anna contó hasta diez. Luego contó hasta cincuenta.

—Te estaba esperando a ti. Solamente a ti.

Eso pareció desconcertarlo un poco. El sol ya había salido totalmente. Al dar la vuelta a una curva dos liebres que estaban en el camino huyeron asustadas.

—¿Por qué? —ladró él, entonces.

Ella había perdido el hilo de la conversación.

—¿Qué?

—¿Por qué me elegiste a mí, después de, qué, seis años de abstinencia?

—Casi siete.

—Pero viuda llevas seis.

Ella asintió sin dar ninguna explicación. Sintió sobre ella la mirada curiosa de él.

—Sea cual sea el tiempo, ¿por qué a mí? Mis cicatrices...

—¡No tuvo nada que ver con tus malditas cicatrices! —estalló ella—. Las cicatrices no tienen ninguna importancia, ¿es que no lo ves?

—¿Por qué, entonces?

Le tocó a ella quedarse callada. El sol ya brillaba radiante, iluminándolo todo, no dejando nada oculto. Buscó las palabras para explicarlo:

—Me parecía..., no, «sabía» que había atracción entre nosotros. Entonces tú te marchaste y comprendí que te llevabas lo que sentías por mí para dárselo a otra mujer. A una mujer a la que ni siquiera conocías. Y yo deseaba, necesitaba, ser la mujer con la que..., con la que «echaras unos polvos».

Edward hizo un sonido como si se hubiera atragantado. Ella no supo si era de consternación, repugnancia, o simplemente se estaba riendo de ella. Entonces sí se le encendió el genio.

—Fuiste tú el que te marchaste a Londres. Fuiste tú el que decidiste... «follarte» a otra mujer. Fuiste tú el que me diste la espalda, el que le diste la espalda a lo que había entre nosotros. ¿Quién es el más culpable? No voy a volver a perm... ¡ep!

Se tragó el resto porque Edward tiró de las riendas tan bruscamente que los caballos casi se encabritaron. Jock a punto estuvo de salir catapultado del asiento. Ella abrió la boca, alarmada, pero antes que pudiera protestar, él le cubrió la boca con la suya, y le introdujo la lengua, sin ningún preámbulo. Sintió el sabor a café cuando él le acarició la lengua con la de él, abriéndole más los labios para introducirla más. Estaba rodeada por el almizclado aroma de un hombre en la flor de su vida. Pasado un momento, de mala gana, él apartó la boca y le acarició tiernamente el labio inferior con la lengua, como con pesar.

Entonces él levantó la cabeza y ella tuvo que cerrar los ojos, deslumbrada por el sol. Él le escrutó la cara aturdida y debió satisfacerlo lo que vio en ella, porque sonrió de oreja a oreja, enseñando los blancos y brillantes dientes. Movió las riendas y puso al trote a los caballos por el camino, con las crines volando al viento. Anna volvió a cogerse del asiento, intentando comprender lo que acababa de ocurrir. Le resultaba difícil pensar sintiendo todavía en la boca el sabor de él.

—Me casaré contigo —gritó Edward.

Por vida de ella, que no sabía qué decir, así que no dijo nada.

Jock ladró una vez y dejó colgando la lengua por un lado del hocico, agitada por el viento.

Coral levantó la cara hacia el cielo y sintió bajar los rayos del sol por las mejillas como un calor líquido. Estaba sentada en su taburete junto a la puerta de atrás de la casa Wren, como hacía cada día, desde que estuvo lo bastante recuperada para levantarse de la cama. Brotes verdes asomaban como dedos por toda la extensión de tierra negra y en la cercanía un divertido pajarillo metía muchísimo ruido. Qué extraño que nunca se hubiera fijado en el sol en Londres. El estridente griterío de miles de voces, el humo negro de hollín, la hediondez de las alcantarillas y desperdicios en las calles distraían la atención y lo opacaban todo, por lo que ya nadie miraba hacia el cielo. Ya no se sentía ahí la amable caricia del sol.

—¡Oh, señor Hopple!

Coral abrió los ojos al oír la voz de su hermana, pero continuó muy quieta. Pearl se había detenido justo cuando acababa de pasar por la verja de entrada a la huerta. Iba acompañada por un hombrecillo que llevaba el chaleco más chillón que había visto en su vida. El hombre era tímido, a juzgar por la forma como se tironeaba el chaleco cada dos por tres. Eso no la sorprendía. Muchos hombres se ponen nerviosos cuando están en compañía de una mujer por la que se sienten atraídos; al menos los más agradables se sienten así. Pero Pearl se estaba tironeando el pelo, enrollándose y enredando mechones en los dedos. Y eso sí era sorprendente. Una de las primeras cosas que aprende una puta es a mantener una máscara de seguridad en sí misma, de osadía incluso, cuando está en compañía de alguien del sexo fuerte. Eso era lo esencial para su forma de ganarse la vida.

Pearl se despidió de su acompañante con una simpática risita. Entonces echó a andar por el lado de la huerta. Ya casi había llegado a la puerta de atrás de la casa cuando la vio.

—Jolines, cariño, no te había visto sentada aquí —exclamó, abanicándose con la mano la cara acalorada—. Menudo sobresalto me has dado.

—Eso veo —dijo Coral—. No andarás buscándote un nuevo cliente, ¿verdad? Ya no tienes por qué trabajar. Además, ahora que estoy mejor, nos marcharemos pronto a Londres.

—No es un cliente. Al menos no del tipo que quieres decir. Me ha ofrecido un trabajo como criada de la planta baja.

—¿Criada de la planta baja?

Pearl se ruborizó.

—Sí. Estoy formada para ese trabajo, lo sabes. Volveré a ser una buena criada.

—Pero si no tienes ninguna necesidad de trabajar —dijo Coral, ceñuda—. Te dije que yo cuidaría de ti, y lo haré.

Pearl enderezó sus delgados hombros y adelantó el mentón.

—Me quedaré aquí con el señor Felix Hopple.

Coral la miró fijamente un instante. Vio que Pearl se mantenía firme en su postura.

—¿Por qué? —le preguntó entonces, en tono tranquilo.

—Me pidió permiso para cortejarme y yo se lo di.

—¿Y cuando sepa lo que eres?

—Yo creo que ya lo sabe. —Pearl vio la pregunta en la cara de su hermana y se apresuró a negar con la cabeza—. No, no se lo he dicho, pero mi primera estancia aquí no fue un secreto para nadie. Y si no lo sabe, se lo diré. Creo que me querrá de todos modos.

—Aun en el caso de que él llegue a aceptar tu anterior forma de vida —dijo Coral amablemente—, es posible que el resto de la gente del pueblo no.

—Ah, sé que será difícil. Ya no soy una niña que cree en las hadas. Pero él es un caballero correcto. —Se arrodilló a un lado del taburete—. Me trata con mucha amabilidad y me mira como si yo pudiera ser una dama.

—¿Así que te vas a quedar aquí?

—Tú también podrías quedarte —dijo Pearl, con la voz enronquecida, y le cogió la mano—. Las dos podríamos comenzar una nueva vida y tener una familia como la gente normal. Incluso una casita como esta y tú vivirías conmigo. ¿No sería fantástico?

Coral bajó la vista a su mano, que estaba entrelazada con la de su hermana mayor. Pearl tenía la mano color tostado y alrededor de los nudillos se veían leves cicatrices, recuerdos de sus años de servicio. La mano de ella, en cambio, era blanca, tersa y tan suave que parecía no natural. Se liberó la mano.

—Creo que no puedo quedarme aquí —dijo. Intentó sonreír pero descubrió que no podía—. Mi vida está en Londres. No me siento cómoda en ningún otro lugar.

—Pero...

—Chss, tranquila, querida. Mi suerte en la vida ya está echada desde hace mucho tiempo. —Se levantó y se sacudió las faldas—. Además, todo este aire fresco y este sol no pueden ser buenos para mi cutis. Venga, entremos y me ayudas a hacer el equipaje.

—Si eso es lo que deseas... —dijo Pearl, pasado un momento.

—Lo es. —Le cogió la mano para ayudarla a ponerse de pie—. Me has dicho lo que siente el señor Hopple, pero no me has dicho lo que sientes tú por él.

—Me hace sentirme segura y contenta, arropada —dijo Pearl. Se ruborizó—. Y besa con tanta finura...

—Una tartaleta de cuajado de limón —musitó Coral—. Y a ti siempre te ha gustado el cuajado de limón.

—¿Qué?

Coral le dio un beso en la mejilla.

—Nada, cariño. Me alegra que hayas encontrado un hombre para ti.

—Y además, tu estrafalaria teoría sólo aumenta mi sospecha de que tu senilidad mental ya está en fase avanzada. Mis condolencias.

Anna garabateaba como loca las palabras que le dictaba Edward paseándose delante de su escritorio. Nunca antes había escrito al dictado y consternada comprobaba que era más difícil de lo que se había imaginado. No contribuía a facilitárselo la tremenda velocidad con que él componía sus insultantes cartas.

Por el rabillo del ojo vio que *El príncipe Cuervo* estaba nuevamente sobre su escritorio. Desde esa salida en faetón, hacía dos días, daba la impresión de que los dos estaban jugando con el libro. La mañana anterior ella lo encontró en el cajón central de su escritorio. Sin decir nada, lo cogió y fue a ponerlo en el escritorio de él, pero después del almuerzo el libro volvía a estar en su escritorio. Lo llevó nuevamente al escritorio de él y el proceso se repitió. Y varias veces. Hasta el momento no había logrado reunir el valor para preguntarle qué significaba el libro para él y por qué al parecer quería dárselo a ella.

Edward ya iba por la mitad de la frase que estaba dictando:

—Tal vez tu lamentable deterioro mental tiene sus raíces en tu familia. —Apoyó el puño en el escritorio de ella—. Recuerdo que tu tío, el duque de Arlington, era igualmente obstinado en el tema de la crianza de cerdos. En realidad, hay quienes dicen que su último ataque de apoplejía, el que lo llevó a la tumba, fue consecuencia de una muy acalorada discusión sobre los corrales para la lechigada de cerdos. ¿No encuentras que hace mucho calor aquí?

Anna estaba a punto de escribir «calor» cuando cayó en la cuenta de que la pregunta iba dirigida a ella. Levantó la vista a tiempo para verlo quitarse la chaqueta.

—No, encuentro muy agradable la temperatura.

La tímida sonrisa que empezaba a esbozar se quedó detenida al verlo quitarse la corbata.

—Yo tengo mucho calor —dijo él, desabotonándose el chaleco.

—¿Qué estás haciendo? —graznó ella.

Él arqueó las cejas, simulando una absoluta inocencia.

—¿Dictándote una carta?

—¡Te estás desvistiendo!

—No, me desvestiría si me quitara la camisa —dijo él, quitándosela.

—¡Edward!

—¿Cariño?

—Vuelve a ponerte la camisa inmediatamente —siseó ella.

—¿Por qué? ¿Encuentras ofensivo mi torso? —preguntó él, inclinándose despreocupadamente apoyado en el escritorio.

—Sí —contestó ella e hizo un mal gesto al verle la expresión—. ¡No! Ponte la camisa.

—¿Estás segura de que no te repugnan mis cicatrices? —dijo él, inclinándose más y pasándose las yemas de los dedos por las marcas dejadas por la viruela en la parte superior del pecho.

Sin poder evitarlo ella siguió con la mirada su mano, hasta que logró desviar la vista. Una respuesta hiriente se le quedó atrapada en la punta de la lengua, detenida ahí por la estudiada tranquilidad de él. La pregunta era importantísima para ese hombre desesperante.

Suspiró.

—No te encuentro en absoluto repugnante, como bien sabes.

—Entonces tócame.

—Edward...

—Tócame —susurró él—. Necesito saberlo.

Le cogió la mano, la levantó y la obligo a rodear el escritorio hasta dejarla delante de él.

Anna le miró la cara, debatiéndose entre el decoro y el deseo de tocarlo. Deseaba acariciarlo, lo deseaba demasiado.

Él estaba esperando.

Levantó la mano. Vaciló. Y lo tocó. Temblando, le apoyó la palma en el pecho, justo debajo de la clavícula, donde sentía los latidos de su corazón. A él se le oscurecieron aún más los ojos negros mirándola. Ella sintió dificultades para respirar al deslizar la mano por sus firmes músculos, notando las muescas dejadas por las cicatrices de la viruela. Detuvo la mano para trazar suavemente un círculo alrededor de una con la yema del dedo del corazón. A él se le bajaron los párpados, como si le pesaran. Ella repitió el gesto en otra muesca, mirándose la mano, pensando en el dolor de tanto tiempo que representaban esas cicatrices: el dolor para el cuerpo de un niño y el dolor para su alma. En el silencio de la sala sólo se oía la respiración agitada de los dos. Jamás había explorado el pecho de un hombre con tanta minuciosidad. Era agradabilísimo; en cierto modo era un contacto más íntimo que el propio acto sexual.

Pasó la mirada a su cara. Tenía los labios entreabiertos, mojados por haberse pasado la lengua por ellos. Era evidente que estaba tan emocionado como ella. Saber que ese simple contacto tenía tanto poder sobre él, le encendió la excitación. Bajó la mano por el vello negro rizado; estaba mojado de sudor. Introdujo suavemente los dedos por entre los rizos, observando cómo se le enroscaban en los dedos, como para retenérselos ahí. Sentía el olor de su aroma masculino, que emanaba de él junto con el calor de su cuerpo.

Acercó la cara a su pecho, impulsada por una fuerza más potente que la de su voluntad. El vello rizado le hizo cosquillas en la nariz; hundió la nariz en el cálido pecho. A él casi le saltaban los músculos de lo agitado que tenía el pecho. Ella abrió la boca y le echó el aliento; empezó a lamerlo para saborear la sal de su piel. Uno de ellos gimió, o tal vez los dos. Le puso las manos a los costados y vagamente sintió los brazos de él atrayéndola más. Continuó su exploración con la lengua: el vello rizado, con sus cosquillas, el fuerte sudor, las arruguitas de sus tetillas.

La sal de sus lágrimas.

Descubrió que estaba llorando y las lágrimas que le corrían por las mejillas se mezclaban con la humedad corporal de él. No tenía ningún sentido, pero no podía contenerlas. Tal como no podía impedir que su cuerpo deseara a ese hombre ni impedir que su corazón lo amara.

Comprender eso la hizo detenerse bruscamente, ya despejada en parte la niebla que le envolvía el cerebro. Haciendo una temblorosa inspiración intentó apartarse de él.

Él la estrechó con más fuerza.

—Anna...

—Por favor, suéltame —dijo ella, y notó lo rasposa que le salía la voz.

—Condenación —masculló él.

Pero abrió los brazos, soltándola.

Ella se apresuró a retroceder varios pasos.

Él la miró enfurruñado.

—Si crees que voy a olvidar esto...

—No hace falta que me lo adviertas. —Se rió, y la risa le salió como un chillido agudo; estaba al borde de un ataque de nervios—. Ya sé que no perdonas, ni olvidas, nada.

—Puñetera, sabes condenadamen...

Sonó un golpe en la puerta. Edward no terminó la frase, enderezó los hombros y se pasó la mano por el pelo, impaciente, deshaciéndose la coleta.

—¿Qué?

Se abrió la puerta y el señor Hopple asomó la cabeza. Pestañeó sorprendido al ver a Edward medio desnudo, pero de todos modos tartamudeó su discurso:

—C-con s-su permiso, milord. John Coachman dice que el coche está en la herrería, porque había que repararle una rueda de atrás.

Mirándolo ceñudo, Edward cogió la camisa y se la puso.

Anna aprovechó la oportunidad para secarse disimuladamente las lágrimas de las mejillas.

—Me aseguró que sólo tardará un día más —continuó el señor Hopple—. Máximo dos.

Edward ya había terminado de vestirse y estaba hurgando en su escritorio arrojando varios papeles al suelo con sus movimientos.

—No tengo tanto tiempo, hombre. Cogeremos el faetón, y los criados pueden seguirnos en el coche cuando esté reparado.

Anna levantó la vista, desconfiada. Esa era la primera noticia que tenía acerca de un viaje. ¿Se atrevería él, otra vez?

—¿Cogeremos, milord? —preguntó el señor Hopple, ceñudo—. No sabía que...

—Mi secretaria me acompañará a Londres, lógicamente. Necesitaré sus servicios allí, si quiero terminar el manuscrito.

El administrador agrandó los ojos, horrorizado, pero Edward no vio esa reacción. Estaba mirando a Anna, desafiante.

Ella hizo una rápida inspiración, muda.

—¡Pe-pero, milord! —tartamudeó el señor Hopple, al parecer escandalizado.

—Es necesario que termine el manuscrito —contestó Edward, aunque dirigiéndole a ella sus razones, con los ojos brillantes como fuego negro—. Mi secretaria tomará notas en la reunión de los Agrarios. Yo tendré que atender diversos asuntos relativos a mis otras propiedades. Sí, creo que es esencial que mi secretaria viaje conmigo —terminó en voz más baja, en un tono más íntimo.

El señor Hopple se apresuró a hablar:

—Pero es que ella es, es..., bueno, ¡una mujer! Una mujer soltera, perdone mi franqueza, señora Wren. No es en absoluto correcto que ella viaje...

—Muy bien, muy bien —interrumpió Edward—. Iremos con carabina. No olvide traer a una con usted mañana, señora Wren. Partiremos antes del alba. La esperaré en el patio del establo.

Acto seguido, salió de la sala pisando fuerte.

Anna no supo si echarse a reír o a llorar. Sintió una lengua áspera y mojada en la palma. Miró y vio a Jock jadeando a su lado.

—¿Qué puedo hacer?

Pero el perro se limitó a echarse de espaldas y empezó a mover ridículamente las patas en el aire, y con eso no contestó a su pregunta.

Capítulo 19

Sola en ese desierto sin fin, Aurea lloró desconsolada por todo lo que había perdido. Pasado un buen rato comprendió que su única esperanza era encontrar a su marido desaparecido y redimirse ella y redimirlo a él. Así pues, emprendió la búsqueda del príncipe Cuervo.

El primer año lo buscó por las tierras del Este. Allí vivían animales y personas raros, pero nadie había oído hablar del príncipe Cuervo. El segundo año recorrió las tierras del Norte. Allí unos vientos helados gobernaban a la gente desde el amanecer hasta la noche, pero nadie había oído hablar del príncipe Cuervo. El tercer año exploró las tierras del Oeste. Allí había opulentos palacios que se elevaban hasta el cielo, pero nadie había oído hablar del príncipe Cuervo. El cuarto año navegó hasta el más lejano Sur. Ahí el sol ardía demasiado cerca de la tierra, pero nadie había oído hablar del príncipe Cuervo.

De *El príncipe Cuervo*

*E*sa noche, madre Wren s hallaba acompañando a Anna mientras esta preparaba su bolso de viaje.

—Lo siento muchísimo, querida —dijo, retorciéndose las manos—, pero sabes cómo se me revuelve el estómago en los coches abiertos, con las sacudidas. En realidad, la sola idea casi me hace...

Anna se apresuró a mirarla. La cara de su suegra se había tornado de un delicado matiz de verde.

La obligó a sentarse en una silla.

—Siéntese y respire. ¿Quiere un poco de agua?

Fue a abrir la única ventana de la habitación, pero estaba atascada. Madre Wren se tapó la boca con el pañuelo y cerró los ojos.

—Se me pasará en un momento.

Anna cogió la jarra del lavamanos, puso un poco de agua en el vaso y se lo llevó. La anciana bebió, y comenzó a volverle el color a las mejillas.

—Qué lástima que Coral se haya marchado tan de repente —dijo.

Su suegra había repetido ese lamento con algunas variaciones a lo largo de todo el día. Anna apretó los labios, al recordarlo.

Esa mañana Fanny había subido a despertarlas porque encontró una nota de Coral en la cocina; en la nota simplemente les daba las gracias por sus cuidados. Cuando ella fue corriendo a mirar en la habitación que había ocupado con Pearl, vio que no estaba ahí y que la cama estaba hecha. Entonces encontró otra nota, prendida con un alfiler a la almohada; en ella Coral les pedía que permitieran a Pearl alojarse un tiempo más con ellas, y les había dejado unas monedas de oro, las que cayeron tintineando al suelo cuando ella abrió la nota. Intentó darle las monedas a Pearl, pero la joven retrocedió negando con la cabeza.

«No, señora. Ese dinero es para usted y la señora Wren. Las dos han sido las mejores amigas que hemos tenido Coral y yo en toda la vida.»

«Pero tú las vas a necesitar».

«Usted y la señora Wren también las necesitan. Además, tengo un puesto en el que comenzaré a trabajar pronto. —Se ruborizó—. En Ravenhill Abbey».

Recordando todo eso, movió de un lado a otro la cabeza y le dijo a su suegra:

—Espero que Coral esté bien. Ya empezaban a desvanecerse sus moretones. Pearl ni siquiera sabe adónde ha podido ir, aparte de Londres.

Madre Wren se presionó la frente con una mano.

—Si hubiera esperado, ella podría haberte acompañado a Londres.

Anna abrió un cajón de su cómoda y hurgó, buscando un par de medias sin zurzidos.

—Tal vez a Pearl no le importe retrasar el comienzo de su trabajo en Ravenhill y acepte ir conmigo primero.

—Yo creo que Pearl va a desear quedarse aquí —dijo su suegra, dejando con sumo cuidado el vaso en el suelo a un lado de la silla—. Me parece que ha conocido a un caballero de Ravenhill.

Anna medio se giró, con las manos llenas de medias.

—¿Sí? ¿Quién cree usted que es? ¿Uno de los lacayos?

—No lo sé. Anteayer me estuvo haciendo preguntas sobre la casa y sobre quiénes trabajan ahí. Y después masculló algo sobre abejas.

—¿Hay un apicultor en Ravenhill? —preguntó Anna, ceñuda, pensando; luego movió la cabeza, dobló un par de medias y las puso en su bolso de viaje.

Madre Wren se encogió de hombros.

—No, que yo sepa. En todo caso, me alegra que lord Swartingham haya decidido llevarte a Londres. Es un hombre encantador. Y está interesado en ti, querida. Tal vez te haga una petición importante ahí.

Anna torció el gesto.

—Ya me ha pedido que me case con él.

Madre Wren se levantó de un salto y lanzó un chillido digno de una chica mucho más joven.

—Y le h dicho que no —acabó Anna.

Su suegra la miró horrorizada.

—¿Que no?

Fanny dobló una camisola y la metió en el bolso.

—Que no.

—¡Maldito Peter! —exclamó la anciana, golpeando el suelo con el pie.

—¡Madre!

—Perdona, querida, pero sabes tan bien como yo que no habrías rechazado a ese hombre encantador si no hubiera sido por mi hijo.

—No...

—Vamos, no sirve de nada que te inventes disculpas —dijo la anciana con expresión francamente seria—. El buen Señor sabe que yo quería a Peter. Era mi único hijo, y de pequeño era encantador. Pero lo que te hizo cuando estabais casados fue sencillamente imperdonable. Mi querido marido, si hubiera estado vivo en ese tiempo, le habría dado de azotes.

Anna sintió arder las lágrimas en los ojos.

—No sabía que usted ...

Madre Wren volvió a sentarse, dejándose caer en la silla.

—No lo sabía. me enteré los últimos días que estuvo enfermo. Tenía mucha fiebre y una noche comenzó a hablar cuando yo estaba con él. Tú ya te habías ido a acostar.

Anna se miró las manos para ocultar que las lágrimas le empañaban la visión.

—Se afligió mucho cuando se dio cuenta de que yo no podía tener bebés. Lo lamento.

—Yo también lamento que no pudierais tener hijos.

Anna se pasó la palma por la cara para quitarse las lágrimas y sintió el frufrú de las faldas de su suegra acercándose.

La envolvieron unos cálidos brazos regordetes.

—Pero te tenía a ti. ¿Sabes lo feliz que me sentí cuando Peter se casó contigo?

—Oh, madre...

—Eras, eres, la hija que no tuve —musitó madre Wren—. Has cuidado de mí todos estos años. En muchos sentidos, me siento más unida a ti de lo que nunca me sentí con Peter.

Aunque no supo por qué, eso la hizo llorar aún más.

Madre Wren la retuvo abrazada, meciéndola suavemente de un lado a otro, mientras ella lloraba con fuertes y desgarradores sollozos, que le lastimaban el pecho y le hicieron doler la cabeza. Qué tremendamente doloroso ver expuesta a la luz esa parte de su vida que ella había ocultado durante tanto tiempo. La infidelidad de Peter era su vergüenza secreta, que sólo ella debía soportar y sufrir. Sin embargo, madre Wren lo había sabido todo ese tiempo y, más importante aún, no la culpaba. Sus palabras eran como una absolución.

Poco a poco se le fueron calmando los sollozos hasta que se acabaron, pero continuó con los ojos cerrados. Se sentía cansadísima, le pesaban las extremidades, como si estuvieran flojas, entumecidas.

La anciana la ayudó a acostarse y le estiró y alisó la colcha encima.

—Descansa —le dijo. Con la fresca y suave mano le apartó delicadamente un mechón de la frente y musitó—: Por favor, sé feliz, querida.

Anna se quedó quieta, medio adormilada, escuchando las pisadas de su suegra bajando la escalera. A pesar del dolor de cabeza, se sentía en paz.

—¿Se ha marchado a Londres? —exclamó Felicity, elevando tanto la voz que casi no pudo terminar la frase.

Dos señoras que iban pasando por la acera la miraron de reojo. Ella les volvió la espalda.

La anciana señora Wren la miró de una manera rara.

—Sí, justamente esta mañana, con el conde. Lord Swartingham dijo que no podía prescindir de ella en la reunión de su club. Ahora no recuerdo cómo lo llamó, los Egeos, o algo así. Es increíble lo que se complican estos caballeros de la alta sociedad para entretenerse, ¿verdad?

Felicity se obligó a esbozar una sonrisa y a fijársela en la cara mientras la anciana parloteaba, aunque lo que deseaba era gritar de impaciencia.

—Sí, pero, ¿cuándo volverá?

—Ah, yo diría que va a estar más de uno o dos días fuera—dijo la señora Wren, y frunció el ceño, pensativa—. ¿Tal vez una semana? Supongo que dentro de dos semanas ya estará aquí.

Felicity no pudo evitar que la sonrisa se le convirtiera en una mueca. Buen Dios, ¿era senil la mujer?

—Muy bien. Bueno, tengo que irme. Siempre los recados, ¿sabe?

Por la insegura sonrisa de la señora Wren, comprendió que su despedida había distado mucho de ser amable, pero no tenía tiempo en ese momento. Subió a su coche, golpeó fuertemente el techo y gimió cuando se puso en marcha. ¿Por qué Chilly fue tan indiscreto? ¿Cuál de sus criados se fue de la lengua? Cuando le pusiera las manos encima al traidor, o a la traidora, se encargaría de que no encontrara otro trabajo en ese condado. Esa misma mañana Reginald había montado en cólera cuando estaban tomando el desayuno, exigiéndole que le dijera quién había salido furtivamente de sus aposentos la semana pasada. A ella eso casi le mató las ganas de comerse los huevos escalfados.

Si Chilly hubiera salido por la ventana, como ella le dijo, en lugar de utilizar la entrada de servicio; pero no, él insistió en que el alféizar de piedra de la ventana le rompería las medias. Tonto vanidoso. Y además de las sospechas con respecto a Chilly, el día anterior a Reginald se le ocurrió comentar lo raro que era que Cynthia fuera pelirroja. Al parecer, nadie de la familia había tenido el pelo rojo desde que se tenía memoria.

Estuvo a punto de chillarle: «Bueno, por supuesto que no, estúpido. El color de su pelo no viene de tu familia». Pero claro, en lugar de decir eso hizo unas vagas referencias al pelo castaño rojizo de la abuela de ella, y se apresuró a llevar la conversación a los perros de caza, tema que siempre embelesaba a su cónyuge.

Se pasó los dedos por su peinado perfecto. ¿Por qué al señor terrateniente ahora se le ocurría mirar a sus hijas, después de no haberlo hecho nunca? Si a esas sospechas respecto a Chilly llegaba a sumarse esa carta, su posición experimentaría un considerable declive. Se estremeció. Que la desterrara a una burda casa de granja era más que posible. Incluso el divorcio, el destino más horrible de todos. Inconcebible. Eso no podía ocurrirle a Felicity Clearwater.

Tenía que encontrar a Anna y recuperar esa carta.

Anna se dio otra vuelta y golpeó la mullida almohada por centésima vez más o menos. Le era imposible dormirse esperando que le cayera encima un conde que andaba vagando por ahí.

Esa mañana no se sorprendió cuando a Fanny, su carabina a falta de otra, la relegaron al coche que iría detrás. Con lo cual, ella viajó sola con Edward en el faetón. Se encargó de colocar a Jock entre ellos y sintió una cierta decepción cuando él ni pareció notarlo. Habían viajado todo el día, y cuando llegaron a la casa de Edward en Londres, ya estaba oscuro. Al parecer, despertaron al personal. El mayordomo, Dreary, abrió la puerta en camisón y gorro de dormir. De todos modos, y a pesar de sus bostezos, las criadas no tardaron en encender el fuego en los hogares y prepararles una comida fría.

Terminada la comida, Edward le dio amablemente las buenas noches y le ordenó al ama de llaves que la llevara a una habitación. Dado que el coche que traía a los criados aún no había llegado, ella tuvo el dormitorio para ella sola. Vio que la habitación tenía una puerta de comunicación con otra y eso le inspiró graves sospechas. El dormitorio era demasiado grande para ser una habitación para huéspedes y él no la habría instalado en la habitación de la condesa, ¿verdad? No se atrevería.

Suspiró. Sí que se atrevería.

El reloj de la repisa del hogar ya había dado la una. Seguro que si Edward tenía la intención de entrar allí, ya lo habría hecho hacía rato, ¿no? Aunque no le serviría de nada intentar abrir las puertas, porque ella las había cerrado las dos con llave.

Oyó unos tranquilos y firmes pasos masculinos provenientes de la escalera.

Se quedó inmóvil como una liebre bajo la sombra de un ave de presa. Miró hacia la puerta que daba al corredor. Los pasos se acercaron, se hicieron más lentos al llegar a la puerta y se detuvieron.

Todo su ser se concentró en el pomo de la puerta.

Pasado un momento de silencio, se reanudaron los pasos por el corredor. Más allá, se abrió y se cerró una puerta.

Anna volvió a hundir la cabeza en la almohada. Se sentía aliviada, naturalmente, por ese giro de los acontecimientos. ¿Qué dama decente no se sentiría aliviada al comprobar que no iba a aprovecharse de ella un endemoniado conde?

Estaba reflexionando acerca de qué manera podría una dama decente presentarse en el dormitorio de dicho conde para que se aprovechara de ella, cuando sonó un clic en la cerradura de la puerta de comunicación, y esta se abrió. Entró Edward, con una llave y dos copas en las manos.

—Se me ocurrió que podría apetecerte beber una copa de coñac conmigo —dijo, levantando las copas.

—Esto... mmm. —Tuvo que aclararse la garganta—. No me gusta el coñac.

Él continuó con las copas en alto un momento y luego las bajó.

—¿No? Bueno...

—Pero puedes beber aquí —dijo ella al mismo tiempo.

Él la miró en silencio.

—Conmigo, quiero decir —añadió ella, sintiendo arder las mejillas.

Él se dio media vuelta y por un horroroso momento ella creyó que se iba a marchar. Pero él fue a poner las copas en una mesa, se volvió hacia ella y comenzó a quitarse la corbata.

—En realidad, no he venido para beberme la última copa del día.

Ella retuvo el aliento.

Él dejó la corbata en una silla y se sacó la camisa por la cabeza. Al instante a ella se le clavaron los ojos en su pecho desnudo.

—¿Ningún comentario? —dijo él, mirándola—. Creo que esto podría ser una primicia.

Se sentó en la cama, hundiéndola con su peso, y se quitó las botas y las medias. Luego se levantó y comenzó a desabotonarse la bragueta de las calzas de ante.

Ella dejó de respirar.

Sonriendo travieso, él se fue soltando uno a uno los botones. Después, metiendo los pulgares por la cinturilla, se bajó las calzas y los calzoncillos, en un solo movimiento. Acto seguido se enderezó y se le desvaneció la sonrisa.

—Si vas a decir no, dilo ahora.

Su voz sonó algo insegura. Ella se tomó otro momento para contemplarlo de arriba abajo. Bajó la mirada desde sus ojos negros entornados a sus anchos y musculosos hombros, luego de su plano y firme abdomen a su pene ya algo erecto y los abultados testículos, y luego a los musculosos muslos y peludas pantorrillas hasta los grandes y huesudos pies. Cuando lo vio en la Gruta de Afrodita la luz era demasiado tenue, y deseaba guardar esa imagen de él por si nunca más volvía a verlo así. Iluminado por la luz de las velas, estaba hermoso ahí de pie, ofreciéndose a ella. Descubrió que tenía la garganta tan oprimida que no podía hablar, por lo que sencillamente le tendió los brazos abiertos.

Edward cerró los ojos y los mantuvo así un segundo. ¿De verdad había creído que ella lo rechazaría? Entonces él caminó silenciosamente hasta la cama y se detuvo a un lado. Inclinando la cabeza con inesperada elegancia, levantó una mano y se quitó la cinta de la coleta. El pelo le cayó como una cortina de seda negra alrededor de los hombros marcados por las cicatrices. Subió a la cama y poniendo una rodilla a cada lado se inclinó sobre ella, haciéndole cosquillas con el pelo en los lados de la cara. Bajó la cabeza y le depositó suaves besos en las mejillas, la nariz y la boca. Ella intentó acercar la boca a sus labios, para besarlo, pero él la evadió.

Entonces ella se impacientó; necesitaba besarlo en la boca.

—Bésame —dijo introduciéndole los dedos por el pelo y acercándole la cara.

Él abrió los labios sobre los de ella y aspiró su aliento, y eso fue para ella como una bendición. Estaba muy bien lo que estaban haciendo, eso ya lo sabía. Esa pasión entre ellos era lo más perfecto del mundo.

Se movió, intentando apretarse a él, pero Edward tenía apoyadas las manos y las rodillas a cada lado de ella, aplastándola con las mantas. Estaba atrapada. Él le devoró la boca a placer. Se tomó su tiempo, besándola con violencia y fuerza y luego suave, y nuevamente fuerte, hasta que ella creyó que se iba a derretir por dentro.

De repente él se incorporó y se echó hacia atrás, quedando sentado en los talones. Su pecho brillaba con una película de sudor y en la punta del pene asomaban gotitas de semen. Al verlo se le escapó un gemido gutural. Qué magnífico, qué hermoso estaba, y en ese instante del tiempo, era todo de ella.

Él la miró a la cara y luego bajó la mirada, bajando también las mantas hasta más abajo de sus pechos. Ella sólo tenía puesta la camisola. Él estiró la delgada tela sobre sus pechos y examinó el resultado. Ella sintió cómo se le endurecían los pezones al contacto con la tela. Estaban duros y ansiosos, esperando sus caricias. Él se inclinó y le cogió un pezón con la boca por encima de la tela. La sensación fue tan intensa que ella se arqueó. Entonces pasó la boca al otro pezón y se lo succionó también, dejándole mojada la tela casi transparente sobre los pezones. Apartó la cara y le sopló uno y luego el otro, haciéndola ahogar una exclamación y moverse.

—Deja de jugar. Por el amor de Dios, acaríciame.

La voz le salió tan ronca que no se la reconoció.

—Como quieras.

Le cogió el cuello de la camisola y en un solo movimiento rasgó la fina tela y surgieron los pechos desnudos al frío aire nocturno. Anna sintió un instante de timidez; no llevaba máscara que le ocultara la cara; era ella, al natural, sin disfraz, la que iba a hacer el amor con él; ahora le podía ver la cara y en ella podía verle las emociones. Él volvió a inclinarse y le cogió un pezón con la boca; después de haber sentido la frialdad de la tela del camisón mojado, la ardiente succión le produjo una excitación casi insoportable; al mismo tiempo él bajó la mano, retirando totalmente las mantas, y luego deslizó sus largos dedos por entre su vello púbico.

Se quedó quieta, esperando, con la respiración agitada, mientras él la tocaba delicadamente hasta encontrar lo que buscaba, y entonces comenzó a frotarle ahí en círculos, con el pulgar. Ooh, qué placentero; él sabía la manera perfecta de acariciarla. Se le escaparon gemidos de placer, y las caderas se le movieron como por voluntad propia para apretarse a su mano. Él le introdujo un dedo hasta el fondo, y ella se estremeció avasallada por la repentina tormenta del orgasmo.

—Mírame —le susurró él sobre los párpados cerrados.

Ella giró la cabeza al oír su gruñido, con los ojos todavía cerrados, inmersa en el placer.

—Anna, mírame.

Ella abrió los ojos.

Edward estaba inclinado sobre ella, con la cara sonrojada y las ventanillas de la nariz agitadas.

—Voy a entrar en ti.

Ella sintió la dura cabeza del pene empujando en su mojada abertura; entonces comenzó a entrar, y la sensación la hizo bajar los párpados.

—Anna, mi dulce Anna, mírame —arrulló él.

Ya la había penetrado hasta la mitad y ella intentó mantener enfocados los ojos. Él bajó la cabeza y le lamió la punta de la nariz.

A ella se le agrandaron los ojos; y él la penetró hasta el fondo.

Gimiendo, se arqueó, apretándose a él. Perfecto, maravilloso; la llenaba como si los dos estuvieran hechos para eso; como si estuvieran hechos el uno para el otro. Levantó las piernas para abrazarlo con ellas y apretó los muslos sobre sus caderas, acunándolo en la entrepierna. Le miró la cara. Él tenía los ojos cerrados y su cara reflejaba el deseo desnudo. En la mejilla se le había pegado un negro mechón.

Entonces él abrió los ojos y le perforó los de ella con negra intensidad.

—Estoy dentro de ti y tú me tienes abrazado. A partir de este momento no hay marcha atrás.

Ella gritó ante esas palabras y le pareció que se estremecía el aire que tenía en el pecho. Él comenzó a moverse. Ella lo rodeó con los brazos y lo mantuvo así mientras las sensaciones que le producía su pene entrando y saliendo le expulsaron todo pensamiento de la mente. Él aceleró el ritmo y gimió, mirándola a los ojos, como si quisiera comunicarle algo indecible. Ella le acarició todo el lado de la cara con una mano.

De pronto pareció que a él se le destrozaba su enorme cuerpo. Embistió fuerte. A ella le vino el orgasmo en oleadas, inundándola de un placer y una dicha tan exquisitas que no podía contenerlas; sólo pudo gemir, extasiada. Al mismo tiempo él echó atrás la cabeza y enseñó los dientes al lanzar un grito de placer. Ella sintió el calor inundándole el vientre, el corazón, llegándole hasta el alma.

Él se quedó quieto, con todo el cuerpo encima del de ella, y ella sintió los latidos de su corazón. Exhaló un suspiro. Entonces él, aletargado, rodó hacia un lado. Ella se acurrucó de costado, sintiendo las extremidades placenteramente agotadas. Lo último que sintió antes de rendirse al sueño fue el contacto de las manos de él deslizándose por su vientre y luego apretándola más a su cálido cuerpo.

Capítulo 20

El quinto año de su búsqueda, ya avanzada una lluviosa noche, Aurea iba a trompiconess atravesando un bosque lúgubre, tenebroso. Unos delgados harapos le cubrían escasamente el cuerpo, tenía ampollas en los pies descalzos, estaba extraviada y agotada. El único alimento que tenía era un trozo de pan seco. De pronto, en medio de la negra oscuridad, vio brillar una parpadeante luz. La luz provenía de una diminuta choza que se alzaba sola en el centro de un claro. Golpeó. Se abrió la puerta y apareció una anciana desdentada y encorvada, casi doblada en dos por la edad, y la invitó a entrar.

—Uy, cariño —graznó la anciana—, esta es una noche muy fría y húmeda para estar sola. Entra a compartir el calor de mi lumbre, por favor. Pero me temo que no tengo nada de comer para ofrecerte. Mi mesa está vacía. Ay, qué no daría yo por tener algo para comer.

Al oír eso, Aurea sintió compasión por la anciana. Hurgó en el bolsillo, sacó su último trozo de pan y se lo ofreció.

De *El príncipe Cuervo*

A la mañana siguiente, a Edward lo despertó bruscamente un chillido agudo, afeminado. Sobresaltado, se incorporó y miró hacia el lugar de donde provenía ese horrible ruido. Davis, con la cara sin afeitar casi cubierta por mechones canosos, lo estaba mirando horrorizado.

Entonces Edward oyó a su lado una protesta en voz femenina. ¡Condenación! Se apresuró a cubrir a Anna con las mantas hasta más arriba de la cabeza.

—En nombre de lo que es más sagrado, Davis, ¿qué diablo se te ha metido ahora en el cuerpo? —gritó, aunque sentía arder la cara de rubor.

—No le basta pasarse la vida metido en prostíbulos; ahora ha traído a casa a una, a una... —El resto sólo lo moduló con la boca.

—Mujer —dijo Edward, terminando la frase—. Pero no una mujer del tipo que estás pensando. Es mi novia.

Las mantas comenzaron a moverse. Él colocó una mano en el borde superior, atrapando dentro a la ocupante.

—¡Novia! Puede que sea viejo, pero no estúpido. Esa no es la señorita Gerard.

Bajo las mantas sonaron palabras ominosas, masculladas.

—Ve a buscar a la doncella para que encienda el fuego —ordenó Edward, desesperado.

—Pero...

—Ve inmediatamente.

Ya era demasiado tarde.

Anna había logrado salir por la parte superior de las mantas y asomó la cabeza. Tenía el pelo deliciosamente revuelto y la boca pecaminosamente hinchada. Edward sintió hincharse una parte de su anatomía.

Anna y Davis se miraron, y los dos entrecerraron los ojos al mismo tiempo.

Gimiendo, Edward bajó la cabeza y la hundió entre las dos manos.

—¿Usted es el ayuda de cámara de lord Swartingham?

Jamás una mujer desnuda sorprendida en una situación comprometedora había hablado en tono tan remilgado.

—Claro que lo soy. Y usted es... —Davis se interrumpió, ante la mirada que le dirigió Edward, y que prometía mutilación, desmembramiento y fin del mundo, y luego continuó con más cautela—. Eh... la dama de milord.

—Eso —repuso ella y, aclarándose la garganta, sacó un brazo de debajo de las mantas para echarse atrás el pelo.

Edward la miró enfurruñado y le remetió las mantas por los hombros, dejándoselas más firmes. No tenía por qué haberse molestado; Davis estaba mirando el cielo raso con la mayor atención.

—¿Tal vez podría traerle su té a su señoría y enviar a la doncella para que se ocupe del fuego? —dijo Anna.

Davis cogió al vuelo esa novedosa idea.

—Inmediatamente, señora.

Ya estaba a punto de salir por la puerta cuando la voz de Edward lo detuvo.

—Dentro de una hora.

El ayuda de cámara pareció escandalizado, pero no dijo una palabra, por primera vez, según la experiencia de Edward. Cuando Davis salió y cerró la puerta, él se bajó de la cama de un salto, fue hasta la puerta, giró la llave en la cerradura y luego la tiró hacia el otro extremo de la habitación; la llave tintineó al chocar con la pared. Y volvió a meterse en la cama antes que Anna tuviera tiempo para sentarse.

—Tu ayuda de cámara es bastante raro —comentó ella.

—Sí —contestó él, cogiendo las mantas y echándolas totalmente hacia atrás.

Ella estaba tendida toda cálida, adormilada y desnuda para su deleite. Gruñó su aprobación, y su erección matutina se endureció más aún. Qué maravillosa manera de despertar.

Ella se lamió los labios, gesto que su vibrante pene aprobó totalmente.

—He-he notado que tus botas rara vez están brillantes.

—Davis es un incompetente terminal —dijo él, colocando las manos a cada lado de sus caderas y comenzando a instalarse entre sus piernas.

—¡Oh! —exclamó ella.

Él pensó que había logrado distraerla, pero pasado sólo un instante ella continuó:

—¿Por qué lo conservas, entonces?

—Davis era el ayuda de cámara de mi padre.

La verdad, no estaba prestando atención a la conversación. Sentía su olor en el cuerpo de Anna, y eso lo llenaba de una especie de satisfacción primordial.

—Así que lo tienes por sentimentalis... ¡Edward!

La exclamación se debió a que él hundió la nariz en su vello púbico e inspiró. El olor de él era más intenso ahí, entre sus rizos dorados, tan bonitos a la luz de la mañana.

—Supongo —dijo, con la boca metida entre esos rizos, haciéndola estremecerse—. Y le tengo cariño a ese viejo réprobo. A veces. Me conoce desde que yo era niño y me trata sin un ápice de respeto. Eso es refrescante, o por lo menos diferente.

Le introdujo un dedo en la vagina; los pliegues se separaron tímidamente dejando ver el interior rosa oscuro. Ladeó la cabeza para ver mejor.

—¡Edward!

—¿Quieres saber cómo contraté a Hopple?

Afirmándose en los codos se instaló entre sus piernas. Y manteniéndoselas abiertas con una mano, la atormentó frotándole el clítoris con el índice de la otra.

—¡Ooohh!

—Y apenas conoces a Dreary, pero tiene un interesante pasado.

—¡Eeedward!

Ah, cómo le encantaba el sonido de su nombre en sus labios. Se debatió un momento pensando en lamerle ahí, pero decidió que no sería capaz de aguantarse a esa hora tan temprana de la mañana. Se deslizó hacia arriba por encima de ella, hasta sus pechos, y le succionó uno y luego el otro.

—Luego está todo el personal de Ravenhill. ¿Quieres saber algo de ellos? —le preguntó al oído en un susurro.

Las tupidas cejas casi le ocultaban los ojos castaños a ella.

—Hazme el amor.

Dentro de él se detuvo algo, tal vez su corazón.

Ella tenía los labios tiernos, amorosos, y no protestó, aunque su beso no fue suave; le abrió la boca dulcemente y se entregó a él, dándole, dándole, hasta que ya no pudo aguantarse.

Se incorporó, echándose hacia atrás y con la mayor delicadeza la giró hasta dejarla boca abajo. Deslizando las palmas por sus redondas nalgas, le cogió las caderas y la levantó hacia él, hasta que ella quedó apoyada en las rodillas y los codos. Se tomó un momento para observarle el vulnerable sexo. Se le agitó el pecho con esa vista. Esa era su mujer, y sólo él tenía, y tendría para siempre, el privilegio de verla de esa manera.

Se cogió el miembro y lo guió hacia su mojada entrada. Fue tal el placer del contacto que embistió con más fuerza de la que hubiera querido. Detuvo el movimiento, para ahogar la exclamación. Embistió otro poco y otro poco, y cedieron las paredes de su vagina alojándolo totalmente en su calor. Se apretaron los músculos de la vagina alrededor de su miembro.

Apretó los dientes para controlarse y no eyacular demasiado pronto.

Inclinándose le deslizó la palma por la columna, desde el cuello al trasero y luego hasta el lugar de la unión; giró la mano por ahí, palpando la abertura distendida y la base de su miembro duro introducido en ella.

Ella gimió y empujó el cuerpo hacia él.

Se retiró hasta dejar sólo la cabeza del pene dentro. Y embistió, con tanta fuerza que a ella se le deslizó el cuerpo por la cama. Volvió a retirarse y a embestir, y así continuó, acelerando más y más los movimientos de las caderas, con la cabeza echada hacia atrás y los dientes apretados.

Oyendo los gemidos y gritos de placer y excitación de Anna, le pasó la mano por debajo de la cadera, buscó el tierno botón del clítoris y se lo apretó. Comenzó a sentir las contracciones del orgasmo de ella y ya no pudo contenerse. Eyaculó a chorros, sacudido por un placer tan intenso que era casi doloroso, embistiendo y embistiendo, marcándola como suya. Ella se desplomó en la cama y él se desplomó encima, moviendo las caderas para apretarse a ella, penetrándola hasta el fondo, estremecido por las sacudidas posteriores al orgasmo.

Permaneció así un momento, jadeante, y luego rodó hacia un lado, no fuera a aplastarla y ahogarla con su peso. Se quedó de espaldas, con un brazo sobre los ojos, tratando de recuperar el aliento.

Mientras se le secaba el sudor en el cuerpo, reflexionó sobre la situación en que la había puesto. Ya estaba indudablemente comprometida. Había estado a punto de golpear a Davis, sólo por la mirada que le dirigió a ella. Dios sabía que lo haría si alguien le dirigía algún comentario insultante, lo que sin duda ocurriría.

—Necesitas casarte conmigo —dijo, y enseguida hizo un mal gesto, porque la frase le salió muy brusca.

Al parecer ella pensó lo mismo. Notó su brusco movimiento a su lado.

—¿Qué?

Él frunció el ceño. Ese no era un momento para mostrar debilidad.

—Te he comprometido. Debemos casarnos.

—Nadie lo sabe, aparte de Davis.

—Y todo el personal de la casa. ¿Crees que no se han dado cuenta de que no he dormido en mi cama?

—Da igual. Nadie lo sabe en Little Battleford, y eso es lo que importa.

Dicho eso, se bajó de la cama, hurgó en su bolso y sacó una camisola.

Él arrugó más el entrecejo. No podía ser que fuera tan ingenua.

—¿Cuánto crees que tardará en llegar esto a Little Battleford? Apuesto a que se sabrá antes de que volvamos.

Anna se puso la camisola y se inclinó a buscar otra cosa en su bolso, enseñando su trasero tentadoramente ceñido por el delgado lino de la camisola. ¿Es que quería distraerlo?

—Ya estás comprometido —dijo entonces, con voz firme.

—No por mucho tiempo. Ya he concertado una cita con Gerard, para mañana.

Eso captó la atención de ella.

—¿Qué? Edward, no hagas nada que vayas a lamentar después. No me casaré contigo.

Él se sentó, impaciente.

—Por el amor de Dios, ¿por qué no?

Ella se sentó en la cama para ponerse una media. Él vio que estaba zurcida cerca de la rodilla y eso lo enfureció más aún. No debería vestir harapos. ¿Por qué no quería casarse con él? Podría cuidar muy bien de ella.

—¿Por qué no? —repitió, con la voz más tranquila que pudo.

Ella tragó saliva y comenzó a ponerse la otra media, alisándola con sumo cuidado en el pie.

—Porque no quiero que te cases conmigo por un equivocado sentido del deber.

—Corrígeme si estoy equivocado. ¿No soy yo el hombre que te hizo el amor anoche y esta mañana?

—Y yo soy la mujer que te hizo el amor a ti —dijo ella—. Comparto la misma responsabilidad que tú en el acto.

Edward la observó, buscando las palabras, el argumento que lograra convencerla.

Ella comenzó a atarse una liga.

—Peter se sentía muy desgraciado porque yo no me quedaba embarazada.

Él esperó.

Ella suspiró, sin mirarlo.

—Finalmente se buscó a otra mujer.

Ese estúpido cabrón de mierda, pensó él. Echó atrás las mantas, se bajó de la cama y se dirigió a la ventana.

—¿Estabas enamorada de él?

La pregunta le supo amarga en la lengua, pero no pudo resistirse a hacerla.

Ella se estaba alisando la maltrecha seda sobre las pantorrillas.

—Al principio, cuando estábamos recién casados. Al final no.

O sea, que él pagaba por los pecados de otro hombre.

—Comprendo.

—No, no creo que puedas comprenderlo. —Cogió la otra liga y se la quedó mirando—. Cuando un hombre traiciona así a una mujer, le rompe algo dentro que no sé si se puede reparar.

Edward continuó mirando por la ventana, intentando formar una respuesta. Su felicidad futura dependía de lo que dijera en ese momento.

—Ya sé que eres estéril —dijo, volviéndose hacia ella—. Y me gustas tal como eres. Puedo prometerte que nunca me echaré una amante, aunque sólo el tiempo demostrará mi fidelidad. Es decir, debes confiar en mí.

Anna estiró la liga entre las manos.

—No sé si puedo.

Edward se volvió nuevamente hacia la ventana para que ella no le viera la expresión. Por primera vez comprendía que tal vez no podría convencerla de casarse con él. La idea le produjo una emoción muy semejante al terror.

—¡Vamos, por el amor de Dios! —exclamó Edward.

—Chss, que te va a oír —le susurró Anna al oído.

Estaban en la charla de la tarde de sir Lazarus Lillipin sobre la rotación de cultivos de una variedad de nabo llamada naba y remolacha forrajera. Por el momento Edward estaba en desacuerdo con casi todo lo que decía aquel pobre hombre, y no se guardaba para sí su opinión sobre su persona y sus teorías.

—No, no me oirá —dijo Edward, mirando furioso al orador—. Es más sordo que una tapia.

—Pero te oyen los demás.

Edward la miró indignado.

—Es de esperar que me oigan —dijo, y volvió la atención a la charla.

Anna exhaló un suspiro. En realidad, Edward no se comportaba peor que los demás asistentes, y sí mejor que unos cuantos. El público sólo se podía llamar «variopinto». Había hombres de todas clases, desde aristócratas vestidos de seda y encajes a hombres con embarradas botas de montar que fumaban en pipas de arcilla. Todos estaban apretujados en una cafetería bastante lóbrega que, según él, era totalmente respetable.

Ella lo dudaba.

En ese momento se oía una discusión a gritos en un rincón, entre un terrateniente rural y un dandi. Era de esperar que no llegaran a las manos o, peor aún, sacaran sus espadas. Todos los aristócratas presentes llevaban una espada como insignia de su rango. Incluso Edward, que en el campo evitaba la afectación, se había colgado una al cinturón esa mañana.

Antes de salir, él le había ordenado que tomara nota de todos los puntos importantes de la conferencia para después poder cotejarlos con sus propios estudios de investigación. Ella había tomado notas, con poco entusiasmo, pues dudaba que tuvieran alguna utilidad. La mayor parte de la charla le resultaba incomprensible, y no tenía muy claro qué era exactamente la remolacha forrajera.

Había comenzado a sospechar que el principal motivo de su presencia ahí era que Edward no deseaba perderla de vista. Desde esa mañana había mantenido obstinadamente el argumento de que debían casarse; al parecer creía que si lo repetía con frecuencia ella finalmente cedería. Y era posible que tuviera razón, si lograba superar el miedo a confiar en él.

Cerró los ojos y pensó cómo sería ser la esposa de Edward. Por las mañanas saldrían a cabalgar por los campos y durante las comidas hablarían de política y de la gente. Él la llevaría a conferencias sobre temas arcanos, como la que estaban oyendo en ese momento. Y compartirían la misma cama. Todas las noches.

Suspiró. El cielo.

Edward soltó un fuerte bufido.

—¡No, no, no! Hasta un lunático sabe que no se debe plantar nabos después de centeno.

Anna abrió los ojos.

—Si te cae tan mal este hombre, ¿para qué asistes a su charla?

Él la miró francamente sorprendido.

—¿Caerme mal Lillipin? Es un tipo estupendo. Simplemente es retrógrado en su forma de pensar.

Una salva de aplausos, y de rechiflas también, indicó que había terminado la conferencia. Edward le cogió la mano, de modo muy posesivo, y comenzó a abrirse paso hacia la puerta.

—¡De Raaf! —gritó una voz a la izquierda—. ¿Te ha atraído a Londres el señuelo de la remolacha forrajera?

Edward se detuvo, lo que obligó a Anna a detenerse también. Mirando por encima del hombro de él, vio a un caballero sobremanera elegante, con tacones rojos.

—Iddesleigh, no esperaba verte aquí —dijo Edward, cambiando de posición para que ella no pudiera verle la cara a él.

Anna intentó mirar por su lado derecho, pero él, con su enormidad, le tapaba la vista.

—¿Cómo me iba a perder la apasionada retórica de Lillipin sobre el tema de las nabas? —Una mano envuelta en encaje se agitó graciosamente en el aire—. Incluso he abandonado mis preciadas rosas para asistir. Por cierto, ¿cómo están los rosales que me compraste la última vez que estuviste en la capital? Hasta entonces no sabía que te interesaran las plantas decorativas.

—¿Edward le compró a usted mis rosales? —preguntó Anna, pasando por un lado de Edward en su impaciencia.

Se entrecerraron unos ojos gris hielo.

—Bueno, bueno, ¿qué tenemos aquí?

Edward se aclaró la garganta.

—Iddesleigh, permíteme que te presente a la señora Wren, mi secretaria. Señora Wren, el vizconde Iddesleigh.

Ella se inclinó en una reverencia mientras el vizconde hacía una venia y sacaba sus impertinentes. Los ojos grises que la examinaron a través de las lentes eran más agudos de lo que la habían llevado a imaginar su manera de hablar y su forma de vestirse.

—¿Tu secretaria? —dijo el vizconde arrastrando la voz—. ¡Fas... ci... nante! Y, si mal no recuerdo —añadió, mirando a Edward con una indolente sonrisa—, me sacaste de la cama a las seis de la mañana para elegir esos rosales.

Edward lo miró enfurruñado.

Anna dio marcha atrás y mintió:

—Lord Swartingham tuvo la inmensa generosidad de regalarme unos cuantos de los rosales que compró para los jardines de Ravenhill. Se están adaptando muy bien, se lo aseguro, milord. De hecho, todos ya han echado ramas con brotes y en unos cuantos ya comienzan a aparecer capullos.

El vizconde volvió a ella los ojos color hielo y se le curvó una comisura de la boca.

—Y el chochín* defiende al cuervo —dijo. Se inclinó en otra venia, más rimbombante aún, y añadió, dirigiéndose a Edward—: Te felicito, amigo mío.

Dicho eso se alejó, perdiéndose de vista en medio de la multitud.

Entonces Edward le apretó brevemente el hombro con una mano y luego le cogió el codo y reanudó la marcha llevándola hacia la puerta, bloqueada por un muro de cuerpos. Se estaban llevando a cabo varias discusiones filosóficas y algunas personas intervenían en todas.

Un joven se detuvo a contemplar los debates, con expresión despectiva. Llevaba un tricornio ridículamente pequeño sobre una peluca empolvada en amarillo con una coleta muy rizada. Anna nunca había visto a uno de esos afectados dandis ingleses que imitaban la moda del Continente, aunque sí caricaturas de ellos en los diarios. El joven la miró mientras se acercaban a la puerta; agrandó los ojos y luego pasó la mirada a Edward. Cuando lograron salir a la acera, vio que él le estaba susurrando algo a otro hombre.

* Wren: chochín *(Troglodytes troglodytes). (N. de la T.)*

El coche los estaba esperando en la primera calle transversal, en la que había menos tráfico. Al ir a dar la vuelta a la esquina, ella miró atrás.

El dandi la estaba mirando.

Sintiendo bajar un escalofrío por la columna, desvió la vista y giró la cabeza hacia delante.

Chilly observó a la viuda de campo hasta que desapareció por la esquina del brazo de uno de los hombres más ricos de Inglaterra; el conde de Swartingham, nada menos. Con razón Felicity no quiso decirle el nombre del amante de la viuda. Las posibilidades de beneficiarse de eso eran enormes. Y él tenía una necesidad perpetua de dinero contante y sonante; de bastante, en realidad. Los atavíos de un caballero londinense elegante no salen baratos.

Entrecerró los ojos calculando cuánto podría pedir como primer pago. Felicity la había acertado. En su última carta le suplicaba que contactara con Anna Wren en nombre de ella. Como amante de lord Swartingham, la señora Wren debía tener cargamentos de joyas y otros regalos valiosos que podría convertir en dinero. Estaba claro que el plan de Felicity era chantajear a la señora Wren dejándolo totalmente fuera a él.

Sonrió burlón; ahora que conocía la situación, sería él quien dejaría fuera a Felicity. Por lo demás, ella nunca había manifestado aprecio por sus habilidades en la cama.

—Chilton, ¿has venido a oír mi charla? —le preguntó su hermano mayor, sir Lillipin.

Parecía nervioso.

Y debía estarlo, ya que él lo había seguido hasta ahí para pedirle otro préstamo. Claro que ahora que sabía lo de Anna Wren no necesitaría el dinero de su hermano. Por otro lado, ese sastre se había mostrado muy arrogante en su último mensaje. Un dinerito extra no le haría ningún daño.

—Hola, Lazarus —saludó.

Se cogió del brazo de su hermano y comenzó el rollo para sacarle dinero.

Anna observaba a Edward, que estaba sentado a su escritorio escribiendo con verdadero frenesí. Hacía horas que se había quitado la chaqueta y el chaleco, y tenía los puños de la camisa manchados de tinta.

—¿Edward?

—¿Mmm?

Las velas ya estaban chisporroteando, casi consumidas. Ella suponía que Dreary se había ido furtivamente a acostar después de enviarles la bandeja con la cena. Que el mayordomo no se hubiera molestado en ordenar que pusieran la mesa del comedor para la comida decía muchísimo sobre su experiencia con su amo después de una charla del Club Agrario. Desde que volvieron, Edward no había parado de escribir refutaciones a la charla de sir Lazarus.

Exhaló un suspiro.

Se levantó y caminó hasta el escritorio. Allí se puso a juguetear con la pañoleta de gasa que llevaba metida en el escote del vestido.

—Es muy tarde.

—¿Sí? —dijo él, sin levantar la vista.

—Sí. —Y diciendo eso apoyó una cadera en el escritorio y se inclinó por encima del codo de él—. Estoy muy cansada.

La pañoleta se le soltó por un lado y le cayó sobre el pecho. Edward detuvo la mano a media frase. Giró la cabeza para mirarle la mano que tenía sobre el pecho, a sólo unos dedos de la cara de él.

Entonces ella deslizó el dedo anular hasta el centro del escote y lo introdujo en la hendidura entre sus pechos.

—¿No crees que ya es hora de irse a la cama?

Sacó el dedo, lo volvió a introducir, y así continuó.

Edward se levantó tan bruscamente que casi la tiró al suelo. La cogió por la cintura y la levantó en volandas.

Anna se cogió de su cuello al ladearse.

—¡Edward!

—¿Sí, cariño? —preguntó él saliendo con ella en brazos de su despacho.

—Los criados.

Él comenzó a subir los peldaños de la escalera de dos en dos.

—Si crees que después de esa exhibición voy a perder el tiempo preocupándome por los criados, quiere decir que no me conoces.

Llegaron al corredor de arriba. Edward pasó de largo por la puerta de la habitación de ella y se detuvo ante la puerta de la de él.

—La puerta —dijo.

Ella giró el pomo y él la abrió empujándola con el hombro. Ya dentro del dormitorio, ella vio dos macizas mesas cubiertas de libros y papeles. En el suelo había más libros apilados de cualquier manera.

Él atravesó la habitación y la dejó de pie en el suelo junto a su enorme cama. Sin decir palabra, la giró y comenzó a desabotonarle el vestido. Ella retuvo el aliento, sintiéndose repentinamente tímida. Esa era la primera vez que ella iniciaba el juego sabiéndolo él. Pero no parecía repelido por su osadía; muy lejos de eso. Sentía el decidido roce de las yemas de sus dedos en la columna a través de las capas de ropa. El vestido le quedó abierto a la altura de los hombros, él lo tiró hacia abajo y cuando ella sacó los pies la giró hacia él. Lentamente le desató los lazos de las enaguas, uno a uno, y de ahí pasó a los lazos del corsé. Se quedó ante él sólo con la camisola y las medias.

Con los ojos entornados, la mirada seria e intensa, le pasó el pulgar por encima del tirante de la camisola.

—Hermosa —susurró.

El tirante cayó hacia el lado y él se inclinó a besarle suavemente el hombro. Ella se estremeció, bien por la caricia o por la expresión de sus ojos, no lo supo. Ya no podía fingir que ese era solamente un acto físico entre ellos; él tenía que percibir su emoción. Se sentía expuesta.

Edward le deslizó los labios por la sensible piel y se la mordisqueó. Entonces pasó al otro hombro y el tirante también cayó. Suavemente le bajó la camisola dejando los pechos al descubierto. Los pezones ya estaban duros. Él abrió las manos y ahuecó las palmas sobre ellos, cálidas, posesivas. Miró un momento, al parecer observando el contraste entre la piel morena de sus manos y la blanquísima de ella. Se le encendió el color en los pómulos. Ella se imaginó sus pezones rosa claro asomados entre los callosos dedos de él, y se le fue la cabeza hacia atrás, como si le pesara.

Él le levantó los pechos y se los apretó.

Ella empujó su peso hacia sus manos. Sintió su mirada en la cara. Él terminó de bajarle la camisola, luego la levantó en brazos, la depositó en la cama, y comenzó a desvestirse a toda prisa. Ella lo observó hasta que él terminó y se acostó a su lado. Entonces le deslizó la mano por el vientre desnudo. Ella levantó los brazos para abrazarlo, pero él le cogió suavemente las muñecas y se las colocó a cada lado de la cabeza. Se echó encima de ella y deslizó el cuerpo hacia abajo hasta que la cabeza le quedó a nivel del vientre; deslizó las manos hasta el interior de sus muslos y le separó las piernas.

—Hay una cosa que siempre he deseado hacer con una mujer —dijo entonces, con voz de terciopelo negro.

¿Qué quería decir? Horrorizada, se resistió. ¿Es que quería mirarle ahí? Esa mañana había sido distinto, cuando ella estaba medio dormida. En ese momento estaba totalmente despierta.

—No es algo que un hombre pueda hacer con una puta —le explicó él.

Ay, Dios, ¿podía hacerlo? ¿Enseñarle sus partes íntimas? Levantó la cabeza y alargó el cuello para mirarle la cara.

La mirada de él fue implacable; deseaba hacer eso.

—Déjame, por favor.

Sintiendo arder la cara de rubor, apoyó la cabeza en la almohada, rindiéndose a él y a sus necesidades. Dejó caer las rodillas hacia los lados, sintiéndose como si se le estuviera ofreciendo. Él le contempló las piernas separadas y se las separó más, hasta que quedó arrodillado entre sus muslos, teniendo a su vista sus partes más secretas. Cerró los ojos, para no verlo mientras la examinaba.

Él no hizo nada más, y finalmente ella no soportó seguir esperando. Abrió los ojos. Él le estaba mirando fijamente el lugar femenino; se le agitaban las ventanillas de la nariz y tenía la boca curvada en una expresión tan posesiva que casi daba miedo.

Anna sintió una contracción en la abertura de la vagina y notó que le salía líquido de dentro.

—Te necesito —musitó.

Entonces él la escandalizó de verdad. Se agachó y le pasó la lengua por la abertura mojada.

—¡Ohh!

Él la miró a la cara, lamiéndose lentamente los labios.

—Deseo lamerte, saborearte y chuparte ahí hasta que te hayas olvidado de tu nombre. —Le sonrió eróticamente—. Hasta que te hayas olvidado del mío también.

Con sólo oír esas palabras ella se arqueó, haciendo una inspiración entrecortada, pero él ya le había puesto las manos sobre las caderas impidiendo que se moviera. Comenzó a lamerle entre los pliegues de la vulva y la sensación de cada lamida le iba a ella derecha al centro. Le encontró el clítoris y se lo lamió.

Y ella lo olvidó todo. Le salió un largo y ronco gemido por entre los labios y apretó la almohada con los puños a ambos lados de la cabeza, retorciéndola. Movió las caderas para apartarse, pero él estaba resuelto a conseguir su objetivo; continuó lamiéndole el clítoris hasta que ella vio estrellitas y desvergonzadamente le acercó más la pelvis a la cara.

Entonces él le cogió el clítoris entre los labios y se lo succionó suavemente.

—¡Edward! —gritó, sin poder contenerse, inundada por una ola de placer y excitación que le llegó hasta los dedos de los pies.

Antes que tuviera tiempo de abrir los ojos, él ya estaba encima de ella, penetrándola. Estremeciéndose, se aferró a él, arqueándose para corresponder a las embestidas de su pene dentro de su muy sensibilizada cavidad. Y sintió nuevamente la ola, llevándola y elevándola sin parar sobre su cresta, hacia el orgasmo. Abrió más los temblorosos muslos, apretando la pelvis más y más a él. Él reaccionó pasando los brazos por debajo de sus rodillas y empujándole las piernas hacia los hombros. Estaba todo lo abierta que podía estar, expuesta y sujeta, mientras él le hacía el amor; mientras ella tomaba todo lo que él tenía para dar.

—¡Oohh! —gritó él.

El grito le salió de los labios en un estallido, con un sonido gutural. Le temblaba todo el enorme y endurecido cuerpo, apretándose a ella.

Anna cerró los ojos y sólo vio diminutos arco iris, mientras él continuaba enterrando el duro miembro en su blanda cavidad una y otra y otra vez. Ahogó un grito de placer, deseando que ese momento no acabara jamás, ese momento en que estaban unidos a la perfección, en cuerpo y alma.

Entonces él se desplomó sobre ella, con el pecho agitado por fuertes resuellos, y ella le acarició las nalgas, con los ojos todavía cerrados, tratando de hacer durar esa intimidad. Ah, ¡cómo deseaba a ese hombre! Deseaba tenerlo así abrazado al día siguiente y al otro y todos los días de los siguientes cincuenta años. Deseaba despertar a su lado cada mañana; deseaba que la voz de él fuera la última que oyera cada noche antes de dormirse.

Entonces Edward se movió y rodó hasta quedar de espaldas. Ella sintió el roce del aire frío sobre su piel mojada. El delgado y fuerte brazo de él la envolvió y la acercó a su cuerpo.

—Tengo una cosa para ti —dijo.

Ella sintió el peso de algo en el pecho y lo cogió. Era *El príncipe Cuervo*. Apretando fuertemente los ojos para contener las lágrimas, acarició la tapa de tafilete rojo y palpó con los dedos las suaves hendiduras de la hoja estampada.

—Pero, Edward, este libro era de tu hermana, ¿verdad?

Él asintió.

—Y ahora es tuyo.

—Pero...

—Chss. Quiero que sea tuyo.

La besó con tanta ternura que ella sintió el corazón repleto, a rebosar de emoción. ¿Cómo podía seguir negando su amor por ese hombre?

—Creo que...

—Chss, cariño. Hablaremos mañana por la mañana —musitó él con voz ronca.

Suspirando, Anna se acurrucó apretada a él, aspirando su fuerte aroma masculino. No se había sentido tan dichosamente feliz desde hacía años. Tal vez nunca se había sentido así.

La mañana llegaría pronto.

Capítulo 21

Aurea y la anciana se repartieron el trozo de pan y lo comieron sentadas junto al fuego del pequeño hogar. Cuando Aurea estaba tragando el último bocado, se abrió la puerta y entró un hombre alto y huesudo. El viento cerró de un golpe la puerta después que él entró.

—¿Cómo te va, madre? —dijo, saludando a la anciana.

Volvió a abrirse la puerta y entró un hombre con los pelos de punta, como los vilanos del diente de león.

—Buenas noches tengas, madre —dijo.

Entonces entraron otros dos hombres, sus espaldas azotadas por el viento. Uno era alto y bronceado, el otro gordo y de mejillas rubicundas.

—Hola, madre —saludaron al unísono.

Los cuatro hombres se sentaron junto al fuego, y mientras lo hacían, se agitaron las llamas y el polvo giró como un remolino alrededor de sus pies.

La anciana miró a Aurea sonriendo, enseñándole las encías sin dientes.

—¿Ya has adivinado quien soy? —le preguntó—. Ellos son los Cuatro Vientos y yo soy su madre.

De *El príncipe Cuervo*

A la mañana siguiente Anna estaba soñando con un bebé de ojos negros cuando la despertó el sonido de una risueña voz masculina en su oído:

—Nunca había visto a nadie dormir tan profundamente.

Los labios le acariciaron desde el lóbulo de la oreja hasta la mandíbula.

Sonriendo se acurrucó para apretarse más a su cálido cuerpo y descubrió que no estaba ahí. Desconcertada, abrió los ojos, y lo vio de pie junto a la cama, ya vestido.

—¿Qué...?

Él le puso un dedo en la boca para impedirle hablar.

—Chss. Voy a ir a ver a Gerard. Volveré tan pronto como me sea posible. Entonces haremos planes. —Se inclinó a besarla y a ella se le desperdigaron los pensamientos—. No dejes mi cama.

Y salió antes de que ella pudiera contestar. Suspirando, se dio la vuelta y continuó durmiendo.

Cuando despertó, una criada estaba descorriendo las cortinas. La chica la miró mientras se estaba desperezando.

—Ah, está despierta, señora. Le he traído té con panecillos frescos.

Anna le dio las gracias y se sentó para coger la bandeja. Vio un papel doblado junto a la tetera.

—¿Qué es esto?

La criada se acercó a mirarlo.

—No lo sé, señora, seguro. Un chico vino a dejarlo y dijo que era para la señora de la casa.

Acto seguido la criada hizo su reverencia y se marchó.

Anna se sirvió té en la taza y cogió la nota. Estaba algo sucia, pero la habían sellado con cera, aunque no se veía ni nombre ni dirección. La abrió con el cuchillo para la mantequilla y se llevó la taza a los labios mientras leía la primera línea.

Bajó la taza golpeando el platillo.

Era una misiva de chantaje.

Continuó leyendo el horrible mensaje. El autor la había visto en la Gruta de Afrodita y sabía que se había encontrado con Edward ahí. Con palabras groseras amenazaba con decírselo a la familia Gerard, añadiendo que ella podía impedir ese desastre acudiendo al salón de la Gruta de Afrodita esa noche a las nueve en punto. Debía llevar cien libras ocultas en un manguito.

Dejó a un lado la misiva y se quedó contemplando el té que se estaba enfriando y sus moribundos sueños. Sólo un momento antes había visto muy cerca la felicidad. Casi la tuvo en la mano, casi sostuvo sus alas agitadas. Y de pronto se escapó y echó a volar, dejándola con la palma vacía, sosteniendo solamente aire.

Una lágrima le rodó por la mejilla y cayó en la bandeja con el desayuno.

Aun en el caso de que tuviera cien libras, que no las tenía, ¿qué impediría al chantajista volver a exigirle una suma igual? ¿Y otra? ¿Y otra? Incluso podría elevar el precio de su silencio. Si se convertía en la condesa de Swartingham sería un blanco de primera clase. Y no cambiaba nada que Edward estuviera en ese mismo momento rompiendo el compromiso con la señorita Gerard; ella quedaría igualmente deshonrada si el resto de la sociedad se enteraba de sus visitas a la Gruta de Afrodita.

Y peor aún, Edward insistiría en casarse con ella de todos modos, a pesar del escándalo. Sería la causa de su deshonra y un desastre para él y para su apellido; el apellido que le significaba tanto para él. De ninguna manera podía hacerle eso. Sólo le quedaba una salida; marcharse de Londres y dejar a Edward. Inmediatamente, antes que él volviera.

No se le ocurría ninguna otra manera de protegerlo.

La cara de sir Richard se cubrió de un peligroso matiz de rojo; parecía estar en inminente peligro de sufrir un ataque de apoplejía.

—¡Rechaza a mi hija por una, una...!

—Viuda de Little Battleford —terminó Edward, antes que el hombre encontrara un epíteto menos apropiado para Anna—. Sí, señor.

Estaban en el despacho de sir Richard, mirándose.

La sala apestaba a humo de tabaco rancio. Las paredes, que ya eran de un sucio color amarronado, estaban más oscurecidas aún por vetas de hollín que comenzaban a media altura y subían hasta perderse en la oscuridad que ocultaba el cielo raso. Sólo había una pintura al óleo, que colgaba sobre la repisa del hogar, ligeramente ladeada; era una escena de caza, en que unos perros blancos con manchas beis estaban acosando a una liebre; a pocos instantes de ser desmembrada, mostraba serenos sus ojos negros planos. Sobre el escritorio había dos copas de cristal tallado hasta la mitad de un coñac que sin duda era muy fino.

Ninguna de las dos copas se habían tocado.

—Ha jugado con el buen nombre de Sylvia, milord —dijo sir Richard casi a gritos—. Le haré pagar esto con su cabeza.

Edward exhaló un suspiro. La discusión estaba resultando más fea de lo que había supuesto. Y la peluca, como siempre, le picaba. Era de esperar que el viejo no pretendiera retarlo a duelo. Iddesleigh no le permitiría olvidarlo jamás si se veía obligado a batirse en duelo con el gordo y gotoso baronet.

—La reputación de la señorita Gerard no sufrirá en absoluto a causa de esto —dijo, en el tono más apaciguador posible—. Declararemos que fue ella la que me rechazó a mí.

—Le llevaré a juicio, señor, ¡por romper el compromiso!

Edward entrecerró los ojos.

—Y lo perderá. Tengo infinitamente más fondos y contactos que usted. No me casaré con su hija. Además —continuó, suavizando la voz—, un juicio sólo serviría para poner el nombre de la señorita Gerard en boca de todo Londres. Ninguno de los dos desea eso.

—Pero el compromiso con usted le ha impedido aprovechar esta temporada para encontrar un marido adecuado —dijo sir Richard, y le tembló la carnosa papada que le colgaba bajo el mentón.

Ah, así que ese era el verdadero motivo del malhumor del hombre. Le preocupaba menos el nombre de su hija que la perspectiva de financiarle otra temporada. Edward sintió lástima de la chica por tener ese padre, pero pasado un instante vio la oportunidad y la aprovechó.

—Naturalmente, deseo compensarle la decepción.

Se acentuaron las arruguitas en las comisuras de los codiciosos ojillos de sir Richard. Edward elevó una oración de acción de gracias a cual fuera el dios que lo protegía. Había estado muy cerca de tener a ese hombre por suegro.

Veinte minutos después, Edward salía a la luz del sol que bañaba el pórtico de la casa Gerard. El viejo había sido un negociador astuto para el regateo. Como un regordete bulldog con los dientes enterrados en el extremo de un hueso que se negaba a soltar, había gruñido, tironeado y agitado furiosamente la cabeza, pero al final habían logrado llegar a un acuerdo. En consecuencia, él tenía los bolsillos bastante más livianos, pero estaba libre de la familia Gerard. Lo único que le quedaba por hacer era volver a casa a ver a Anna para hacer los planes para la boda.

Sonrió de oreja a oreja. Si se mantenía su suerte, ella estaría todavía en su cama.

Silbando bajó corriendo la escalinata en dirección a su coche. Antes de subir al vehículo se detuvo un momento para quitarse la peluca y tirarla al suelo, y mientras el coche se alejaba, miró por la ventanilla y vio que un trapero se la ponía. La peluca empolvada en blanco, con sus rígidos rizos a los lados y en la coleta, hacía un raro contraste con la ropa sucia y la cara sin afeitar del hombre. El trapero se agachó a coger las varas de su carretilla y reanudó la marcha muy satisfecho.

Cuando el coche se detuvo delante de su casa, Edward ya iba canturreando la melodía de una cancioncilla indecente. Libre del compromiso con la señorita Gerard, no veía ningún motivo para convertirse en un hombre casado dentro de un mes; o dentro de dos semanas, si obtenía una licencia especial.

Una vez en el vestíbulo, entregó su tricornio y su capa al lacayo y subió los peldaños de la escalera de dos en dos. Todavía le faltaba el consentimiento de Anna, pero después de esa noche estaba seguro de que ella no tardaría en capitular.

Al llegar al rellano echó a andar por el corredor.

—¡Anna! —Abrió la puerta de su dormitorio—. Anna... —Se detuvo en seco. Ella no estaba en la cama—. ¡Condenación!

Entró en la sala de estar por la puerta de comunicación. Tampoco estaba ahí. Exhaló un suspiro, exasperado. Volviendo a su dormitorio, fue hasta la puerta, asomó la cabeza y llamó a Dreary con un grito. Después comenzó a pasearse por la habitación. ¿Dónde podía estar? La cama estaba hecha, las cortinas descorridas. Se había apagado el fuego del hogar. Debía de haber salido de la habitación hacía un buen rato. Vio el libro rojo de Elizabeth sobre la cómoda; encima había una hoja de papel doblada.

Acababa de alargar la mano para cogerla cuando entró Dreary en la habitación.

—¿Milord?

—¿Dónde está la señora Wren?

Cogió el papel doblado; por un lado estaba escrito su nombre, con letra de Anna.

—¿La señora Wren? Los lacayos me informaron que salió de la casa alrededor de las diez.

—Sí, pero, ¿adónde fue, hombre? —preguntó, desplegando el papel y comenzando a leer.

—Sólo sé eso, milord. No dijo donde...

La voz del mayordomo se convirtió en un zumbido de fondo mientras Edward iba comprendiendo las palabras escritas en la nota.

«Lo siento mucho... debo marcharme... Tuya siempre, Anna.»

—¿Milord?

Se ha marchado.

—¿Milord?

Lo había dejado.

—¿Se siente mal, milord?

—Se ha marchado —musitó Edward.

Dreary continuó hablando y luego debió marcharse porque, pasado un rato, Edward descubrió que estaba solo. Se sentó en el sillón junto al fuego apagado, solo. Pero claro, hasta hacía muy poco, a eso era a lo que estaba más acostumbrado.

A estar solo.

La diligencia crujió y saltó al pasar por un bache del camino.

—Aay —exclamó Fanny, friccionándose el codo, que se había golpeado con la portezuela—. El coche de lord Swartingham tiene mejores ballestas, seguro.

Anna manifestó su acuerdo con un murmullo, pero en realidad no le importaba. Debería estar haciendo planes; debía decidir adónde ir cuando llegaran a Little Battleford; debía pensar en cómo reunir un poco de dinero. Pero le resultaba tremendamente difícil pensar, y más aún hacer planes. Era muchísimo más fácil mirar por la ventanilla y dejar que la diligencia la llevara donde fuera. Sentado frente a ellas roncaba el único otro ocupante de la diligencia, un hombrecillo flaco con una peluca gris caída sobre una ceja. Ya estaba durmiendo cuando ellas subieron a la diligencia en Londres para comenzar el viaje, y no se había despertado ni una sola vez, a pesar de las sacudidas del vehículo y las frecuentes paradas. A juzgar por el olor que emanaba de él, una fuerte mezcla de gin, vómito y cuerpo sin lavar, no despertaría ni que sonaran las trompetas anunciando la Segunda Venida. Y no es que a ella le importara mucho si despertaba o no.

—¿Cree que esta noche estaremos en Little Battleford? —preguntó Fanny.

—No lo sé.

La chica suspiró y se tironeó el delantal.

Anna sintió pasar por ella un leve sentimiento de culpa. No le había dicho a Fanny que se marchaban de Londres cuando la despertó esa mañana. En realidad, prácticamente no le había dicho nada desde que salieron de la casa de Edward.

Fanny se aclaró la garganta.

—¿Cree que el conde nos seguirá?

—No.

Silencio.

Anna la miró. Fanny tenía fruncido el entrecejo.

—Yo creía que usted se iba a casar con él muy pronto —dijo la chica, aunque formuló la afirmación en forma de pregunta.

—No.

A Fanny le temblaron los labios.

—Eso no es posible, ¿verdad? —dijo entonces Anna, en tono más suave—. ¿Un conde y yo?

—Lo es si él la ama —dijo la chica muy seria—. Y lord Swartingham sí. La ama, quiero decir. Todo el mundo lo dice.

—Uy, Fanny —dijo Anna, desviando los ojos hacia la ventanilla, porque se le empañaron.

—Bueno, pues, es posible —insistió la chica—. Y usted ama al conde, así que no entiendo por qué volvemos a Little Battleford.

—El asunto es más complicado. Yo sería... un lastre para él.

—¿Un qué?

—Un lastre. Como una piedra de molino colgada a su cuello. No puedo casarme con él.

—No sé por qué...

Fanny no terminó lo que iba a decir ya que la diligencia empezó a entrar en el patio de una posada.

Agradeciendo la interrupción, Anna la aprovechó.

—Bajemos a estirar las piernas.

Pasando por delante del tercer pasajero, que seguía durmiendo, bajaron de un salto. En el patio, los mozos corrían de aquí para allá, ocupándose de los caballos, descargando bultos del techo de la diligencia y trayendo otros para reemplazarlos. El cochero estaba inclinado en el pescante cotilleando a gritos con el posadero. A todo el bullicio y confusión se sumaba un coche particular que también se había detenido en la posada. A la derecha varios hombres estaban inclinados junto a un caballo, examinándole un casco. Al parecer al animal se le había caído una herradura, o estaba cojo.

Anna cogió a Fanny por el codo y la llevó a situarse junto a ella bajo los aleros, para no estorbar a los hombres y muchachos que iban y venían por el patio corriendo. La chica estuvo un momento pasando el peso de un pie a otro hasta que al fin soltó a borbotones:

—Discúlpeme, señora. Tengo necesidad de usar el retrete.

Anna asintió y la pequeña criada se alejó corriendo. Entonces se puso a observar ociosamente a los hombres que estaban ocupados con el caballo cojo.

—¿Cuándo va a estar preparado por fin mi coche? —exclamó cerca de ella una voz estridente—. Ya llevo una hora esperando en esta asquerosa posada.

Anna se tensó al oír esa conocida voz. Ay, Dios, no, Felicity Clearwater. Y justo en ese momento. Se aplastó contra la pared, pero ese día los hados no se andaban con chiquitas. Felicity salió de la posada y al instante la vio.

—Anna Wren. Por fin.

La mujer había fruncido tanto los labios que tenía marcadas unas feas arrugas radiales por encima y por abajo de la boca. Se le acercó y le cogió fuertemente un brazo, en gesto autoritario, y continuó:

—Me cuesta creer que haya tenido que hacer casi todo el camino a Londres para hablar contigo. Y he tenido que esperar en esta maldita posada. Ahora escucha atentamente. —Le sacudió el brazo, para dar énfasis—. No deseo tener que repetirlo. Lo sé todo de tu aventurita en la Gruta de Afrodita.

A Anna se le agrandaron solos los ojos.

—Yo...

—No. No intentes negarlo. Tengo un testigo. Y sé que ahí te encontraste con el conde de Swartingham. Apuntaste un poquito alto, ¿eh? Jamás me lo habría imaginado de una ratoncita tímida como tú.

La mujer se quedó pensativa un momento, al parecer curiosa, meditando eso, pero enseguida se recuperó y continuó antes que Anna pudiera poner la boca en funcionamiento.

—Pero eso no es lo importante. La parte importante es lo que te voy a decir. —Volvió a sacudirle el brazo, más fuerte—. Quiero que me devuelvas mi medallón y la carta que llevaba dentro, y si alguna vez dices una sola palabra acerca de Peter y yo, me encargaré de que hasta la última alma de Little Battleford se entere de tu indiscreción. Os echarán del pueblo, a ti y a tu suegra. Yo me encargaré de eso personalmente.

Anna agrandó más los ojos. ¿Cómo se atrevía...?

Felicity le dio una última y fuerte sacudida a su brazo.

—Espero haber hablado claro.

Dicho eso movió la cabeza de arriba abajo, como si hubiera acabado un insignificante quehacer doméstico; despedir a una criada impertinente, por ejemplo. Quehacer desagradable, pero necesario. Se giró y echó a andar para ocuparse de cosas más importantes.

Anna se quedó mirándola.

De verdad Felicity pensaba que ella era una «ratoncita tímida», una que se desplomaría de miedo ante las amenazas de la amante de su difunto marido. ¿Y acaso no lo era? Ahora mismo estaba huyendo del hombre al que amaba; del hombre que la quería y deseaba casarse con ella. Huyendo debido a una inmunda misiva de chantaje. Sintió vergüenza. No era de extrañar que Felicity creyera que podía pisotearla.

Dio un paso, alargó la mano y cogió a Felicity por el hombro; esta casi se cayó en el sucio y embarrado suelo del patio.

—¿Qué...?

—Ah, ha hablado muy claro —ronroneó Anna, haciendo retroceder a la alta mujer hasta dejarla apoyada en la pared—. Pero ha cometido un pequeño error de cálculo: no ha pensado que a mí me importarían dos bledos sus amenazas. Y, si a mí no me importa lo que usted diga acerca de mí, bueno, se queda sin nada con lo que amenazarme, ¿verdad, señora Clearwater?

—Pero tú...

Anna asintió, como si Felicity hubiera dicho algo muy profundo.

—Eso es. Pero yo, en cambio, tengo algo muy importante acerca de usted. El hecho de que usted se follaba a mi marido.

—Yo... yo...

—Y si no me falla la memoria —continuó Anna, tocándose la mejilla con un dedo, en fingida sorpresa—, vamos, eso fue hacia la época en que usted concibió a su hija menor. La pelirroja, la del pelo igual al de Peter.

Felicity aplastó la espalda en la pared y la miró como si le hubiera brotado un tercer ojo en medio de la frente.

—Ahora bien, ¿qué cree que diría el señor terrateniente acerca de eso? —le preguntó Anna, dulcemente.

Felicity intentó recuperar terreno.

—Bueno, vamos a ver...

Anna le enterró un dedo en la cara.

—No. Será usted la que vea. Si alguna vez vuelve a amenazarme o intenta amenazar a cualquiera de mis seres queridos, les diré a todos los habitantes de Little Battleford que usted se acostaba con mi marido. Lo mandaré imprimir y haré llegar las hojas a todas las mansiones, casas, casitas y chozas de Essex. En realidad, las haré llegar a todo el país. Quizás hasta tendría que marcharse de Inglaterra.

—No lo harías —resolló Felicity.

Anna sonrió, aunque no por simpatía.

—¿Que no? Póngame a prueba.

—Eso es...

—Chantaje. Sí. Y quién mejor que usted para dominar el tema.

La cara de Felicity se tornó blanca como un papel.

—Ah, y una cosa más, necesito viajar a Londres. Inmediatamente. Cogeré su coche.

Dándose media vuelta, echó a andar hacia el coche, cogiendo a Fanny por el brazo, que estaba boquiabierta ante la puerta de la posada.

—Pero ¿cómo voy a volver a Little Battleford? —gritó Felicity.

Anna no se molestó en mirar atrás.

—Puede ocupar mi asiento en la diligencia.

Estaba sentado en un sillón de piel agrietada en la biblioteca de su casa de la ciudad, ya que no soportaría los recuerdos que le traería a la memoria su dormitorio.

Había una librería que le daba el nombre a la sala. Polvorientos libros religiosos llenaban los estantes, alineados como tumbas en un camposanto, todos sin tocar desde hacía varias generaciones. La única ventana tenía unas cortinas de terciopelo azul, corridas hacia un lado por un cordón dorado que ya había perdido su brillo. Por ella veía el contorno oscuro del techo de la casa de al lado. Momentos antes la luz roja del sol poniente perfilaba las siluetas de las muchas chimeneas sobre el techo. Pero ahora, ya se había hecho de noche afuera.

La sala estaba fría porque se había apagado el fuego del hogar.

En algún momento, no sabía cuándo, había entrado una criada para volver a encender el fuego, pero él le ordenó que se marchara. Desde entonces nadie había vuelto a molestarlo. De tanto en tanto oía murmullos de voces en el vestíbulo, pero no les hacía caso.

No estaba leyendo.

No estaba escribiendo.

No estaba bebiendo.

Estaba simplemente sentado, con el libro en el regazo, pensando, mirando al vacio, mientras lo envolvía la noche como en una tumba. Jock le había metido el hocico en la mano una o dos veces, pero puesto que él tampoco le hizo caso, al final el perro renunció y se echó a un lado.

¿Sería por las marcas de la viruela? ¿O por su mal genio? ¿Acaso no había disfrutado cuando le hizo el amor? ¿Es que él estaba demasiado absorto en su trabajo? ¿O simplemente no lo amaba?

Sólo podía ser eso. Tan poca cosa y sin embargo lo era todo.

Si a ella no le importaba su título, su riqueza, ¡buen Dios!, su «amor», no tenía nada más que ofrecerle. ¿Qué la había impulsado a marcharse? Esa era una pregunta que no lograba contestar. Una pregunta que no podía dejar de hacerse. Lo envolvía, lo consumía, se había convertido en lo único que importaba. Porque sin ella, no había nada. Su vida se extendía ante él en tonos grises, fantasmales.

Solo.

Estaba solo, sin nadie que le tocara el alma como se la tocaba Anna; sin la compleción que le daba ella. Sólo se había dado cuenta de eso después que ella se marchó: había un inmenso agujero en su ser sin ella.

¿Podría un hombre vivir con ese vacío dentro de él?

Pasado un rato sintió vagamente un alboroto de voces fuertes en el vestíbulo. Las voces se acercaron. Se abrió la puerta de la biblioteca y apareció Iddesleigh.

—Ah, esto sí que es un buen cuadro —dijo el vizconde, cerrando la puerta. Dejó la vela que traía sobre una mesa y su capa y su sombrero en una silla—. Un hombre fuerte, inteligente, abatido por una mujer.

Edward no se movió, ni siquiera giró la cabeza para mirar al intruso.

—Simon, vete.

—Me iría, muchacho, si no tuviera conciencia. —La voz de Iddesleigh resonó extrañamente en la sala—. Pero resulta que tengo, conciencia, quiero decir. Condenada molestia.

El vizconde fue a arrodillarse junto al hogar frío y comenzó a amontonar trocitos de yesca.

Edward frunció un poco el ceño.

—¿Quién te ha enviado?

Iddesleigh se acercó el cubo con el carbón.

—Tu anciano ayuda de cámara. ¿Davis se llama? Estaba preocupado por la señora Wren. Parece que le ha tomado cariño, más o menos como un polluelo impresionado por un cisne. Puede que haya estado preocupado por ti también, pero eso es difícil saberlo. No logro entender por qué sigues manteniendo a esa criatura.

Edward no contestó.

Iddesleigh apiló delicadamente los carbones alrededor de la yesca. Era raro ver al refinado vizconde haciendo un trabajo tan sucio. A Edward ni se le habría ocurrido que supiera encender un fuego.

—¿Cuál es el plan, entonces? —preguntó Iddesleigh, mirándolo por encima del hombro—. ¿Continuar sentado aquí hasta que te congeles? Eso es un poco pasivo, ¿no?

—Simon, por el amor de Dios, vete y déjame en paz.

—No, Edward. Por el amor de Dios, y por ti, me quedaré.

Frotó el pedernal con el acero, saltó la chispa, pero la yesca no prendió.

—Se ha marchado. ¿Qué quieres que haga?

—Pedirle disculpas. Comprarle un collar de esmeraldas. O no, en el caso de esta dama, cómprale más rosales. —Cayó una chispa, prendió la yesca y una llamita comenzó a lamer los carbones—. Haz cualquier cosa, hombre, pero no quedarte sentado aquí.

Edward se movió, por primera vez, y el movimiento fue incómodo para sus músculos inmóviles tanto tiempo.

—Ella no me desea.

—Bueno, eso es una falsedad absoluta —dijo Iddesleigh, incorporándose y sacando un pañuelo del bolsillo—. La vi contigo, recuerda, en la charla de Lillipin. La dama está enamorada de ti, aunque sólo Dios sabe por qué.

Se limpió las manos con el pañuelo, dejándolo negro, se quedó un momento mirando el estropeado cuadrado de seda y luego lo arrojó a las llamas.

Edward giró la cabeza hacia el otro lado.

—Entonces, ¿por qué me ha dejado? —masculló.

Iddesleigh se encogió de hombros.

—¿Qué hombre conoce la mente de una mujer? Yo no, desde luego. Tal vez dijiste algo que la ofendió, casi seguro que la ofendiste, en realidad. O igual ella le tomó una repentina aversión a Londres. O —se metió la mano en el bolsillo de la chaqueta y sacó un papel cogido entre dos dedos—, podrían haberla chantajeado.

Edward se enderezó bruscamente y cogió el papel.

—¿Qué? ¿Qué quieres de...?

Se le cortó la voz, leyendo la maldita misiva. Alguien había amenazado a Anna. A su Anna.

Levantó la vista.

—¿Dónde diablos encontraste esto?

Iddesleigh le enseñó las palmas abiertas.

—Davis otra vez. Me lo dio en el vestíbulo. Al parecer lo encontró en la rejilla del hogar de tu dormitorio.

—¡Ese maldito hijo de puta! —exclamó Edward, arrugando el papel hasta convertirlo en una bola, y arrojándolo al fuego—. ¿Quién es este hombre?

—No tengo ni idea. Pero debe de frecuentar la Gruta de Afrodita para saber tanto.

—¡Santo Dios! —Edward se levantó de un salto y metió los brazos en la chaqueta—. Cuando acabe con él no podrá visitar ni a una puta barata. Le arrancaré los cojones. Y después iré a buscar a Anna. ¿Cómo se atrevió a no decirme que alguien la amenazaba? —Se interrumpió, asaltado por un repentino pensamiento, y se giró a mirar a Iddesleigh—. ¿Por qué no me diste esa carta inmediatamente?

El vizconde volvió a encogerse de hombros, imperturbable.

—El chantajista no estará en la Gruta de Afrodita hasta las nueve. —Sacó un cortaplumas del bolsillo y comenzó a limpiarse la uña del pulgar—. Ahora son sólo las siete y media. No le veo mucho sentido a precipitar las cosas. ¿Tal vez podríamos comer algo antes?

—Si no fueras tan útil de vez en cuando —gruñó Edward—, ya te habría estrangulado.

Iddesleigh guardó la navaja y cogió su capa.

—Ah, sin duda. Pero sería agradable llevar por lo menos un poco de pan y queso en el coche.

Edward lo miró enfurruñado.

—Tú no vienes conmigo.

El vizconde se arregló el tricornio mirándose en el espejo del lado de la puerta.

—Pues, me temo que sí. Y Harry también viene. Está esperando en el vestíbulo.

—¿Por qué?

—Porque, mi querido amigo, esta es una de aquellas ocasiones en que podemos ser útiles. —Esbozó una sonrisa feroz—. Vas a necesitar padrinos, ¿no?

Capítulo 22

La anciana volvió a sonreír al ver la expresión sorprendida de Aurea.

—Mis hijos recorren las cuatro esquinas de la Tierra. No existe hombre ni animal ni pájaro al que no conozcan. ¿Qué es lo que buscas?

Aurea les contó la extraña historia de su matrimonio con el príncipe Cuervo, lo de su séquito y sirvientes alados y lo de su búsqueda de su marido perdido. Los tres primeros Vientos negaron con la cabeza, pesarosos; no habían oído hablar del príncipe Cuervo. Pero el Viento Oeste, el hijo alto y huesudo, pensó un momento y luego dijo:

—Hace un tiempo, una pequeña alcaudón me contó una extraña historia. Me dijo que hay un castillo en medio de unas nubes en el que los pájaros hablan con voces humanas. Si quieres, te llevaré allí.

Entonces Aurea montó a la espalda del Viento Oeste y le rodeó firmemente el cuello con los brazos, no fuera a caerse, porque el Viento Oeste vuela más rápido que cualquier pájaro.

De El príncipe Cuervo

*H*arry se tironeó su antifaz de seda negra.

—Explíqueme otra vez por qué vamos enmascarados, milord.

Edward tamborileó los dedos en la portezuela del coche, deseando que los caballos pudieran ir al galope por las calles de Londres.

—La última vez que estuve en la Gruta hubo un pequeño malentendido.

—Un malentendido —repitió Harry en voz baja, como si eso no fuera suficiente explicación.

—Sería mejor si no me reconocieran —añadió Edward, entonces.

—¿De veras? —preguntó Iddesleigh, dejando de tironearse su antifaz; parecía fascinado—. No sabía que Afrodita le prohibiera la entrada a nadie. ¿Qué hiciste exactamente?

—No tiene importancia —dijo Edward, agitando la mano impaciente—. Lo único que tenéis que saber es que debemos ser discretos cuando entremos.

—¿Y Harry y yo vamos enmascarados porque...?

—Porque si ese hombre me conoce tan bien como para saber lo de mi compromiso con la señorita Gerard, también sabrá que los tres somos camaradas.

Harry gruñó algo, al parecer su manifestación de acuerdo.

—Ah, en ese caso tal vez deberíamos ponerle máscara al perro también —dijo el vizconde, mirando a Jock.

Jock iba sentado muy derecho en el asiento al lado de Harry, mirando atentamente por la ventanilla.

—Habla en serio —gruñó Edward.

—Lo he dicho en serio —masculló Iddesleigh.

Edward no le hizo caso y se puso a mirar por la ventanilla. Estaban en un barrio cercano al East End, no de mala reputación exactamente pero no del todo respetable tampoco. Captó un movimiento de faldas en una puerta al pasar; una prostituta exhibiendo su mercancía. Personas de apariencia menos benévola acechaban en las sombras también. Parte del atractivo de la Gruta de Afrodita era que estaba a horcajadas sobre la fina raya entre lo ilícito y lo verdaderamente peligroso. Por lo visto, el hecho de que cualquier noche a unos pocos clientes de la Gruta les robaran o hicieran algo peor no disminuía el atractivo; para un cierto tipo de personas, eso sin duda se lo aumentaba.

El resplandor de luces por delante les indicó que se estaban acercando a la Gruta. Pasado un momento apareció a la vista su falsa fachada griega. El mármol blanco y la abundancia de ornamentos dorados le daban al establecimiento un aire de vulgar magnificencia.

—¿Qué piensa hacer para encontrar al chantajista? —le preguntó Harry en voz baja cuando bajaron del coche.

Edward se encogió de hombros.

—A las nueve sabremos cuál es la magnitud del campo —dijo, y echó a caminar hacia la entrada con toda la arrogancia que le daba el respaldo de nueve generaciones de aristócratas.

Dos fornidos individuos ataviados con togas guardaban las puertas. La del que estaba más cerca era algo corta y dejaba ver unas pantorrillas pasmosamente peludas.

Al ver a Edward, el guardia entrecerró los ojos, desconfiado.

—Vamos a ver, ¿no es usted el conde de...?

—Cuánto me alegra que me reconozcas —dijo Edward, poniéndole una mano en el hombro y tendiéndole la otra, aparentemente para darle un amistoso apretón.

En la palma abierta había una guinea. El guardia cerró la mano sobre la moneda de oro y esta desapareció en los pliegues de su toga. Entonces le sonrió untuosamente.

—Todo eso está muy bien, milord, pero después de la última vez, ¿tal vez no le importaría...? —Se frotó los dedos, sugerente.

Edward lo miró ceñudo. ¡Qué jeta! Le acercó la cara hasta que le olió la pudrición de los dientes.

—Tal vez me importaría.

Jock gruñó.

El guardia retrocedió, levantando las manos en gesto tranquilizador.

—No pasa nada. ¡Muy bien, milord! Pase, pase.

Edward asintió secamente y subió la escalinata. A su lado, Iddesleigh musitó:

—En serio, tendrás que contarme ese malentendido alguna vez.

Harry se rió.

Edward se desentendió de ellos. Ya habían entrado y tenía asuntos más importantes que considerar.

Anna estaba en el vestíbulo de la casa de ciudad de Edward interrogando a Dreary. Todavía llevaba su polvoriento vestido de viaje.

—¿Adónde fue?

—No lo sé, señora, seguro.

Y de verdad el mayordomo parecía no tener ni idea. Lo miró fijamente, frustrada. Se había pasado todo el día viajando, había formulado y reformulado la frase para pedirle disculpas a Edward, incluso había soñado con compensarlo después, y ahora el muy tonto ni siquiera estaba ahí. La situación era anticlimática por decirlo suave.

—¿Nadie sabe dónde está lord Swartingham?

Ya empezaba a gimotear. A su lado, Fanny pasó su peso de un pie a otro.

—Tal vez haya ido a buscarla, señora —dijo.

Anna se giró a mirarla y al hacerlo captó un movimiento al fondo del vestíbulo. El ayuda de cámara de Edward se iba alejando de puntillas, sigilosamente.

—Señor Davis. —Recogiéndose las faldas trotó detrás del hombre, más rápido de lo que era decoroso en una dama—. Señor Davis, espere un momento.

¡Maldición! El viejo era más rápido de lo que parecía; corriendo dio la vuelta a la esquina y subió por una escalera trasera, fingiéndose sordo.

—¡Pare! —gritó Anna, jadeante, corriendo detrás.

Al llegar a lo alto de la escalera, el ayuda de cámara viró. Entraron en un corredor estrecho, sin duda en el sector de los criados. El hombrecillo iba en dirección a la puerta del final del corredor, pero ella era más rápida en las rectas. Aceleró un poco y llegó a la puerta antes que él. Aplastó la espalda en la puerta cerrada, con los brazos extendidos a ambos lados, impidiéndole entrar en su refugio.

—Señor Davis.

El viejo agrandó los ojos legañosos.

—Ah, ¿me necesitaba, señora?

—Sí. —Hizo una inspiración profunda, para recuperar el aliento—. ¿Dónde está el conde?

—¿El conde? —preguntó Davis, mirando alrededor, como si creyera que Edward se iba a materializar saliendo de las sombras.

—Edward de Raaf, lord Swartingham, el conde de Swartingham. —Se le acercó más—. Su amo.

—No tiene por qué enfadarse —dijo él, y parecía verdaderamente herido.

—¡Señor Davis!

—Milord podría haber tenido la idea —dijo él, cautelosamente— de que lo necesitaban en otra parte.

Anna golpeteó el suelo con el pie.

—Dígame inmediatamente dónde está.

Davis miró hacia arriba y luego hacia el lado, pero no le llegó ninguna ayuda del penumbroso corredor. Exhaló un suspiro.

—Podría haber encontrado una carta —dijo, sin mirarla a los ojos—. Podría haber ido a una casa indecente, con un nombre raro, Afrodity o Afro...

Anna ya iba corriendo escalera abajo, patinando en las vueltas. Ay, Dios santo, Dios santo.

Si Edward había encontrado la carta de chantaje...

Si había ido a enfrentarse con el chantajista...

Estaba claro que el chantajista no tenía ningún sentido del honor, y seguro que era peligroso. ¿Qué haría cuando lo arrinconara? Edward no se enfrentaría con un hombre así él solo, ¿no? Gimió. Ah, sí que lo haría. Si le ocurría algo, la culpa sería de ella.

Atravesó corriendo el vestíbulo, hizo a un lado a Dreary, que seguía ahí, indeciso, y abrió la puerta.

—¡Señora! —exclamó Fanny, echando a correr detrás.

Anna se giró.

—Fanny, quédate aquí. Si vuelve el conde dile que no tardaré en regresar.

Volvió a girarse y, al ver que el coche se iba alejando, se hizo bocina con las manos y gritó:

—¡Pare!

El cochero tiró bruscamente de las riendas, haciendo medio encabritarse a los caballos. Se giró a mirarla.

—¿Qué pasa, señora? ¿No quiere descansar un poco ahora que está en Londres? La señora Clearwater...

—Necesito que me lleve a la Gruta de Afrodita.

—Pero la señora Clearwater...

—Inmediatamente.

El cochero suspiró cansinamente.

—¿Por dónde se va?

Anna le indicó brevemente el camino y la dirección y subió al coche del que había bajado no hacía mucho rato. Se cogió de las correas de cuero y rezó. Dios mío, querido, que llegue a tiempo. No podría vivir consigo misma si Edward resultaba herido.

El trayecto fue horroroso por lo interminable, pero finalmente el coche se detuvo, ella bajó y subió corriendo la larga escalinata de mármol. El interior de la Gruta de Afrodita zumbaba con las conversaciones y risas de los londinenses amantes de la noche. Daba la impresión de que ahí estaban reunidos todos los petimetres jóvenes, todos los libertinos viejos, todas las damas que pisaban con pie de plomo el fino límite de la respetabilidad. Eran las nueve menos cuarto y la muchedumbre estaba desinhibida, achispada y rondando la borrachera.

Se arrebujó más la capa. Hacía calor en la casa, y olía a cera quemada, cuerpos sin lavar y bebidas alcohólicas. De todos modos, se dejó puesta la capa, como una delgada barrera entre ella y la multitud. Una vez que miró hacia arriba vio a sonrientes cupidos pintados en el cielo raso; estaban descorriendo una cortina semitransparente dejando ver a una Afrodita voluptuosamente sonrosada rodeada por... bueno, eso era una orgía.

Le pareció que Afrodita le hacía un guiño malicioso.

Se apresuró a desviar la mirada y continuó su búsqueda. Su plan era sencillo: encontrar al chantajista y alejarlo de la Gruta antes que lo encontrara Edward. El problema era que no sabía quién era; en realidad ni siquiera sabía si era un hombre. Nerviosa, también se mantuvo vigilante por si veía a Edward. Si lo encontraba antes que apareciera el chantajista, tal vez le sería posible convencerlo de marcharse. Aunque en realidad le costaba muchísimo imaginárselo hurtándole el cuerpo a una pelea, incluso a una que podría perder.

Entró en el salón principal. Ahí vio a parejas repantigadas en sofás y a numerosos jóvenes dandis recorriéndolo en busca de diversión para la noche. Al instante comprendió que sería prudente mantenerse en movimiento, así que continuó caminando, paseándose por la sala. Ahí continuaba el tema clásico, con diversas escenas de Zeus seduciendo a jovencitas. La de Europa y el Toro era particularmente gráfica.

—Le dije que trajera un manguito —le espetó una voz malhumorada a su lado, interrumpiendo sus pensamientos.

Por fin.

—No voy a pagar ese ridículo precio —dijo. El chantajista no pareció asustarse; era más joven de lo que había imaginado, y tenía un conocido mentón hundido. Lo miró ceñuda—. Usted es el dandi ridículo que estaba en la charla.

El hombre se irritó.

—¿Dónde está mi dinero?

—Ya se lo he dicho, no voy a pagar. El conde está aquí, y lo que de verdad le conviene es marcharse de inmediato, antes que él lo encuentre.

—Pero el dinero...

Anna golpeó el suelo con el pie, exasperada.

—Escuche, bobo idiota, no llevo dinero, y de verdad debe...

Una enorme masa peluda saltó desde atrás de ella. Sonó un grito y un horroroso y ronco gruñido. El chantajista estaba de espaldas en el suelo, con el cuerpo casi tapado por Jock. El animal tenía erizado el lomo y continuaba su amenazador gruñido, con los colmillos a sólo unos dedos de los ojos del hombre.

Una mujer chilló.

—No lo sueltes, Jock —dijo Edward, avanzando—. Chilly Lillipin. Debería haberlo supuesto. Seguro que estuviste en la charla de tu hermano mayor ayer.

—Maldición, Swartingham, quítame a este animal de encima. Qué te puede importar una fur...

Jock ladró y casi le arrancó la nariz.

Edward le colocó una mano en el cuello al perro.

—Me importa Por supuesto que me importa esta dama.

Lillipin entrecerró astutamente los ojos.

—Entonces, sin duda, querrás una satisfacción.

—Naturalmente.

—Tendré que contactar con mis padri...

—Ahora mismo —interrumpió Edward, y aunque habló en voz baja, silenció las últimas palabras del hombre.

—¡Edward, no! —exclamó Anna. Eso era justamente lo que había querido evitar.

—Yo ya tengo a mis padrinos aquí —dijo Edward, sin hacerle caso.

Avanzaron un paso el vizconde Iddesleigh y un hombre más bajo de vivos y penetrantes ojos verdes. Los dos parecían absortos en ese juego masculino.

—Elige a tus padrinos —dijo el vizconde, sonriendo.

En su posición de espaldas, Lillipin miró alrededor. Un joven con los faldones de la camisa fuera se abrió paso por el gentío, arrastrando a su tambaleante compañero, hasta situarse delante.

—Nosotros seremos tus padrinos.

¡Buen Dios!, exclamó Anna para su coleto.

—Edward, para esto, por favor —le dijo en voz baja.

Él sacó a Jock de encima de Lillipin y lo empujó hacia ella.

—Cuídala.

Obedientemente, el perro se plantó delante de ella, en guardia.

—Pero...

Edward la silenció con una severa mirada. Se quitó la chaqueta. Lillipin se levantó de un salto, se quitó la suya y el chaleco y desenvainó su espada. Edward desenvainó la suya. Los dos hombres quedaron frente a frente en un espacio repentinamente despejado.

Eso estaba ocurriendo demasiado rápido; era como una pesadilla que ella no podía detener. Se había hecho el silencio en el salón y todas las caras estaban vueltas hacia ellos, todos mirando ávidos ante la perspectiva de ver correr sangre.

Los duelistas se hicieron el obligado saludo de cortesía, levantando las espadas hasta sus caras y luego cada uno flexionó ligeramente una pierna, con la espada delante. Más delgado y bajo que Edward, Lillipin había adoptado una postura elegante, con la mano izquierda curvada graciosamente en un arco detrás de la cabeza. Llevaba una camisa de lino adornada con chorreras de encaje belga que parecían volar con sus movimientos. La postura de Edward, en cambio, era simplemente firme, con el brazo izquierdo extendido hacia atrás para mantener el equilibrio, no por elegancia. Su chaleco negro sólo tenía un ribete de trencilla negra, y su camisa blanca no llevaba adornos.

Lillipin sonreía satisfecho.

—¡En guardia! —exclamó, y se abalanzó, moviendo rápidamente la espada, haciéndola lanzar destellos.

Edward paró el golpe; su espada se deslizó por la de su contrincante, raspándola. Retrocedió dos pasos mientras Lillipin avanzaba, moviendo la espada.

Anna se mordió el labio. Edward sólo estaba a la defensiva, ¿no? Al parecer, Lillipin pensó lo mismo, porque curvó los labios en una untuosa sonrisa.

—Chilly Lilly mató a dos hombres el año pasado —dijo alguien de la multitud congregada detrás, en tono jactancioso.

A Anna se le quedó atrapado el aire en la garganta. Había oído hablar de los dandis londinenses que se divertían desafiando y matando a espadachines menos diestros. Edward se pasaba la mayor parte de su tiempo en el campo. ¿Sería capaz de defenderse?

Mientras tanto los combatientes, con las caras brillantes de sudor, se movían girando en círculos, enfrentados, muy cerca el uno del otro. Lillipin atacó y su espada chocó sonoramente con la de Edward, pero le rompió la manga con la punta. A Anna se le escapó un gemido, aunque enseguida vio que no aparecía ninguna mancha de sangre en la manga. Lillipin volvió a abalanzarse, haciendo serpentear la espada, y alcanzó a enterrarle la punta en el hombro. Edward emitió un gruñido. Esta vez sí brotó sangre y comenzaron a caer gotas en el suelo. Anna intentó avanzar pero Jock se lo impidió cogiéndole suavemente el brazo con el hocico.

—¡Sangre! —gritó Iddesleigh, y a su grito siguieron los de los dos padrinos de Lillipin, que repitieron lo mismo.

Ninguno de los duelistas hizo amago de parar el combate. Las espadas continuaron silbando, serpenteando y golpeando. En la manga de Edward continuaban apareciendo manchas rojas. Con cada movimiento de su brazo saltaban gotas de sangre al suelo, que enseguida esparcían los pies de los combatientes. ¿No tenían que haber parado cuando brotó la primera sangre?

A no ser que quisieran pelearse a muerte.

Anna se metió el puño en la boca para sofocar un grito. No debía distraer a Edward. Se mantuvo absolutamente inmóvil, con los ojos llenos de lágrimas.

De repente Edward se abalanzó en un ataque feroz, golpeando fuerte el suelo con el pie; y continuó el ataque. Lillipin se apresuró a retroceder, levantando la espada para protegerse la cara. Haciendo un giro en arco con el brazo, Edward le golpeó la espada; Lillipin chilló de dolor, su espada salió volando, cayó y se deslizó por el suelo con gran ruido.

Edward se quedó quieto, con la punta de la espada tocándole la base de la garganta. El joven estaba jadeante, sujetándose con la mano izquierda la derecha herida.

—Puede que hayas ganado por pura suerte, Swartingham —resolló—, pero no puedes impedirme que hable una vez que me marche de este...

Edward soltó la espada y le enterró el puño en la cara. Lillipin se tambaleó hacia atrás y con los brazos abiertos cayó de espaldas al suelo y se quedó inmóvil, inconsciente.

—Pues sí que puedo impedírtelo —masculló Edward, agitando la mano derecha.

Anna sintió un largo suspiro de pesar a su espalda. Entonces avanzó el vizconde Iddesleigh pasando por su lado.

—Sabía que al final recurrirías a los puños —dijo.

—Me batí a duelo con él primero —contestó Edward, ofendido.

El hombre de los ojos verdes avanzó por el otro lado de Anna y en silencio se agachó a recoger la espada de Edward.

—He ganado —dijo Edward.

—De manera lamentable —dijo el vizconde, sonriendo burlón.

—¿Habrías preferido que él me ganara?

—No, pero en un mundo perfecto, ganaría siempre la forma clásica.

—Este no es un mundo perfecto, gracias a Dios.

Anna ya no pudo soportarlo.

—¡Idiota! —exclamó, golpeándole el pecho.

Entonces recordó la herida en el hombro y se apresuró a romperle la manga ensangrentada.

—Cariño —dijo Edward, imperturbable—, ¿qué...?

—No te ha bastado con luchar con ese hombre horrible —resolló ella, con los ojos empañados por las lágrimas—, sino que te has dejado herir, hay sangre tuya por todo el suelo. —Terminó de romper la manga y casi se mareó al ver la terrible herida que le estropeaba su hermoso hombro—. Y ahora es posible que te mueras.

Sollozando le aplicó su pañuelo, lastimosamente pequeño e inútil, sobre la herida.

—Anna, cariño, tranquila —dijo él, intentando abrazarla.

Ella le apartó los brazos.

—¿Y para qué? ¿Qué valor tenía batirte en duelo con ese hombre horrible?

—Tú —musitó él dulcemente, y a ella se le quedó atrapado el aire a medio sollozo—. Tú vales todo para mí, cualquier cosa. Incluso morirme desangrado en un burdel.

Anna se atragantó y no pudo decir nada.

Él le acarició tiernamente la mejilla.

—Te necesito. Te lo dije pero parece que tú no me creíste. —Hizo una inspiración, y le brillaron los ojos—. No vuelvas a dejarme nunca más, Anna. La próxima vez no sobreviviré. Deseo que te cases conmigo, pero si no puedes...

Se le cortó la voz y tragó saliva. A ella se le volvieron a llenar los ojos de lágrimas.

—Simplemente no me dejes —terminó él, en un susurro.

—Ooh, Edward.

Se le escapó un suspiro cuando él le enmarcó la cara con las manos manchadas de sangre y la besó tiernamente.

—Te amo —susurró con voz ronca con los labios sobre los de ella.

Alguien de la muchedumbre gritó un alegre «viva» y otros muchos rechiflaron. Anna oyó las voces como si vinieran de muy lejos. Entonces alguien se aclaró la garganta, muy cerca.

Edward levantó la cabeza, aunque mantuvo los ojos fijos en la cara de ella.

—¿No ves que estoy ocupado, Iddesleigh?

—Ah, desde luego, todos los presentes en la Gruta ven muy bien lo ocupado que estás, De Raaf —dijo el vizconde, sarcástico.

Entonces Edward miró y pareció percatarse de que estaban ante un numeroso público.

—Muy bien —dijo, ceñudo—. Necesito llevar a Anna a casa y ocuparme de esto. —Miró hacia el lado por encima del hombro e hizo un gesto hacia el inconsciente Lillipin, al que en ese momento le caía la baba—. ¿Puedes encargarte tú de esto?

El vizconde frunció los labios en un gesto de repugnancia.

—Supongo que no tengo más remedio. Tiene que haber algún

barco que zarpe hacia un lugar exótico esta noche. No te importa, Harry, ¿verdad?

El hombre de ojos verdes sonrió de oreja a oreja.

—Navegar le hará la mar de bien a este gamberro.

Diciendo eso cogió a Lillipin por los pies; el vizconde Iddesleigh lo cogió por debajo de las axilas, no con mucha suavidad, y entre los dos lo levantaron.

—Felicitaciones —dijo Harry, haciéndole una venia a Anna.

—Sí, felicitaciones, De Raaf —dijo el vizconde arrastrando la voz al pasar por su lado—. ¿Puedo esperar ser merecedor de una invitación a las inminentes nupcias?

Edward gruñó.

Riendo, el vizconde se alejó sosteniendo la mitad del hombre inconsciente.

Al instante Edward cerró la mano en el brazo de Anna y comenzó a llevarla por en medio del gentío. Sólo entonces ella vio a Afrodita, que estaba delante de un grupo, observando. Al verla se quedó boquiabierta. La madama era más baja en una cabeza de la que había visto en la otra ocasión, y en los agujeros de su máscara dorada se veían unos ojos verdes de gata. Llevaba el pelo empolvado con polvo dorado.

—Sabía que te perdonaría —le dijo Afrodita en un ronroneo cuando ella pasó por su lado. Después exclamó en voz alta dirigiéndose a la multitud—: ¡La casa invita a todo el mundo a bebida gratis, en celebración del amor!

El rugido de entusiasmo que soltó la multitud continuaba cuando Anna y Edward bajaron corriendo la escalinata y subieron en el coche que los esperaba. Edward golpeó el techo y se dejó caer entre los cojines. No le había soltado el brazo ni un segundo y, ya sentado, la sentó en su regazo, le cubrió la boca con la suya y aprovechó que ella tenía los labios entreabiertos para introducir la lengua. Pasados varios minutos, ella pudo respirar.

Él interrumpió el beso, pero sólo para darle una serie de suaves mordiscos en el labio inferior.

—¿Te casarás conmigo? —musitó, con la boca tan cerca que ella sintió como si le hubiera susurrado el aire que emanaba de su cuerpo.

Las lágrimas volvieron a empañar los ojos de Anna.

—Es que te quiero mucho, mucho, Edward —musitó, con la voz rota—. ¿Y si nunca tenemos familia?

Él le enmarcó la cara entre las manos.

—Tú eres mi familia. Si no tenemos hijos, será una decepción, pero si no te tengo a ti, será mi aniquilación. Te amo, te quiero, te necesito. Confía en mí, por favor, lo suficiente para ser mi esposa.

—Sí.

Edward ya le estaba mordisqueando y dejándole una estela de besos por el cuello, por lo que la palabra no le salió muy clara, así que la repitió, porque decirla era importante:

—Sí.

Epílogo

El Viento Oeste voló con Aurea hasta un castillo posado en las nubes alrededor del cual giraban los pájaros. Cuando ella bajó de su espalda, un cuervo gigantesco se posó a su lado y se convirtió en el príncipe Niger.

—¡Me has encontrado, Aurea, mi amor! —exclamó.

Mientras el príncipe hablaba, los pájaros fueron bajando del cielo y uno a uno fueron transformándose nuevamente en hombres y mujeres. Se elevó un fuerte grito de júbilo entre los fieles acompañantes del príncipe. Al mismo tiempo se disolvieron las nubes que rodeaban el castillo y se vio que este estaba enclavado en la cima de una inmensa montaña.

Aurea estaba aturdida por la sorpresa.

—¿Cómo es posible esto? —preguntó.

El príncipe sonrió, y sus ojos brillaron negros como el ébano.

—Tu amor, Aurea. Tu amor ha anulado la maldición.

De *El príncipe Cuervo*

—*Y* Aurea y el príncipe Cuervo vivieron felices para siempre. — Anna cerró suavemente el libro de tafilete rojo—. ¿Se ha dormido?

Edward movió la pequeña pantalla de seda hasta dejar al pequeño a la sombra, para protegerlo del sol de la tarde.

—Mmm. Creo que ya lleva un rato dormido.

Los dos miraron la carita engañosamente querúbica. El pequeño estaba acostado en cojines de seda color rubí apilados en el centro del jardín amurallado de Ravenhill. Tenía abiertas y flexionadas las piernas, como si el sueño lo hubiera vencido a mitad de un movimiento, los labios botón de rosa fruncidos sobre dos deditos que tenía metidos en la boca, y una suave brisa le agitaba los rizos negrísimos. Jock estaba echado a un lado de su ser humano favorito, sin preocuparse por la mano regordeta que le tenía cogida una oreja. El jardín que los rodeaba estaba florecido en toda la plenitud de su gloria. Las flores se desparramaban sobre los senderos en una exuberancia multicolor; las paredes estaban casi cubiertas por las rosas de los rosales trepadores, y el aire estaba impregnado por el perfume de las rosas y el zumbido de las abejas.

Edward le quitó el libro de la mano y lo dejó a un lado de los restos del almuerzo; después tomó una rosa rosada del florero que tenían en el centro del mantel para la merienda y la acercó a ella.

—¿Qué haces? —siseó Anna, aunque ya se hacía una buena idea.

—¿Yo? —preguntó él, intentando parecer inocente, aunque eso nunca le resultaba tan bien como a su hijo.

Le deslizó la rosa por la parte de los pechos que dejaba descubierto el escote.

—¡Edward!

Un pétalo cayó por la hendidura entre sus pechos. Él frunció el entrecejo, fingiendo alarma.

—Ay, Dios.

Introdujo los largos dedos por entre sus pechos, buscando el pétalo, y al mismo tiempo bajándole el corpiño. En su ineficaz búsqueda del pétalo, le rozó una y otra vez los pezones. Ella trató de apartarle la mano, aunque no con mucho empeño.

—Para. Me haces cosquillas.

Él le apretó un pezón entre dos dedos y ella chilló.

Él frunció el ceño, muy serio.

—Chss, que vas a despertar a Samuel. —El corpiño bajó hasta dejarle los pechos al aire—. Tienes que estar muy callada.

—Pero madre Wren...

—Fue a ver cómo le va a Fanny en su nuevo empleo en el otro condado. —Le sopló los pechos desnudos—. No volverá antes de la cena.

Le cogió un pezón con la boca. Anna retuvo el aliento.

—Creo que estoy embarazada otra vez.

Él levantó la cabeza y la miró con los negros ojos brillantes.

—¿Te importaría tener otro hijo tan pronto?

—Me encantaría —repuso ella, y suspiró feliz.

Edward se tomó la noticia de su segundo embarazo mucho mejor que la del primero. Aquella vez, desde el momento en que le dijo que estaba embarazada había estado tremendamente preocupado. Al principio ella hacía todo lo posible por tranquilizarlo hasta que al final se resignó a que él no se recuperaría mientras ella no hubiera dado a luz al bebé sin ningún problema. Y, sí, él estuvo sentado, pálido, a un lado de la cama durante toda la labor del parto. A la señora Stucker le bastó echarle una mirada para ordenar que le trajeran un coñac, que él se negó a probar. Cinco horas después, nacía Samuel Ethan de Raaf, vizconde Herrod, el bebé más hermoso de la historia de la humanidad, en opinión de ella. Entonces Edward se bebió un tercio de la botella de coñac antes de subirse a la enorme cama a envolver en sus brazos a su mujer y a su hijo recién nacido.

—Esta vez será una niña —dijo él, levantándole las faldas e instalándose entre sus muslos desnudos.

Ya le estaba dejando una estela de besos por el cuello, cubriéndole los pechos con las manos y frotándole los pezones con los pulgares.

Anna ahogó una exclamación.

—Otro niño sería fantástico también, pero si es niña ya sé qué nombre le vamos a poner.

—¿Cuál?

Él le estaba mordisqueando la oreja, y ella sentía la presión de su miembro erecto en la entrepierna. Lo más seguro era que él no la estuviera escuchando, pero le contestó de todos modos:

—Elizabeth Rose.

www.titania.org

Visite nuestro sitio web y descubra cómo ganar premios leyendo fabulosas historias.

Además, sin salir de su casa, podrá conocer las últimas novedades de Susan King, Jo Beverley o Mary Jo Putney, entre otras excelentes escritoras.

Escoja, sin compromiso y con tranquilidad, la historia que más le seduzca leyendo el primer capítulo de cualquier libro de Titania.

Vote por su libro preferido y envíe su opinión para informar a otros lectores.

Y mucho más...